オーウェルの薔薇

Rebecca Solnit
ORWELL'S ROSES

オーウェルの薔薇

レベッカ・ソルニット

川端康雄／ハーン小路恭子＝訳

岩　波　書　店

目　次

目次

〔　〕は訳者による注記である。

さまざまな可能性を見極めるために先を見据えて、警告を示そうと努める
行為そのものが、それ自体で希望の行為なのである。

オクテイヴィア・バトラー

I　預言者とハリネズミ

The Prophet and the Hedgehog

D. コリングズ《山羊のミュリエル》(1939).
ウォリントンでのオーウェルのポートレイト

1　死者の日

一九三六年の春のこと、ひとりの作家が薔薇を植えた。三〇年前から知っていたのに、長いことそれをとりたててどうとも思わずにいた。ちゃんと考えるようになったのは、数年前の一一月のある日のこと。そのころ私は医者からサンフランシスコの自宅で療養しているように言われていたのだが、もうひとりの作家を相手にしての自著をめぐるトークイベントがあり、鉄路ロンドンからケンブリッジに向かっていた。一一月二日だった。私が育った土地では「ディア・デ・ロス・ムエルトス」、つまり「死者の日」の祝日である。この日、故郷では隣人たちが祭壇をしつらえる。この一年で死んだ人びとを祀るもので、ロウソクが立てられ、供物《くもつ》、マリゴールドの献花、また故人の写真や故人に捧げる手紙が並べられた。日が暮れるとみんな戸外に繰り出し、通りは人であふれる。野外の祭壇に参拝し、「パン・デ・ムエルト」つまり「死のパン」を食べる。なかには顔をしゃれこうべのように塗り、花で飾っている人もいる。これはメキシコの伝統で、死のなかに生を見出し、生のなかに死を見出すという考えに基づく。カトリック教徒が住む界隈の多くでは、この日に墓参りをし、先祖の墓を掃除し、花を供《そな》える。ハロウィーンの大昔のかたちがそうであるように、この日は生と死を分ける仕切りが穴だらけになる日なのだ。

けれど私がいたのはロンドンのキングズ・クロス駅から北に向かう朝の列車のなかだった。窓外を眺めていると、ロンドンの密集した家並みがやがて消え、建物は次第に低くなり、それもどんどんまばらになる。列車は農耕地を通り、草を食《は》む羊や牛、小麦畑、また葉を落とした木立が目に入る。雲に覆われた冬空の下でも美しい光景だ。私にはひとつお使いがあった。ひとつの探求と言ってもよいかもしれない。何本かの木を探していたのだ。それは「コックスのオレンジ・ピピン」という銘柄の林檎の木と、その他の果樹であっただろうか。サム・グリーンからの依頼である。サムはドキュメンタリー映画作家で、わが親友のひとり。彼とはここ何年か樹木について語り合っており、またもっと頻繁にメールで意見を交わしていた。お互い樹木が大好きで、いずれ彼がそのテーマでドキュメンタリーを作るだろうということ、協働で樹木をめぐっての何らかのアートを作ろうという気になっていたのだった。

サムは二〇〇九年に弟に死なれて、そのあとのつらい日々、樹木に慰めと喜びを見出していた。思うに木というものは途切れることなく未来につづいてゆく感覚をあらわせており、私たちふたりはその感覚を愛したのだった。私が育ったのはカリフォルニアの起伏のある風景のなかだった。そこには幾種類かのオークの木が月桂樹やトチノキと並んで点在していた。子どものときに知ったそれぞれの木は帰郷したときにいまも見分けられる。私の変わりように比べれば、ほとんど変わっていない。郡の向こう端にあったのがミューア・ウッズ、この地域のほかの森が伐採されたときに切られずに残された、レッドウッドの古木の名高い森だ。樹高二〇〇フィート〔約六一メートル〕、その針状葉は霧の立ち込める日に空気中の湿気を濃縮し、一種の夏の雨のごとく土壌にそれを滴《したた》らせる。天蓋《てんがい》の下だけに降る、露天では降らない雨だ。

直径一二フィート〔約三・七メートル〕かそれ以上の太さのレッドウッドを薄く輪切りにして年輪を歴史の年表に見立てたものが、私の小さなころによく使われていた。コロンブスのアメリカ大陸到着だとかマグナ・カルタの署名、また時にはイエスの生没年が、博物館や公園に置かれた巨大な円盤のなかに刻まれていたものだ。ミューア・ウッズに生えている最古の木は樹齢一二〇〇年なので、最初のヨーロッパ人がカリフォルニアと命名する土地に姿を見せる以前に、地上でその半分以上の時間を過ごしていたことになる。そのくらい長命の木を明日植えるとするなら、その木は三三世紀にも立っていることになる。それでも数百マイル東にあるイガゴヨウマツに比べれば短命だ。そちらは五〇〇〇年は生きられるのだから。樹木というものは、時について考え、時のなかで旅をするようにという、誘《いざな》いである。それも樹木の流儀で、つまりその場に立ち尽くしていることによって、そして枝を広げ、根を下ろしてゆくことによって、そうするようにと誘《いざな》うのである。

戦争の反意語があるなら、時には庭がそれに当たるのかもしれない。人びとは森や牧草地、公園、庭園に独特なたぐいの平和を見出してきた。シュルレアリストの芸術家のマン・レイは、一九四〇年にナチスを逃れてヨーロッパを離れ、その後の一〇年をカリフォルニアで過ごした。第二次世界大戦中にシエラネバダ山脈のセコイアの森を訪れ、その樹木について一文を書いた。セコイアはレッドウッドよりも太いが、レッドウッドほど高くはない。「その沈黙は、激流やナイアガラの瀑布よりも、グランド・キャニオンに轟く雷鳴よりも、あるいは爆弾の炸裂よりも、雄弁である。それでいて威嚇的なところがみじんもない。頭上一〇〇ヤード〔約九一メートル〕のところでセコイアの葉がどんなよもやま話を交わしているのか、高すぎて聞こえない。〔パリの〕リュクサンブール公園での散歩を思い出した。戦争が始まって何か月もたたないころのことだ。栗の老木の下で立ち止まったのだったが、その木はフランス革命の時にはおちびさんで、その時代を生き延びてきたのだろう。そこにいた私は、できることなら一本の木に身を転じて、やがて来る平和の日々を見届けたいと願ったのだった」

英国への私の旅の前のあの夏、サムが街にいたとき、私たちはサンフランシスコにある並木を愛でに出かけた。植えたのはメアリー・エレン・プレザント、一八一二年ごろに奴隷の身分で生まれた黒人女性で、〈地下鉄道〉の英雄のひとり、市民権運動の活動家でもあり、またサンフランシスコのエリート金権政治に関与してもいた。彼女が亡くなったのは私たちがそこに立ったときから一〇〇年以上前のことだが、そのユーカリの木々は、ほかの手立てをもってしては私たちの手に届かない過去の生き証人であるかのように感じられた。その生涯のドラマの一部が演じられた木造の邸宅は取り壊されたが、樹木は残された。幹が太すぎて歩道を曲げている。まわりのほとんどの建物よりも高くそびえている。剝がれかかったグレイのなめしたような樹皮が幹を螺旋状に覆い、鎌形の葉が歩道に散らばり、そして風が梢《こずえ》のほうでささやいていた。その木々はほかの何物もなしえないような仕方で、過去を手の届くものに思わせてくれた。ここには、いまは亡き生者によって植えられ世話をされた、生きたものがあった。だが彼女の生前に生きていた木々は、私たちの生きているあいだにあったのだし、私たちが世を去ったあともありつづけるのかもしれない。その木々は時間のかたちを変えたのだった。

エトルリア語に「サエクルム(saeculum)」という語がある。存在する最長老の人が生きた時間を示す語で、時としておよそ一〇〇年と数えられる。もっとゆるい意味では、この語は、あるものが生きた記憶にとどまっている期間を意味する。どの出来事にもその時間《サエクルム》があり、したがって、その日没時《サンセット》というものがある。スペイン内戦で戦った最後の人、あるいは最後のリョコウバトを見た最後の人が逝ってしまったときがそれだ。私たちにとって、樹木は別種の「サエクルム」を、より長い時間の尺度とより深い連続性を提示するように思えた。枝を茂らせた樹木が雨宿りができる、文字どおり避難所となるのとおなじような仕方で、私たちの儚《はかな》い命から身を守ってくれる避難所《シェルター》であるようにそれは思えたのだった。

モスクワには、帝政ロシア時代に植えられた並木がある。生長し、秋に葉を落とし、幾たびもの冬をとおしてどっしりと立ち、ロシア革命の時代にも春に花を咲かせ、スターリン時代にも夏に訪れる人びとに木陰を作り、粛清、見せしめ裁判、飢饉をへて、また冷戦、情報公開《グラスノスチ》、ソ連崩壊を見つつ、かのスターリンの礼讃者、ウラジーミル・プーチンが興隆した幾たびかの秋にも葉を落とし、プーチンやサムや私、またあの一一月の朝に列車に乗り合わせたみんながこの世を去ったあとも、生きのびることだろう。その木々は、私たち自身の儚さと、人の寿命をはるかに超えて樹木がこの世に長くいつづけることを思い起こさせるものであり、守護者にして目撃者のごとく、風景のなかで天に向かってまっすぐに立っている。

おなじくその夏、サムと家で木について語り合いながら過ごしていたとき、ジョージ・オーウェルのあるエッセイのことを私は持ち出した。昔から大好きなエッセイで、一九四六年に彼が大急ぎで書き上げた、肩の凝らない、情感あふれる小文である。彼は『トリビューン』という社会主義の週刊新聞に一九四三年から一九四七年までおよそ八〇篇のコラムを発表した。同紙の一九四六年四月二六日号に出たのがそのエッセイで、タイトルは「ブレイの牧師のための弁明」、とりとめもない語り口が功を奏した見事な一文である。冒頭はバークシャーのとある教会の境内にある一本のイチイの木の話から始まる。その木を植えたとされる牧師は政治的な変節漢として有名で、その時代の宗教戦争のなかで絶えず宗旨変えをした男だった。その戦乱のなかで多くが倒れたり逃亡したりしたのだったが、無節操であるがゆえに彼は生きのびて、その場にとどまることができたのだった。さながら木のようにである。

オーウェルはこの牧師についてこう書いている。「しかしこれだけ時が経てば、彼が後世に残したものといえば、戯《ざ》れ唄ひとつと美しい木一本だけになってしまうのだ。この木は幾世代にもわたって人びとの目を憩わせ、彼が政治上の変節によって生み出した悪影響にきっと打ち勝ってきたにちがいない」。ここからオーウェルの話はビルマの最後の王に飛んで、その王が犯したとされる悪行の数々にふれながら、王がマンダレイに植えた並木について語る。「タマリンドの並木は、一九四二年に日本軍の焼夷弾で焼き払われるまで気持ちのよい日陰を作ってくれたのだ」。オーウェルはブレイ(ロンドン西方の小さな町)の教会墓地にあるイチイの巨木を見てこれについて書いたのだが、イギリス帝国の警察官として働いていたので、マンダレイの並木も一九二〇年代に自分の目で見ていたことだろう。*

オーウェルはこう述べる。「植樹は、特に長命な堅い木を植えることは、金も手間もほとんどかけずに後世の人に残すことのできる贈り物であり、もしもその木が根づけば、善悪いずれにせよほかの行為の目に見える結果よりも、はるかにあとまで生き延びるだろう」。そう述べて、自身が一〇年前に安価な薔薇の苗と果樹を買って植えたことにふれ、そこを最近再訪したところ、自分自身が後世に対して植物でもってささやかな貢献をしていることを見てとったのだという。「果樹のうちの一本と薔薇の木が一株枯れたけれども、あとはみんな元気に育っている。総計は、果樹が五本、薔薇が七株、すぐりが二株、全部で一二シリング六ペンス**になる。これらの木にはたいして手間をかけていないし、金も買ったときの費用だけであとは一文もかけていない。たまたま農家の馬が門

＊　二〇一九年に私はサムと連れ立ってブレイおよびその周囲の教会の境内にある木を探しに行ったのだが、お目当ての木を見ることはできなかった。それでも、ブレイの現在の牧師とテムズ河畔でお会いして歓談することができ、またイチイの巨木を何本か見ることもできたのだった。

の前にとまったときに、時折バケツに集めたもの以外には、肥料すらやっていない」

この最後のくだりから、私はバケツを持つ著者と門の向こうで馬たちが通りすぎる情景を思い描いたのだが、さらに彼がそのころどこでどのように暮らしていたのか、またなぜ薔薇を植えたのかについてまでは思いを馳せなかった。それでも、このエッセイに初めて出合ったときから、忘れがたい、心を動かす一文だと思っていた。考えたのは、このエッセイが、萌芽的で発展途上にあったオーウェルのつかのまの名残りではないか、あれほどの激動の時代でなかったらなりえたであろうオーウェルの痕跡ではないか、ということだった。けれどもそれは私の思い違いだった。

彼の生涯は戦争だらけだった。生まれたのは一九〇三年六月二五日、ボーア戦争の直後で、思春期を迎えたのは第一次世界大戦のさなか(一一歳で書いた愛国的な詩が彼の発表した最初の作品だった)。ロシア革命が起こり、またアイルランド独立戦争があり、それが激化して一九二〇年代へとなだれ込み、成人を迎える。一九三〇年代をとおして第二次世界大戦の戦禍に向けて突き進む状況を目撃するひとりとなり、一九三七年にスペイン内戦で戦い、ドイツ軍による爆撃《ブリッツ》の期間にロンドンに住み、自身空襲で焼き出され、一九四五年には「冷戦《コールド・ウォー》」という語を編み出し、その冷戦と核の弾薬庫がますます恐ろしい様相を呈するのを見たのが晩年で、そして一九五〇年一月二一日に死を迎えた。これらの戦いと脅威とに彼はかなりの注意を奪われた――だが彼はそれだけに気を取られたわけではなかった。

植樹についての彼のエッセイを私が最初に読んだのは、『オーウェル読本《リーダー》』というタイトルの分厚いペーパーバック版だった。ページの隅が折ってある見栄えのしない体裁の本で、二〇歳ぐらいのときに古書店で安値で買ったものだ。これを何年ものあいだあちこち読み込んだ。エッセイストとしての彼のスタイルとトーンを知るきっかけになった本だ。ほかの作家たちについて、政治について、言語と著述について彼がどう考えているのかもこれで学んだ。エッセイストとなる道に向けての自分自身のそぞろ歩きに、ひとつの土台となる影響を受けるのに十分なほど若かったとき、私が没入した一冊の書物だったわけである。彼の一九四五年刊行の寓話『動物農場』は、子どものときに出合っていた。だから最初にこれを読んだのは動物物語としてで、忠実な馬ボクサーの死を悲しんだのだったが、それがロシア革命が腐敗してスターリン主義に至るというアレゴリーであるということは知らなかった。

『一九八四年』を最初に読んだのはティーンエイジャーのときで、それからスペイン内戦にみずから参加した経験を語った『カタロニア讃歌』を知るようになったのは二〇代のときだった。『カタロニア讃歌』は私の二作目の本『野蛮な夢（*Savage Dreams*）』に重大な影響を与えた。自分が与《くみ》する側の欠点について正直であり、それでも味方への忠誠を貫くということ、そしていかにして政治的な語りのなかに、疑念や不快感に至るまですべての個人的な経験を組み込むか――つまり、大き

＊＊　一シリングは一二ペンスだったので総計一五〇ペンスということになる〔一九三六年の六ペンスは二〇二〇年代初めの日本円にして約二八〇円、一二シリング六ペンスは七〇〇〇円程度と考えられる〕。

な歴史的なもののなかにいかにして小さな主観的な内面の入る場所を確保するか——その模範例として『カタロニア讃歌』があったのである。彼はものを書くうえで私に大きな影響をおよぼしたひとりだったが、彼が本のなかで明らかにした以上のことは——また、彼について広まっていた先入観以上のことは——まだ知りえていなかった。

私がサムと分かち合ったそのエッセイは、樹木の時間《サエクルム》を讃えたものだった。そして、それは私たちが貢献しうるものとして未来を見ている点で、そしてそれ以上に、最初の原子爆弾が爆発した翌年に、ある程度私たちが信を置けるものとして未来を見ていた点で、希望の持てる一文なのだった。「林檎の木さえ一〇〇年ぐらいは生きつづける。したがって一九三六年に私が植えたコックス〔オレンジ・ピピン〕は二一世紀に入ってもまだまだ実を結ぶだろう。オークやぶなは数百年も生きて、しまいに切り倒されて材木になるまでに何千、何万という人びとを楽しませるだろう。私は個人的再植林計画によって社会に対する義務がそっくり果たせると言っているのではない。とはいえ、反社会的行為を犯したらそのつど日記に控えておき、しかるべき季節になったら、どんぐりを土に押し込むというのは、悪い思いつきではあるまい」。このエッセイは彼の著作に共通するトーンを帯びている。つまり特殊な事項から一般的な話へ、また些末なことから大きな事柄へと、無頓着に移動してゆく——このエッセイの場合だと、ある特定の林檎の木から、贖罪と遺贈《レガシー》という普遍的問題へと移っているのだ。

樹木について話し込んだあの夏の日、私がオーウェルの庭のことを話すとサムは興奮し、私のコンピュータにふたりして向かって、五本の果樹がいまもそこにあるのかどうか確かめてみた。ものの数分でオーウェルが一九三六年に転居したコテッジの住所が判明し、それからもう一、二分で、地図アプリでその住所のあたりを拡大画像で見ることができた。けれど航空写真には緑の葉の不明瞭な斑点がいっぱいで、疑問点はわからずじまいだった。

住所がわかったので、サムはそこの未知の住人に手紙を書いた。そこは私が最初にそのエッセイを読んで以来、長年思い描いていた場所よりも、はるかに辺鄙《へんぴ》なところだった。それはとてもサムらしい手紙で、「私たちは変人ではありません」と断り、不明の事実に興味を持ち歴史にふれる事柄を調査している、ちゃんとした履歴を持つ人間であることを証明しようとして、彼のウェブサイトと私のウェブサイトのリンクを示したのだった。返事をもらえないままだったが、私はケンブリッジの何駅か手前のハーフォードシャーのボールドック駅に列車から降り立った。そのコテッジのドアを叩くのは、ちょっとそわそわし、ちょっと心配なことだったのだが、同時に少なからず気分が高揚してもいた。

激務の一年を過ごし、疲れきっていたのに加えて、重い病気にもかかり、本来なら自宅療養をしているはずだった。だがその年になすべきツアーの回数をめぐるさまざまな混乱のなかで、あるイギリス側との契約書にサインをしてしまったところ、数ページにわたって小さな文字でプリントされたその書類のどこかに、欠席の場合一万ポンドを下限として違約金を支払うべし、という文言が記されていたのだった。それで政治と思想の話をしにロンドンに行かざるをえなくなった――街頭で卒倒してしまわないか、ステージ上で倒れてしまわないか、と不安を覚えながらである。遠路はるばるそこまで旅するので、北部に敬意を表してマンチェスターまで行き、またケンブリッジに行くことに同意した。ケンブリッジでは旧知の作家仲間であるロブ・マクファーレンと公開対談をした。

できればキャンセルしたかった旅だが、旅の目的とはちがうものを見出すことになった。タクシーの運転手に住所を示すと、彼は行き先を正確に知っていた。古い市場町を抜け、ハーフォードシャーのゆるやかに起伏している田園地帯を行く道のりがもっと長くつづくのを願ったのは、到着したあとのことが不安だったのと、車がかくも速く通りすぎる農地に魅せられたからだった。だがほんの数分でウォリントン村に着いてしまった。その村を訪ねたら見たいと思っていたコテッジが並ぶ田舎の小路にいると、運転手は外にいるひとりの男性を見つけて、「おや、グレイアムがいるな。ご紹介します」と言った。

拒まれるか、あるいは非難されるのではないかと思っていた。有名な作家の旧宅に住む人はだれであれ、きっと包囲された感じになるものだ。せいぜい垣根越しになかをのぞき込んで果樹を探すか、戸口で少し質問をするぐらいが関の山かな、と思っていた。ところがグレイアム・ラムは気持ちよく歓迎してくれた。初老の男性で巻き毛のグレイの髪、それにスコットランド訛りがある。サムの手紙を覚えていてくれて、返事を出していなくてすみませんと詫びた。私たちに送るつもりのデータをまだ集めているとのこと。それから家の裏手に案内され、庭仕事をしているパートナーのドーン・スパニョルを紹介してもらった。

　ドーンは数年前にこの家が売りに出されたときにここを見つけ、それを伝えられたグレイアムは急いで見に訪れた。ふたりは即座にこれを購入した。手狭で窮屈で、休日に家族を迎えるのにも適しておらず、海の近くか最寄りにパブと店があるところに住もうということにしていたのに、そんな条件にもまったく合っていなかったのだが、それを確かめたうえで入手したのである。まあ結局のところここは昔はお店だったし、隣りの家も前はパブだったのだしと、ふたりはジョークを言った。彼は文学者とのつながりがあるのが気に入り、彼女は庭が気に入った、そう言うのである。ほかの場所を終《つい》の棲家にするつもりだった人がたくさん住んでいる村なんですよ、とふたりは付け加えた。果樹はもうなく、一九九〇年代に裏手の庭の小屋を拡張したときに切り倒されていた。そこには隣家のナイジェルが長く住んでいて、それで私たちはナイジェルに挨拶に行き、彼の中庭のまわりをぶらぶら歩き、そこからドーンとグレイアムの中庭を振り返って見た。その果樹はナイジェルの生きた記憶、彼の時間《サエクルム》のなかにあったのだが、果樹そのものについて、その木はありましたよとただ言う以上に彼が詳しく言えることは何もなく、何本かの湿っぽい、キヅタに締めつけられて朽ちかけた切り株があるだけだった。その切り株があるいは例の樹木の何本かの最後の痕跡であったのかもしれない。

　コテッジのなかに足を踏み入れた。グレイアムはおよそ五〇年前のこの家の航空写真を見せてくれた。それもまた木々の緑の斑点をまさに示していたが、肝心なのは果樹がもうなくなっているということだった。コテッジの室内は壁が漆喰で白く塗られ、木造部分は濃い茶褐色、小さな部屋部屋は天井が低く、私がオーウェルから連想していたいかなるものよりもピクチャレスクで心楽しいものだった。この家について語られているほとんどの話からして、陰鬱な感じに思えていたのだ。確かに一九三六年にはそこはガスもないし電気も通っていない、家のなかにトイレもないという具合に、近代的な設備が欠けていた。藁葺き屋根も当時はトタン屋根だった。だが私の知るかぎり、オーウェルはそこに住むことがものすごく好きだった。グレイアムは、キッチンからつづいているオーウェルが仕事部屋として使った部屋と、そのちょっと向こうの、彼の時代に店の役割をし、いまはドーンとグレイアムが居間として使っている部屋のあいだの低い出入り口を見せてくれた。のっぽの作家は通るたびに身をかがめなければならず、さもないとまぐさ《リンテル》に頭をぶつけてしまうのだった。ドアには数か所細長い隙間が空けられていて、客が入ってきたら仕事の手を休めてそこからのぞき込むことができた。

庭の木々はなくなっていたが、ナイジェルに会い、切り株を見てまわり、写真を見せてもらったあと、オーウェルが植えた薔薇がまだそこにあるかもしれないと言われた。それを聞いてえっと思い、気持ちが高まり、果樹がないことで少しがっかりしていた気分がすっかり変わり、わくわくしてきた。私たちは庭にもどった。そこではあの一一月の日であってさえも、二本の大きな奔放な薔薇の木が花を咲かせていた。ひとつは薄ピンクのつぼみが少しほころび、もうひとつはほぼサーモンピンクの花でそれぞれの花びらの基部が黄金色で縁取られていた。推定年齢八〇代のこの二本の薔薇の木は生気にあふれていた。生きた人の手で（そしてシャベルを使った作業で）植えられた生きたもので、その人が逝ってしまってからのほうが長い時間が経っている木だ。グレイアムから聞いたところでは、これらの薔薇の木は実をたくさん結んだので、オーウェルが借家権を手放したあと一九四八年にこのコテッジを購入したエスター・ブルックスという学校教師をしていた人が、その一本からつぼみを摘み、村祭りの入場券として使ったそうである。一九八三年に彼女が伝えたところによれば、オーウェルが植えたアルバーティーン薔薇は「庭の誉れ」であり「いまも花を咲かせている」とのことだった。

彼の薔薇は一九三九年一一月に花を咲かせていた。オーウェルは家事日記でこれについて書いている。「残りのフロックスを切り落とし、風で吹き倒された菊の何本かを束ねた。もう冬なので、ここのところ午後に多くの仕事ができない。いまは菊が満開。大半は濃い赤茶色。醜い紫と白のものが多少あるが、それは取っておくつもりはない。薔薇はまだ花を咲かせようとしているが、そのほか、いまは庭にはどんな花もない。ミクルマスデイジーは咲き終わった。そのいくつかを切り落とした」。彼を知る人はほとんど亡くなってしまったのだけれど、その薔薇は、オーウェルをふくむ一種の時間《サエクルム》なのである。私は思いがけない仕方で突然彼の面前にいたのであり、あのエッセイの生きた名残りの前に居合わせていたのだった。そしてその薔薇の木は私の昔の思い込みを正してくれたのである。

これらふたつの植物が見たところオーウェルと直《じか》につながること、そして薔薇と果樹と連続性と、後から来る者たちについての、あの大昔のエッセイともまっすぐつながることを思って、私はすっかり嬉しくなり、高揚感でいっぱいになった。全体主義とプロパガンダについて先見の明のある検証をおこなったこと、さまざまな不愉快な事実に立ち向かったこと、簡潔な散文スタイルとゆるぎない政治的ヴィジョンを備えていたこと――何よりもこうした点で名高いこの男が、薔薇を植えたという事実を思うと、やはり私の気持ちは高ぶった。社会主義者であれ功利主義者であれ、あるいはプラグマティストであれ実務家であれ、果樹を植えるというのは驚くことではない。果樹は実体的な経済的価値を持ち、食物という必要品を――たとえ果樹がそれ以上のものを生み出すとしても――生み出すわけである。だが一本の薔薇を植えることは――あるいは、一九三六年に彼が生き返らせたこの庭の場合は、まず薔薇の苗木を七株、そのあとさらに多くを植えたということは――とてもたくさんのことを意味しうるのだ。

三分の一世紀以上前に私が最初に読んだあの薔薇について、それまで私は腰をすえて考えたことがなかった。あの薔薇は、私自身がこれまで長く受け入れていた従来の型にはまったオーウェル像を打ち破るものであり、もっと深く掘り下げてみるようにと誘ってくれるものだった。オーウェルの薔薇が問いかけるのはこうだ――彼は何者なのか、私たちは何者なのか、そして、正義と真実と人権を尊び、世界をいかに変えるかについて思いを馳せている人――もしかしたらすべての人――の生のどこに、計量可能な実積にはなりえない喜びと美と時間が収まるのか、という問いである。

2　フラワー・パワー

オーウェルの伝記はたくさん出ていて、本書を書くのにずいぶん重宝した。本書はその伝記という棚に付け加えられるものではない。そうではなく、ある取っかかりからの一連の介入である。その取っかかりとは、ひとりの作家が薔薇を数本植えた、あの身ぶりのことだ。そのようなものとして、本書は薔薇についての本――植物の王国の一員としての薔薇について、そして詩歌から営利産業まで人間の反応の壮大な構築物が生じるもととなった特殊なたぐいの花としての薔薇についての本でもある。薔薇は広く分布する野生植物、あるいは多くの植物種である。また広く栽培品種化された植物であり、毎年新しい変種が生み出される。そして後者の点となると、薔薇はビッグ・ビジネスでもある。

薔薇はあらゆるものを意味するがゆえに、ほとんど何にも意味しなくなるおそれもある。中世の哲学者ピエール・アベラールによる普遍概念の探求のための一例から、モダニスト詩人ガートルード・スタインの「薔薇は薔薇で薔薇」に至るまで、薔薇は大きな主張をするのに用いられてきた。人類学者メアリー・ダグラスは、すべてが身体を象徴するのとまさにおなじように、身体はほかのすべてを象徴する、といったようなことを述べている。西洋世界における薔薇についてもおなじことが言えるだろう。イメージとして至るところにあるものだから、文字どおり壁紙の模様となり、ランジェリーから墓石まであらゆるものの上に描かれるのがつねだ。実際の薔薇は求愛、結婚式、葬儀、誕生日、その他多くの機会に使われる。つまり喜び、悲しみ、喪失、希望、勝利、そして快楽のために使われる。黒人市民権運動の指導者で下院議員のジョン・ルイスが二〇二〇年夏に亡くなったとき、彼の棺は荷馬車に載せられてアラバマ州の橋を渡った。彼が抗議の行進者として州警察官に暴行されて瀕死の重傷を負ったところだ。荷馬車の通る道には赤い薔薇の花びらが一面に撒かれていた。そこで流れた血を象徴するものとしてだった。

オーナメントのなかに立ち現れるのとまさにおなじように、薔薇は警句、詩歌、流行歌からあふれ出てくる。花がしばしば儚《はかな》さと死の寓意《エンブレム》であるのは、一七世紀のヨーロッパでよく描かれたヴァニタスの絵画に見られるとおりで、そこでは精密な花束がしばしば頭蓋骨や果実その他の、興隆と衰退、生と死が不可分であることを想起させるものと一緒に描かれた。歌のなかでは薔薇は、しばしば愛と愛の対象を、手にしえぬ、あるいは保持しえぬ褒美として表す。過去数十年の流行歌には、「バラ色の人生」、「ランブリン・ローズ」、「ローズ・ガーデン」、「ア・ローズ・イズ・スティル・ア・ローズ」、「酒とバラの日々」がある。しかしながら、カントリーソングの歌手ジョージ・ジョーンズの豪勢なまでに悲しげな一九七〇年のヒット曲「バラにとってのよき一年」のなかでは、花を咲かせつづける薔薇の木々は彼の結婚よりも長続きすることが証されている。

棘《とげ》は薔薇を際立たせているもののひとつかもしれず、薔薇が時として気まぐれな麗人やファム・ファタールとして擬人化される所以なのかもしれない。アントワーヌ・ド・サン゠テグジュペリの『星の王子さま』のなかのうぬぼれ屋の薔薇が恋人の謂《い》いであるように。グリム兄弟版の「眠り姫」では、王女はブライアー・ローズ（ドイツ語ではドルンレースヒェン、つまり「棘のある〔小さな〕薔薇」）と名づけられている。求婚者たちは不首尾に終わって、彼女が眠る塔を囲むいばらのやぶに囚われて死んでしまう。そしてそれらの棘はふさわしい求婚者が近づくと花になる。花は魅了し、棘は撃退する、あるいは魅了のツケを払わせる。「真実と薔薇には棘がつきものである」と古い警句にある。マリアン・ムーアの詩「薔薇だけ」は、驚くほど多くの詩がそうであるように、薔薇に直接語りかけていて、「あなたの棘があなたのいちばんよいところ」という言葉で結ばれている。中世の神学者は、エデンの園に薔薇があったが、棘が生えたのは神の恩寵を失ってからのことだと推測した。

植物の性的部位としての花はしばしば雄と雌の生殖器官を有しているのだが、女性のものとして描かれるのがお決まりで、女性化されてきたという現象はしばしばお飾りの些末なものとして退けられてきた。一輪の花が祭壇やテーブルを飾るために切られるときはそうなのかもしれない。なぜなら、それはその植物のライフサイクルから引き抜かれ、果実や種、あるいは次世代を生み出すことがないであろうからである。切り花はそれが与える喜びのほかにはまさに無用であるという理由によって最高の贈り物となってきたのではないか。贈り物をすることの寛大さと反実用主義的なところを具現しているからである。だが花は強力で、すべての人間は意識しようがしまいが、花にからみ合わされながら、人生を送るのである。

花は優美で些末で、なくても済むという文化的な見方があり、また顕花《けんか》植物が二億年ぐらい前に地球上に出現したのは革命的なことで、北極から熱帯までの大地に支配力を持ち、私たちの生存にとってきわめて大切なものだという科学的な見方がある。それを言いあらわすのに、最近の科学論文では「顕花植物はいかにして世界を征服したか」という表現がされている。花というのは被子植物《アンジオスパーム》と呼ばれる植物の性器にあたる部分で、種子はその生殖によって生じたものであり、革命という語は少なくとも同程度にその種子についてのものだった。「アンジオスパーム（Angiosperm）」というのは外皮に覆われた種子を意味し、それらの外皮は——しばしば保護をする外皮で、萌芽期の植物を養うための種子中の養分を持つ袋であるのがつねであり、時として羽であったり、イガであったり、あるいはほかの手立てを用いて種が飛ぶのを助けるのだが——それ以前の植物のやり方よりももっと強健で、多様で、移動しやすい繁殖方法を植物に供給したのだった。それらは自分の種《しゅ》にとってより多様な生存と分散の技を可能にしたのであり、種子はさらにほかの生物のためのよき食糧を作った。詩人にして古生物学者のローレン・アイズリーが半世紀以上も前に論じたところによれば、哺乳類と鳥類の進化にとって、顕花植物は決定的に重大な支え棒にして突き棒なのだった。このことは私が若いときに読んで感銘を受けたエッセイに出てくる。

「温血動物である鳥類と哺乳類の機敏な脳は、高度な酸素消費と食物を濃縮したかたちで必要とする。さもないとそれらの生物は長いこと生命を維持できない」とアイズリーは『果てしなき旅』

の「花はいかに世界を変えたか」と題する章のなかで書いた。彼はこうつづけた。「顕花植物の勃興こそがあのエネルギーを供給し、生きる世界の自然を変えたのだった。顕花植物の登場は、鳥類と哺乳類の勃興とまったく驚く仕方でパラレルをなす」。花とともに進化した昆虫は花粉を受け取り、受粉の奉仕の返礼として蜜を受け取った。同様に鳥やコウモリも花から栄養を取る際に受粉する。その関係はとても重要なので、複数の種《しゅ》が共進化《きょうしんか》し、なかにはいわば一夫一婦制のような関係を持つようになったものもある。たとえばマダガスカルの蘭がそうで、頸部がとても長いため、長い舌を持つ雀蛾《すずめが》一種だけしか受粉できない。また四〇〇〇万年のあいだ受粉をテゲティクラ・ユッカセッラ蛾だけに依存してきたソープウィード・ユッカもそうで、その蛾はその植物の種《たね》だけが幼虫の餌になるのでそれに依存している。種子は私たち自身をふくめ、多くのほかの種《しゅ》のための主要な食糧源となっている。穀物、豆類、木の実、果実、それにまたカボチャ《スクウォッシュ》、トマト、トウガラシなどの野菜にしても、種子をもたらす果実であることを私たちは忘れがちだ。種子もまた相互に恩恵を与える関係を築いた。たとえば小果実《ベリー》を食べる鳥は親株から離れたところに未消化の種子を蒔くことになる。アイズリーによれば、被子植物と動物の相互補完的な関係は、より入り組んで互いにつながった世界を生み出したのであり、濃縮された栄養素が哺乳類の進化を早めたのだという。

私がこれを書いているのは、いつもながらの長時間の朝食時にランダムにかじったりすすったりしながらで、お茶はインド産の茶葉、トーストは小麦とライ麦、それにほかの種子も混ぜられている。ミルク、バター、ヨーグルトは私の地元の馴染みの牧場の雌牛から採られたもの。蜂蜜はミツバチからもらった。牧歌的な情景を彷彿《ほうふつ》とさせる献立だ。私たちが食するものの大半は被子植物か、あるいはヴィーガンでなかったら被子植物を糧とする動物かのいずれかである。私たちが花をこんなにも魅力的に感じるのにも進化の理由があるのかもしれない。というのは、私たちの生活は花の生活と切っても切れない関係にあり、私たちは花を栽培品種化し、品種改良をして増強し、サイズ、形態、色彩、香りを多様なものにしてきたからだ。私たちの生活は、必ずしも花に依存しているとまでは言えないにせよ、顕花植物に依存しているのである。

薔薇は地球上のどこであっても人間の主食ではないが、その花びらは中世のレシピのなかで使われたし、その実〔ローズヒップ〕はいまもお茶やその他の飲食物で用いられる。第二次世界大戦中、イギリス食糧省は（そこにオーウェルの妻のアイリーン・オショーネシー・ブレアが勤めていたのだったが）、国民が輸入食品、特に柑橘類が途切れてしまったというので、ビタミンCを補給しようとローズヒップの採集キャンペーンに乗り出した。一九四二年までに二〇〇トン、一億三四〇〇万個の実に相当する量が収穫されたと伝えられる。それらはほとんどがシロップにされたが、さらに食糧省は家庭用のローズヒップ・マーマレードのレシピを打ち出したのだった。これはドイツではいまもよくある製品である。もちろん薔薇は香水と香油にも用いられている。

薔薇は植物の科のなかでバラ科に属する。バラ科は四〇〇〇を超える種《しゅ》からなり、そこには林檎、梨、マルメロ、アプリコット、プラム、桃がふくまれるし、またブランブル〔キイチゴ〕、棘のあるブラックベリーやラズベリーといった、野薔薇と似た花を咲かせる果樹もバラ科に入る。野薔薇の花は、果樹の花と同様に、五つの花弁を持つ。中国、ヨーロッパ、また中東でランダム変異から品種改良された薔薇が、よく知られる多弁の形状を発展させた。紀元前三世紀に哲学者のテオプラストスはこう書いた。「ほとんどが五弁だが、一二弁、あるいは二〇弁のものもある。なかにはこれらよりもっと多いものもある。「一〇〇弁」と呼ばれているものさえあると言われるからである」。そして三世紀後にプリニウス(大)も一〇〇弁の薔薇について語っている。

過去数世紀にわたって、栽培者たちはそれらの形態の変種を生み出してきて、その結果いまでは数千の薔薇の品種がある。何種かの古いムスクローズ、ダマスクローズ、アルバローズから、いまや無数の変種としてあるハイブリッドティーローズまで、ミニチュアローズからばかでかいキャベツジローズ、一輪咲きから房咲き、木立性《ブッシュ》からつる性《クライマー》、純白からモーブやパープルへと濃い色にする試みや、クリムゾン、ピンク、レッド、イエローの膨大な種類の色合い、スイート、スパイシー、シトラス、フルーティ、ミルラ風、麝香風《マスキー》というように形容される、さまざまな薔薇の香りまでもがある。装飾としてさえも、花は人生そのものを、豊饒、死、無常、放縦として表象し、そういうものとして私たちの芸術、祭祀、言語に入っているのである。

3　ライラックとナチス

一九三六年四月二日、三三歳の誕生日を迎える数か月前のこと、オーウェルはウォリントンに着いてコテッジを借り受け、庭の準備にかかり、またそれとともに、ひとつの暮らしの準備にかかっていた。その春の前後に彼は旅をした。そのふたつの旅によって彼は政治的に目覚め、政治ジャーナリスト、エッセイスト、そしてゆくゆくはたいへん大きな影響力を持つ作家となる。そこはほかのどこよりも長く住むことになる住居で、初めて身を落ち着けるところでもあった。その家で初めて彼は自分の望む生活をすることになる。田舎で庭を持ち、また妻を持ち、物書きを本業として暮らしを立てたのである。

オーウェルの生涯は著しくエピソードに富む。そのエピソードの多くが地理に関わるものだ。インド北東部で生まれ、幼少期の最初の数年間父親はその地に残ったが、オーウェルは英国の快適な町で母親に育てられた。母親と姉と妹の四人暮らしが中断させられたのが八歳のときで、寄宿制のプレパラトリー・スクール〔私立小学校〕に五年間入れられた。そこで学費減免を受けた引き換えに、エリートが行くパブリック・スクールの奨学生となるため、脅しつけられ、辱めを受け、知識を叩き込まれた。その経験を綴った回想録を晩年に書いているが、そのときも当時の悲しく辛い思いがまだ強く残っていた。一三歳のとき、エリート校中のエリート校であるイートン校の奨学生の座を得て、さらに四年を過ごした。そこで得た特殊な英語発音は、貧民のなかでアウトサイダーとして彼を際立たせるものだったが、かといって金持ち連中のなかでインサイダーにするわけでもなかった。イートンではふたたび優等生になることはできず、またそれを望みもしなかった。家には彼を大学に入れてやるだけの金はなく、また成績不振で奨学金の獲得は無理だったので、就職先を見つけねばならなかった。

一九歳でイギリス帝国の警察官としてビルマに赴任、五年を過ごす。同僚の警察官たちとの集合写真が残っている。軍服のような制服に身をつつみ、彼の生涯のどの時にもまして、がっしりとし、また身なりがぱりっとしている。彼の仕事内容は、地元民を脅しつけて、招かれざる植民者の権威に服従させることだった。それについて彼はのちに小説『ビルマの日々』およびエッセイ「象を撃つ」と「絞首刑」で書くことになる。彼は一九二七年に病気療養で公務を離れたのだが、もどることを拒んだ。一三年後にビルマでの仕事について書いている。「辞めたのは、ひとつには〔ビルマの〕気候で体がやられてしまったため、ひとつには本を書こうという漠然とした考えがすでにあったからだが、いちばんの理由は、もはや帝国主義に仕えることができなかったからである。これは闇商売だと私はみなすようになっていたのだ」。直後にパリにおもむいた。作家になろうという野心があったためであろうが、当時のフランスは安く暮らせたからという理由もあったのかもしれない。

だが彼は両親が敷いた進路を方向転換させることを決意してもいた。自身を下層に移動させて、みずからが貧乏になるだけでなく、あえて選択して貧民のなかに入って時間を過ごすことにしたのだ。それはあの植民地時代への一種の贖罪《しょくざい》として、また避けるようにと教え込まれてきた階級に関与する身ぶりとしてだった。

彼の最初の本『パリ・ロンドン放浪記』は、たかり屋やペテン師や困窮者たちからなる下層社会にもぐり込んでその経験をピカレスク小説風に語った作品である。さらにふたつのエッセイで困窮者たちのなかで過ごした時間を描いている。「貧しき者の最期」は、一九二九年三月に彼が肺炎で重篤になり、パリの病院のうすぎたない一般病棟で二週間を過ごした話である。そこでは彼の身体的必要は無視され、野蛮で時代遅れの方法によって病気は処置された。一九二九年末に英国にもどり、最初は両親の家で過ごした。エッセイ「ホップ摘み」で語られているのは、一九三一年、ケント州の農場での、収穫者たち――「イーストエンド〔労働者が多く住むロンドン東部〕の住人（ほとんどが行商人）、ジプシー、渡りの農場労働者、そこに浮浪者も混じっている」――に加わっての彼の労働と人との交わりであり、またひどい低賃金、劣悪な生活条件、仕事自体に彼が見出す愉悦、それに林檎を盗むような副次的な行動である。彼はその経験を綴った日記のなかで、「彼らは……すべての名詞の頭に「ファッキング」を付けるような連中だったのだが、これまで彼らの親切さにまさるものを見たことがなかった」と書いている。一九三二年から一九三五年まで、地方の学校の教員勤めをし、またロンドンで書店員をして働いた。それらの仕事は給料が安く、また面白みにも欠けるうえに、執筆のための時間とエネルギーを奪うものなので嫌っていた。

　彼のほかの場所――過酷な私立小学校《プレップ・スクール》、イートン、ビルマ、パリ、それから内戦時のスペイン、貧乏生活時代と第二次世界大戦下のロンドン、生涯の最後の数年間を極力過ごすようにしたスコットランドの離島――そうした場所のほうが、ウォリントンよりもはるかに多くの注意を引きつけてきた。なるほど、確かにビルマ、パリ、ロンドン、スペインはみな彼の本で扱われる場所となった。秋の薔薇とのあの出合いのあと彼についての本をいろいろ読んでみて、それらの本が示しているオーウェル観によりふさわしい場所であるというのはそのとおり。そうした見方が強調するのは彼の政治参加であり、同業者の何人かとの不和や軋轢であり、プロパガンダと権威主義の相補関係や、そのふたつがいかにもろもろの権利と自由を脅かすかについての非凡な洞察であり、さらに四六歳で彼の命を奪う呼吸器のひどい症状についてだった。一冊などは『オーウェル――ある世代の冬の良心』と題されていた。そうした本は、荒涼として陰鬱なポートレイトをグレイの色合いで描いていた。

　現在と未来の極悪非道と、その根柢にある危機を冷徹に検証した人物――オーウェルはそう定義されるのかもしれないが、その見方はさらに、彼が見たものを彼本人と同一視する、あるいはそれが彼の見たすべてであったかのように彼を特徴づけるのにも使われてきた。例の薔薇に驚かされたあと、私は彼の著作の再読にかかった。そしてそこに私はもうひとりのオーウェルを見つけた。そちらのオーウェルが持つもうひとつのものの見方は、政治的な極悪非道についての彼の冷徹な目と釣り合うものであるように思えた。印象的なことのひとつは、いかにたくさん彼が楽しみを語っているかだ。くつろぎと呼んでよい家庭の安らぎの多くのかたちから、卑猥な漫画絵葉書、一九世紀のアメリカの児童書、ディケンズを初めとする英国作家、「すぐれた通俗本《グッド・バッド・ブック》」、その他いろいろな事柄への楽しみ、とりわけ動物、植物、花、自然の風景、庭いじり、田園への喜びを語っている。『一九八四年』での〈黄金郷〉の抒情あふれる喚起とその光、樹木、牧草地、小鳥のさえずり、そして自由の感覚と解放感に至るまで、喜びが彼の本をとおして繰り返しあらわれ出てくる。

この見慣れないオーウェルは、ノエル・オクセンハンドラーによる、待つこととゆっくりすることと、それらの価値についてのエッセイを想起させた。そのなかで彼女はジャック・リュセランの生涯についてふれている。リュセランは少年期に失明し、第二次大戦中に一七歳にしてパリの対独レジスタンスのオーガナイザーとなった。「彼の英雄的活動とおなじように私が心を動かされたのは、活動に先立つ休止であった」と彼女は書き、彼がナチ占領下のパリを探索したこと、同時にスイングダンスを習ったこと――というのは、彼が自身の回想録で書いたように「スイングはまさにわれわれの悪魔を追い払うためのダンスであった」のだから――について述べている。オクセンハンドラーとリュセランが示唆しているのは、まったく無関係に見えるほかのことをすることによって人生における自分の中心的なミッションの準備ができるかもしれないということ、そしてこれがいかに必須のことになりうるか、ということだ。

オーウェルはこうしたほかの仕事への本能と、その仕事に必要なだけの労力を供する才能を持ち合わせていたように思える。彼の生涯の最後の局面において、彼は『一九八四年』を書くことに心を砕くのと同時に、ひとつの庭をこしらえることに膨大な時間とエネルギーを、また想像力とリソースを費やしていた。スコットランドの島の辺鄙な先端に近いその庭は、ひとつの農場の規模になっていた。そこで彼は家畜を飼い、農作物を育て、果樹を植え、トラクターも備え――そしてたくさんの花を育てた。他者にとって最高の価値を持ち、自身の生涯の中心的な目的である仕事を可能にするのは何だろうか。それは――他者にとって、時には自分自身にとってさえも――些末で、無関係で、手ぬるく、的外れで、上の空で、あるいは数量化しうるものが数量化しえぬものを打ち負かす際に使う他のあらゆる軽蔑語であるように見えるのかもしれない。

この馴染みのないオーウェルはさらに、虎に追われた人間についての名高い仏教説話を思い起こさせる。その人は虎から逃げて崖の上でつまずき、転落して死なないように小さな草をつかむ。それはイチゴで、根こそぎにされかかっていて、まもなく抜けてしまいそうだ。そこに美しい熟したイチゴの実がひとつぶらさがっている。その瞬間になすべき正しいことは何か、とその喩え話は問う。その答えは、その果実を味わうことだという。この物語が示唆しているのは、私たちはつねに儚《はかな》い存在であり、意外に早く死ぬかもしれぬということ。虎がよく出現し、時としてイチゴが見つかるということだ。オーウェルにとってはひどい体調が彼自身の個人的な虎だった。それは遠からず自分に死が訪れるのを自覚していたということを意味していたにちがいない。

生涯の多くの期間、彼は呼吸器系の疾患による発作に苦しんだ。始まりは幼児期にかかった気管支炎で、それが気管支拡張症を引き起こしたようだ。それは気管の壁が損傷を受けて広がる疾患で、結果として肺の感染症にかかりやすくなった。子どものときも大人になってからも、肺炎と気管支炎に繰り返しかかった。病状が悪化して入院を余儀なくされることがよくあったし、また数週間から数か月にわたり、何度か病気療養をしてもいる。一九三七年にスペインで（あるいは、別の説では、それより一〇年前にビルマで）肺結核にかかったようだ。それは危険な肺出血、息切れ、衰弱、極度の疲労をもたらした。何度か病院やサナトリウムに長期入院し、最後の衰弱で一年間施設に収容され、一九五〇年一月に四六歳で肺結核により死を迎えた。

時として、死の影が人びとを怯えさせ意気消沈させる。時として、それは人びとに人生をより生き生きとさせ、生きていることを当たり前と思わせないようにする。そしてオーウェルは後者の部類に入るように見える。彼は多くの点で厳格で戦闘的な気質を持っていて、肉体的不快から逃げず、体をぎりぎりまで酷使して、しまいには寝込んでしまい、それから何度も何度も立ち上がったのだが、時としてイチゴに手を伸ばしたのだった。ひとりの友人はこう語った。「彼は自分自身の生物学的条件に対する反逆者であり、社会状況に対する反逆者でもあった。そのふたつはきわめて密接に結びついていた」

だからといって彼が非の打ち所のない人物だったというわけではない。妻を亡くしたあと嘆いて述べたように、彼はそうすべきであったのに妻に優しくなく、忠実でもなかった。彼は自分の階級、自分の種族と国民性、彼のジェンダー、彼の異性愛、また彼の時代のさまざまな偏見を部分的に捨てずにいた。こうした偏見から人を侮蔑したり冷笑したりというのが、彼の初期に出した作品と、また手紙のなかにとりわけ強く見られる。他者をめちゃくちゃに切りつけるのは、自己定義と自己高揚の一手段であったように見えるが、作家として、また人として自信がつき、より人間味が増すにつれて消えていった特徴である。

その著作は時として鮮やかで、しばしば有益で、名高くも預言的で――小ぎれいさというのがあまり関係しない美の定義の範囲内では――時には美しくさえある。もちろんそこにさえバイアスや盲点が散らばっている。そして彼はいくつかの点で模範的ではなかったけれども、ほかの点では勇気があり、現実の問題に積極的に関与していた。英国らしさ《イングリッシュネス》を愛するのと同時に、イギリス帝国と帝国主義を嫌悪する――彼はこの両方をやりおおせた。そしてその両方についてたくさんのことを語った。負け犬とアウトサイダーの擁護者となり、いまなお意義があるかたちで、人権と自由を弁護してみせた。

ウォリントンについてのオーウェルの本はない。ただし、簡素な寓話物語の『動物農場』があって、これはウィリンドンと名づけられた場所に設定されている。物語の中心となるのは荘園農場《マナー・ファーム》の大納屋《グレイト・バーン》なのだが、彼のコテッジから角を曲がってすぐのところに、実在するマナー・ファームの大納屋が黒いタールを塗った威容を見せていて、物語の納屋ととてもよく似ている。だが『動物農場』にかぎらず、彼の本はほとんどどれも、英国の田舎の風景と、そこから得られる喜びを喚起させるところがあり、それはこの場所や、彼が少年期、思春期、そして青年時代にさまよい、釣りに興じ、植物を調べ、野鳥観察をし、土を耕し、また遊んだ、さまざまな場所と大いに関係がある。彼の少年期は、戸外で生きる自由と喜びと、そして八歳から一八歳まで過ごした学校での規律とみじめな思いとのあいだで二分されていたように見える。

一一歳だったときのある日、近隣の家に住む三人の子どもの注意を引きつけるために、オーウェルは牧草地で逆立ちをした。その策略はうまくいった。その三人のうちのひとりだったジャシンサ・ブディコムは、学校が休みに入ってオーウェルがオクスフォードシャーのシップレイクの家族のもとに帰省したときに、弟や妹と一緒に彼と交遊し、それについて回想記を残している。そのあとの数年間、帰省すると自由時間の多くを彼女らと一緒に過ごし、戸外で遊んだり探索したりした。

「あまり長すぎない田舎の散歩」に出かけ、釣りをし、野鳥観察に行き、鳥の卵を採集したりした。彼女の回想によれば彼は本のとりこになっていて、幽霊譚を読んだり語ったりし、また自然の世界を探検することにも夢中になっていた。そして彼は、単に作家になるというのでなく、「有名作家」になるつもりであったのだという。

そうした田舎の環境に当時彼がどのように魅了されていたのか、一九三九年の小説『空気をもとめて』には、そのいくばくかを思い起こさせる長いくだりがある。たとえばこうだ――「おれたちはよく長い、だらだらとあとを引くようなたぐいの散歩をしたものだ。もちろんいつも途中ずっと、ものを摘んで食っていた。市民菜園のわきの小路を抜けて、ローパーズ・メドウズを横切り、ミル・ファームのところまで行く。そこには池があって、イモリや小さな鯉がいた（ジョーとおれはもうちょっと大きくなるとそこに釣りに出かけた〕。それから町外れにある駄菓子屋の前を通るため、アッパー・ビンフィールド・ロードを通って帰ってきた」

彼は『一九八四年』におけるつぎのような文章で、ものすごく有名になる。「未来を思い描きたいのなら、人の顔をブーツが踏みつけるところを思い浮かべればよい――永遠に踏みつづける図だ」。彼は言語の使用と悪用についての論考で大いに称賛されている。一九四六年のつぎの一文がそうだ。「政治の言語が狙っているのは、嘘を本当と思わせ、殺人を立派なことに見せかけ、空虚なものを実質の備わったものに見せようとすることだ」。彼は嘲《あざけ》るのも上手だった。一九四四年に「ジャックブーツ」〔長靴の一種で当時ファシズムの比喩として頻出〕を考えなしに引き合いに出す傾向に対するささやかな反対運動に乗り出したときに書いた文章などがそうだ。「ジャーナリストにジャックブーツとは何のことかと聞いてみれば、知らないことがわかるだろう。それでも彼はジャックブーツについて語りつづけるのだ」

だが彼は別のたぐいの文章も書いた。私がコテッジを訪ねるきっかけとなったエッセイのなかのこんな文章がそうだ。「ウルワース〔廉価販売の雑貨店チェーン〕で六ペンスを超えるものが何もなかったよき時代に、薔薇の苗木はとびきりの売れ筋のひとつだった。いつも小さな若木だったが、二年目には花がついた。私が植えた薔薇は一本も枯れさせなかったと思う」。あるいは、その庭に苗を植えたのは一九三六年四月だったが、同月に出した手紙の一通で彼はこう書いた。「庭はいまだに荒れ放題ですが〔一二日間で一二ものの長靴を掘り出しました〕、多少整えつつあるところです」

彼の著作のなかには忌まわしきものと精妙なるものがしばしば共存している。第二次世界大戦末期に特派員としてドイツにおもむいたとき、彼は歩道橋の近くで一体の亡骸《なきがら》に遭遇した。その橋はシュトゥットガルトを流れる川に架かるいくつもの橋のなかで爆撃を免れたひとつだった。「ドイツ兵の死体がひとつ、その橋の階段の下にあおむけにころがっていた。顔は蠟のように黄色い。その胸にはだれかの手でライラックの花束が供《そな》えられていた。このとき至るところで咲いていた花だ」。これは一幅の絵を作り、黄色い顔とライラック、死と生、春の活力と戦争の莫大な荒廃とを両立させている。

このライラックは死体や戦争を無化してはいないが、特定のものがしばしば一般的なものを複雑化するように、それを複雑化している。兵士に花束を供えた見えざる手についてもおなじことが言える。シュトゥットガルトでライラックが開花していたという知らせもそうだ。その都市は、一九四五年に戦争の進展のなかでイギリス空軍の空爆で数千トンもの爆弾を投下されて瓦礫と化したのだった。これらの花の語るらく――イギリス人読者は敵とみなすのだろうけれど、この人はだれかの友であり、だれかが愛する人だったのですよ、この死体は政治史のひとこまでありながら、同時にひとりの人間としての履歴を持っていたのですよ、と。

オーウェルの著作を掘り進んでみると、花と喜びと自然界についてたくさんの文章にぶつかる。そうした文章をちゃんと読めば、灰色のポートレイトは色彩を帯び、こうしたくだりを探してみれば、彼の最後の傑作である『一九八四年』でさえもがその相貌を変えることになる。そうした文章は作品中の政治的分析に比べると、預言に満ちて響きわたるという感じは弱まるが、政治的分析と無関係なわけではなく、独自の詩学、独自の力、そして独自の政治学を備えている。自然そのものがものすごく政治的なものなのだ。私たちがどのように自然を想像し、相互に作用し合い、それに影響を与えるかという点で、それは政治的なものなのである。彼の時代にはあまり認識されていなかったことではあるけれども。

ドイツ兵の亡骸《なきがら》には私たちに語りかけるものがある。それは戦争とナショナリズムについて、そして死に直面することについてである。そのくだりで花も私たちに語りかけるものがある。戦争を超える何かがあるかもしれないということを。ちょうど循環する時というものがあるように。最近まで歴史的時間の外部にあるものと想像されていた、四季のうつろいというものがあるように。ひとりの人間はその両方のなかで生きる。政治の行為者、どこかしらの場所の市民、意見と信念を持つ精神の棲まう座として。また同時に、食事、睡眠、排泄、生殖をおこなう、生物学的な存在として、花のように儚《はかな》いものとして。感情は身体的恐怖と欲望から生じるのだが、それは思想と政治的関与《コミットメント》と文化からも生じる。

一九四六年のエッセイ「なぜ書くか」のなかで彼はこのことを単刀直入に述べている。「私の仕事を調べる気になってくれる人ならば、だれでも気がつくと思うのだが、はっきりしたプロパガンダである場合にさえも、私の文章には本職の政治家ならば不要と思うことがたくさん入っている。子どものころ身につけたあの世界観を私は完全に捨て去ることができないし、そうしようとも思わない、私が生きて丈夫でいるかぎり、私は散文の文体について強い思いを持ち、大地の表面を愛し、手ごたえのある事物や無用な知識のきれはしなどに出合うことに喜びを感じつづけるだろう。私自身のそういう面を押さえつけようとしても無駄だ。この時代が私たちみなに押しつける公的、非個人的にならざるをえない活動を、どのように自分の持ち前の好き嫌いと協調させるかが、私の取り組まなくてはならない仕事である」

中ほどのセンテンス〔「私が生きて丈夫でいるかぎり……」〕は注目に値する。これは「思いを持ち(feel)」「愛し(love)」「喜びを感じる(take pleasure)」という動詞によって駆り立てられる信条である。彼はこうした事象に多くの時間を捧げ、それらに多くの喜びを覚えた。そのことは彼自身の書いたものが明らかにするところだが、彼についての本と、世間一般の彼の見方のほとんどはそれを明らかにしてはいない。彼は牧歌的な環境で、また際だって非牧歌的な環境で、花に多くの時間を割き、花に心を砕いた。ロンドン暮らしでドイツ軍の空襲を何度も受けて数年におよんでいた彼は、一九四四年に、「空爆を受けた廃墟にはびこっているピンクの花をつけた植物」の名前は何というのか、と読者に尋ねている。

おなじころ詩人のルース・ピターが田舎から上京して彼を訪ねた。ずっとのちに彼女はこう回想している。「お土産に、そのころロンドンではもう手に入らなくなっていたものをふたつ持参しました。エセックスの母の郷里で採れた見事な一房の葡萄と、赤い薔薇一輪で、どちらも当時は貴重品でした。そのときの彼のことがありありとよみがえります。顔に微笑と称賛と歓喜の念を湛えて葡萄を持ち上げ、それから痩せ衰えた両てのひらで薔薇を包み込み、神々しいものに喜んでいるといった風情でその香りを吸い込んでいたのです。これが彼について私が覚えているなかで、最後の鮮明な姿なのです」

彼は庭師《ガーデナー》であるだけでなく、熱心な自然観察者《ナチュラリスト》でもあった。子どものころからそうだった。貧乏でふたりきりになれる場所がなかったので、性行為をする場所として公園や田舎の戸外をしばしば用いた。その習わしは『葉蘭をそよがせよ』や『一九八四年』といった小説に反映されている。そしてそれは自然界にもうひとつの魅惑の層を込めたのかもしれない。だが彼が田園地帯を好んだのはその点だけではなかった。オーウェルが若い時分に家庭教師をしていたときの教え子だったリチャード・ピーターズは、一緒に出かけた長い散歩について回想している。「政治家の行状を論評するときの彼の言い方は、オコジョの生態や青鷺の習性について語るときとおなじだった。……動物や鳥に対する彼の態度は、子どもに対する態度とかなり似ていた。彼は動物を相手にしているときはくつろいでいた。動物について何でも知っているように見えた。動物は面白く興味がつきないものだと彼は思っていた」

彼が若かったころによく一緒に散歩をした女性はこう回想している。「彼は田園地帯についてものすごくたくさん知っていました。鳥や動物を見つけて指さして私に教えるのです。「聞いて！」と彼は言い、さえずっている野鳥の名前を教えてくれたものです。私が見たときには鳥はもういなくなってしまっていました。それからいろいろな木——彼は植物の名前を知っていました」。小説家のアントニー・ポウエルはこう不平を述べた。「オーウェルと一緒に田舎の散策に出かけると……彼はほとんど気づかわしげに、この灌木は蕾《つぼみ》をつけている、この季節にしては早すぎるなあ、とか、あの植物は英国南部では珍しいねえ、というように注意を促すのであった」

晩年のオーウェルに会いに行ったコミュニストの青年は、オーウェルが「鳥の習性について際限なく説明をするので、死ぬほど退屈だった」と語っている。これはおそらく政治の話題を避けるためだったのだろう。このオーウェルはソローの甥っ子の感がある(ソローは植物を調べ、鳥の渡りと最初の開花の時期について日記に記し、販売用と身内での消費用に作物を育て、そしてもちろん、彼の最重要のエッセイのいくつかでラディカルな政治的立場と行動を主張したのだった)。そんな彼は私が出会えるとは思ってもいなかった人物なのだが、その姿を一度知ってしまえば、ちょくちょく彼に遭遇するのである。

一九三五年に彼はひとつの詩を書いた。あまり出来のよい詩ではない。彼は才能に恵まれた詩人でも、将来有望な小説家でもなかった。彼がすばらしく才能に富んだエッセイストであることを自身が(またほかの人びとが)気づくのには時間を要した。この詩は、自分を時代の要請にしたがって行動する者としてとらえている、そんな自分自身の見方を述べた、思わず引き込まれるポートレイトである。

二百年前であったなら

私は幸せな牧師で
永遠の運命について説教し
胡桃《くるみ》の木が育つのを眺められていたかもしれない。

彼はこの「楽しい憩《いこ》いの場」に恵まれなかったことを嘆くが、しかしどのみちその憩いを得たのだった。というか、彼の伯母が彼のためにそれを確保してあげたのだった。もっとも、ジャック・コモン宛の手紙のなかでは彼は「ある友人が」自分のためにそれを確保してくれたのだと述べた。それは三三歳にもなって「伯母さんが」というのはあまりにも子どもじみていると思えたからなのかもしれない。彼の母親の姉は、ウォリントンの家と同様に、これまで出されたオーウェルの伝記のなかではお情け程度にしかふれられてこなかった。しかし彼女は肝心要のときに大きな役割を演じているのだ。(ボヘミアンの伯母やクィアの叔父が、社会に適応できない子どものところに舞い降りてきて、親がやろうとしない、あるいはできない仕方で激励してあげる――そんな親族についての、いまだ書かれざる歴史がある。)その伯母のネリーことヘリーン(エレーヌ)・リムーザンは、女性参政権論者《サフラジスト》であり、(おそらく彼が知った最初の)社会主義者であり、ボヘミアンであり、女優であり、左翼の出版物の寄稿者であった。

ジャシンサ・ブディコムは友エリック・ブレア(一九三三年にジョージ・オーウェルの名を持つようになる)についてこう回想している。「アイヴィー・リムーザンおばさんとネリーおばさんがいたのを覚えている。このおばさんたちとそのお仲間のうちの何人かは戦闘的な女性参政権活動家《サフラジェット》だった。ブレア夫人は共鳴していたが、それほど熱心ではなかった。エリックが言うには、この派遣団のなかには牢屋に入れられたり、ハンガーストライキをしたりする人がいて、もっと穏やかなものとしては鉄柵に自分の体を鎖でつないだりする人もいた」。ネリーおばさんはまだ小さかった彼をE〔イーディス〕・ネズビットに引き合わせた。彼が初めて出会った本格的な作家で、腕白な子どもたちが活躍する児童向きの小説で知られるが、民主的社会主義団体であるフェビアン協会の共同創立者でもあった。

甥がビルマからもどると、伯母は彼がおぼつかない足取りで新生活に踏み出すのを手助けした。彼女自身が赤貧で冒険心に富み、オーウェルが物書きという不安定な道に進むために上昇移動の階段を降りる決断をしたときに、両親が怖気をふるったのに対して彼女は激励したのだった。一九二〇年代のどこかで彼女はフランス人のアナキストであるウジェーヌ・アダンと深い仲になった。アダンは一九一七年のロシア革命を目撃していた。一九二〇年代末にオーウェルがパリで暮らしたとき、ネリーとアダンもパリで同棲生活を送っていた。アダンがロシア革命を直接知っていたこと、そしてその結果生じた体制を拒否したことは、その実験がいかに恐ろしく間違ったものとなったかについてのオーウェル自身の認識に影響を与えたのかもしれない。概してアナキストはこれを早いうちに認識していたが、あまりにも多くのコミュニストたちは、それが単なるもうひとつの独裁と化したあとも長いこと、プロレタリアート独裁の輝かしい実現として想像しつづけたのだった。

成人してからのオーウェルが最初に発表した著作はフランスの左翼雑誌に載った。その編集長のアンリ・バルビュスをこの若者に紹介したのは伯母だった。一九三三年六月三日、オーウェルが地方の学校教師をしていたときに、彼女は彼に送金し、左翼雑誌『アデルフィ』の彼女の購読を更新するよう依頼し、残った金は自分のものにするようにと書いた。「あなたの市民農園《アロットメント》の地代がこれでまかなえるでしょう。農園があなたにいくらか利益をもたらしたことを望みます。もちろん種代がいくらかかかったにちがいありません。肥やしも、道具もかかったのかもしれません。願わくは、それを借りられたでしょうし、あるいは盗めたでしょうけれど。……こちらのほうは、軍縮会議に参加しましたが、連中は同時にもうすっかり戦争の準備をしているのです」。これは長文の愛情に満ちた手紙で、そこで彼女は彼の仕事、彼の本、彼の庭についてやさしい関心を示し、政治についての彼女自身の関心を共有し、彼が選んだ道と、その結果としての貧乏暮らしを無条件で受け入れている。

彼はその市民農園に夢中になっていた。その年のもっと前に、彼は求愛中の女性にこう書いている。「ご無沙汰お許しください。相変わらず仕事〔執筆〕にかかりきりで、その合間に私の庭の大事な作業でも骨を折っていました。今日はターフィング・アイアン〔芝土用のシャベル〕を使っていて本当に背骨を折りかけました。昨日はつるはしで向こうずねをやってしまいました。『ユリシーズ』はもう読みましたか?」おそらく野外で愛を交わしたことにふれてのことだろうが、こう付け加えている。「バーナム・ビーチズではとてもよかった。木々が芽吹いてきたらぜひまた行ってみたいです」。それからまた七月に、求愛中の別の女性に市民農園について書いている。どうやら野菜を育てていて、それを売りに出したいと思っていたようである。「ペポカボチャ《マロウ》とカボチャは目に見えてふくらんできています。エンドウ豆がどっさり採れました。ソラ豆はできはじめたところ。ジャガイモはかなり出来が悪い。日照りのせいかと思います。小説を書き終えました。けれどもただもう気に入らないところがたっぷりあるのです」

それから彼は肺炎にかかり重篤になった。病院から出ると、両親の家にもどって数か月間の療養生活を余儀なくされた。彼が初めてジョージ・オーウェルの名前で発表しはじめるのはたまたま同時期のことだった。その命名は、自分のやり方で一からやり直し、家族から身を離そうという試みだった。その計画は、サフォークの海岸町サウスウォルドの実家に帰ったことによって、危うくなったように感じられたにちがいない。

親元にいたあいだに女性の文通相手のひとりに彼はこう宣言した。「この時代に私はあまりにもむかつきを覚えるので、街角に立ち止まってエレミヤとかエズラとかのように、天罰が下るがいいと叫び出したくなります」。のちに彼は同時代へのエレミヤ的な嘆きと長口舌《ちょうこうぜつ》に秀でることになる。だがその手紙のなかで彼は人間がうちとけた場で語るときにするように、例の興味深いことをおこなっている。彼は旧約聖書の憤怒から、自分を魅了し好奇心を刺激してきたと思しき事柄の報告《ルポルタージュ》へと切れ目なく移ってみせているのだ。少しあとのほうで彼は書く。「ハリネズミがしょっちゅう家に入ってきます。昨夜など浴室でオレンジ大ほどのほんの小さなハリネズミを見つけたのです。

ほかのハリネズミの赤ん坊だろうとしか考えられません。ですがもう立派にかたちが整っていました。つまり針が生えていたのです。またすぐに手紙をください」。ハリネズミに楽しみを覚えるようなら、時代の悪のことなどどうでもよいと思っているのだろうと、よく遠まわしに言われる(あるいはそう叫ばれる)。けれども、経験と想像のなかで、両者は共存するのがお決まりなのだ。

一九三四年九月二三日にネリー伯母は甥のために彼女の友人のウェールズ人のマヴァヌウィ・ウエストロープに手紙を書いた。ウエストロープは女性参政権論者《サフラジスト》にして平和主義者、また菜食主義者で、独立労働党のメンバーだった。彼女と夫はロンドンのハムステッド・ヒース近くで書店を営んでいた。夫のほうは第一次世界大戦中に良心的徴兵忌避者として入獄していたときにエスペラントを習っていた。エスペラントが縁でアダンに出会い、アダンをとおしてリムーザンを知った。ネリーは甥をウエストロープ夫妻につなぎ、それで書店員として午後の時間に働くことになった。午前中は執筆時間にあて、近くにある夫妻の家の寝室をあてがわれた。どこかの時点で伯母もロンドンに転居した。ルース・ピターはこう回想している。「そう、私たちが一度ネリーおばさんのところに夕食に招かれたことを覚えています。ああ、なんという夕食だったことでしょう。彼女は年配のアナキストと同棲していたと思います。彼女は厄介な人でした。生粋のパリっ子がひどい貧乏暮らしをしていたら食べるような、恐ろしい料理を私たちに出したのです」

教師として、それから書店員として勤めたこの期間、一九三四年、一九三五年、そして一九三六年と、オーウェルはたてつづけに三冊、あまりうまくいったとはいえない小説を刊行した――あのふたつの旅に出かけ、自分の進むべき方向を定める政治的視座を見出す前のことである。自分でも不満が残ったこれらの本はいずれも、政治的分析というよりも個人的な憤慨を表出した世界観ゆえに注目に値する。その見方は金持ち向けの男子校に投げ込まれた貧しい少年という彼の形成期に端を発するのかもしれない。負け犬の側に立ち、貧者らを押しつぶすもろもろの圧力を唾棄する、そういうものの見方である。若いころの自己について彼はこう述べた。「私はスノッブであるのと同時に革命派だった。あらゆる権威に反対した。……漠然と自分を社会主義者だとみなしていた。だが社会主義が何であるのかあまりよくわかっていなかったし、労働者階級が人間であるとも思っていなかった」

彼の小説のそれぞれが、周囲の人びとから疎外された個人を扱っている。それら敵対者たちが合わさって社会というシステムを構成し、社会はそれぞれの主人公をすり減らしてゆく。（『一九八四年』のプロットと、その身体的、精神的に脆弱なアンチヒーローは、『葉蘭をそよがせよ』の主人公ととてもよく似ている。ただし、『葉蘭をそよがせよ』の扱っているのが貧困と、オーウェル自身が属する社会が人を順応させようとしてかける圧力であるのに対して、『一九八四年』のほうは、全体主義国家が主人公を拷問と恐怖によって破壊する物語だというちがいがある。）さらに、いずれの本も直接的な経験、とりわけ自然界の経験を描写する段になると、いっそう熱のこもった鮮明な散文に変わる。あやふやなプロットのかたまり、陰鬱な生活、激しい非難、そして過剰にイメージを喚起させる描写——そうした材料が煮込みが足りなくてうまく溶け込んでいないように見える。『牧師の娘』のなかで、題名に示された主人公は自分勝手な父親の卑屈な召使であり、教区の病人や老人の勤勉な看護人である。おおむね望みをくじかれた人物で、ちょっとありえないような一連の出来事によって押し流され、それから田舎のみじめな暮らしへと連れもどされる。

けれども、父親の教区の極貧の老女を世話しに訪れたあと、彼女は帰り道で自転車を停めて陽光を浴びる。「赤い雌牛の群れが、光る海のような草に膝を埋めて草を食《は》んでいた。バニラと新鮮な牧草のエキスのような雌牛の匂いがドロシーの鼻孔に漂ってきた。……ドロシーは、生け垣の向こうに野薔薇の木が生えているのを見つけた。むろん花はついていなかったが、それがスイートブライアーかどうか知りたくて、よじのぼって門を越えた。生け垣の下の丈の高い草のなかにひざまずいた。地面近く、そこはたいそうな暑さだった。たくさんの目に見えぬ虫のブーンという羽音が耳に伝わり、からまり合った草木から、暑い夏の草いきれが流れてきて彼女をおしつつんだ」。彼がこしらえたいくつもの人生には、悲惨さのなかにものの本質《エピファニー》が露呈する瞬間がちりばめられている。オーウェルは恒久的な幸福だとかそれを実現しようとする政治だとかを信じてはいなかったが、喜びの瞬間を、歓喜でさえも、心底信じていたのは確かであり、これらの初期作品から『一九八四年』に至るまで、そのことをたびたび書いたのである。

彼は何人もの年長の女性に面倒を見てもらった。そのひとりがメイベル・フィアツで、彼女はサウスウォルドで彼の両親と知り合いだった。フィアツはロンドンの知人を何人か彼に紹介してあげた。彼の著作権代理人となる人、彼の出版人となる人、また彼の終生の友となる何人かがそこにふくまれる。ウェストロープ夫妻が彼に退居を求めると、フィアツは彼をロザリンド・オーバーマイヤーに紹介した。彼女は心理学を学ぶ四〇代の学生で、広々としたフラットを持っていて、空いているベッドルームがあったものだから、彼はそこに入居した。そこで彼は手紙のなかで〈未婚男性《バチェラー》グリラー〉と称した一種のオーブントースターを使って原始的なディナーを料理し、ふだんは書き物に使うテーブルにそれを並べて友人たちにふるまった。

一九三五年の春、オーバーマイヤーとオーウェルはその家で合同パーティを開いた。客のひとりとしてやって来たのがアイリーン・オショーネシーだった。ユニヴァーシティ・コレッジ・ロンドンの大学院修士課程で心理学を専攻していて、オーバーマイヤーの学友だった。オーウェルはこの泰然としている二九歳の女性に即座に心を奪われ、その夜とそれ以後、彼女に熱心に言い寄った。オショーネシーはブレア家と比べると家柄は劣るが、ブレア家より裕福な一族の出身だった。父親はアイルランド系のカトリック教徒で、英国北部に居を構えていた。彼女はオクスフォード大学の卒業生で、高度な知性とお茶目なユーモア感覚を備え、かなり機知に富んだ女性だった。そうしてすぐに彼女は、この男――ブラシのように固い黒髪が頭から逆立ち、くぼんだ青い目を持ち、また強硬でしばしば奇妙な意見を持つ、とても背の高い、病弱でうだつの上がらない小説家――の求愛に応え、彼に夢中になった。友人たちとロンドンの生活をあとにして、彼女は彼の選んだ田舎の村に一緒に移り住み、専攻していた心理学のキャリアでなく、彼に身を捧げることにした――そうするほどまでに彼女は彼を愛したわけだ。ウォリントンで庭に植物を植えていたとき、彼はロンドンからアイリーンが来るのを待ち、結婚の準備をしていたのである。

「庭はよいものになりうるのですが、放置されていてこんなのは見たことがないというぐらいひどい状態でした。見られるようにするには一年はかかるのではないかと思います」と彼はウォリントンに着いた翌日の四月三日に友人のジャック・コモンに宛てて書いている。コテッジの前面に木を植えられる小区画があり、そこに何本かの薔薇の木が植えられた。コテッジの裏手には庭いじりをするのにもっと広い土地があった。それから道を横切ったところにある畑を近くのサンドン村の郵便局長から賃借して、さらに大がかりな菜園をこしらえた。もっとあとになって、村の共有地で山羊を放牧し、一日に二回乳搾りをした。（ブルーカラー労働者の作家で、一九三八年にしばらくその家を引き継いで借りていたコモンに宛てた手紙の一通には、山羊の乳搾りの正しいやり方についてきわめて詳細な指示書きがふくまれている。）

そのコテッジは以前は村の店だったので、ベーコンスライサーを購入し、ささやかな食料雑貨類を仕入れて、小さな村の住民を相手に食料雑貨店《グローサリー》を開いた。売り物はお菓子、アスピリン、ベーコン、ふたりが飼育した鶏から採れた卵といった数少ない取り合わせで、もうけは少なかったものの、彼が作家稼業でろくに収入が得られなかったあいだ、それで少額の家賃を支払うことができた。彼はその年にアデルフィのサマー・スクールに参加し、政治の議論に参加したが、結婚後少なくとも半年のあいだは、執筆と庭の手入れに大半の時間を費やした。（アイリーンは家の掃除と料理の大半、そして店番をある程度引き受けていたようだ。）

一九三六年末、オーウェルは田舎での隠遁生活から方向を転じ、スペインへ、そして戦争へとおもむいた。だが彼にはアウトサイダーの位置にとどまろうとする傾きがあって、それは自分よりも金持ちの少年でいっぱいのふたつの学校でできた上がった性向なのかもしれないが、それがあったものだから、その戦争のあいだ、またその後もずっと、のちに集団思考《グループシンク》──これは彼の最後の小説での造語「二重思考《ダブルシンク》」からの派生語──と呼ばれる画一的な思考に押し流されてしまうことはなかった。それに彼はロンドンと都会の生活が大嫌いだった。店の売り上げでまかなえるような格安のコテッジで暮らしているおかげで、かろうじてフルタイムでものを書くことができたのだろう。

アイリーン・オショーネシーは六月九日の火曜日にアイリーン・ブレアになった。* 村の教会でささやかな式を挙げた。新居から歩いてすぐ、木陰の細い坂道をのぼり、荘園農場《マナー・ファーム》の黒タールが塗ら

＊　アイリーンが大好きだった兄のローレンス・フレデリック・オショーネシーは、オショーネシー家ではエリックの名で通っていた。それでアイリーンはエリック・ブレアの姓を採りながらも、夫をジョージと呼ぶのが習慣になった。ジョージ・オーウェルの名前を彼は出版物で唐突に使い出したのであったが、手紙で、また人づきあいのなかで次第にこれを使うことが増え、しまいには彼を個人的に知る多くの人びとにとって、彼はジョージ・オーウェルとなっていた。かくして、ジョージ・オーウェルなる人物はいるのだが、アイリーン・オーウェルは存在しなかった。彼女の墓石も彼の墓石もブレアと刻まれ、一九四四年にふたりが養子として迎えた息子はリチャード・ブレアと名づけられた。アイリーン・オショーネシー・ブレアに言及するとき、ファーストネームの「アイリーン」を使わなければならなかったのは残念だが、既婚女性のかくも多くがそうであるように、その生涯にわたって真に彼女のものであった唯一の名前がそれなのである。ソニア・ブラウネルがオーウェルの亡くなる数か月前に彼と結婚したとき、彼女はオーウェルの姓を採った──あたかも生身の男性でなく伝説と結婚するかのように。

れた大納屋を過ぎ、水の湧き出る小さな池を過ぎると教会に至る。小さな教会で、一二世紀以来材料を寄せ集めて建てられてきた。燧石《すいせき》で作られている――というか、外壁は青白い膠結物《セメント》が地元の産である黒ずんだ燧石の奇妙なかたちの塊をつなぎ合わせている。石塊がいくつもの列をなしているのが象形文字《ヒエログリフ》というか、ページに記された組み字《サイファー》みたいだ。堂内は白漆喰が塗られ、明るくてがらんとしている。垂木には大昔に彫られた天使像が見え、床はいくつもの一八世紀の黒い墓石で覆われている。墓石には流麗な文字が刻まれている。

オーウェルは保守アナキスト《トーリー》を自称したことがある。反逆者、革命家といった面が彼にはあったにせよ、伝統、安定、質朴、家でのお決まりの仕事《ルーティーン》といったものを彼は愛してやまなかった。「彼には伝統的なところがありました。それは工業化が進む以前の、英国人の暮らしのとても古い伝統、英国の村落にまでさかのぼるようなたぐいのものです」とは、詩人のスティーヴン・スペンダーの言である。「彼は本質的に、隣り近所がお互いをとてもよく知っている小さな共同体《コミュニティ》というものをよしとしていました。それだからアナキストに多大な共感をいだいていたのです。……ですから、なぜ彼がコミュニストではなかったかという根本的な理由は、コミュニストは本当のコミュニストでなくて、ジョージ・オーウェルこそがそうであったからだと言えるのかもしれません」。楽園は都市化、工業化が進行した未来という私たちの前方にあるのではない、むしろ私たちの後方に、昔の生活様式のなかに、有機的な世界のなかにこそある――彼はウィリアム・モリスとおなじようにそう信じていたのだった。

教会で結婚式を挙げるという選択も、昔ながらの流儀をこのように受け入れていたあらわれのひとつであろうか――村から出ないで、ほぼ毎日開けている店を離れずに済むような場所を選ぶとなると、ここしかなかったということなのかもしれないけれど。披露宴のランチの場所は新居の隣りのパブだった。伝記作家によっては、このあとの数か月を彼の生涯でもっとも幸福な部類に入るとしている。アイリーン・ブレアは新婚時代について独自の見解を取っていた。そのことを同年の一一月に友人宛の手紙で書いている。「私は結婚してからの最初の数週間、几帳面に手紙を書くという習慣を失くしました。というのも、私たちはしょっちゅう喧嘩をするので(それも猛喧嘩です)、殺人か別居が実現したあと、時間ができたら、みんな宛にまとめて一通手紙を書こうと思っていました。するとエリックの伯母様がやって来て泊まり、あまりにひどかったので(二か月も泊まったのです)、私たちは喧嘩を止め、ただ愚痴をこぼし合ったのです。それから伯母様は行ってしまい、いまや私たちのごたごたはすべて解決しました。……書き忘れましたが、彼は七月の三週間、持病の「気管支炎」にかかりました。そして、雨は六週間毎日降り、その間ずっと、台所は冠水し、すべての食べ物は数時間のうちに黴臭くなりました。いまではずっと前のことのように思えますが、そのときはそれが永遠につづくように思えました」。彼女がこれを書いたとき、新婚のふたりはサフォーク州の海岸町サウスウォルドにあるオーウェルの両親の家にいた。だがアイリーンはこう付け加えている。「私がもしこの手紙をウォリントンから書いたとすれば、暮らしの実際の事柄についてのものになったでしょう――山羊、雌鶏、ブロッコリー(ウサギに食べられました)といった」

雌鶏がふたりの暮らしのなかで主役を演じていた。オーウェルは一九三六年暮れにスペイン内戦で民兵として入隊したのだが、スペインからウォリントンにもどると――また、その後戦争の傷を癒やしたり、また別の肺の病の療養でいくつかの場所に滞在したあとでそこにもどると――毎日の採れた卵の数だとか、種々の鳥の行動だとか、家畜に餌をやったり世話したりといったことを克明に記録している。ウォリントンの日記は、そこに彼が最初に足を踏み入れてから三年後の四月に花が咲き誇っている描写から始まる。「うちにはいま、雌鶏が二六羽いる。いちばん若いのは生後約一一か月だ。きのうは卵七個(鶏はやっと最近、また卵を産みはじめた)。何もかもなおざりになっていて、雑草などがはびこっている。地面はとても固く、乾いている。大雨のあと、数週間雨が全然降らなかったせいだ。……いま庭で咲いている花は――ポリアンサス、ムラサキナズナ、シラー、ムスカリ、カタバミ、数本の水仙。野原にはラッパ水仙がたくさん咲いている。これは八重咲き水仙だが、どうやら本物の野生のラッパ水仙ではなく、偶然そこに落ちた球根から生えたものらしい。ダムソンスモモとプラムは花が咲き出した。林檎の木は芽を出しているが、花はまだだ。梨の花は満開。薔薇はかなり勢いよく芽を出している」。一九三九年五月二五日に、彼はそれまでの二週間で雌鶏が二〇〇個の卵を産んだと伝えている。

こうした家事を綴った文章は、二〇〇九年に刊行された彼の旅日記、戦時日記、家事日記を編纂した六〇〇ページ近い本のなかでかなり多くを占めている。それは政治作家の扱う主題のほとんどアンチテーゼと言えるようなものの記録として、彼の仕事全体のなかで際立っている。そこは何もひどく悪いことは起こらず、いかなる衝突も起こらない、そんな場所なのだ。小さめのトラブルがあって――鶏小屋に〔ニシ〕コクマルガラスが居座っている、ジャガイモが霜にやられて腐った、山羊が雷鳴で肝をつぶした、鳥がイチゴを食った、アブラムシが薔薇についた、ナメクジの大量発生、などなど――、それで庭いじりの予定が狂ってしまうということはあるが、何か自然の法則に反するとか、道徳律に背くというようなものではない。日記の記載の大多数が、植物を育て家畜を世話する彼自身の活動に関わるものであるが、それを超えて農地や周囲の野生の生態について書き留めることもしている。折々の思索、ささやかな試行の数々も記録されている。

ヘンリー・デイヴィッド・ソローのような作家なら、豆を蒔いて隠喩や警句を刈り入れするところだけれど、オーウェルの豆はこれらの日記の記述のなかで厳密に豆として立ちあらわれた。つまり、彼はこうした観察と記録を想像力の飛翔だとか明白な文学上の土台としてはけっして使っていない。これは個人的感情を交えない私的な日記であって、出版を意図してはおらず、かといって彼の感情生活、創造生活、社会生活、あるいは身体的生活を記録するわけでもない。ただ彼の骨折り仕事と意向を綴っているだけなのである。時には購入を考えている品物や実行計画のリストが書かれている。未来の展望としてはごく単純ですぐ手近にあるもので、実現できそうなものだ――ほかのあまりにもたくさんのことが実現できそうもなかったのにである。なぜ彼がこんな詳細な記録を残したのかは明らかでないが、あまりにも日記に入れ込んだので、父の臨終に立ち会うためにウォリントンを離れた際には、アイリーンが引き継いで日記を書き、戦後の時代には、ジュラ島で彼が留守をしているときに妹のアヴリルが何度か代わりに日記を書いたのだった。日記に打ち込んでいるのだが、彼に特有の声と見方としてではない――そうは言っても、その声と見方がうかがえるのではあるけれども。

一九四〇年に彼は作家へのアンケートに答えて自己紹介の一文を書き、「仕事以外での私の最大の関心事は庭いじり《ガーデニング》、特に野菜の栽培である」と書いた。彼にとってそれがいかに大切なことであったのかは、一九三三年に借りた市民農園から、自分の死が迫っていたときに生き返らせようと奮闘した最後の庭に至るまで、彼がどれほど庭に注意を払ったか、どれほどの労力を庭に注ぎ込んだかを見ればわかる。そしてそれは数量化しにくいけれどもずっと大切なもののなかに、つまり彼が得た喜び、彼が見出した意味のなかにある。彼は庭を欲した。そのなかで作業をすることを欲した。自分自身の食料を、またもっととらえにくい何かを生み出すことを欲した。花を、果樹を野菜を、鶏を、山羊を欲した。鳥と空と季節の移ろいを見守ることを欲した。例の信条で述べたように、彼が大地の表面を愛したのは明らかだ。ラッパ水仙に、ハリネズミに、ナメクジに、彼は強い興味を寄せた。植物相、動物相、また天候を観察することに彼は多くの時間を費やした。

そのようなことを追い求めると、人はエーテルや抽象概念から〈大地〉へと連れもどされる。それは著述の反対物として想像されうる。ものを書くことは混濁した営為で、自分が何をしているのか、いつ終わるのか、うまくいっているのか、仕上げてから何か月も、何年も、何十年もたってどう受け入れられるのか、完全な確信を得られることはけっしてない。著述をおこなうことは、もしそれが何かをおこなうとすることであるなら、おおむね感知しえない営為である――それは著者がたいてい会ったことも、（読者が著者と議論をしたいという場合以外は）連絡をもらったこともない人びとの頭のなかに生じることなのであるから。作家として、引きこもり、世界とのつながりを断ち切ることは、こうした黙想にふける状態のなかで紡ぎ出された言葉をほかの人びとがほかのどこかで読むという、遠大なかたちで世界とつながるためなのだ。著述における鮮明さは、それがどのように五感を打つかではなく、想像力のなかでそれが何をなすかということにある。作家は戦場を、誕生を、ぬかるんだ道を、あるいは匂いを描写することができる――オーウェルは彼の本のなかで言及したあらゆる悪臭で有名になる――、だがそれは依然として白いページのうえの黒い文字であり、本物の血はかよっていない。本物のぬかるみも、本物の茹でキャベツも、そこにはないのだ。

　庭が差し出すのは、著述という、ものの実体から分離してあやふやな営為と正反対のものである。庭は五感のすべてではっきり感知できるものだ。肉体を行使する労働の場であり、もっともよい意味で、まさに文字どおりの意味で汚れる場、直接的で議論の余地のない結果を見る機会でもある。一日の終わりに、土を掘ればどれだけ掘ったかは、拾い集めた鶏卵の数とおなじように明らかで確かなものだ。文芸批評家の秦邦生は、『一九八四年』の主人公のウィンストン・スミスについてこう指摘する。「党によって「経験の信憑性のみならず外部の現実の存在そのものが暗黙裏に否定される」世界のなかで、分かりきったこと《トゥルーイズム》の真実を手放すまいとするウィンストンの試みは――「石は硬く、水は濡れる、支えのない物質は地球の中心に向けて落ちる」――、それ自体で政治的抵抗の必死の身ぶりなのである」。オーウェルはその本の別のところで言明する。「党は自分の目と耳から得た証拠を拒むようにと言う」。それだから、感覚でとらえられる物質世界において直接に観察し直《じか》にものに出合うことは、同様に抵抗の行為となる、あるいは、少なくとも抵抗可能な自己を鍛えることにつながる。こうした直接経験でもって頻繁に時間を過ごすことは、思考を明晰にすることであり、言葉の渦巻きとそれがかき立てうる混乱の外に踏み出す方途となる。嘘と迷妄の時代にあって、庭は、成長の過程と時の推移、物理学、気象学、水文学《すいもん》、生物学といったものからなる王国を、そして五感の王国を、みずから学ぶためのひとつの手立てなのである。

アメリカの詩人で庭いじりに傾注しているロス・ゲイは、インタビューを受けてこう答えた。「ガーデニングが持つような仕方で、のんびりとやるように私を仕込んでくれたものは、おそらくほかに何もありません。そうすることで私はものをじっくりと見るように叩き込まれたのです。私の庭の喜びのなかには、何かしようと始める前でさえすでに我を忘れてのめり込んでしまうというのがふくまれます。一年のうちのある時期に裏庭に入っていくと、もう三〇フィートも歩けば、グミの木を剪定する必要があるというので二〇分間立ち止まらざるをえません。それからジガバチを観察し、ラヴェンダーのすぐ隣りのタイムのところは草取りをしないといけない。私は庭が生産性の論理の外部でいかに生産的であるかというのが大好きなのです。食べられるものや栄養になるものなどが私の庭でたっぷりできますが、そこは必ずしも計測する必要がないようなかたちで「生産的」でもあるのです」。ものを書く作業のほとんどは考えることであって文字を打ち込むことではない。そして考えることは、部分的に関われるような何か別の作業をしながらやるのが時としていちばんうまく進む。歩いたり、料理をしたり、単純な作業や反復作業をすることは、いったん仕事を止めたあと、新鮮な気持ちで仕事にもどり、そこに予期せぬ取っかかりを見つける手立てとなりうる。

生活のためにものを書くのなら、〔インパクトとしての、収入としての、評価としての〕報いははっきりしないものだが、庭のなかであれば人は自分の蒔いた種を自分で刈り取ることになる——天候が持って、害虫に食い尽くされることがなければの話だけれど。食用植物を育てることはひとつの試金石になりうるし、言葉のなかをさまよい歩いたあとで、正気に返り、自意識を取りもどす方途にもなりうる。あるいはそれは、天候、他の生き物、予見できない力といった、紙のページ〔あるいはコンピュータ画面〕の上で生じるものとはかなり異質の、予測しえないもの、邪魔なものがいっぱいの創造的プロセスとの出合いになりうる。それは人間でないものたちとの協働作業なのだ。原稿が雹《ひょう》にやられて駄目になってしまうことなどめったに起こらない。まあオーウェルの原稿のうちの一本はドイツ軍の爆弾によってばらばらにされてしまったのだけれど。『一九八四年』の〈ニュースピーク〉が根こそぎにしようとしている、イメージに満ちたたぐいの言葉は、自然の、田舎の、農耕的な世界に基礎が置かれている。隠喩的で喚起力があり、「鋤で前を耕す」〔plow ahead 推し進める〕、「鍬を入れるのに固い列を持つ」〔having a hard row to hoe むずかしい状況にぶつかる〕、「自分で蒔いた種を刈る」〔reaping what you sow 自業自得〕、「ミツバチの進路を作る」〔make a beeline 最短距離を行く〕、「大枝に〔身を〕乗り出す」〔going out on a limb 危険を冒す〕、「木を見て森を見ない」〔not seeing the forest for the trees〕、「根絶やしにする」〔rooting out itself〕などなど。田舎風になったオーウェルは、何よりも、隠喩、警句、そして直喩の源泉に立ちもどったのである。

そして彼が想起している、おそらくウォリントンで起こったと思しき出来事は、彼にとっていかに田舎風であることが――もうひとつ鄙《ひな》びた隠喩を用いるなら――実り豊か《フルートフル》なものであったかを示すものだ。「一〇歳ぐらいの小さな男の子が、巨大な輓馬《ばんば》を駆って狭い小道を進んでいるところに行き合わせた。馬が向きをかえようとするたびに鞭を当てている。そのとき私はふとこう思った――このような動物が自分の力を自覚しさえすれば、私たちは彼らを思いどおりに操ることなどとうていできないだろう。そして人間が動物を搾取するやり方は、金持ちがプロレタリアートを搾取するのと似た手口なのではあるまいか、と」。こうして『動物農場』が生まれたのである。それを彼は戦争中にロンドンで書いたのだが、さまざまな家畜の生態を知悉《ちしつ》していたことはこの作品に大いに益するところがあったのだ。

庭はまた生と死が不可分であることを数え切れないかたちで明らかにする場所でもある。一九三九年一〇月下旬にオーウェルは彼の庭の日記に、激しい白霜が降りたために「ダリアがたちまち黒ずんだ。そして、熟れるまで放っておいたペポカボチャは駄目になったのではないかと思う」と記した。その日に、彼は根覆い《マルチ》のために枯葉を集めていて、堆肥の山で作業をしていた。「老H〔村の隣人のハチェット〕が今年の早くに積み重ねた芝は腐って美しい見事な壌土《ローム》になったが、まず私はこれらの草を枯死させないといけない」。そして雌鶏が凍え死んでしまわないように助けたことも記している。禅の実践者で庭師でもあるウェンディ・ジョンソンはこう書いている。「世界のもろもろのことが分離し再結合するのを目撃することは、禅の枢要な仕事であり、すべての庭師の生活の根本的な投錨地《とうびょうち》である」。彼女は、庭の肥沃さは「私たちの生活の廃棄物」から来ていると記す。私の知り合いで若い環境保護活動家であるカイリー・ツェンは、彼女のしっかりとした造りの堆肥箱に「死は自然のなかではけっして終わりではない」と記した。そして庭というものはつねに生成の場所であり、庭を作り丹精を込めることは希望の身ぶりである――あちらに植えた種は芽を出して育つだろう、こちらの木は実がなるだろう、春が来るので、たぶん何らかの収穫が得られるだろう、という具合に。庭は、未来にたっぷりと投資された活動なのだ。

オーウェルの友人でアナキストのジョージ・ウドコックはこう書いた。「彼のこの自己再生力の源泉はどこにあったかと言うと、それは毎日の生活のなかで、特に自然と接することによって得た、ごくありふれた、なんでもないような経験のなかに、彼が尽きることのない喜びを感じていたというところにあったと言える。彼はアンタイオスのように、大地からその力を得ていたのだ」。終わることのない陽光のような安定した状態として想像されることが多い幸福と、稲光のようにぱっと輝きを発する喜び――このふたつの区別は重要である。幸福は、困難や不和を避けつつ、整然とした生活を送ることを求めているように見え、その一方で喜びは、しばしば思いがけず、至るところに姿を見せることができ、実際に姿を見せる。カーラ・バーグマンとニック・モンゴメリーは、彼らの著書『喜ばしい好戦性《ジョイフル・ミリタンシー》』のなかで、こんなふうに区別をしている。「喜びは服従［つまり隷属化］の諸勢力との戦闘をとおして人びとを鋳直す。喜びは脱従属化のプロセスであり、生そのものを解き放ち、生の強度を増す。それは生気を取りもどすこと《カミング・アライヴ》、またばらばらにほつれること《カミング・アパート》である。幸福が従属を説き勧める麻酔薬として使われる一方で、喜びは、この従属を壊しうるようなかたちで、人びとが新しいことをおこない、感じる能力を育てる」

オーウェルは彼がその著作で反対したものによって有名である——権威主義と全体主義、嘘とプロパガンダ（また杜撰さ）による言語と政治の堕落、自由を下支えするプライバシーの侵食といったものがそれだ。そうした諸勢力から、彼が何を擁護したかを判定することは可能である——平等、民主主義、言語の明晰さと意図の正直さ、私生活とそれにともなうあらゆる楽しみと喜び、おなじくある程度プライバシーに依存するものであるが、統制や不当介入を受けない自由、そして直《じか》に経験することの喜びである。だがこれらの価値はその反対物をとおして探り当てるものである必要はない。彼はこうしたことについてたっぷりと書いた。彼の著作の重要な部分を占める多くのエッセイのなかにそれが見られるし、またエッセイ以外の著作でも、そこかしこにひょっこりと顔を出し、それらを併せればかなりの分量になる。彼が書いたもっとも陰鬱な文章にさえも美の刹那《モメント》がある。彼のもっとも抒情的なエッセイであっても、実質的な問題に取り組んでいるのである。

II　地下にもぐる

Going Underground

サーシャ，炭鉱夫と炭車を写した無題の写真，
英国ケント州ティルマンストーン炭鉱(1930)

1　煙、頁岩《けつがん》、氷、泥、灰

一九三六年の春のこと、ひとりの男が薔薇を植えた。そんなふうに書くと、その男が主人公になるけれど、薔薇のほうも主人公なのだった。たとえばあなたはつぎのように言い換えることができる――バラ属バラ科は世界各地で人間を使って交配し、繁殖することに成功してきたのであり、その栽培植物としての薔薇の木の数本が、それをひとつ六ペンスで購《あがな》い植樹して丹精を込めるひとりの男から利益を受けたのだと。マイケル・ポーランが『欲望の植物誌』に書いたように、私たちはこうした植物を人間用に馴致《じゅんち》したものとして考えるのだが、薔薇のほうが私たちを飼いならして、薔薇を栽培し繁殖させるようにしたのだと、言えなくもない。

薔薇は繁茂した。生育し、根で水を飲み、光合成と呼ばれるプロセスのなかで陽光から燃料を得て、葉でもって大気中から二酸化炭素を取り込み、土壌から根で水を汲み上げた。薔薇は炭素を炭水化物に変えた。それはエネルギーから自己形成をするか、あるいはエネルギーのために消費するかするためだった。そして水を分解して酸素を大気中に帰してやった。花を咲かせ、受粉する昆虫との共生《シンバイオシス》のロマンスを遂行し、種子の詰まった果実であるヒップを生み出した。植物が受動的だなんてとんでもない。植物こそが世界を作ったのだ。ほかならぬこの人物とほかならぬこれらの植物がいかにして邂逅《かいこう》したのかは、多くの始原を持ち、多くの方向へと広がる。ひとつの由来はその年の少し早くに始まり、別の由来は産業革命の歴史に始まり、三つ目の由来はおよそ三億三〇〇〇万年前に始まった。この最後のふたつの時間枠《タイムスパン》は、彼が調査を済ませてきたばかりのものと、これから一九三六年の残りの大半をかけて書くことになるものとが、重要な部分をなすものだった。

その春、オーウェルは、英国北部の、ウォリントンの牧歌的世界とは似ても似つかぬ土地からウォリントンにもどってきたところだった。一九三七年に刊行する『ウィガン波止場への道』の取材をしてきたのだ。この題名は、マンチェスターの中心部から離れた、当時の名だたる貧困地域に由来する（ウィガンは煤けた土地に歓楽用の波止場《ピアー》があるというミュージック・ホールのジョークでも知られていた）。それは左翼系の出版人であるヴィクター・ゴランツが困窮する地域の調査研究として依頼した本である。以前にオーウェルはロンドンとパリの最下層にもぐり、またケント州のホップ摘みの労働者たちのなかに分け入ったが、貧民がどのように暮らしているのかをふたたび掘り下げてくるようにという誘いを受けたのだ。その結果として書き上げたのは一風変わった本で、ゴランツは原稿を読んで明らかに困惑した。できれば前半部分だけを出したいと思ったようだ。前半は著者が遭遇した状況と、また出会った人物たちについての比類ないルポルタージュだったからである。後半は政治と階級についてのオーウェルのいまだ形成途上にある見解の奔流であった。自分語りが多くあり、また「現代の英国文壇は、とにかくその純文学部門は、一種瘴気《しょうき》の立ち込めるジャングルで、雑草ばかりがはびこっていられる」といったような所見がたっぷりふくまれている。

真冬に彼はロンドンを発ち、徒歩と鉄道とバスで北に向かい、ほぼ二か月間を取材で過ごした。宿泊先は下宿屋、友人の友人宅、つながりができた労働者階級の家、ユースホステルを転々とした。リーズ市郊外にある姉のマージョリーの一家のところに泊まったこともある。話を聞かせてくれる人であれば、だれにでも接触した。

オーウェルは、人びとの住環境について、収入と支出、考え方について、また我先にと食料と燃料とねぐらを確保しようと悪戦苦闘するさまについて報告した。そのひどい暮らしぶりに仰天し、聞きなれぬアクセントを持つよそ者を信頼し心を開いてくれたことに感激した。その地域は一九三〇年代初めに到来した不況のためにとりわけひどく打ちのめされていた。もっとも、そこでの暮らしは何世代にもわたってとうに過酷なものではあった。そこは産業革命が起こり、それとともに産業プロレタリアートが出現した地域だった。

炭鉱業と製造業が営まれるこの地域の人びとのみならず、その土地自体についても彼は詳細に調べた。石炭は――仕事として、炭塵《たんじん》として、燃料として、スモッグとして、危険として、病気として、死として、それこそ文字どおりあらゆるものの下にある豊富なものとして――至るところにあった。彼はだんだんとそれに接近していった。まずこんな景色に遭遇する。「ぼた山、煙突、積み上げられた鉄くず、汚い運河、木靴の踏み跡が縦横についた石炭殻のぬかるみ道――こうしたものからなる醜怪な光景」。煤《すす》ですべての建物が黒ずんでいた。雪までもがどす黒い。どの町にも黒煙が垂れこめていた。ウィガンは「草木が追放された世界」であるかのように見えた。「煙、頁岩《けつがん》、氷、泥、灰、それに汚水以外は何も存在していなかった」。古い採炭抗が沈下して水が淀んでたまったところは、「黄褐色《ローアンバー》」の氷で覆われていた。ほかの場所では発火したぼた山があった。「闇のなかで、長い蛇のような炎がぼた山の表面をそこらじゅう這いまわっているのが見える。赤だけでなく、非常に不気味な青い炎もある（硫黄のせいだ）。炎は消えかけるかに見えると、必ずふたたびちらちらと燃える」

彼が描くもっとも鮮やかな光景に、ぼた拾いの場面がある。男たち、女たち、そして子どもたちが、厳寒のなかで這って進みながら、炭鉱会社が廃棄した鉱滓《こうさい》のなかに石炭の残り物がないかと漁る。時には拾い集めたものを自家製の自転車を使って持ち去ってゆく。空腹と慢性的な栄養失調で意気消沈し、敗北感と絶望感に苛まれている。長期にわたる失業のために男たちは途方に暮れ、家族も窮状をほとんどしのぎ切れない。鉱山で働く人びとは怪我をし、病気にかかる。いかなる職業にもまして、このもっとも危険な仕事には死の影が立ち込めていることを彼は伝える。炭塵で全身真っ黒になって帰宅する鉱夫たちの肉体を彼は観察した。その炭塵は彼らの多くの命を奪うことになる。また鉱夫の顔に刻まれたあざについても記している。彼らは炭鉱の低い天井に頭をぶつけることがよくあった。労働現場で受けたそうした切り傷に炭塵が刷り込まれて、青い刺青と化した。そのために「年配の男のなかには、額に炭塵の筋がロックフォール・チーズのように付いている者もいる」

彼はウィガンからもどってこう書いた。「われわれの文明は……石炭に基礎を置いている。それも人がよくよく考えてみないとわからないほど、あらゆる点でそうなのだ。私たちの暮らしを維持する機械、そして機械を作る機械は、すべて直接か間接に、石炭に依存している」。そう述べてさらにこう記す。「私がこの石炭をはるか遠くの炭鉱の労働と結びつけるのはごくたまのことで、しかもそれにはしっかりと思い描く努力をしなければならない」。ロンドンは一六世紀後半からこのかた、石炭の燃焼による煤煙で汚染されてきた。そしてオーウェルは生涯の大半を石炭で暖めた家で暮らした。暖房炉《ファーネス》を用いたときもあったが、室内で石炭を燃やすほうが多かった（そしてそれが発する煙と粒子は、彼の肺の状態に障り、彼の命を奪う結核を悪化させる一因となったにちがいない）。

『ウィガン波止場への道』のなかで彼は、前述の文章を自分が書いているのは、石炭の火の前に座りながらであり、その石炭は労働者たちが石炭運搬車でコテッジまで運んできて階段下の石炭置き場《コールホール》に投げ込んでくれたものだが、その労働者と石炭置き場以上のことを考えずにいるのはなんとたやすいことかと言う。彼が明らかに想定していた読者は、自分とおなじようなタイプの人びとだった。すなわち、英国南部に住む左寄りの人間で、貧民の暮らしを詳らかには知らず、鉱山や工場での仕事や状況にも暗い人びとに向けて書いていたのである。

そのように目に見えないところ、あるいは忘れてしまいがちであるということが、現代世界を規定している諸条件のひとつなのだ。オーウェルは北部におもむき、職を奪われた労働者階級に会い、また炭鉱内にもぐり、文明の土台をなす商品である石炭と、採掘の様子を観察者として証言することによって、そうした健忘症を矯正してみせたのである。大地のなか深くにもぐることは時間の遡《そ》行《こう》の旅をすること。そして地下を掘ることは過去を現在に引き入れること。採鉱がかくも大規模におこなってきたそのプロセスは、地球を高層大気に至るまで変えてしまったのだ。あなたはこの物語を労働の物語として語ることができるけれども、それをエコロジーの物語として語ることだってできる。そしてこのふたつは最後にはぴたりとつながる。それも荒廃の物語としてである。

2 石炭紀《カーボニフェラス》

エコロジーの物語はこんなふうなようだ。地球上の石炭のほとんどが出現したのは、石炭にちなんで命名された地質学時代、すなわち石炭紀《カーボニフェラス》のことだった。石炭紀はおよそ三億五九〇〇年前から二億九九〇〇年前ぐらいまでの期間におよぶ。この惑星はいま私たちが生きているのとはかなりちがっていた。地球上を漂流していた諸大陸はその移動のもうひとつの局面におり、まだいまのかたちにはなっていなかった。浅い海の水面下にある場所もまだあったし、ごちゃまぜ状態の場所もあった。石炭紀の末期の早い段階で、ヨーロッパと北アメリカはローラシア大陸に融合され、別の複数の陸塊《りくかい》はひとつに固まってはるか南で超大陸のゴンドワナになった。イングランドとスコットランドは大きな陸塊から未分離であったし、互いに衝突してひとつになってもいなかった。

石炭が生成した由来を理解しようとしていたときに、私は抒情あふれる、いささかわかりづらい文章に出合った。そのなかにこんなくだりがある。「ローラシアがアヴァロニアおよびバルティカと合わさり、カレドニア造山運動のなかでイギリスの両半分がひとつになったあと、ゴンドワナは北への漂流をつづけた」。この惑星はいまとは様相が異なる。顕花《けんか》植物が現れるよりもずっと前、哺乳類が現れるよりもずっと前、人間が進化できる諸条件が整うよりもはるか前のことだった。この惑星にはいかなる言葉も、いかなる名前もなかった。このおなじ惑星の上で、数多の世界の盛衰がつぎつぎと生じた。地質、地理、生物、大気中の成分、そして気候といった点で、何度も変化を遂げた惑星である。そこは私たちが所属せず、私たちが認識できないような大地であった。

石炭紀までに、かつて不毛だった大地の表面は、生育するものたちで緑になった。それらは大洋から這い出て進化し、広大な岩盤の上に土壌を築いた。赤道近辺の陸地は植物があふれんばかりに繁殖した。その豊富な植生は石炭の森と呼ばれる。巨大なヒカゲノカズラ、大型の木生《もくせい》シダ、高さが一〇〇フィート〔約三〇メートル〕もあるトクサ、そして太古の樹木――そうしたものからなる森である。被子《ひし》植物、顕花植物が出現するのはさらに一億年以上あとのことで、それまではこうした植物が植物本来の仕事を果たした。水を分解して酸素を放出し、二酸化炭素を取り込んで、それをエネルギーと生体構成成分のために用いたのである。

石炭紀におびただしく現れて繁茂した植物はこれらのプロセスを強め、いくつかの奇妙な効果をもたらした。そのひとつが、地質時代の現世〔沖積世〕に比べるとはるかに高濃度の酸素であった。私たちの住む惑星では、これまで長いこと大気中に約二一パーセントの酸素があった。だが石炭紀にはこれが三五パーセントに達していた。空気がいまよりずっと濃厚だったことで、成長と飛躍への抑制が緩んだ。動物の進化が堰《せき》を切ったように起こった。トンボに似た生き物で羽の幅が三〇インチ〔約七六センチ〕もあるのがいた。長さが八フィート〔約二・四メートル〕あるムカデがいた。巨大なカゲロウ、ゴキブリがいた。そして巨大なワニに似たイモリの先祖もいた。それらがみな湿地帯の森にひしめいていたのである。こうした高酸素濃度は石炭紀のもうひとつの特殊な性質の結果だった。通常、植物が死滅すると、そこにふくまれていた炭素の多くは、腐敗や焼却などの他の変容によって大気中にもどる。そしてそれは酸素と結合して二酸化炭素を形成する。それは温室効果ガスであり、大気中の熱を封じ込める役目を負う。だが石炭紀においては、植物によって大気中から取り込まれた膨大な量の二酸化炭素はもどらなかった。循環は断ち切られた。炭素は植物死骸の物質として湿地や水に浸された大地のなかに入り、泥炭《でいたん》になった。泥炭は地質年代の幾つもの時代をかけて、圧縮され、乾燥し、石炭となった。世界各地の湿地帯で泥炭の形成過程はいまもつづいている。とりわけアイルランドのものがよく知られるが、泥炭の湿地には大量の炭素がふくまれている。

何億年ものあいだ地下の暗闇に横たわっていた黒い物質は、太陽の光合成とともに始まった。進化生物学の学位を持ち樹木医で詩人であるわが友ジョー・ラムが私に言った。「木を見る見方のひとつは、木は捕まえられた光だということだね。結局のところ光合成というのは光子を捕まえて、そこから少量のエネルギーを採り、低周波でそれをふたたび放出し、その捕らえたエネルギーを使って空気を〔ブドウ〕糖に変える。それから糖を葉と木質部と根のもとになるものに変える。ジャイアント・セコイアというとびきりの巨木だって、じつは光と空気なんだ」

もとの有機物のなかには、石炭の鉱脈のなかにかたちを保っているものがある。一九世紀以来イギリスの炭田を記録してきた地質学者たちは、報告書のなかに植物の化石の説明をふくめることがよくあった。二〇〇九年に北米のある炭鉱について科学者たちが記した報告によると、そこでは何マイルにもわたる太古の森を下から眺めることができたのだという。落ち葉、大枝を広げる巨大な幹、根、根株（これは炭鉱の屋根から抜け落ちることがあって危ない）、といったものである。それはつまり、少なくとも一部の炭鉱夫と技師には、自分たちが現代の世界のなかで燃やし尽くすために太古の世界を採掘していることがはっきりわかっていたということだ。

植物がこの世界を作ったのである――海中の単細胞の有機物が最初に有意の量の酸素を地球の大気のなかに注ぎ込んだとき以来、何度も何度も。石炭の森の時代に、植物は断熱効果を持つ二酸化炭素を大気から大量に取り込みすぎたものだから、その時代は気候の破綻《クラッシュ》で終わった。すなわち氷河期である。科学者たちが確信しているところでは、炭素の破綻のために「全球凍結」、すなわち惑星が北極から南極まで一面凍ってしまう状態になる瀬戸際までいったという。二〇一七年にポツダム研究所の気候科学者であるゲオルク・フォイルナーが打ち出した説によると、植物の繁殖が炭素を大気から引き下ろして地球を凍らせていたのだったが、その成長の循環を寒気そのものが緩めたか止めたかしたのだという。彼は最後に、私たちがそのプロセスを逆にしつつあると記している。考えてみれば、石炭紀には六〇〇〇万年にわたって植物が吸入によって大気から二酸化炭素を取り込んだが、この二〇〇年については、人間がすさまじい量の二酸化炭素を放出し、植物が太古の昔におこなったことを無にしようとしているわけだ。

炭鉱夫が大地の臓腑から炭素を掘り出して、直接それを高層大気に出しているのだと想像されるのかもしれないが、それは彼らに対して公正ではないだろう。気候変動は炭鉱夫のせいではないのだから。そうではなく、植物が大昔に埋めた炭素を高層大気にもどすのは、それを燃やすからであって、掘り出すこと自体ではないとわかるだろう。供給するのは炭鉱夫だけれど、燃やすのはほかの人びとである。おなじく太古の植物の産物である石油とガスもそうだ。それらもやはり地中に隔離されていた炭素であって、おなじように地球の二酸化炭素の濃度を激変させ、破局を招いている。遠い過去の残滓《ざんし》を空に投棄することによって、私たちは地球を熱し、有機体システムと無機体システムが織りなす優雅な調和を壊しつつある。四季のうつろいと成長の循環を、天候を、鳥の渡りを、開花と結実を、気流と海流を狂わせてしまっている。何千万年も、いやもっとそれ以上にわたって炭素が地球に埋め込まれた結果としてもたらされたものを、私たちがたかだか数百年という短期間でこんなにも性急に燃やしていなかったなら、こんなにひどいことにはなっていなかったのかもしれない。けれども私たちは度を超してしまい、植物が炭素をふたたび取り込む能力を追い越してしまったのである。

「すべての固いものは溶けて空気中に入る」とは、知られるように、マルクスとエンゲルスの『共産党宣言』中の一文である。彼らは社会と技術の変化について語っていたのだが、埋められた炭素を上層大気圏にもどしている様子を述べたものと解してもおかしくない。一九三一年に、『新ロシア入門――五か年計画の物語』という陽気な調子の英語で書かれた粗暴な本が出版された。ソ連の工業化を言祝《ことほ》ぐ頌歌《オード》として、合衆国で広く流布した本だ。「われわれは死者を強いて働かせる」

と題されたセクションのなかで、この本はこう宣言する。「湿原の草、シダ、トクサといった残余物が砂と粘土の層の下で朽ちていたのが、黒くなり、石炭へと変わった。われわれのもくろみは、この墓地におもむき、死者たちを墓から引きずり出し、強いてわれわれのために働かせること、これである」。言葉づかいがまるでゾンビ映画、ホラーものみたいだ。死者の群れが蘇って私たちに取り憑く。この場合は、炭素を用いてである。

3　闇のなか

アーシュラ・K・ル＝グウィンの作品に「オメラスから歩み去る人びと」と題する短篇がある。ある都市国家の話で、見たところ壮麗で立派な国で文明が進み発展しているが、なぜかひとりの子どもの虐待に国全体が依存している。その子は暗い地階に閉じ込められ、隔絶され、ろくに食事も与えられず、すべてを奪われている。その子の悲惨さは根本原理の問題を考えるのに役立つが、オーウェルの時代からそう遠くない昔の英国では、そんなような子どもがたくさんいた。そして子どもたちの悲惨さは実際的な目的を果たすことに役立った。一八四二年に出された報告書『連合王国の鉱山と炭鉱において雇用された児童の状況と待遇』はその一部について詳細に記述している。

そこに出てくる子どもたちは鉱山の地底に送り込まれ、長時間酷使されるので陽光は日曜にしか見られない。坑道から石炭を運び出す仕事に当たるのだが、あまりにも狭い道なので、長い距離を這って進まなければならない。炭車《たんしゃ》を押し進める仕事のため頭のてっぺんがはげてしまった子もいた。炭車を四つん這いになって引っ張る子どもは、腰に引き具の鎖をくりつけ、股のあいだに鎖を通して炭車につなげていた。鎖がこすれて服に穴が空き、肌に食い込んで痛い思いをすることもよくあった。若い時分にそんなふうに石炭を運んだことがある「高齢の女性が、何人か健在である」とオーウェルは伝えている。妊娠してかなり日が経っていてもそんな仕事をしたのだという。「しかしもちろん、たいていの場合私たちは、彼女たちがそうしたことをしていたのを忘れておきたがる」

その一八四二年の報告書で女性たちは自分たちがいかに動物並みの暮らしをしているかを語った。出産間際まで働くか、あるいは炭鉱の地下深くで子を産むかした。そしていかに多くの子どもが死んだかも語った。年少の労働者は、五歳、六歳、あるいは七歳で、小さすぎて多くの肉体労働には不向きなので、通風戸係《トラッパー》として雇われた。坑内の換気を調整する通風戸《トラップドア》の世話係である。時として幼い子どもは夜明け前に持ち場に就き、一二時間ものあいだ、そこにたいていひとりでいた。鉱夫が来たときだけ戸を開き、通るとまた閉めるという仕事である。ロウソクやランプを与えられないので、真っ暗闇のなかに放っておかれることがしばしばだった。眠り込んだり、ぼんやりしたりしていて殴られることもあった。

通風戸係《トラッパー》をつとめる八歳の少女サラ・グッダーは調査官にこう述べた。「明かりがないところで通風戸《トラップ》を開け閉めしなきゃいけないの。怖いわ。……ぜったい眠らないの。灯りがあれば歌うこともあるけれど、真っ暗では駄目。とても歌えない」。フリードリッヒ・エンゲルスも一八四五年の『イギリスにおける労働者階級の状態』のなかで鉱夫の状況について書いた。子どもたちについてもふれていて、この子たちは上界にもどってきたときに疲労困憊のあまり帰り道で寝落ちしてしまったり、帰宅するとすぐ眠り込んでしまったりして、仕事のあとなのに親が出す食事も食べられないほどだったという。いかに子どもたちが労働のためにしばしば成長を妨げられ、また時には奇形にさせられるか、またいかに鉱山のすべての人が、しばしば致命的である肺病にかかりやすいかをエンゲルスは述べた。石炭は燃焼するとたくさんの種類の毒素を生み出すが、鉱夫やほかの人びとが吸い込む炭塵《たんじん》もまた命取りだった。

坑道ではよく落盤事故が起こった。坑内のガス充満による爆発事故もあった。そのため炭鉱労働者たちは、自分の身にふりかかる惨事を見越すこともできた。押し潰されたり、不具にされたり、バラバラに吹き飛ばされたり、大火傷を負わされたり、あるいは落盤に見舞われて坑内から地表に出る道がまったく閉ざされるような事態である。また悪い空気で窒息させられることもありえた。坑内深部はしばしば暑すぎるので、女や子どもはズボンだけ、男はしばしば真っ裸で働いた。調査官たちはそんな姿を見て不謹慎でけしからぬと思ったのだが、いまにして驚かされるのは、炭鉱労働者たちが恐ろしいまでに危害を受けやすいということである。なにしろ労働者たちには、荒々しく汚れた地下世界から身を守る術《すべ》がないに等しかったのだから。ル＝グウィンの物語では、オメラスの覆い隠された残虐さに反対する人びとは歩み去る。そしてそこで反乱が起こる可能性についてはふれていない。炭鉱では、そんな惨状に怖気をふるった人びとがなかにはいて、ストライキを決行し、組織作りをし、労働環境の実態を暴露して改善をはかるように運動をおこない、女性と子どもを地下世界に立ち入らせないようにする法律を通したのだった。

イギリスが、鉄道、蒸気船、戦艦、製鉄工場や織物工場、また大都市群をもって、強大な勢力を打ち立てる、その土台とした忌まわしい悲惨がこれだった。植民地での労働力の搾取、それに資源の採取と並んで、新たに得た過剰な富と利益を下支えする剥奪がこれだった。それは現代世界とそれほどかけ離れてはいないのかもしれない。メキシコ湾と北海にある石油プラットフォーム、アルバータのタールサンド〔重質油を多くふくむ砂（岩）〕での汚い瀝青《ビチューメン》の露天掘りと抽気《ちゅうき》、ニジェールのデルタやアマゾンでの先住民族の居住地を汚す石油事業、そして毒素と怪我と死にさらされた世界中の搾取された労働者たちといったものに依存しているわけだから。

この産業の超新星が現れる以前から何世紀にもわたって石炭は掘られてきたのだが、一八世紀と一九世紀に新しい技術によって地下深くの炭鉱の掘削が可能になるのと同時に、そうした採掘で得られた石炭を貪り食う機械が製造された。相乗作用《フィードバック・ループ》の速度が増し、範囲も広がったのである。鉄の軌道を走る機関車と蒸気エンジンがイギリスの採鉱のために配備された。原鉱と石炭を移動させ、水を吸い出して、さらに地下深くで採鉱ができるようにである。機関車と蒸気エンジンはその後より広範な技術となり、人間の暮らしにそれまでずっと定められてきた限界を超えることを可能にした。自分の身体を、また商品を、それから情報を、いかに速くかつ遠くまで移動させられるか。いかにたくさんのものを作れるか。そして究極的には、大地そのものを、それから空気と海をどれだけ変えてしまえるか。そんな限界を超えられるようになったのだ。それはすべて火を燃やすことによってエネルギー源を得る。何百万もの火が、暖炉やストーブのなかに、機関車や蒸気ポンプや蒸気船を稼働させるボイラーの下にあり、何千万もの火がすべて一時《いちどき》に燃えた。工業的規模の火はかくも大量の石炭を貪り食うものだから、「火夫《ストーカー》」が職業になったほどだ。石炭を掬《すく》って炉に投げ入れる稼業である。イギリス海軍はこうした缶焚《かまた》きにかくも依存していたので、一等級から六等級までの火夫を置いたほどである。石炭を燃焼させることによるこれらすべての火が、埋められていた炭素を大気中にもどした。

人類は、ほかの多くの種と比べると自然力に対して緩慢で、やわで、脆弱な状態でずっといたのだったが、人間の身体の限界と、人間が利用してきた動物の身体の限界を克服するような仕掛けとシステム、機械と道具を構築することができた（もっとも、馬は道路や畑のほとんどから消えて久しいのに、馬力《ホースパワー》というのがいまも私たちの機械の仕事率をあらわす単位となっている）。それは機械による一種の自己超越であった。それはさらに、怪物を作り、怪物となる手立てでもあった。石炭の燃焼によって、またのちには石油の燃焼によって駆動される機械の力《パワー》は、政治経済の権力《パワー》を生み出した。そしてエネルギー資源の集中によって、少数者による前例のない権力集中がもたらされた。結果として、その少数者のなかには、大手の化石燃料企業と石油産出国がふくまれることとなった。

一八〇〇年にイギリスは一〇〇〇万トンの石炭を採掘し使用した。一八五三年にそれが七一〇〇万トンにまで上昇し、一九一三年に二億九二〇〇万トンにまで達した。一九二〇年までにイギリス人労働者の二〇人に一人以上が石炭関連の仕事に就いていて、オーウェルがウィガンにおもむいた一九三六年には、イギリスはいまだに二億三二〇〇万トンを採掘し使用していた。二〇一五年に最後の坑内掘り炭鉱が閉山となった。二〇一七年には石炭の産出量は三〇〇万トンにまで下落した。そして二〇一九年には、イギリスは一八八二年以来初めて、二週間石炭を使わずに発電をおこなった。この国は石炭を石油とガスに転換していた。石油もガスもやはり化石炭素であって、燃焼によって気候変動の一因になっているものの、総じてみるなら石炭よりもクリーンで効率がよい。とりわけスコットランドがそうだが、風力がエネルギー・ミックスのなかでますます重要度を増してきている。石炭が作り出された時代を示すのに使われる例の石炭紀《カーボニフェラス》という語は、石炭をかくも貪欲に消費してきた私たち自身の時代をあらわすのにもぴったりだろう。石炭そのものが死んだもので、太古の森の残骸である。そしてイギリスでは二〇二五年までに燃料と産業としての石炭が完全に死を遂げることが予告されている。それは一種の死が死を迎えるということになるのだろう。

オーウェルは炭鉱内に都合三度もぐった。〔一九三六年〕二月二三日に、昇降台《ケージ》に乗って九〇〇フィート〔約二七四メートル〕降り、炭鉱に入った。彼が最初に驚いたことのひとつが、坑内の天井の低さだった。行ってみたところでは、高さ三フィート〔約九一センチ〕ほどしかない切羽《きりは》で炭鉱夫らが働いている。石炭を掘り出すのに腹ばいにならざるをえないようで、暑さもひどくて華氏一〇〇度〔摂氏三七・八度〕はありそうだ。「数百ヤード体を折り曲げて歩いたあと〔一、二度、這って進まなければならなかったが〕、腿全体に激痛が走りはじめた」。帰り道で彼は疲労困憊のあまり五〇ヤード〔約四五メートル〕進むたびに立ち止まらねばならず、両膝はずっとガクガクになっていた。二月二五日、リヴァプールのある親切な左翼の知人宅の戸口に、オーウェルは震えながら、ほとんど崩れ落ちそうな様子で姿を見せた。知人は彼をベッドに寝かせ、数日間そこで静養させた。

三月一九日にふたたび炭鉱に降りた。地下で労働者たちは這いずるか、かがんで長い距離を走るかしなければならず、切羽を切る機械から出る炭塵がもうもうと立ち込める空気を吸い込んでいた。彼はこう書いた。「こうした男たちと、砕いた石炭を立て桶に積み上げている男たちの働いている場所は、地獄のようだった」。二日後、さらにもう一度降りた。鉱夫たちが腰まではだけて働いている姿にほれぼれとしている。彼らが入浴できるのは週に一度だけで、週に六日は腰から下まで真っ黒な状態で暮らさなければならない、と彼は記している。女と子どもはもはや坑内にはおらず（一〇代半ばで坑内に降りた少年たちを勘定に入れなければの話だが）、昔よりも明るくなってはいたが、いくつかの肝心な点で、彼が目撃した状況は一八四二年のそれと大差なかった。『ウィガン波止場への道』で彼はこう書いている。「私は自分の庭で深い溝を掘るとき、午後に土を二トンも移せばお茶にするだけの仕事をしたと感じる。……金に困ったら道路清掃人ぐらいはまずやれる。庭師だって下手なりにやれそうだ。農場の作男でも最低限の仕事ならできそうだ。だがどんなに努力しようが、訓練しようが、炭鉱夫になることだけは無理だろう。その仕事に就いたらほんの数週間で命を落としてしまうだろう」

ウォリントンで庭作りにとりかかったとき、彼はふたつの旅のあいだにいた。最初の旅は『ウィガン波止場への道』の調査のためにおこなった英国の炭鉱地帯と工業地帯へのこの探検旅行だった。ふたつめの旅は一九三六年一二月のスペイン行きで、スペイン内戦で共和国政府側に加わり、いくつかのエッセイと『カタロニア讃歌』という本のなかでその戦争の記録を綴った。この二冊によって彼は自分の政治的な立ち位置を見出した。友人のリチャード・リースが沈んだ調子で述懐しているように、彼が三年もかけてオーウェルを社会主義に改宗させようと努めてそれができなかったのに、北部へのたった一度の旅が、それを果たした。「なぜ書くか」でオーウェルは宣言した。「一九三六年から三七年にかけてのスペイン内戦とその他の出来事は、どっちつかずの私の考え方をはっきり変え、その後私は自分がどこに立っているのかを知った。一九三六年以来私が本気で書いた著作は、どの一行をとっても、直接あるいは間接に、私が理解するところでの全体主義に反対し、民主的社会主義のために書いたものである」。彼はそれまでに三つの小説を立てつづけに出していたのだが、その後の一三年間にさらに書いた小説は一九三九年と一九四九年に刊行した二本だけで、あとはエッセイ風のノンフィクションへと焦点を移したのである。

　そのふたつの旅のどちらも、戦争への旅と見ることができるし、どちらの本も戦争特派員の著作とみなせる。『ウィガン波止場への道』において、彼は階級闘争を、あの陰鬱な貧困と、炭鉱内でのあのひどい労働を生み出す暴虐と不平等として描いた。炭鉱は、戦う一方の軍勢だけにひどく犠牲者が出る戦場のようなものであった。爆破や崩壊で手足がもぎ取られたり殺されたりする点では文字どおり戦場であるし、鉱夫や炭鉱地帯にいる人びとがひどい病気にかかり、また賃上げと労働条件改善を求めて闘争するということからすれば、間接的な意味で戦場なのだった。

　そうした戦争の枠組みは、さらに拡大して考えることができる。石炭の燃焼は人間の健康に途轍もない災いをなした（いまもなしている）。そして二〇世紀中葉までロンドン名物となっていた霧は、川から立ちのぼる霞と霧に、石炭の燃焼で生じた煤煙が混ざり合ったものだった。その成分はきわめて有害な物質で、それが残存していた数世紀以上にわたって、時として死をもたらすものだった。いちばんよく知られているのは一九五二年の〈大《グレイト》スモッグ〉で、四日間にわたって濃霧がロンドン市内に垂れ込め、自動車も歩行者も通りで立ち往生し、劇場内やほかの建物のなかにまで霧が入ってきて視界をさえぎった。そのスモッグの成分は「一〇〇〇トンの煙の粒子、二〇〇〇トンの二酸化炭素、一四〇トンの塩酸」、加えて三七〇トンの二酸化硫黄で、それが八〇〇トンの硫酸に変わったとされる。

こんなふうに成分を示すと、まるで第一次世界大戦の毒ガスみたいな感じがする。実際、それは化学戦さながらの死傷者をもたらした。一九五二年のスモッグ事件の死者数は当初四〇〇〇人と見積もられていたが、その後推定値は増加しており、その三倍ものロンドン市民がこの時これで命を落とし、止むことのない大気汚染のために、ほかにも多くの人たちが瀕死の状態でいたと推定される。『欧州心臓病学会誌』での二〇一九年の調査によると、大気汚染が原因で毎年八〇万人のヨーロッパ人と世界中の八八〇万人が死亡していると推定される、そのほとんどが化石燃料の燃焼のためだという。さらに二〇二一年の調査になると、化石燃料の放出が二〇一八年の世界中の死因の五分の一を占め、同年の東アジアではそれが三分の一の死因だとしている。オーウェルが散文のなかで称賛した家庭内の石炭の火もそうだが、一九三〇年代と一九四〇年代に彼がロンドンに住んでいたあいだに吸い込んだスモッグは、彼の肺の状態にひどく障り、早死にする一因となったにちがいない。

化石燃料の採掘は巨額の富をもたらすビジネスだったので、いくつもの戦争を誘発し、世界中の外交政策を形成してきた。それはまた、あまりにも汚いプロジェクトであったので、広大な土地を損ない、南極をのぞく地球上のすべての大陸の水を汚染してきた。そしてそれは私たちの空を変え、それから私たちの海と大地を変えてきた。それは大地と大気に対する戦争であった。だが振り返って一九三六年を眺めるなら、じつに印象的なのは、エコロジー的な観点から言って、なんとそれは遠い昔のことであったかということだ。

その一〇年後、第二次世界大戦で八〇〇〇万人以上の死者を出し、ロンドンからドレスデン、東京、レニングラードまでの諸都市を粉々にした、そのすさまじい廃墟のただなかにあってさえも、人間の暮らしと人間の構造をつらつら考えたあとで視線を転じると、人類以外の世界はおしなべて、というか少なくとも相対的には、繁栄していたことが見てとれる。海洋では酸性度の上昇も水温の上昇もなかった。極氷《きょくひょう》、グリーンランドの氷冠、氷河、そして気候自体が安定しているように見えた。天候は合理的に予測できた。はるかに多くの温帯と熱帯の巨大な森は手付かずのままでいて、炭素隔離の役目を果たしていた。現在絶滅が危惧される種、あるいはもう絶滅してしまった種がまだたっぷり繁殖していた。あらゆる等級の化学物質とプラスチックもまだ配備されていなかった。もちろんいろいろな種の損失もたくさんあった。タスマニアのエミュ、アフリカのブルーバック、北大西洋のオオウミスズメ、南太平洋の神秘的なムクドリ、他の数えきれない場所の数えきれない種がその時点で絶滅していた。地球は原初のままなどではなかった。西ヨーロッパの多くはずっと昔に森林が伐採され、そこの種の多くが乱獲で滅んだ。近東はそれ以前に過放牧されていた。採鉱はすでに世界中の風景を壊し、大気と水を汚染していた。一九世紀に北米の平原《プレイリー》は切り分けられて不動産にされ、鉄道に両断された。そこを走る汽車は薪を燃やし、それから石炭を燃やした。その土地をめぐり平原の先住民の諸部族との戦争があった。平原に住むバイソンの群れを大量殺戮することがその戦いの一手段だった。〈大平原《グレイト・プレイン》〉は一九三〇年代の早い段階で〈黄塵地帯《ダスト・ボウル》〉になり果てていた。農業が広範囲にわたって土壌の侵食をもたらし、風がそれを土埃《つちぼこり》にして舞い上げたからである。エンゲルスは英国北部の工業都市のどす黒い河川にふれていた。ごくわずかな例外を除いて、大気汚染と水汚染が無規制であるというのが戦後に至ってもふつうだった。しかし、そうはいっても、私たちがいま住んでいる世界よりは、はるかに損なわれておらず、持続可能な状態だったのである。二〇二一年から見るなら、それはエデンの園のようだった。

石炭は一八世紀後半以来ヨーロッパで、それから北米で集中的に使われてきた。石油の採掘は一九世紀後半に始まっていた。ガスの照明はオーウェルの若いころには石炭の暖房に劣らず普及していた。石油ブームがテキサスとサウジアラビアで始まっていた。イギリスのラングーン石油会社（のちにバーマー石油会社）が一八七一年に設立され、それから一九〇八年にアングロ・ペルシアン石油が設立された（両者はその後合併し、現在ＢＰとして知られるイギリス石油になる）。スタンダード石油がアメリカですでに巨大な成長を遂げていたため、政府がそれを一九一一年に解体しようとした。しかし、そうはいっても、損害の多くが生じるのはまだ先のことだった。

大気中の二酸化炭素濃度は、私が本書を書き終えるときには約四一六ＰＰＭ（書き出したときは四一三ＰＰＭだった）であるが、長きにわたって約二八〇ＰＰＭだったのが一九世紀初めに上昇しはじめた。一九三六年のその数値は三一〇ＰＰＭ程度にすぎなかった。この完新世の間氷期の気候を維持する限度内に十分収まっていたのだ。一九八四年においてでさえ、環境科学者のジェイムズ・ハンセンが安定的な地球のための上限と定めた三五〇ＰＰＭをちょうど下回っていた。オーウェルの最後の小説は一九八四年を政治的恐怖の深奥に入った年と見越した。私たちは、大きな分岐点越しに――その分岐点は私たちの恐るべき認識であり、人間の側の行動《アクション》のさらなる悪化を画する地点なのだが――一九八四年を気候という面から最後のよき年として振り返ることができる。そして一九三六年は、エコロジーの面と同様に、自然を想像する仕方においても、いまとは異なる時代なのだった。

一九三六年の人びとには確信があった。あたかも意識のなかの未発掘の地層のような、それは強すぎる確信だった。すなわち、世界は私たちが危害を加えてもそれを吸収してしまえるほどに十分に大きく、かつ十分に柔軟であること。損害はつねに局地的なものであろうということ。部分に対して私たちが何をしても、それが全体を損なうようなことにはならないだろうということ。いつでももっとたくさんあるだろうということ。このような確信である。人類はさながら、何が起ころうと自分の母親は不死身だと信じている子どものようにふるまった。けれどもその子どもは彼の道具、機械、そして化学的発明において、人間を超えた力を備えて巨大かつ強力な存在と化した。そしてこの子どもはそのシステムそのものを損ない、変えてしまうような打撃を加えていたのである。それはひとつの戦争だった。そして私たちがそれに目覚めたとき、植物がなしていたことと和平を結ぶことが仕事となった。それは時として森林再生、既存の森や草原や表土の保護というかたちをとった。また他の点で植物の側に立つこと、同時に、長く埋もれていた炭素を空中に放出する計画を撤回することでもある。

ひとりの男が、混乱と闘争の世界のなかで、薔薇と果樹を植えた。ハーフォードシャーの新たな庭で彼がしていたのは、ひとつの場所を、また一連の関係性を、彼が見てきたばかりのものとは似ていないものにしようとする営為だったのかもしれない。旅先で立ち込めていた死のようなもの、根こそぎにされたもの、疎外されたもの、彼の目に映った全《まった》き醜悪さ——それと似ていないものにしようとしたのではないか。その庭を彼が見てきたばかりの場所に対する反動と見ることはむずかしくない。彼が北部に行って見てきたことは、彼の脳裏に深く刻み込まれた。それは単に本の題材としてではなく、苦難と搾取との痛ましい出合いとしてだった。その出会いに促されて、彼は政治作家に変貌した。

薔薇を植え、庭を作りはじめる身ぶりは、千もの事柄を意味しうる。けれど当面は、植物の世界、植物の仕事との協働を意味させておこう。炭素を隔離し、酸素を生み出す有機体をもう二つ三つ、根づかせて世話をすること。一箇所に身を落ち着けて、土を耕して暮らしたいという願い。薔薇と樹木が何年にもわたって花を咲かせ、樹木はこれから先何十年も、あるいは彼が書いたように、これから一世紀ものあいだ実をつける、そんな未来に賭けたいという思い。そんなことを意味する。庭作りとは、粉々に砕かれたものをふたたびひとつにまとめ上げることだ。自分が生産者でありかつ消費者であるような関係、そこでは大地の恵みを直接刈り取り、そこでは何かがいかに生まれ出たかを十分に理解する。規模から言えばどうということはないのかもしれないけれど、それが都心のビルの上階の窓敷居に置かれたゼラニウムであっても、重要な意味を持ちうるのだ。

木を植えることはたいていの人ができるいちばん長続きするおこないではないだろうかと言って、読者に植樹を勧めたとき、彼は未来について、そして未来にいかに寄与するかについて考えていた。もちろん一九三六年にはだれも炭素隔離のことなど考えてはいなかったけれども、たとえそれを意識していなくても、植物の側に立つのを選ぶことはできた。そして「ブレイの牧師のための弁明」でそんな提言をしたときに、薔薇を植えた男は知っていた。それはまた、未来の側に立つことを意味するのでもあるのだと。

Ⅲ　パンと薔薇

Bread and Roses

ティナ・モドッティ《薔薇，メキシコ》(1924)

1　薔薇と革命

一九二四年のこと、ひとりの女性が薔薇の写真を撮った。ティナ・モドッティが大判のネガから作ったごくわずかのプリントであったにもかかわらず、その画像は写真史においてもっとも名高い写真の一枚となった。それが作られてから六七年後、その芸術家の最後のパートナーでスターリンの国際諜報員を務めた人物が相続した密着印画《コンタクト・プリント》が、競売にかけられた。ポップスターのマドンナが競りに参加したと報じられたが、競り落としたのはファッション界の大立者のスージー・トムキンズ・ビュエルだった。彼女の購入が一大ニュースになったのは、一六万五〇〇〇ドルという落札価格が写真一枚の金額としては史上最高額だったからである。この画像の複製が今日では多種多様なかたちで売られているのを見ることができる。

その写真と同様に、それを生み出した人物も驚くような軌跡をたどった。ティナ・モドッティは一八九六年にイタリア北東部の貧しい社会主義者の家に生まれた。一四歳で工場労働者となり、家族の大黒柱となり、一六歳でサンフランシスコに移住。そこでお針子として働き、アマチュアの女優として頭角をあらわし、それからロサンジェルスで初期の活動写真の女優となって成功した。南カリフォルニアで写真家のエドワード・ウェストンに出会った。彼は彼女の恋人になり、同時に彼女に写真術を手ほどきした。一九二三年に、彼は妻の元を去ってメキシコシティで彼女と一緒になった。メキシコは革命が起こってまもなかったので、芸術と文化でさらなる革命をという夢と期待に満ちあふれ、首都に芸術家たちが群れ集って活気のあるコミュニティができていた。モドッティは数年間はウェストンの生活上と写真スタジオでのパートナーとなり、作品を作りはじめた。彼女の写真はいくつかの点では彼の写真が持つシャープ・フォーカスの抽象的モダニズムと似ているが、ほかの点ではそれから逸脱している。

彼女の一九二四年の写真《薔薇、メキシコ》は、通常の銀塩でなくパラディウムに浸《ひた》した印画紙にプリントすることで、灰色でなく黄褐色の色合いのイメージを生み出している。四本の淡い色の花が真正面を向いていて、花弁の同心の輪がフレームを占めている。ひとつの蕾《つぼみ》がほころびかけている。ひとつの全開の薔薇がほかの薔薇よりもずっと大きく画面を占めているのだが、それはしおれはじめている。あとの二本はそのあいだの段階にいる。それはまるでひとりの子ども、ひとりの大人、そしてふたりの若者の肖像写真のようで、これらの四本の花が人生の三つの段階にいるのだ。モドッティの伝記作者のパトリシア・アルバースによれば、モドッティはこの画像を作るために四本の薔薇を横に重ねて置いたのだという。それで二本の中間段階の薔薇の花弁の並びに軽く重しがかかって、真円でなく楕円に近いかたちに見える。これらの淡い色合いの薔薇は、すっかりそれと見て取れるものであるのと同時に、見慣れない仕方で示されてもいる。それらは互いに他と区別されたかたちを持った、生の異なる段階にいる個人なのである。柔らかさとしなやかさ、そして謎に満ちた、感覚的で官能的なイメージだ。

薔薇の美しさは部分的にはそのやわらかさに、子どもの頬のようにふんわりとしたその花弁に存するのかもしれない。若い容貌はかつて「花盛りの《ブルーミング》」と形容された。栽培植物となったこの花の花弁は、マグノリアの花弁のように厚くも硬くもないのに肉付きがよく、繊細でありながら、野花の一部に見られるような摘むとすぐに萎んでしまうか弱さもない。人肌に似たこの性質は長持ちし、中年に至って初めて重力が訪れたかのごとく、パリッとした感じがなくなってたるみが生じ、すべすべだった肌に小皺が走り、それから初めてこの花は本当にしおれてくる。花が滅び去る定めであるのは花の本性の一部でもある。そして花は、人生が束の間の儚《はかな》いものであるということをあらわすために繰り返し用いられてきた。長くつづかないものはそれだからこそいっそう貴い、という含意をもってである。

「新鮮《フレッシュ》」という語も、若さと新しさのみならず滅びの定めや儚さを示す。けっして褪せたり死んだりしないものはけっして新鮮ではない。作家で俳優のピーター・カヨーティがかつて、造花を嘆く人などいないと述べたことがある。離れたところから花束や花一輪を認めて、ああ素敵、と思ったのに、近づいてみてそれが偽物だとわかったときには、なんともいえずがっかりするものだ。その失望はひとつには騙されたということからくるのだが、それはまた、生命を欠いたものに出合ったことにも由来する。けっして生きたことがないのでけっして死なないもの、大地からかたち作られたのではないもの、死すべき花よりも粗くて乾いた肌理《テクスチャー》を持ち、あまりふれたいと思えないものにぶつかったから、そんな気持ちになるのだ。

花の美しさは単に視覚的なものにとどまらない。それは形而上的で、触覚的で、その多くの場合、嗅覚的でもある。匂いをかげるし、ふれられるし、時には賞味もできる。人間が大事にし、依存もする果実や種子や他の恵みをもたらす花さえある。だから一本の花はひとつの約束でもある。ある段階の花を見ると、その前後の段階もわかる。薔薇の美しさはまた、蕾から枯れて朽ちるまでのあらゆる局面で人を魅了するところにあるのかもしれない。褪せるところも緩やかで優美なのだ。満開の椿は薔薇に近いかたちだけれど、硬い蕾が威勢よく大輪の花となり、それから茶色の冴えない代物になって、茎からぼたりと落ちて地面で腐る。ほかの多くの花もそんなふうに朽ちる。「腐った百合は雑草よりもひどい匂いがする」。けれど薔薇が腐ることはめったにない。

野薔薇は栽培植物とされた薔薇に比べるとか弱く、複雑でない。私はカナダの亜北極やロッキー山脈からカリフォルニアの沿岸地帯、また英国南部の生垣や脇道で野薔薇を見たが、どこよりもすごかったのはチベット高原の野薔薇だ。高度約一万二〇〇〇フィート〔約三六〇〇メートル〕で、乾燥と過酷な状況と過放牧のために他のほとんどすべての植物が根絶やしにされてしまったあとで、豊かな薔薇の茂みが繁栄したのだった。多くが私よりも背が高く、横幅はもっとあり、時として、乾燥した土地にくねくねと流れる氷河溶解水の川にそって、木立や長い群生となっていた。訪れた時期が遅すぎて開花を見ることができなかった。ドルポで見かけた薔薇の茂みは、密集した、小さな、明るい緑の葉がドーム状になっていて、小ぶりの葡萄ほどの真っ赤なローズヒップがアクセントになっていた。見るからに勇壮で、とても強靱で、色彩が乏しい風景のなかで、これだけが際立って鮮明に感じられた。

そこは仏教国だったが、仏教が発展したのはもっと湿気のある地域であり、仏教でもっとも讃えられる花は蓮である。「泥中《でいちゅう》の蓮のごとく」というのがよく知られる言いまわしのひとつで、もうひとつはサンスクリットのマントラにあるもので、「蓮華の宝珠よ、幸いあれ」と訳せるものである。アステカ族には儀式用のマリゴールドがあった。キリスト教は百合と薔薇を神聖な象徴にした。薔薇は栽培植物化され、品種改良で花弁が増やされ、またより大きく、より芳醇で、より複雑な花に、そしてより強い芳香を放つ花が生み出された。かつて公共のローズ・ガーデンで、カップ状の花弁が同心の輪をなして曲がりくねる古風な薔薇を見ていたときに、ふとこれは曼荼羅《まんだら》みたいだと思ったことがあるのだが、もちろん、話は逆なのだ。曼荼羅のほうが——アジアの聖画とゴシック教会の薔薇窓をふくめて——八重の花に似ているのである。

ダンテは『神曲』の終わりで、一連の同心円状の輪をへめぐる旅路の果てに、一輪の大きな薔薇に至る。すなわち天国の中心に行き着くのだ。彼は処女マリアに言葉をかける。マリアはしばしば薔薇に喩えられた人である。

御身の胎内にいまひとたび灯りがともりました

かの愛の灯りが。そのぬくもりをとおしてこの花が
満開となって開いたのです、永久《とこしえ》の平和のなかで。

ローズ・ガーデンで私はその薔薇の写真を撮った。撮れた画像を見たところ、もつれた柔らかい花弁を持つひとつひとつの花のクローズアップのなかには、陰唇と陰門のように見えるものがあった。一本の薔薇ですべてを見ることはけっしてできない。蕾はたいてい閉じられていて、花弁は折りたたまれているが、満開の薔薇であっても、花弁の層が折り重なっていて、内部を、影を、秘密を生み出している。モドッティが、またカリフォルニアではイモージン・カニンガムが、花のクローズアップ写真を撮っていたのとおなじころ、ジョージア・オキーフが単独の花の巨大な絵を描きはじめていた。花が真正面を向いていて、それもまた女性器に似ているとよく思われている。

花はもちろん植物の生殖器官で、遺伝子の再生がもくろまれていて、同時に、多くの種《しゅ》にとっては、昆虫だったり鳥だったりコウモリだったりの花粉媒介者を惹きつけることによって繁殖することが図られている。そして人間にしても、花を栽培し、家庭や供物や儀式のなかに組み込んできたことで大いに寄与してきたのは、惹きつけられてのことだったと言えるのかもしれない。花はしばしばそれ自体が女性的と見られ、女性を連想することが多いのだが、通例男性の部分も兼ね備えている。写真家のロバート・メイプルソープは一連の写真のなかで、長い茎、太い形態、百合の突き出た雄しべの花糸《フィラメント》、カラーリリーの中心部の男根的な肉穂花序《にくすいかじょ》といったものによって、花を男性

的に表現した。

それにもかかわらず、ヘンリー・ミラーの一九三四年の小説『北回帰線』(オーウェルが激賞した小説)のなかで、ひとりのセックスワーカーの性器をミラーは「薔薇の茂み」と呼んでいる。ダンテの天国は処女マリアの温かい子宮をとおして開く薔薇である。『神曲』より七十数年前に書き出されたもうひとつの中世の詩『薔薇物語』もまた、世俗的であるのと同時に霊的である。その薔薇は愛されし者であり、愛されし者が目的地であり、それを愛する人間の男はミツバチと多少似たところがあって、囲われた庭の中心に咲くエロティックでありかつ霊的な薔薇を追い求め、賛美する。

メキシコでは、スペイン人によるアステカ帝国の征服からわずか一〇年後の一五三一年一二月一二日に、フアン・ディエゴ・クアウトラトアツィンの粗末な織りのマントから流れ落ちた花として、薔薇は特別な意義を持っている。その伝説が語るところでは、いまメキシコシティとして知られる場所の近くで、先住民であるこの人物のもとにまばゆいばかりの若い女性があらわれて、処女マリアを名乗り、自分のために聖堂を建てるように命じた。スペイン人のメキシコ司教が証拠を彼に求めると、マリアはテペヤクという名の丘の上に季節外れの花を咲かせた。花の種類は諸説あるが、いちばんよくあるのが外来の薔薇だという説明である。フアン・ディエゴはマントいっぱいに花を包み、司教の説得に向かった。

司教のところにもどると、薔薇があふれ出て、マントの内側にマリアの姿が模様となってあらわれ出た。まるで薔薇自体が彼女を描いたか、あるいは薔薇がマリアになったかのよう。星を散りばめた青いローブに包まれ、三日月の上に立つ、浅黒い女性の姿が映し出されたマントが、いまもテペヤクの丘の麓のバシリカ・デ・ヌエストラ・セニョーラ・デ・グアダルーペ〔グアダルーペの聖母大聖堂〕に掛かっている。いまも非常に讃仰されているので、大群衆を制御するために、動く歩道が人びとを運んでそこを通るようにしている。カトリック教徒が巡礼の地として世界でもっとも多く集うのが、グアダルーペの聖母の祝日にあたる一二月一二日のこの聖堂であり、年間をとおしてこの聖堂には薔薇の捧げ物がうずたかく積まれている。

彼女は時としてキリスト教徒に身をやつして再臨したアステカの女神とみなされることがある。彼女はファン・ディエゴの言葉であるナワトル語で彼に話しかけたのだった。D・A・ブレイディングは、グアダルーペの聖母像とその崇拝の起源および発展の歴史を主題とした本でこう記している。「マリアがファン・ディエゴに花を摘むように命じたとき、彼女はキリスト教の福音をアステカ文化の土壌のなかに根づかせたのだった。インディオにとって、花は霊的な歌であるのと同時に、広げて考えれば、霊的な生の象徴でもあったからだ」。彼女はメキシコの守護聖人となり、一八一〇年に神父ミゲル・イダルゴがスペインからの独立の叫びをあげたとき、聖母の名のもとにそうしたのであり、「グアダルーペの聖母万歳」というのが土着民とメスティーソ〔先住民と白人の混血人〕の鬨《とき》の声となった。奇跡のマントに浮かび出た聖母像は蜂起の旗となった。モドッティが彼女の写真を《薔薇、メキシコ》と題したとき、それはニュートラルに記述するモダニズム的な命名法に従っていたのだが、あの特定の花と、あの特定の場所が結びついて、独自の共鳴音を響かせてもいたのである。

一九二四年のこと、革命家たちを熱烈に支持するひとりの女性が薔薇の写真を撮った。時代のなかでそれは、前衛芸術理論と急進的な政治思想がおなじベッドを、夢を、行く道を分かち合えるように思えたときだった。芸術のために、美のために、そして革命のためにも働けると思えた瞬間だった。モドッティが教えを受けたウェストンは、西海岸発の、写真におけるひとつの新様式を提唱するリーダーだった。それはモダニズムの一形態で、型にはまらぬパースペクティヴ、単純で劇的なフォルム、シャープ・フォーカスとタイトな構図を強調した。被写体は、意味がフォルムだけからもたらされるかのように抽象化された。そしてウェストンは、よく知られるように、磁器の便座やピーマンの丸みを、モドッティをふくむヌードの女性(モドッティを彼は多く撮影した)を描くのとかなり似た仕方で表現したのだった。彼は彼女の師であり、恋人であり、創作の仲間であった。そして彼女は、彼と別れたあとも、一九三一年にモスクワに移住するまで、長年にわたって心情あふれる長文の手紙を彼に書いた。

一九二四年にふたりは革命の余波のなかでメキシコに魅了され、現地の芸術家たちや革命運動家たちと付き合うようになった。そのなかにはディエゴ・リベラら政治的壁画の制作者たちがいて、この時期の物語と切望を叙事的な規模で表現していた。モドッティは、その後の数年間、壁画とその制作の模様をドキュメントし、スタジオで肖像写真を作ることで生計の足しにしていた。美貌の誉れ高い彼女は、リベラに少なくとも二度絵に描かれている。一九三〇年代までにはウェストンは左翼政治からおおむね離れ、モドッティはおおむね芸術制作から遠ざかり、自分の大判カメラを若いマヌエル・アルバレス・ブラーボに譲った。モドッティはメキシコから退去させられ、ソ連がもっとも暴虐であった時期のうちの何年かに、その支持者として、生涯の最後の年月に突き進んでいったからである。

2 私たちは薔薇を求めてもたたかう

一九一〇年のこと、女性参政権の運動家であったヘレン・トッドは、自動車でイリノイ州南部をまわり、田舎の人びとを運動に引き入れようと活動した。合衆国では女性参政権は、一九二〇年に憲法修正第一九条をもって国レベルで確立される以前に、州ごとに勝ち取られつつあった。トッドは『アメリカン・マガジン』にその旅について書き、食の安全、児童労働、職場環境の安全といった当時の問題群を、いかに女性の問題として枠づけるかを語った。旅の最後の夜に農業を営む一家の家に泊まった。九〇代の寝たきりの女主人がトッドに言った——娘のルーシーは留守番で、「おさんどん」のマギーに行進に行かせたんだ。あたしはだれかに世話をしてもらわにゃいけないんで。ルーシーはもう女性参政権〔の大義〕を信じているけれど、マギーはもっと話を聞かにゃならんからね。

朝になってトッドとマギーとルーシーはその家のキッチンで一緒に朝食を囲んだ。テーブルにはアツモリソウ《レイディ・スリッパー》〔唇弁がピンクあるいは黄色のスリッパを思わせるラン科の花〕のブーケが飾られ、裏口の向こうに広がる中庭にはタチアオイがいっぱい咲いていた。マギーが言った。「あの集会であたしがいちばん気に入ったことを教えようかね。女が投票するってのは、みんながパンと、それに花も持てるようになるってことだね」。トッドの伝えるところでは、ルーシーはこの考えがとても気に入ったので、このスローガンを印したクッションを母に送るようにトッドに頼んだ。「すべてのものにパンを、そしてまた薔薇も」と、トッドが届けたクッションには記されていた。

『アメリカン・マガジン』の記事で、トッドはこの言いまわしについての思いを綴った。これはその後、参政権運動、労働運動、そして一九七〇年代以後の急進的運動で繰り返される語句となった。彼女は女性の投票が何をもたらすかを述べている。「この国に生まれるすべての子どもが、ひとりひとりが声を持つ政府のなかで、人生の〈パン〉――つまり家、シェルター、安全――と、人生の〈薔薇〉――すなわち音楽、教育、自然、書物――を受け継ぐ、そういう時代の到来を（女性参政権は）促進する。牢獄がない、処刑台もない、子どもが工場で働くこともなく、少女がパンを稼ぐために街頭に出ることもない、「すべての人びとに〈パン〉を、そして〈薔薇〉も」となる暁には」

農業に従事するふたりの女性と、ひとりの政治活動家が参政権運動家の演説に反応して語り合ったやりとりを凝縮したように見えるこの語句は、並外れた経歴を持つこととなった。一九一一年のもっとあとに、詩人のジェイムズ・オッペンハイムは、トッドが寄稿したのとおなじ『アメリカン・マガジン』に「パンと薔薇」と題する詩を発表した（その後、彼はこの語句の生みの親だとされることがよくある）。その一部を引用するところである。

美しい日に、私たちが行進し、行進し、やってくるとき

百万の暗い台所、千の灰色の工場の屋根裏に
突然陽が射し、輝きにあふれる。
「パンと薔薇、パンと薔薇」と私たちが歌うのをみなが聞くので。

［……］

私たちが行進し、行進し、やってくると、数えきれない死者の女たちが
私たちがパンを求める古い歌を歌うそのさなか、泣きながらやってくる。
あくせく働かされて、彼女らの精神は芸術も愛も美もほとんど知らずにいた――
そう、私たちがたたかうのはパンを求めて――けれど私たちは薔薇を求めてもたたかう。

パンは身体を養い、薔薇はさらに霊妙な何かを養う。心だけではなく、想像力、精神、五感、アイデンティティをだ。これは綺麗なスローガンだが、激しい主張でもある。生きていて身体的に満たされるだけでなく、それを超える何かが必要で、その何かを権利として断固要求しているのだ。それはまた、人間が必要とするすべては数量化可能な有形の物質や条件に還元しうる、という見方への反論でもある。こうした申し立てに出てくる薔薇があらわしているのは、人間というものが複雑で、欲求が還元不可能であること、私たちを養っているのは、しばしば霊妙でとらえがたいもの

であるということだ。
もっと早い時期の、八時間労働を要求する闘争に関わるアメリカの労働歌で主張されていたのも、ほぼおなじようなことである。

万事けりをつけてしまいたい
労役にはもううんざりだ
かつかつで生きていくだけで
一時間とて考える時間がない。
私たちは陽光を感じたい
花の香りをかぎたい。

思考、陽光、花々。人びとは有形のものと同時に、かたちのないものを欲した。必要物と同様に喜びを欲した。そしてそれらを追求する時間を、内面の生活を持つ時間を、外部世界をめぐり歩く自由を要求した。
ボリシェヴィキは一九一七年に「平和！ 土地！ パン！」を唱えた。「パン、土地、平和、そしてすべての権力をソヴィエトに！」というスローガンもある。パンはヨーロッパの貧民の大方の主食であった。フランス革命の要因のひとつは、気候の激変と小麦の不作がもたらした飢饉だった。

パンはしばしば、食物全般、および人間の基本的要求の充足を意味する提喩の役割を果たした。多くの貧民は実際、生きていくのにパン以外にはほとんど持ちえなかった。人びとは、マタイ伝からの主の祈りにある、「われらの日用のパンを今日も与えたまえ」という願いの言葉や、「人はパンのみにて生くるにあらず」という聖句に馴染んできたことだろう。聖書で定められたパンの補給物《サプリメント》は神の言葉である。それが暗に示しているのは、人の喜びと慰安は来世にあるのだから、現世で人が必要なのはその意味でのパンだけである、ということなのかもしれない。それに対して、「パンと薔薇」のなかの薔薇は、宗教を人が必要とするもう半分とみなすことをはっきり拒絶するものと聞こえる。それは来世の喜びと慰安をこの世界の喜びと慰安に変えようという提案である。

一九一二年の中ごろまでに、ニューヨークの労働運動の伝説的な活動家であるローズ・シュナイダーマンがこの語句を採用し、頻繁に使うようになる(彼女もこの語句の考案者だとみなされることになる)。オハイオ州クリーヴランドでの演説で彼女はこう宣言した。「働く女性が欲するのは生きる権利です。ただ生存しているということではありません――金持ちの女性が生きる権利を持つのとおなじ生きる権利で、それは太陽であり、音楽であり、芸術なのです。みなさんが持っているもので、極貧の労働者だから持つ権利がないというものなどありません。働く女性はパンを得るべきですが、薔薇もなければいけないのです。特権をお持ちの女性たちよ、たたかうための投票権を働く女性が勝ち取れるように、ご援助ください」

「パンと薔薇」は二〇世紀初頭のさまざまな労働運動団体で馴染みの語句となった。ただし、一九一二年のマサチューセッツ州ローレンスでの工場労働者のストライキについて用いられたのは後年のことである。そのストライキはいまでは〈パンと薔薇のストライキ〉の名で記憶され讃えられている。ひとりのストライキ参加者が掲げたメッセージボードにその語句が書かれていて、それがくだんの詩にインスピレーションを与えたという説があるからだ。その詩が発表されたのはそのストライキが始まる前のことだが、ヘレン・トッドがおなじ雑誌で農場の女性たちとの会話について語ったあとのことである。トッドは一連の演説のなかでその考えをさまざまな言い方で述べていたのだった。

その詩は作られてからまもなく曲がつけられた。一九三〇年代に、マサチューセッツ州のマウント・ホリヨーク大学〔女子大学〕の四年生がこの歌を卒業式に組み入れた。一九七〇年代に、歌手で活動家のミミ・ファアリーニャはその詩に新たな曲を付けた。そしてジュディ・コリンズが、そしてつぎにファアリーニャ自身とその姉のジョーン・バエズがそれを録音した。ファアリーニャはさらに、音楽を監獄や病院その他の施設に届ける〈パンと薔薇〉プロジェクトを始めた。彼女は二〇〇一年に亡くなったが、その組織は本書の執筆時点で諸機関に音楽を届けつづけている。二一世紀には、パン・イ・ロサス〔スペイン語で「パンと薔薇」の意〕というアルゼンチンで始まった社会主義フェミニズムの団体が、いま現在ボリビア、チリ、ブラジル、またその他のいくつかのラテンアメリカの国々、そしてフランスとドイツで活動中である。ティナ・モドッティが合衆国に住んでいた期間に「パンと薔薇」の語句は広く知られるようになっていたのだけれども、彼女がこれに馴染んでいたのかどうかは定かでない。

3　讃えるもの

　薔薇があらわしているのが、喜び、くつろぎ、自己決定、内的生活、そして数量化しえぬものだとすれば、それらを求めてのたたかいは、時として、労働者たちを押しつぶそうとするオーナーや雇用主のみならず、そうしたものは必須ではないと難じる左翼の他の諸派を相手にしたたたかいでもある。他の人びとが苦しんでいるときに(いつだってどこかで他の人びとは苦しんでいるのだろうけれど)楽しみを得ようとするのは無神経でけしからぬと言い張る人は、これまで左翼のなかにもつねにいた。それはピューリタン的な立場である。人びとに示すべきは、自分自身の禁欲というか喜びなき状態であって、人びとの解放に向けての何らかの実践的な貢献ではないというわけだ。

　こうしたすべてを下支えしているのは、功利主義のイデオロギーであって、喜びと美が反革命的で、ブルジョワ的で、退廃的で、自分勝手で、そういう欲求は根こそぎにして軽蔑すべきだとする考えである。革命家気取りの人は、数量化できるものだけが大事だとしばしば主張する。人類は理性的存在であるべきで、自分が大事に思うものや自分の流儀よりも、重要だとみなされているものに満足し、決まりに合わせなければならぬというのだ。「パンと薔薇」のなかの薔薇には、何かもっと多くを求めるだけでなく、もっとニュアンスのある、とらえがたいものを求めようという主張が込められている。ローズ・シュナイダーマンの表現を借りるなら、「ただ存在するのでなく、生きる権利」を求めているのだ。それは、私たちの人生を生きるに値するものとするのは、ある程度まで計算できないもの、予測できないものであること、また人によってそれが異なるという主張であった。その意味で、薔薇はまた主観性、自由、そして自己決定権をも意味する。

オーウェルはしばしば薔薇の擁護者を買って出た。時として文字どおりにだ。一九四四年一月に『トリビューン』にこう書いた。「読者から投書があり、私が「否定的」で「いつも非難してばかりいる」というお叱りを受けた。実際のところ、私たちが生きている時代は、楽しみを感じられるようなものがさほど多くはない。だが私は、讃えるべきものがあるときには讃えるのが好きだ。そこで、あいにく懐古的にならざるをえないのだが、ウルワースの薔薇を讃える言葉を少々ここに書き留めておきたい」。そう言って彼は一九三六年に植えた薔薇を称賛した。これを書いたのは、まわりが第二次世界大戦の真っ盛りだったときのことだ。その数か月後、英国空軍がドイツへの爆撃作戦を強化したとき、彼はこう記した。「先日このコラムで花を話題にしたら、ひとりの女性が憤慨して、花はブルジョワ的だと言ってきた」*

時として彼は、「パンと薔薇」において薔薇が意味することを称賛した。無形の、ありふれた楽しみ、いまここで得られる喜びである。一九四六年春のエッセイ「ヒキガエル頌」のなかで彼は、春の先触れとして、痩せ細り腹を空かせて冬眠から出てきたヒキガエルを、その金色の目の美しさを、春を、また喜びそれ自体を讃えた。そのエッセイが載った『トリビューン』は社会主義の週刊紙だったものだから、彼は防御的に書いた。なにしろオーウェルの書いたものなので、ヒキガエルと春についてのエッセイでありながら、それは信条と価値観をめぐる議論であり、正統的教義《オーソドクシー》への異議申し立てでもあった。

　彼は左翼の標準的な不平を真正面から取り上げた。「春を初めとして、季節の移ろいを楽しむのは悪いことだろうか。もっと正確に言えば、政治的に非難すべきことだろうか。だれもが資本主義の桎梏《しっこく》の下であえいでいる、あるいはあえいでいるべきときに、クロウタドリの声や一〇月の楡の黄葉のように金のかからない、左翼新聞の編集長が階級的視点と呼ぶものとは無関係ないろいろの自然現象のおかげで人生が楽しくなることもあると言ったのでは、いけないのだろうか。こういう考え方の人間が大勢いることは確かである、私の経験でも、どこかで「自然」を褒めるようなこと

＊　そのコラムでオーウェルは、ウルワースの薔薇が安価で、しばしば驚きを与える次第を説明している。「ドロシーパーキンズだと思って買ったところ、黄色い花芯を持った小さくて美しい白薔薇だったことがある。これまで見たなかでも最高の蔓薔薇《ランブラー》の部類に入る。黄色と表示されたポリアンサローズは、咲いてみると深紅の花だった。ほかにも、アバーティーンだというので買い、確かにアバーティーンに似てはいたが、花弁がもっと多くて、びっくりするほどたくさん花がついた。[……]昨年の夏、戦前に住んでいたコテッジのあたりを通りかかったことがある。小さな白薔薇は植えたときは男の子が遊ぶパチンコぐらいの小さなものだったのだが、それが元気に大きく育っており、アバーティーンというかアバーティーンぽい薔薇は、湧き立つ雲のようなピンクの花が塀の半分を覆い尽くしていた。どちらも私が一九三六年に植えたものだ」。ここでオーウェルは「アバーティーン(Abertine)」と書いているが、それは「アルバーティーン(Albertine)」のことなのだろう。

を書いたりするとたちまち罵倒の手紙がまい込んで、きまって「センチメンタル」という言葉にぶつかるのだが、これにはふたつの思想もからんでいるらしい」

その思想のひとつは、喜びというものが私たちを受動的で黙従的に、ひとりよがりにしてしまうというものだと彼は見る。「花はブルジョワ的」と読者が言い放つようにしむける信念がこれなのではないか。その一〇年前、あらゆる芸術は明白かつ直接的な仕方で共産主義の大義を促進すべきであるとする思想がソ連の内外で支配的になった（ちょうどナチスの思想で、あらゆる芸術はその人種差別主義で反動的な政策を促進するか、少なくともそれと相反するべきでないとする考えが幅を利かせたのと同様である。一九三九年に、ナチスは前年の「退廃芸術」展にふくまれていた五〇〇〇点のモダニズム作品を焼却処分したと伝えられる）。イギリスの美術史家でソヴィエト・スパイのアントニー・ブラントは、オーウェルがウォリントンの庭に植樹していた一九三六年の春にこう書いた。「新しい芸術が勃興しはじめている。プロレタリアートの産物である。それはプロパガンダという芸術の真の機能をふたたび果たしつつある」。その数年後にブラントは書いた。「ある芸術が公益に資することがないのなら、それは悪しき芸術である」（この発言は公益なるものが明確に狭く定義しうるという自信を示唆している）

芸術は政治のために何をなせるかという問題についてのより開かれた見方を、私はローレンス・ウェシュラーによる「ボスニアのフェルメール」と題する二〇〇五年のエッセイのなかに見つけ、それが頭に残っている。ウェシュラーは長い文筆生活を、世界中の人権についてのレポートと芸術についてのエッセイを書くことに費やしてきた人物である。彼はハーグで裁判官に、一九九〇年代半ばの旧ユーゴスラヴィア国際犯罪裁判所で残虐行為の話を毎日聞くことにどのように耐えたのかを尋ねた。ウェシュラーの伝えるところでは、その裁判官は答えるときに明るい顔になったという。「できるだけ頻繁に私は街の中心部にあるマウリッツハイス美術館に足を運びました。フェルメール作品とつかのまの時間を過ごすためにです」

そのエッセイを読んでから長いこと、その美術館にはフェルメールがたくさんあるものと私は思い込んでいたのだが、あるのは三枚だけだった。初期の《ディアナとニンフたち》、名高い肖像画《真珠の耳飾りの少女》、そしてほとんどおなじくらい名高い《デルフトの眺望》の三点である。《デルフトの眺望》は、数人の小さな人物、密集した建物、そして運河が描かれ、その上の繊細な青空の高みに雲が浮かんでいる。絵のなかで何よりも大きく描かれているその雲が、ふんわりとおぼろげに浮かんでいるのに対して、建物群はがっしりとそこに立ち、運河の青い水が雲と建物の両方を映し出している。その広やかな景色のなかの前面で、ふたりの女性が会話を交わしている。フェルメールの絵画は、もちろん、戦争や正義や法律について、あるいはいかに社会を修復するかについて、直接に語ることは何もない。それらはいかなるニュースも告げず、いかなる大義のプロパガンダもおこなわない。《ディアナとニンフたち》のなかでは、ひとりの女性がひざまずき、別の女性の足を洗っている、ふたりの女性がそれを眺めている。もうひとりは背を向けている。神々の世界のなかの庶民的なひとときである。ウェシュラーの説明によれば、フェルメールが絵画制作をしていたのは戦争の災禍に見舞われた動乱の時代であり、「あの（記憶され、想像され、予見された）あらゆる暴力に圧迫された状態が彼の絵画の肝」なのではあるが、そうした暴力の対立物であることによって、つまり戦時に切望する平和、怒号のなかの静謐を、日常とその美しさの持続性を描くことによって、フェルメールはそれを表現しえているのだという。

すべての芸術は人を教え導くものであるべきだという主張は、すでにコミットしている人たちの必要と欲求を見過ごしている。そうした人たちの糧となるものが何なのかということ、そして正義と思いやりに関わる社会の構築というもっと大きな仕事がどのようなものであるかということ、それが見えていない。人を鼓舞して社会問題に取り組むようにさせるものは、あるいはあの裁判官のような人が取り組みをつづける援助をさせるのは、不正や苦しみを描き出した芸術作品とは限らない――ウエシュラーのエッセイで私が忘れがたいと思ったのは、そうした見方なのであった。いまこの瞬間の政治を描いたものでない芸術作品は、自己と社会への意識を、価値とコミットメントの感覚を研ぎ澄ますものとなりうる。注意を傾ける力さえも高めるのではないか。そうした意識や力を身につけてこそ、人はその時代の危機に立ち向かえるものなのだ。

政治とは、文化によってかたち作られた信念とコミットメントの実践的《プラグマティック》な表現である。芸術作品は政治に関与する自己を打ち立てる手助けができるし、実際にそうしてもいる。運動への参加を強く勧めたり、間違った考えだといって集中砲火を浴びせたりしても、それだけでは相手を思いやる想像力や洞察力、原則、方向づけ、集団的記憶といった、関与に必要な力がもたらされるとは限らない。もちろん政治参加の拒否に寄与する芸術作品もあるし、私たちの時代にはそうしたものがたくさんある。私たちはひとりひとり個人なのであって大きな勢力の影響は受けないしその勢力に関わる義理もないと言ったり、そうした大きな勢力を固定した不変のものとして表現したり、あるいはそうした勢力が存在する痕跡をすべて消し去ってしまうというような芸術作品である。フェルメールの絵はどちらの仕方でも読むことができる。そのいくぶんかは見る者の目のなかにあること、あの裁判官の反応はそれを示唆している。

それにもかかわらず、ウェシュラーのエッセイはほのめかしている――政治からもっともかけ離れた芸術作品が、政治に飛び込ませる力を人に与えるかもしれないこと、人には力を蓄えるための避難場所が要ること、喜びは必ずしも私たちが取りかかっている仕事から離れるように誘《いざな》うわけではなく、仕事に向かう力を強めるものであること、これである。喜びすなわち美であるもの、美すなわち意味、秩序、静謐であるもの。オーウェルはこの避難所を自然と家庭のなかに見出した。そして彼はそこにしばしばおもむき、そこからしばしばあらわれ出て、嘘と欺瞞、残虐行為、愚行に対するたたかいに向かった――そして一兵士としてスペインへと戦争に出かけたのだ。T・S・エリオット論のなかでの彼の名高い評言として、「すべての芸術はある程度までプロパガンダである」というのがあるが、それはプロパガンダが擁護であるかぎりにおいてだった。すべての芸術家の選択は、大切であるもの、注意を傾けるに値するものへの一種の擁護なのではあるが、ブラントが主張した意味でのプロパガンダにオーウェルは反対した。別のところで彼は「純粋に非政治的な文学などというものはない」とも書いている。

フェルメールの一枚の絵が擁護しているのは、静けさ、運河の眺め、青色、またオランダのブルジョワジーの家庭生活の価値、あるいは単に綿密な注意を払うことである。綿密な注意自体が一種の滋養物でありうる。「なぜ書くか」のなかで、オーウェルは自分がものを書く理由をこう述べた。「私が本を書くのは、あばきたいと思う何かの嘘があるからであり、注意を引きたい何かの事実があるからであり、真っ先に思うのは人に聞いてもらうことである。だがもしその仕事が美的経験でもあるというのでなかったら、私には一冊の本を書き上げることはできなかったろう」。政治課題《アジェンダ》がパンであるときでさえも、あふれ出るのは薔薇なのだ。

これらの芸術作品とそこから生じる喜びは、さながら分水界のようなもので、そこには商品になるものは何も育たないけれど、そこから水が集まって、渓流となり、川となって、作物と人びとを養う。また農業システムの一部である野生生物——作物に受粉する昆虫、地栗鼠《じりす》を寄せ付けないコヨーテ——を養いもする。そこは精神の原野、未開発領域、多様性と複雑性を保存しているもので、更新のシステムであり、より大きな全体なのだ。耕作済みの土地はそうはなれない。オーウェルは田舎や、彼がかくも多くの時間を過ごした庭といった、文字どおりの緑の空間を擁護するのと同時に、自由な思考と統制を受けない創造という理念もまた弁護した。そして彼はこうした問題をめぐって、敵対者たちと確かにたたかいを交わしたのだった。

ヒキガエルと春と喜びについてのあのエッセイのなかで、彼は春や自然や鄙《ひな》びたものを楽しむことを否定するもうひとつの思想は、「現代は機械の時代であり、機械を憎悪するのはもちろん、機械の支配領域を制限しようとするのは、それだけでも退嬰《たいえい》的、反動的であって、いささかこっけいだという思想である」と述べている。数年前、私は、デトロイト美術館を訪れた。一九三〇年代初頭にディエゴ・リベラはヘンリー・フォードの息子に委嘱されて、ここに産業労働者と生産を称賛する大壁画のひとつを描いた。いったいどうして自身が共産主義者たることを公言した人物が、世界でもっとも成功を収めた資本家のひとりのために働いていたのか、そしてニューヨークでロックフェラー財閥のために制作をつづけたのか（リベラはその壁画に描き込んだレーニン像を塗りつぶすように求められたのだが、それを拒んだため、発注者の指示で壁画は破壊された）、私にはそれが謎だった。

自動車組立ラインのイメージ、大きな機械のために小さく見える労働者たちのイメージにあふれた壁画を見つめながら、私は、その時代の資本家たちと共産主義者たちが、機械化と工業化への強い傾倒を共有していることを実感した。双方とも、機械化と工業化を、人類が自然の限界を超越することを可能にする現象とみなしたのである。両者は社会の理想的な構造については不合意であったが、人類の運命については肝心な点で合意していた。科学とテクノロジーが自然界を支配する手段となるという確信、そしてその運用を任された者が科学技術の力を賢明に用いるはずだという誤った自信が、モダニズムにとって決定的なものだった。その時代の前衛芸術家、共産主義者、専門技術者、資本家は、輝かしい未来を待望するヴィジョンを共有した。ふりかえって見るなら、それは傲慢で危険な思い違いであったように思える。

モダニズムとその傲慢が崩れたのには多くの要因がある。非白人と非西洋の人びとの声が前よりも聞き取れるようになったということがひとつあるが、環境科学や環境政治学もこれに大きく寄与した。環境保護主義者は、人間の活動が自然界に害をなす地点を見据えて、その害をもとにもどすか、くいとめようと努める。人類の無謀さ、先の見通せなさ、また人類の破滅につながるものをこうした人びとは認識し、私たちは行動すべてに注意を怠らないようにすべきであると言い、非人間界を尊重することが人類の存続に不可欠であると示唆する。オーウェルは工場や機械や都市の称賛者であったことはけっしてなく、重要な点で彼はモダニストではなかった。社会関係を変え、富と権力を分配することで、社会主義がよりよい社会を建設しうると信じてはいたが、工業化と都市化についてては懐疑的だった。中央集権化された権力を嫌い、自然界は人が向き合うべきもので、背を向けるべきものではないと信じていた。

喜び、幸福、そして楽園についてのそうした問いは、彼の著作に繰り返し立ち現れる。ヒキガエル擁護のエッセイの数年前、彼は「社会主義とユートピア主義とを分離すること」が必要だと述べた。「ほとんどすべての新悲観主義の擁護者たちは、わざわざ藁《わら》人形を立てておいてから打ち倒すのである。その藁人形は〈人間的完全可能性〉と呼ばれる。社会はまったく完全でありうる、事実、社会主義の樹立後はまったく完全になる、また進歩は必然的である、などと信じているからといって、社会主義者たちは非難される」。彼は保守派の批判に反論してこう言う。「社会主義者はこの世界を完全なものにできるなどとは主張しない。よりよいものにできると主張するのである」

そうは言っても、社会主義者と共産主義者の多くは、やはり鉄壁のユートピアが達成可能だと、その状態に近づけるものはなんであれ正当化されるのだと、そしてテクノロジーはその達成のために決定的に大事だと信じてしまったのである。ほかのところでもオーウェルは完全主義者への反論を述べている。その文脈では完全さは危険なものだったし、ユートピアにしても同様だった。ユートピアというのが、それを生み出し保護するために、暴力という名の諸権利の破壊と嘘という名の事実の破壊を用いてよいのだと確信した人びとによって決定された、理想の押し付けを意味したのであれば、それはきわめて危険なことだった。小説家のミラン・クンデラは一九七五年に共産主義下のチェコスロヴァキアから脱出してまもなく、こう述べた。「でも、この楽園の夢が現実のものになったとたん、そこかしこに邪魔な人間が出没するようになってくるんです。それで楽園の支配者たちはこのエデンの園の隅っこに小さな強制収容所《グラーグ》を建てざるをえなくなる。そして時が経つにつれて、この収容所はますます大きく完璧なものになり、楽園のほうはどんどん小さく、貧弱になる」。クンデラのこうした見解と同趣旨のさまざまな主張が、左翼の理想主義への反論としてしばしば用いられてきたのだが、それは同様に収容所《グラーグ》への反論ともなりうるだろう――目的が手段を正当化するという思い込みに対して、力ずくで人間性を作り直せるという発想に対して、そして強大な権力を持つ支配者たちに対しての反論にもなりうる。

　オーウェルはその主題を、一九四三年に『トリビューン』に寄稿したエッセイでふたたび取り上げた。ジョン・フリーマンという偽名で発表したのは、反撃を避けるためだったのかもしれない。「社会主義者は幸福になりうるか」というタイトルだった。そのなかで彼は、「すべての「好ましい」ユートピアは、幸福を示すことができずにいながら、完全さを前提にしている点で似ているように見える」と言う。そして彼はさまざまなユートピア小説をなで斬りにして、最後に『ガリヴァー旅行記』の終わり〔第四篇〕に描かれたまったく喜びのない理想社会を論じている。その社会には理知的な馬が住んでいる。その馬たちは「これといった事件もなく、のっぺりした、「理性的」な暮らしを送っていて、あらゆるたぐいの喧嘩や混乱や不安定さを免れているだけでなく、性愛をふくむ「情熱」からも免れている」。言い換えるならば、完全なるものはよきものの敵であること、少なくとも、喜ばしきものと自由なものの敵だということの念の入った証拠なのである。

『一九八四年』のなかで、彼はこう書くことになる。「性行為は、うまくやりおおせたら、反逆行為となった。欲望をいだくことは〈思考犯罪《ソートクライム》〉であった」。その小説中の全体主義社会は、個人の私生活を支配ししおれさせようとする。それで自分の頭でものを考えること、またプライバシーや欲望、情熱や喜びを追求することは、危険な反逆行為となる。そして欲望は主観的で、個人的で、予測できず、堕落しやすいものだが、個人によっても社会によっても完全には制御できない。幸福が安定状態の感情、静められた心的状態を意味するのであれば、欲望とその充足は幸福ではない。幸福は歓喜により近い。それは予測しがたいかたちで爆発し、静まる。そして危険と困難のただなかにあらわれうる。いつまでも変わらずにいる状態――何かを固定するという考えで、それは通常ほかの多くの事柄を抑制することに基づく――は、彼が反対したことのひとつである。

彼はまたプライバシーを骨抜きにすることに反対する。人間性を作り直そうとする社会は、あらゆる精神に手を伸ばし、それを再編したがる。権威主義体制はパンを管理しうるが、薔薇は個人が自分で自由に見つけねばならぬもので、処方されるのでなくむしろ発見され養われるものである。「せいぜい私たちにわかっているのは、想像力が、ある種の野生動物と同様に、捕われた状態では繁殖しないだろうということだけだ」とオーウェルは「文学の禁圧」の末尾で述べた。そして「パンと薔薇」のなかの薔薇は、プライバシーと自主独立とともに花開く一種の自由を意味する。

彼がよしとする社会主義は捕われた状態をふくまない。彼は書いている。「社会主義の真の目的は幸福ではない。……社会主義の真の目的は人間の同志的連帯《ブラザーフッド》である。……人が互いに騙し合ったり殺し合ったりするのでなく、互いに愛し合う世界である。そして彼らはその世界を最初の一歩として欲するのだ」。愛はたやすく堕落させ切り崩せても、工作しがたい。そして最後にユートピアが否定される。「彼らが欲したのは、一時的だからこそ貴重であったものを無限につづけようとすることによって、完全な社会を生み出すことだった」。すなわち、欲望や歓喜のように、その本質からして、流動的で制御不能なものを固定化し制御しようと人びとは欲した。薔薇をパンにするか、あるいはパンを得て薔薇を放り捨てるか、そのどちらかを望んだのである。

4 バタートースト

社会主義と同志的連帯《ブラザーフッド》を求めて、彼は一九三六年の暮れにスペインにおもむいた。同年七月に勃発した内戦に加わるためだった。ジャーナリストとしてか、それともスペイン共和国を守る兵士として働くのか、はっきりとは定まっていなかった。スペインではその二月の選挙で左派政権が成立していた。フランシスコ・フランコ将軍が率いる右派勢力の徒党が、ファシストのイタリアとドイツの支持を受け、共和国政府の転覆を図った。ロイヤリストと呼ばれる反フランコ陣営は、共産主義者、マルクス主義者、労働組合員、アナキストをふくむさまざまな政治的立場の人びとからなっていた。そこには、衝突以前の共和国の現状を維持したいと願う者もいたし、全面的な革命を志向する者もいた。スペインの各地で革命が進行していた。私有財産が収用され、カトリック教会が攻撃された。平等な社会の実現と、未来の可能性への浮き立つような感覚がそこにはあった。

オーウェルが初めて着いたときのバルセロナのこうした喜びと自由について書いた文章は、熱を帯びている。理想家肌で左翼的な傾向を持つ者にとって、それは並外れた瞬間であった。アナキストのジョージ・ウドコックはこう書いている。「とりわけ一九三六年は、多くの人びとが現世での信念に満ちあふれていた年だった。この年にそのようなことが起こりうるなどとは一九三五年の終わりごろでさえ考えられなかったし、一九三七年の中ごろからあとはもはや不可能だと思えるものであった。至福千年時代の到来が不可能な夢とは思えないような、あの季節を私は覚えている」

オーウェルは相変わらず貧乏だったので、旅費を捻出するために銀行に借金を申し込み、ブレア家の銀食器を質《しち》に入れた（アイリーンは、訪ねてきた義母と義妹から銀食器が見当たらないのだけれどどうしたのかと聞かれ、ブレア家の紋を入れるので外に出していますと答えた。数か月後に彼女自身もスペインに旅立った。彼が前線で戦っているあいだ、彼女は大義に尽くすためにバルセロナで事務仕事に携わった）。彼は出発前に紹介状を得るために動いた。イギリス共産党の書記長であるハリー・ポリットは、彼があまりに風変わりで信頼できないと思い、推薦状を出さなかった。どうやらその前にオーウェルは国際旅団への加入をポリットから勧められたが、自分の目で見てからにしたいと言って断ったようである。（数か月後、ポリットは『ウィガン波止場への道』の酷評を書き、オーウェルを「幻滅した中流階級の小僧」とか、「もと帝国主義の警察官」などと呼んでこきおろしたのだった。）

代わりに彼は一二サイズ〔約三一センチ〕のブーツを一足（スペインで自分にぴったりの靴を見つけるのはむずかしいと知っていたので）、独立労働党〔ＩＬＰ〕から得た書類、そしてバルセロナのＩＬＰメンバーのジョン・マクネア宛の紹介状を持って出発した。途中パリに泊まり、ヘンリー・ミラーを訪ねた。ミラーはスペインに行くなど愚か者だと彼に言い、暖かいコーデュロイのコートをプレゼントした。スペインに着くと、マクネアは彼をＰＯＵＭ、つまりマルクス主義統一労働者党（Partido Obrero de

Unificación Marxista）のレーニン兵舎《バラック》に連れて行った。オーウェルが情勢をもっとよく知っていたらアナキスト集団に加わっていたのかもしれないが、結局ＰＯＵＭの一兵士となった。ＰＯＵＭのリーダーはアンドレウ・ニンだった。ニンは短期間トロツキーの秘書を務め、その後長いこと、このロシア革命の聡明な軍師を相手に政治と戦略について書簡を交わしていた。（トロツキーはスターリンによって亡命を余儀なくされ、悪魔視されるようになっていた。オーウェルによる『動物農場』のなかの反体制の豚スノーボールと『一九八四年』のゴールドスタインの描写はトロツキーの辛辣な似姿である。）共和主義の大義に賛同してスペインに駆けつけた外国人は、数にすると三万五〇〇〇から四万になるが、その大半は共産党系の国際旅団に加わった。アメリカ人は労働者階級が比較的多かった。それに対してイギリス人のかなりの部分は中流階級だった。その多くが文人で、詩人のスティーヴン・スペンダーからレズビアンの小説家シルヴィア・タウンゼンド・ウォーナー、ヴァージニア・ウルフの甥のジュリアン・ベルまでいた。ベルはその地で死んだ。

一九三七年の初めにはオーウェルは前線にいた。若いころには田舎でドブネズミやウサギを撃ち、ビルマでイギリス帝国の警察官をしていた時期もあったので、ライフルの扱いが上手で、軍事訓練にも馴染んでいた。部隊の兵士たちが訓練不足で、装備が欠乏しているのに驚きあきれた。そして彼が出会ったスペイン人たちの心の寛さに感銘を受けもした。戦争特有の匂いを彼は腐った食料と糞便で表現したのだが、配属されたあちこちで、いくばくかの喜びと美を見出した。「冬蒔きの大麦は一フィート〔約三〇センチ〕の高さに育ち、桜の木は真紅の蕾《つぼみ》がふくらみ（前線はこのあたりでは打ち捨てられた果樹園と菜園を通っていた）、溝を探すと、すみれや、ブルーベルの貧弱な見本みたいな一種の野生のヒアシンスが咲いていた。前線のすぐ後ろにはきれいな青々とした小川がさらさらと流れていた」

不潔な環境で戦線が停滞しているなか、数週間が過ぎた。シラミに悩まされた。ファシストが機関銃を置いている陣地の攻略作戦に加わったが、陣地を奪取したものの機関銃が運び去られていた。そして春の到来を見た。「胸壁の前の弾痕を残した木に、サクランボが鈴なりに房を付け出していた。……ファビアン農場の周辺にできたいくつもの砲弾の穴には、野薔薇が這いめぐり、茶碗の受皿ほどのピンクの花を咲かせていた。前線の後方では、野薔薇を耳にさした農民を見かけた」。最初の休暇までに彼は前線で一一五日間過ごした。そして『カタロニア讃歌』のなかで、自分はスペイン共和国のために大したことはできなかったが、スペイン共和国のほうが自分のために多くのことをしてくれたと書いた。英国北部で彼が貧しき者たちとの連帯意識を見出したとするなら、スペインで彼は一揃いの理想と可能性を見出したのだった。

「不思議で貴重なものに接していたことがあとになってわかった。われわれは希望が無気力やシニシズムよりもふつうである社会にいた。「同志」という言葉が、たいていの国でのようにまやかしの言葉でなく、本当の同志的連帯を意味するコミュニティにいたのだ。そこでは平等の空気が吸われていた」。これは彼の著作の重要な要素をなすもうひとつのたぐいの喜びである。理想が確かめられ実現されたことへの喜び、連帯への、精神への、可能性への、意味への喜びである。これらがことごとく消え去っているのが、『一九八四年』での暮らしの日常的な状況なのだ。

『カタロニア讃歌』は一人称で描かれた鮮やかな本だ。『ウィガン波止場への道』とちがって、そこで彼は観察者であるのと同時に本格的な参加者でもある。観察者としても前作よりもはるかに成熟している。（伝記作者によっては、この時期に作家としてめざましく成長したのはアイリーンの力が大きかったと見る人もいる。）政治情勢について長い説明がなされていながら、同時に、その戦争で兵士でいることが何を意味したか、身体的な経験が何であったか、戦地となった地域はどんなふうだったか、またかくも不潔で、食うや食わずで、寒さにふるえるのがどんな気分であったか、こうしたことについての記述も多くふくんでいる。彼はまた、革命的精神という美酒《うまざけ》を味わってのあふれんばかりの喜びから、狙撃された瞬間の衝撃に至るまで、自身の心に与えた効果の一部始終を伝えている。これらが共存しているのは印象的である。個別的なものがつねに一般的なものに挑んでいる。実体のあるものがイデオロギー的なものに対抗している。

両陣営が塹壕をはさんで互いにスローガンを叫ぶのを彼は聞き、それを書き留めている。ファシストのほうは「スペイン万歳！　フランコ万歳！」と叫んだり、反ファシスト陣営に外国人が多くいるのを知ると、「国に帰れ、イギリス人！」と言ったりした。共和国政府側のアナキストたちの発したスローガンは、オーウェルによれば「革命的感情に満ちたもので、ファシスト兵に向けて、君たちは国際資本主義の傭兵に過ぎない、自分自身の階級を相手に戦っているのだ、などと説き、われわれの陣営に入りたまえ、と勧めるものだった」。彼はこう述べている。「ファシスト軍からの脱走兵がぽつぽつとあらわれたのも、ひとつにはこの宣伝のおかげだとだれもが思ったのだった」

　オーウェルは自陣の宣伝で中心的な役割を果たした兵士を、「その仕事の芸術家」と呼んでいる。「時として、革命的スローガンを叫ぶ代わりに、その兵士は単に、ファシストたちに向けて、いかに自分たちの食事のほうが彼らのよりもはるかによいかを語った。政府軍の食糧についての彼の説明は、やや想像的なものになりがちだった。「バタートーストだぞう！」彼の声がさびしい谷間にこだまするのが聞こえる。「われわれは、いま、こっちに座っていて、バタートーストを食っているんだぞう！　とってもおいしいバタートーストだぞう！」彼だって、われわれと同様に、もう何週間も、何か月も、バターなんぞにお目にかかったことがないに決まっている。けれども、凍てつく夜にバタートーストの知らせを聞けば、たいていのファシスト兵たちがよだれを流したことだろう。なにしろそれが嘘だとわかっている私でさえ、よだれを流していたのだから」

　二昔前のこと、私はこの最後のスローガンに心を奪われた。それがお祭り気分のようなふざけた感じがあったからということもあるが、もうひとつには、何かそれ以上のことを意味したからでもある。それは遊びに満ち、ユーモラスで、共和国軍の兵士たちの融通無碍《ゆうずうむげ》なところ、即席で話をこしらえたり尾ひれをつけたりし、公式のイデオロギーなど放ってしまい、脅すのでなくこちらにおいでよと誘う、そんな自由な感覚を表していることに感銘を受けたのだ。さらにそのスローガンには、寒さと飢えの現実に加えて、精神と身体を両方備えた人間の複雑さについての真面目な認識もふくまれていた。人は理想のためにたたかうのかもしれないけれど、正義だけでなくて、トーストだって欲するかもしれない。そしてその欲求は、イデオロギー上の問題で同意できない人たちと共有しているのかもしれない。時として、おいしいバタートーストの数切れであっても、それはパンのみにとどまらず、それ以上の何かをあらわすのだ。

ハンナ・アーレントのように、オーウェルは杓子定規のイデオロギーを嫌い、それを人が生きていくうえでぶつかる複雑で矛盾に満ちた事態から身を防ぐ盾、あるいはそれに立ち向かう棍棒のようなものとみなしていた。オーウェルと親交を結んだスティーヴン・スペンダーは、自身が短期間共産党員であったころを否定的に回想した一文のなかでそれについて書いている。「私が共産党の知識人たちといつもぶつかったのは、彼らが党員になったときにひとつの計算をして、それでもって彼らにとっての現実をまるごとすべて、きわめて粗雑な白か黒かに変えてしまったという事実によってである。……〈革命〉は始まりであり終わりであって、あらゆる合算の合算だとされた。いつか、どこかで、すべてが総括されて幸福な総計になるというのである」。そうした文脈では、トーストについての叫びは、絶対的なるものと抽象的なるものへのささやかな攻撃だったのである。

オーウェルは直《じか》に接した固有の事柄に驚かされた経験について、またそれがいかに型にはまった思考を切り崩すかについて、繰り返し書いている。一九三一年のエッセイ「絞首刑」では、ひとりのビルマ人の死刑囚が絞首台に向かう際に水たまりを避けようとして脇にのいた様子を描いている。その小さなしぐさに彼は激しい衝撃を受ける。「奇妙なことだが、その瞬間まで私は、ひとりの健康な、意識のある人間を殺すということがどういうことなのか、まったくわかっていなかった。ところが、囚人が水たまりを避けようとして脇にのいたのを見たとき、盛りにある生命を突然断ち切ってしまうことの不可解さを、その何とも言えぬ不正を悟った」

似たようなことがスペインにいたときに起こった。前線でのこと、ファシスト陣営でひとりの男が姿を見せた。「その兵士は服を着終えておらず……走りながらズボンを両手でたくし上げていた。私は彼を撃つのを控えた。……撃たなかったのは、ひとつには、ズボンの件があったからだ。私は「ファシスト」を撃ちにここにきたのだが、ズボンをたくし上げている男は「ファシスト」ではない。彼は明らかに私とおなじような一個の人間で、だからどうしても彼を撃つ気になれないのだ」。彼は絶対的なものや抽象的なものを、現実について恫喝するような理論を信用しなかった。（一九三八年に彼とアイリーンは飼い犬にマルクスと命名した。それは「私たちがマルクスを読んだことがないのを忘れないようにするため」だった、とアイリーンは友人宛の手紙に書き、こう付け加えた。「いまでは私たちは少し読み、あの男にとても強い個人的な嫌悪感をいだくようになったので、犬の顔をまともに見られなくなっています」。）ウドコックがオーウェルを地面から力を吸い上げるアンタイオスに喩えたとき、彼はまた、オーウェルが知的な力を個別具体的なものから、また直に得た経験から引き出したことをも意味させていた。それがあったために彼は、自分の生きる時代と相入れなかったのである。それはさまざまなイデオロギーが、とりわけ独裁的な権力者を弁護し、異論と独立独歩の精神を押しつぶす役割を果たして、多くの人びとの道を誤らせてしまう時代だった。

5 昨日の最後の花薔薇《はなうばら》

オーウェルは休暇を得てバルセロナにもどり、アイリーンと再会した。彼女はその戦争を、またそれに彼が加わることを支持し、みずからも支援に加わり、POUMの本部で働いていた。一九三七年五月一日に兄に宛てた手紙で、夫が「裸足同然で薄汚れた身なりで、真っ黒に日焼けし、とても元気そうに見えます」と書いた。この休暇のときに彼はこれが三つ巴の戦争であることを認識した。フランコに対する明白な戦争があり、そこではすべての他の陣営が連合するものと想定された。だが現実には、ソヴィエトの援助を受けた共産主義者たちがアナキストおよび反主流派(反スターリン派)の社会主義者たちに対する覇権を求めて戦っていた。そして共産主義者たちは革命を阻止するために、というか進行中だった革命を潰すために動いていたのだった。この闘争についての本でアダム・ホックシールドが述べたように、「ソ連の独裁者がカタルーニャおよび共和国のほかの地域であらわれつつある広範な社会革命を支持すると見られたら、対独戦が勃発した場合に彼が同盟国として必要とする英仏を震撼させるだろう」。共和国の存亡はひとえにソ連の武器供与にかかっていた。他に手を差しのべる国はいない。それでスターリンはスペインに命じたのだった——

革命は起こさぬように、と。

一九二二年のソ連樹立以後は、共産主義者であることはしばしばソ連の支持者を意味することになり、ヨシフ・スターリンが国の実権を握ると、ソ連を支持するのは彼の支持者であることを意味するようになった。そして自由と平等と革命という高邁な理想から始めた人たちが、徐々に、かつて類を見ないもっとも残虐な独裁体制のひとつを支持するようになってしまった（その理由の一端として、ソ連がヒトラーのドイツというもうひとつの独裁体制に対する防波堤と目されていたことがある。当時両国は正反対のものとして描かれるのがお決まりだったのだが、その後似た者同士であることが広く認められるようになった）。この支持は、嘘を受け入れたり拡散したり、また事実を否定することをしばしば意味した。二〇世紀前半の左翼の多くは、恋に落ちたら、自分の愛した相手がどんどん怪物じみて支配欲を強めていったという、そんな人間に似ていた。あの時代の驚くほど多くの第一級の芸術家や知識人がその怪物との関係をつづけることを選んだ――カップルの虐待的な関係とはちがって、犠牲となるのはたいてい、恋に燃えた当人ではなく、ソ連とその衛星国の無力な民であったのだけれど。

（左翼とされる人たちのなかには、権威主義体制を支持し、その犯罪行為をなかったと言い張る者が昔もいまもあらわれる。そういう人を見るにつけ、そもそも左翼という語は、何かを意味するとするなら、いったいどういう意味なのかと、私は長いこと疑問に思っていた。なにしろ時代がちがえば、左翼とは権威主義体制のアンチテーゼである人権と自由と平等主義を擁護する人びとを意味するのだから。）

三つ巴の戦争の様相がだいぶはっきりと見えてきたのだったが、当初オーウェルはマドリード周辺で戦っている〔共産党系の〕国際旅団への加入を望んだ。この戦争で国際旅団が担う役割のほうがアラゴン戦線でのPOUMの軍事行動よりも重要だということ、そしてファシズムの打倒が何よりも肝心だと確信してのことである。彼はさらに、来た当初には、バルセロナの革命的な雰囲気に驚き感喜したのに、前線からもどってみるとそれが消えてしまっていたこと、またPOUMが共産主義者たちから激しく攻撃されていることも知った。文字どおりの攻撃があった。バルセロナの電話交換所の支配権をめぐってアナキストとコミュニストとPOUMのあいだで銃撃戦が起こった。それにまたPOUMが密かにフランコと通じているとする宣伝工作もあった。彼が戦っているのは、自身が理解しはじめたばかりの戦争だった。

党派間の抗争に巻き込まれはしたが、オーウェルは任務を遂行すべくPOUMの部隊のいる前線にもどった。そして五月二〇日の朝のまだきに、自陣の塹壕の胸墻《きょうしょう》から顔を出していたときに、ファシストの狙撃によって首を銃弾で打ち抜かれた。銃弾は頸動脈すれすれのところで貫通した。動脈をやられていたらその場で失血死していただろう。声帯を損傷し、しばらく囁き声を発するぐらいしかできなくなった。重傷を負った際の身体的心理的経験を彼は詳細に記述している。「最初に考えたのは、ありきたりだが、妻のことだった。つぎに考えたのは、この世を去らなければならないことへの激しい憤慨の念だった。なんだかんだ言ってもかなりよく馴染んだこの世界なのだ。こうしたことをありありと感じる時間があった」

POUMの指導者のアンドレウ・ニンはその年の六月に暗殺された。アルベルト・ベスーシェは、ブラジル人の志願兵として推薦状を持参してニンのもとにやって来た人物で、いくつかの証言によると、オーウェルが療養中であったその月にバルセロナ周辺の市街戦に参加していた。ニンと同様に、ベスーシェもスペインで謎の死を遂げている。この戦争で六月に、あるいはもっとあとで、スターリン派に殺されたというのが大方の見方である。モドッティの伝記作者によると、ベスーシェをトロツキストと認定し、ブラジル共産党からスペイン共産党に書簡を送り彼を断罪するのに、モドッティが手を貸したとされる。

その時期に彼女は、次第に薔薇を捨ててパンに身を捧げるようになっていた。一九二七年に、モドッティはメキシコ共産党に加わり、その後すぐ、国際赤色救援会(共産主義インターナショナルの一プロジェクト)のために働きはじめた。「模範的な共産主義者たることは、彼女の信じるところでは、個人的で性的な自己表現に没頭していた以前の流儀を傍に置くことを意味した」とアルバースは書き、彼女が画家のモデルとしての仕事を辞め、「花と建築という主題を捨てて、メキシコの大衆の魂のこもった英雄的な性質に焦点を絞るようになった」と指摘する。これらの過渡期の作品は胸を打つポートレイトだ。時として個人写真、しばしば痩せ細った子どもの人物像で、モドッティ自身が子どもの労働者であったころを彷彿《ほうふつ》させる。時として群像写真で、多くの場合母子像である。

じつは彼女はこの時期にさらに多くの静物写真を作成している。一枚は弾丸がいっぱい詰め込まれた弾薬帯がギターのネックと交差し、そのあいだに一本のトウモロコシが挟まっている。もう一枚はトウモロコシと弾薬帯に鎌が加わっている。三枚目は鎌とハンマーがメキシコのソンブレロの上に置かれている。四枚目はハンマーに鎌が交差しただけのもので、まさにソヴィエトの寓意となっている。この最後の写真のなかでは、ふたつの道具が影を作り、柄《え》に沿って光が戯れ、ハンマーの柄の木目が際立ち、鎌の刃が輝いている。彼女はひとつの象徴を実際の道具へと反訳してみせ、抽象的なるものから個別具体的なものへと私たちを立ち返らせている。写真術にとって肝腎要のこの個別性は、教条《ドグマ》と十把一絡げのものの見方に対するアンチテーゼなのである。とはいえ、同時に彼女は、自作品が既定の意味に支配されてしまうことを許容してもいる。自分自身の意味を見出しておらず、また正統的教義《オーソドクシー》に異議を唱えたりもしていないのだ。

一九二八年に、ディエゴ・リベラはモドッティを彼の壁画の一枚に描き入れた。彼女は武装した男たちの群像のなかにいて、一年前に撮った写真の一枚のように弾薬帯を手にしている。ハンマーと鎌が入った赤旗が全員の上にはためいている。リベラはトロツキストで、メキシコ亡命中のトロツキーと親交を結んだ。スターリン主義者だったモドッティは、メキシコにもどったときにリベラと絶交する。その後リベラも、妻のフリーダ・カーロとともに、結局スターリン主義を信奉することになる。リベラはすでに一九二九年にメキシコ共産党から除名処分を受けていた。そして当時モドッティはウエストン宛の手紙でリベラを裏切り者として糾弾した。おなじ年、彼女がもっとも愛した男と思われる勇肌のキューバの革命家フリオ・アントニオ・メラは、ある日の夕刻、ふたりが腕を組んでメキシコシティを歩いていたときに暗殺された。彼女は非難され、新聞で攻撃され、国外追放処分を受けた。

この衝撃的な出来事のあと、ひとつの光が彼女から消えてしまったように見える。そして新たな人生が始まった。ヴィットーリオ・ヴィダーリはＮＫＶＤ（ソ連の秘密警察）の下位組織の諜報員で、暗殺、テロ、破壊工作、そして誘拐に従事していた。モドッティはそれまで彼とは面識がなかったようだが、彼女がメキシコを追われて乗っていたのとおなじ船にいた。一説では、ヴィダーリがメキシコから逃げたのは（彼は二年前にソ連からメキシコに入国していた）、メラの暗殺者だったからだという。大西洋をわたる長い旅のどこかで、ふたりのイタリア人の急進主義者は親密になった。恋人同士になったのはそのときだったのかもしれない。その後一緒にいるときもあれば離れていたときもあったが、彼女の後半生に彼の姿が大きく聳え立った。ふたりが結婚したという記録は見当たらないのだが、ヴィダーリはしばしば彼女の夫と呼ばれた。モスクワで、またヨーロッパの任地で、ふたりは何年か一緒に過ごした。彼女は国際共産主義の方面で勤勉な働きをし、外国の新聞記事を翻訳し、プロパガンダを書き、対敵情報活動と対抗スパイ活動の任務に従事した。全体主義と化した共産主義の厳格な規則に従い、ロシアのますます神経症的で懲罰的となった社会のなかで、またその外部のますます無慈悲な共産主義の組織のなかで、彼女は生き残ったのである。

美に、芸術に、そして自身の創造的ヴィジョンから得た喜びや自己主体感そのものが、革命家になるために放棄すべきものだと、彼女は確信させられたのだろうか。あまりにも多くの人びとが彼女とおなじ軌跡をたどり、共産主義に――絶対的服従を強制し、厳しい監視をおこなう教条的な共産主義に――服従したのだった。そして戦前に見られたああした転落は、一度きりではとうてい済まず、人権と平等を擁護していたはずの左翼が、そうした権利を途方もなく蹂躙する権威主義体制の応援にまわって終わるという同種のことが繰り返し起こったのだ。彼女もまた一九三六年に、オーウェルよりも早く、内戦の始まる前にスペインに入り、戦闘がつづいているあいだその地に留まった。スペインで彼女はマリアと名乗った。彼女の伝記作者は、その名前がつつましやかな女性を、僕《しもべ》を、そして処女マリアを想起させると述べている。「マリアと同様に、ティナは献身と優しさ、また禁欲と悲嘆の鑑《かがみ》となった。彼女はもっとも卑賤で危険な仕事を求めた」

ある時点で彼女は修道女の服をまとって病院を切りまわしていた。その衣服は変装だったのだが、エマ・ゴールドマンの「政治活動家がダンスをするのは相応しくない」と言い放った男に対する有名な「パンと薔薇」的な切り返しを想起させる。ゴールドマンはこう答えたのだ。「美しい理想やアナキズム、また因習と偏見からの解放と自由を支持する私たちの大義が、生と喜びの否定を私に望むなどありえない。私たちの大義は私が修道女になることなど期待していない、この運動を修道院に変えるべきではない、そう私は主張した。もし大義がそんなことを意味するのなら、私はそんなものは望まない。「私が望んでいるのは自由と自己表現の権利、美しく輝かしいものをすべての人が手にする権利なのだ」」

モドッティがその時点で何を望んでいたかを知るのはむずかしい。けれどもモドッティはマリアとして床を掃き、おまるを空にし、ファシストの飛行機の機銃掃射でなぎ倒され手足をもがれた子どもらを介護し、赤色救援会のための彼女の仕事をつづけた。あるいは彼女は最後には美しく輝かしいものがあると信じたのかもしれない。対抗スパイ活動でモドッティがヴィダーリの助手を務めたという証言もある。メキシコ人作家のオクタビオ・パスによれば、モドッティはパスの妻に、パス夫妻の行きつけのバレンシアのカフェには気を付けるようにと注意したのだという。そこは「トロツキスト分子やアナキスト分子、革命の裏切り者、人民の敵、その他、そうした手合いの根城」なのだと彼女は言った。

　ヴィダーリはカルロス・コントレーラスという偽名で得意の絶頂にいた。スペイン共和国の第五連隊で戦い、スペイン中を駆け巡り、おびただしい数の囚人を尋問し、処刑隊を組織し、みずからも手を下した。彼はだいぶ昔に、ひとつにはファシズムと戦うために、イタリアで共産主義者になっていた。スペインでは彼が戦う相手はファシズムではなく、ソヴィエトの立場と共産主義の正統的教義《オーソドクシー》に異を唱える者たちだった。それで彼が処刑していたのは主としてアナキストやトロツキストのたぐいだった。直属の上司は彼を「ほとんど怪物だ」と言った。彼が戦うのはスペインのためではなかった。スペインは彼がロシアのために戦う戦場なのだった。一九三七年のあの六月に、彼はPOUMの指導者であるニンの尋問と拷問、そして暗殺に関与したと伝えられる。

　オーウェルはPOUMと関わりを持ったので、標的になった。そしてスペイン滞在の最後は、バルセロナで追跡される人間となった。昼間は裕福な観光客を装い、夜は廃墟に身を隠し、必死に国を脱出する手立てを講じた。彼とアイリーンの逮捕令状が出ており、捕まっていたらおそらく殺されていただろう。スペイン滞在中に彼が書いた日記類は、アイリーンのホテルの部屋が捜索されたときにすべて押収された。それはロシアの旧ソ連のアーカイヴのどこかにいまも残されている可能性がある。結局六月二三日にふたりはなんとか鉄道でスペインを逃れ、フランスへと無事にたどりついた。彼が三四歳の誕生日を迎える二日前のことだった。

ウォリントンにもどったあと、ふだんであれば慈しんだ牧歌的平穏さにオーウェルは心中居心地が悪かった。「このあたりは、私の子どものころと変わりない英国の姿をとどめている。線路の切り通しは野の花に覆われ、牧草地ではつややかな肌の大きな馬が黙々と草を食《は》み、小川が柳の木立に縁取られてゆったりと流れ、楡の木立は深い緑の葉を茂らせ、農家の庭には飛燕草《ひえんそう》が咲き乱れている」と彼はスペインについての本の終わりに書いた。「英国は突然の爆弾の轟音でたたき起こされるまで、目を覚ますことがけっしてないのではないかと、時々私は不安になる」。そしてほかの多くの人びとと同様に彼にはわかっていた――世界戦争とともに爆弾が落ちてくることを、そしてスペインの戦いはその序幕であったことを。

それにもかかわらず、彼はウォリントンでの暮らしにもどり、庭と鶏の世話をし、スペインでの戦争をめぐる論争文を書き、それについての本の執筆にあたった。『カタロニア讃歌』は一九三八年四月に一五〇〇部という少部数で刊行された。そのうち彼の生前にはおよそ半分が売れただけだった。好意的な書評もあったが、社会主義者の版元がその本が出まわらないようにしているのではないかと彼は危ぶんだ。そして共産主義者たちは案の定この本に対して敵意をむき出しにしてきた。だが彼には自著の先行きに注意を払う余力がほとんどなかった。出版の一か月前に大量に喀血し、彼自身の先行きが危ぶまれたからである。救急車でケント州のサナトリウムに運ばれ、肺結核の症状が初めてそこで確認された。病気で一年を棒に振った。最初のほぼ半年はサナトリウムで療養し（そこではタイプライターの使用を禁じられたが、釣りに行くのは許された）、それからもう半年をアイリーンとモロッコで過ごした。温暖の乾燥した空気が療養によいという理由だった。それから一九三九年四月にウォリントンでの暮らしにもどった。彼の最初の家事日記はモロッコに出かける直前にウォリントンで始まり、帰国後の一九三九年四月一〇日に再開する。その日の日記では、前の週はほとんどベッドで過ごしたこと、水仙が咲き出し、薔薇が芽を出したこと、また「雲雀が高らかに歌っている」ことを記録している。

内戦中モドッティはフランコ派への敗北が決定的になるまでスペインに滞在した。彼女もまた生きのびるためにフランスに逃げねばならなかった。生涯の最後の数年をヴィダーリと過ごし、メキシコで息をひそめて、ふたりして偽名を使って暮らした。ヴィダーリは一九四〇年八月のメキシコでのトロツキー暗殺の首謀者だったと言われることがままある。モドッティ自身は、一九四二年一月に友人たちと夕べを過ごした帰途にタクシーの車中で死んだ。享年四五だった。訃報に接してパブロ・ネルーダは「ティナ・モドッティは死んだ」という詩を書いた。彼女に直接語りかけるこの詩は薔薇に満ちている。「昨日の最後の花薔薇《はなうばら》」があるかと思うと、「咲きそめし花薔薇」もある。あなたの哀惜がある。そして気持ちが高ぶって、あなたはけっして消え去りはしないと断じている。あなたの沈黙は燃えている、とネルーダは言う。詩の結びは「炎が死ぬことはない」となっている。

それよりずっと前のこと、リベラはメキシコの地方の農学校のための壁画に彼女の力強い姿を描いた。たくましい裸体のトルソーが木の幹から盛り上がっている。まるで大地から直接生えたかのようだ。ネルーダは彼女を種子のように地面に植えられた存在として記述した。根っこをたくさん生やしたものとして、花として、ヒロインとして、雪上行進中の一兵士として描いた。それなのに逝ってしまった。炎は死なない。けれど彼女は死んだ。

　ヴィダーリが彼女を（その時代の用語で）「清算」したと考えた人のなかに、当時メキシコ在住のロシア人作家ヴィクトル・セルジュがいた。またメキシコの『ラ・プレンサ』紙もそう考えた。オーウェルと親交があったセルジュは日記にこう書いた。「彼女は長年勤めていたGPU〔ソ連の秘密警察・諜報機関〕と意見の衝突が生じた。彼女は身の危険を感じていた」。ネルーダは詩のなかで自分は「刺客、ジャッカル、ユダ」の魔の手から彼女を遠ざけると誓ったが、あるいはヴィダーリがその刺客だったのかもしれない。あるいはそうでないのかもしれない。ネルーダもまた、スターリンに熱中した。後年彼はスターリンを讃える頌歌《オード》を書いていて、一九五六年になるまでスターリン体制の極悪非道を認めなかった。モドッティに心臓疾患の病歴があったのも確かである。

ティナ・モドッティ《薔薇，メキシコ》(1924)の裏面．ヴィットーリオ・ヴィダーリのスタンプ

　モドッティの死後、ヴィダーリは彼女の写真とネガのすべてを相続した。彼女の多くのプリントと同様に、莫大な金額

で売られたあの薔薇の写真の裏面には、家畜の焼印や捕虜の刺青のごとく、彼のスタンプが押されている。共産主義者たちが革命の敵であったとき、彼がその渦中にいたときのスタンプだ。まわりに “Comandancia General 5° Regimiento Milicias Populares” と刻まれ、中心には “Comisario Politico” とある。第五連隊総司令部政治将校、ということである。

Ⅳ　スターリンのレモン

Stalin's Lemons

ヤコフ・グミナー《2+2 プラス労働者の熱意=5》(1931)

1　燧石《すいせき》の小路

一九四六年のこと、ひとりの独裁者がレモンを植えた。いや正確には命じて植えさせた。それに先立つこと一〇年前、オーウェルはコテッジを囲む庭に薔薇を植えた。そのうちのひとつは、フランスの園芸家アルベール・バルビエが一九二一年に品種改良によって作り出したアルバーティーン薔薇か、その亜種だと言われている。いま残っている二本の薔薇の木がオーウェルの植えたものなのかは厳密には定かではないが、コテッジは間違いなく彼とアイリーン・オショーネシー・ブレアが、一九三六年のあの春から断続的に何年も暮らしていたものだった。賃料は週七シリング六ペンス(九〇ペンス)で、当時としても安価なほうだった。建てられてからほぼずっと土地の開墾者たちが住んできた建築物は、一八世紀のものとも一七世紀のものともされ、その古めかしい佇《たたず》まいを好む人などは一六世紀のものだと言ったりもする。(一九四八年にコテッジを購入した学校教師エスター・ブルックスはそれが中世の建物だと言うが、特に証拠を示しているわけではない)。

石と煉瓦、木と漆喰でできた家だった。二階の壁には、直線状に削られておらず、もとの木の自然な曲線や凹凸を残した古い柱が見て取れた。村の商店として使われていた表に面した小さな玄関間には、大きな暖炉が鎮座していた。パンを焼くのに使われた入り込み《アルコーブ》があり、煙突が広い寝室まで伸びて、暖かい空気を逃さないように煉瓦で組まれたピラミッド形のジッグラトのような構造物につながっていた。ドーンとグレイアムの孫たちはそれを登って遊ぶものだと思ったようだ。グレイアムによると、屋根裏の梁には何世紀も前に生えた枝が残っているという。建物のまわりには小麦畑が広がっている。小麦そのものは毎年植えられ収穫されるが、このあたりでの農耕の歴史は家屋や教会や木々よりもずっと古く、一〇〇〇年にもわたってその土地は耕されてきた。

ドーンとグレイアムに初めて出会ってから二年と経たない夏の終わりに私は英国にもどり、コテッジや薔薇を再訪し、そのときに涌き上がってきたさまざまな疑問に立ちもどった。調べものがしやすいようケンブリッジに宿を取り、何人かの人たちに取材し、多くの文献を読み、ケンブリッジ大学の書庫で過ごしたり、あたりを歩いてみたりした。滞在中のある木曜のこと、朝食を取りながら『ガーディアン』に載る気候変動についての論説を書き、それからレインコートと水筒をナップサックに入れ、バスに乗ってケンブリッジ駅まで行った。そこでサンドイッチとチョコバーと往復切符を買って、ボールドックへの小旅行に出た。二年前に来ていたからボールドックの駅前はなじみ深く思えたが、一度目はタクシーに乗ったので、そこから数分間の道程についてはあまり覚えていなかった。

気持ちのいい晩夏の日だったから、駅からコテッジまでの三マイル〔約四・八キロ〕余りを歩くことにした。その地域の紙の地図は持っていなかったし、プリンターもなく、手持ちの携帯電話の地図アプリは海外では使えなかったので、宿を出る前にGoogleマップを見て道順や曲がり角をざっくり写しておいた。ボールドックの町を歩き出して二、三の角を曲がったところで、手製の地図はまるで使えないということがわかった。当てずっぽうに行くことにして、ちょっとした未知にこうして飛び込んでいくのを楽しみに思った。

書き出してみた道順は、庭の裏囲いと小麦畑に挟まれた小路の先で尽きていた。小路は車がびゅんびゅんと行き交う高速道路の端にぶつかっていたので、明るい青色の服を着て近くを歩いていた老婦人に声をかけた。昔から地元に住む人だったから聞いて正解だった。フルートの音色のような声で小路が位置する場所と、それがかつてウォリントン村に至る主要な道路だったことを教えてくれた。それからA五〇五号線の道路にかかる陸橋について詳しい指示をくれ、私が高速を走って横切り出発するのを見送ってくれた。

白いちぎれ雲に日の光が射す木曜にその道を歩く者は、ほかにいなかった。私は幸福な内省的トランス状態になり、小路や畑や空をすみずみまでよく眺めた。英国はしばしば閉塞的でスケールの小さい場所に思えるのだが、小麦畑は広大で、鋤道が大地の輪郭に沿って曲がり、海岸から遠くに見える水面のように、土地にはいくつものうねりと隆起があった。陸地にできた海のようなその土地を、私は歩いた。いくつかの畑では小麦はすでに収穫されたあとで、鈍い金色に光る刈り株だけが残されていた。実りきった小麦がすっくと立っている畑もあって、乾いた茎の一本一本が、先端についた種子の穂の重みでかぎの手か疑問符のようなかたちにたわんでいた。あたり一帯で茎が低く刈り倒されている場所もあった。畑の一部は地平線に向かって大波のようにうねり、青空を背景にして黄金色に輝いていた。

ほかの畑には何も植わっておらず、耕されたばかりの青白い白亜層《チョーク》のような鋤道があり、燧石《すいせき》がちりばめられていた。以前ロブ・マクファーレンとケンブリッジシャーを歩いたときに初めて見たこの種の石は、とても新鮮に思えて魅きつけられた――黒や青や白といったその色味、有機的な曲線、不思議なかたち、すべらかな表面と剃刀のように鋭利な縁《ふち》。ボールドックとウォリントンのあいだの畑にある燧石は、以前見たものよりずっと美しかった。もの欲しさと好奇心に捕らわれた私は小路を降りて畑の縁に立ち、石を拾い上げてはいくらかを投げ捨て、またさらに拾い上げては、そのさまざまなかたちと、数え切れないほどの石に囲まれているという感覚でうっとりとなった。

何世紀にもわたる農耕を経てもなお、燧石は大地にびっしりと敷き詰められていた。一平方メートルごとに数十個もの石があり、小さな微粒や細片のようなものから、数ポンド〔約二、三キロ〕はあろうかという大きく不揃いな塊までさまざまだった。塊のほうは、一瞥したところ少なくとも私には、小動物や大きな内臓のように見えた。その集まりは、いわば燧石の可能性の辞書のようなものを構成していて、私はそこから、かたちという語彙を拾い上げているのだった。あるものは巨大な鶏の骨つきもも肉のようなかたちをしていて、内側は濡れたような艶のある黒色、外側はざらついた質感の白色をしていた。陰茎と睾丸のようなかたちのものもあれば、ぱっくりと割れた塊の断面が小さな人体の胸部のように見えるものもあった。少なくとも私にはそう見えた。私は空色や黒の顔を持つ人型の塊を、小さな家族の集まりのようにして拾い集めた。

燧石は通常、ざらざらとしたセメント状の白い外殻を持ち、それは小脳の表層とおなじように皮質と呼ばれている。内側は艶出し加工をかけた陶磁器かガラスのように滑らかだ。石の内部は白や黒、そして淡水色から濃紺までさまざまな色調の、鮮やかな荒天の空のような青灰色だったり、それらの色味がすべて混ざり合ったような青だったりする。石は曲線を描き、そのかたちはときに瘤《りゅう》塊《かい》などと呼ばれることもあるが、その鋭い縁は手術用のメスを凌ぐほどだ。燧石は黒曜石と並んで、石器時代に好まれた石だった。近隣にはヒッチンという町があり、そこにはかつてオーウェルが六ペンスの薔薇の苗木の大半を買っていたらしいウルワースがあったのだが、その周辺では石器時代の燧石を使った道具が何百も出土している。

燧石はこの風景が海の底にあった時代にかたち作られた。それらは当初、海底にできた穴や海洋生物が朽ち果てたあとにできた空間を埋める堆積物だった。実際、生き物が残していった抜け殻を埋めてできたものだったので、しばしば生物に似たかたちをしていた。土壌を青白くしている白亜層からして、無数の微小な海洋生物の抜け殻でできたもので、風景が深海のようなうねりや隆起を持っているのも、かつて実際に海の底にあったものだからなのかもしれない。そこで私は、道が合っているのかも判然としないままに、のんびりと燧石と小麦でできた海を泳いでいった。やがて側面が生垣で覆われた狭い道路にたどり着くと、道の上には大きな白い字で「徐行(SLOW)」と書いてあった。曲がりくねったその道の先がウォリントンだった。

小路とそれに並行して伸びる道路の一部に沿って低木でできた生垣があり、その生垣は、痩せこけてはいるが丈夫なイヌバラ――英国の野生の薔薇――でできていた。開花の時期はとうに過ぎて、花の代わりにローズヒップをつけた小枝がオレンジに色づいていたが、小麦とちがってまだ実りきってはいなかった。それはパンと薔薇の風景そのものであり、ブラックベリーと、白亜層と、燧石と、この農業用の空間のあらゆるところにいまだ公用道路として張り巡らされている古《いにしえ》の小路の風景でもあった。私はオーウェルとアイリーンが住んだコテッジから少し歩き、荘園農場《マナー・ファーム》の黒々とした大納屋《グレイト・バーン》が迫ってくるなかを抜け、地衣類と苔と蔦で覆われて碑文の消えかけた古い墓石でいっぱいの墓地に、それから教会にたどり着き、外壁に腰かけてサンドイッチを食べ、もと来た道をもどった。

オーウェルの薔薇について、またその薔薇がどこに連れて行ってくれるのかについて考えることは、そぞろ歩きのようなプロセスであると同時に、リゾーム的でもあるのかもしれない。これはイチゴのように根や匍匐枝《ほふくし》をさまざまな方向に這わせる植物を記述する際に用いられる言葉だ。哲学者ジル・ドゥルーズとフェリックス・ガタリは、この語を用いて脱中心的で非階層的な知のモデルについて説明した。「リゾームのどんな一点もほかのどんな一点とでも接合されうるし、接合されるべきものである」とふたりは主張する。「これはひとつの点、ひとつの秩序を固定する樹木ないし根とはたいへんちがうところだ」。木や根が枝分かれする様子は、しばしば系譜のモデルとして使われる。それは種《しゅ》や言語の進化のモデルとしても、家系図としても、何であれ時系列に沿って枝分かれしていく伝播をあらわす際にも用いられる。だからこそ彼らはこの引用のあとで、「リゾームはひとつの反系譜なのである」と語っているのだ。

ドゥルーズとガタリがこうしたことを書いてからずっとあとになって、たとえばユタ州の一〇六エーカーにもおよぶアメリカヤマナラシの森では、四万数千本の木々がおなじ根のシステムを共有しており、つまり本質的には互いのクローンのような存在で、地球上で最大の単一の有機体を成していて、その樹齢は八万年ほどだといったことが明らかになり、樹木とリゾームの差異は多少曖昧なものになった。あるいは、時にウッド・ワイド・ウェブなどとも呼ばれる、森の木々を接続し、栄養や情報を行きわたらせて、それほど個体化していない木々が相互にコミュニケーションを取り合う共同体としての森を作り出すような、地下の菌根ネットワークの存在もまた、それを後押ししたかもしれない。

ソローはかつて、あらゆる動物は荷を引く獣であり、「人間の思想の一部を担」わされていると書いた。植物もまた、その茎や横枝や接ぎ木や根や枝をとおして私たちにメタファーや意味やイメージを与えてくれる。情報ツリー、アイデアの種、労働の果実、他家受粉〔相互交流〕、成熟と未熟といった表現がそれだ。そして私たちが植物を栽培する際におこなう数々の事柄も、象徴的な豊かさにあふれている。雑草を取ること、剪定すること、種を蒔くこと、収穫すること、ほかにもたくさんあるだろう。

ボールドック行きの二、三日前にも私は歩いて探検に出かけ、ケンブリッジの植物園で薔薇に出合っていた。そこの薔薇は、鮮やかなピンクの花弁を持つ野生のプレイリーローズを除けば、ほとんど花を咲かせていなかった——たいていのものはローズヒップをつけていて、なかにはとても美しいものもあった。説明書きにはこうあった。「この植栽は、遺伝学者チャールズ・ハーストが二〇世紀初頭にこの植物園で二五年間にわたっておこなった交配プログラムを通じて明らかになった、現代の薔薇の複雑な起源を示している」。遺伝学とは、まさにドゥルーズとガタリがそれに代わるものを求めていたような種類の樹枝状の系譜を探求する学問であり、遺伝や進化の働きを理解するためには必要不可欠なモデルでもある。そこで私はケンブリッジ大学図書館に行き、ハースト関連の文書を何箱か出してもらって、丸一日かけてそれを読んだ。フォルダをつぎつぎに開けていき、ひとつ開けるごとに男の人生と仕事の物語もつまびらかになった。私がそれまでに読んだ薔薇についての文学作品にもハーストはちょこちょこ登場していたが、それらの箱のなかにはもっと複雑な物語が隠れていた。

ぴんと伸びた口髭と遺産を持つ男、チャールズ・チェンバレン・ハーストは、現代の遺伝学領域の成立(そこには「遺伝学」という用語を作り出すこともふくまれていた)に決定的な役割を果たした科学者、ウィリアム・ベイトソンの右腕だった。一九〇〇年にグレゴール・メンデルの実験データが復元され、さらなる研究の基礎として使われるようになってから、ハースト、ベイトソンと数人の女性科学者たちは、ケンブリッジ大学で遺伝と進化に関する基礎研究を手がけた。生命そのものについて、そしてその遺伝と進化のプロセスについての理解を深めたことに加え、遺伝学領域におけるもろもろの発見は多大な実際的応用性があった。ハーストの同僚は、アマチュア花栽培団体のメンバーから世界最先端の遺伝学者までさまざまだった。双方を兼ねている人材も少なくなかった――たとえば裕福な薔薇愛好家のローズ・ヘイグ・トマスは、メンデル協会の研究スポンサーにして設立者でもあり、科学論文も執筆すれば、アブラムシなどの植物につく害虫について若年の読者が楽しめるような絵入りの児童書も書くといった人物だった。

ハーストは、経済的資源と時間と自身が相続した一〇〇エーカーの養樹園を研究につぎ込んだ。最初は蘭の調査から始めて、のちに薔薇の研究に数十年を費やし、薔薇栽培家と専門的科学者の双方の関心を呼ぶような研究結果を得た。さらに、長毛と短毛のウサギ同士を交配させて長毛が劣性遺伝であることを発見したほか、何世代にもわたるイギリスの競走馬の交配についての記録である血統台帳《スタッド・ブック》を読み漁り、どのように馬の毛色が遺伝するのかを立証した。人間の青い瞳が劣性遺伝であることを実証し、反対意見にも容易に屈しなかった。実際のところ反対意見は山ほどあって、ついには「ベイトソンのブルドッグ」というあだ名までついたほどだ。ベイトソンは一九一〇年に異動しノーフォーク〔正しくはマートン・パーク〕のジョン・イネス研究所所長となったが、ハーストは第一次大戦後、ケンブリッジに落ち着いた。新妻のローナ・ハーストは研究室の助手として働き、薔薇の染色体を調査する顕微鏡作業を担当した。

ハースト夫妻は薔薇を、解読されるべき謎、系図をたどるべき一族《ファミリー》とみなした。一九二八年に彼は書いている。「〔第一次〕大戦以来、私は薔薇の遺伝の研究に一身を捧げてきた。ケンブリッジ植物園には、さまざまなところから採集した既知の種《しゅ》、亜種、交配種の包括的なコレクションがある。イングランドやスイスの五州で妻と私が採集した野生の種《しゅ》もあれば、北米、メキシコ、トルキスタン、シベリア、中国や日本の取引先や旅行者から送られた種《たね》を育てて咲かせたものもある」

ハーストの高祖父が一七七三年にイングランド中部地方のレスターシャーに設立した養樹園のうち、二〇エーカー以上が薔薇の栽培のみに使われていた――一九二二年にハーストが出した商用カタログには一〇〇〇種もの薔薇が販売用にリスト化されていて、「もっとも香りのよい五〇種の薔薇」、五〇種の「標準種とつる薔薇」、「ボタンホールの挿し花に最適な二〇種」などがあった。薔薇の名前はありとあらゆる可能性を逍遥していた。アイリッシュ・ファイアーフレーム、アドニス、レイディ・レディング〔レディング侯爵夫人アリス・アイザックスの尊称〕、スノウ・クイーン、レッド・レター・デイ〔祝祭日〕、ゴールデン・オフィーリア、ロリータ・アーマー〔米国の富豪の娘〕、マーメイド、ロサンジェルス、それから特定の人物たちの名を冠したものも多数ふくまれていた。「アーサー・ジョンソン夫人」のように、既婚女性を讃えるのと同時に存在を打ち消すようなものがいくつかあった。

書籍や書庫を渉猟するのは、風景のなかをさまよい歩くのによく似ている。大学の薔薇園でハーストに出くわすこともあれば、オーウェルのジュラ島での晩年についての学術論文を読んでいて、スターリン支配下のソ連における遺伝学論争に作家が興味を示していたという記述に出合ったりもする。それはもぐり込むのに値するウサギ穴だった。その一連の論争はオーウェルに、真実と事実、嘘と改竄、その結果として起こることをめぐるより広範な問いについて熟考する契機を与えたからだ。つまり、それらは彼にとって、とりわけ『一九八四年』にとって、インスピレーションのようなものだった。

インスピレーションという語はたいていの場合、肯定的で望ましいものだと考えられているし、作家の熱狂の対象になる魅力的な女性としてのミューズといった感傷的なイメージも存在する。政治的な作家にとってインスピレーション、あるいは少なくとも書くことを促すのは、しばしばもっとも不愉快で警戒心をいだかせるようなもので、抵抗感が刺激になるのだ。スターリンは、一個人としてではないにしろ、嘘で縁取られた恐るべき権威主義体制の中心的存在として、間違いなくオーウェルにとってとびきりのミューズだった。

2　嘘の帝国

一九四四年八月のこと、ロンドンで開催された表現の自由をテーマとした国際ペンクラブのシンポジウムで、生物学者ジョン・R・ベイカーがソ連で科学者や科学に何が起きているかについて話し、オーウェルは心を奪われた。オーウェルによれば、その場でソ連における表現の自由の抑圧について発言したのは事実上ベイカーただひとりだったという。その一八か月後に発表された「文学の禁圧」のなかでオーウェルは、四人の講師のうちのひとりは「話の大半をロシアにおける粛清の弁護にあてた」と書いた。「ソ連への讃辞」に過ぎない講演もあるなかで、性について論じる自由を擁護する者もいたが、科学の政治化というこの文脈を除けば、「政治的自由についてふれた者はいなかった」という。

「科学者にとって主な自由とは疑問を持つ自由なのだ。それがなければ、独裁者が人の想像力ですらコントロールしようとするときのように、無力になってしまう」――そうベイカーは述べ、さらにこうつづける。「科学の自律性が失われるとき、状況は現実離れしたものになる。どこまでも善良な意図に基づいていたとしても、政治的な指導者たちには、真摯な研究者と、自分を売り込むことに必死な見かけ倒しの人間の区別がつかないのだから」。こうして科学の自律性は失われた。全ソ連農業アカデミーの遺伝学研究所所長だったトロフィム・ルイセンコは「全体主義体制における科学の退廃を明確に体現している」と、ベイカーは主張する。*

偽科学者にして優れた政治戦略家だったトロフィム・ルイセンコの台頭の物語は、優秀な農学者ニコライ・ヴァヴィロフの失墜の物語でもあった。それは嘘つきが真実を語る人間を凌駕すること、その嘘の代償がどれほど大きなものであるかについての物語なのだ。現代の民族植物学者ゲイリー・ポール・ナブハンが書いているように、ヴァヴィロフは「世界でただひとり、五大陸のすべてで食用作物の種《たね》を採集した人物であり、約六四か国をめぐる一一五もの研究実地調査を組織し、人間が食糧を採る新奇な方法の数々を発見し」、一〇〇本以上の学術論文を出版した科学者だった。

ヴァヴィロフの探求の目標は何よりもまず、農業における生物学的多様性を理解することにあったからだ。それは植物の病気を防ぐための重要な資源であり、新しい植物種を生み出すための資源でもあった。そのあらゆる研究と実地調査の背後には、まずはロシアとロシア人のために食糧供給を改善したいという思い、そして飢えた者たちに食べ物を与えたいという人道的な望みがあった。彼の功績でもっとも讃えられているのは、一九二四年のウラジーミル・レーニンの死の直後からソ連崩壊までレニングラードと呼ばれていた現サンクトペテルブルクに、世界最大の種子銀行を設立したことだった。一九二一年から一九四〇年まで彼が所長を務めた連邦植物栽培研究所の所蔵にふくまれる膨大な種子群は、生物多様性を通じた食糧安全保障の可能性を提供した——病気や害虫への耐性があるかもしれない種《しゅ》や株がさまざまな状態で生長し、収穫高や栄養分を高めるといったことだ（種子銀行が讃えられた理由のひとつは、その管理者たちが八七二日にわたるレニングラード包囲戦の間、大量の種子やほかの植物を食べつくすよりも餓死することを選んだ高潔さにあった）。

ルイセンコと衝突するまで、ヴァヴィロフのキャリアは順風満帆だった。ルイセンコが最初に広く注目を集めたのは一九二九年一〇月、冬小麦の発育実験が若い国家の穀物危機に対する救世主になると絶賛されたときのことだった。ずさんな実験からルイセンコとソ連の報道機関が導き出した結論は科学的根拠が薄弱だったが、彼の出世には都合よく働いた。初めから彼は、遺伝科学に戦いを挑む一方で巧みにスターリンの歓心を買うという、二本立ての作戦を立てて成功したのだった。ルイセンコはお世辞の言い方も貶し方も心得ていたし、スターリンはすでに、突然変異と自然淘汰が進化を誘発するというダーウィニズムの考えには反発する傾向にあった。

ルイセンコと同様にスターリンは、ダーウィニズムよりも、獲得された形質が遺伝するというラマルキズムを支持した（よく例に出されるのはキリンの首だ。ジャン＝バティスト・ラマルクとその支持者た

＊　数十年にわたり化石燃料に後ろ盾を得た気候変動の否認と、その結果としての行動の欠如は、資本主義下での科学の退廃を明確に体現していると言えるかもしれない。環境科学には二面性があるだとか、その科学は基盤を欠いているとかいった、長きにわたる主要メディアや合衆国政府、および時にはイギリス政府もまじえた、官僚たちによる偽りの主張は、事実と生命と未来に対する裏切りだった。知ってか知らずか、これらの主張はしばしば化石燃料企業が作り出した枠組みや議論の要点を繰り返すものだった。

ちは、キリンが食物を取るために首を伸ばしていたために、長い首がその子どもたちにも受け継がれたのだと提唱した)。一七四四年生まれのラマルクがラマルク主義者であったことは許されるのかもしれないが、二〇世紀の人間たちがダーウィンの進化論を誤解していたことに対しては、イデオロギー上の方便以外の言い訳はほぼ立たないだろう。一九〇六年の時点ですでにスターリンは、「新ダーウィニズムに代わる新ラマルキズム」を讃える文章を書いていた。

その数年後にある社会学者はこう書いた。「社会主義は万人が生まれつき平等であることを前提として社会的平等をもたらすことを目指すものだが、その反対にダーウィニズムは、不平等を科学的に立証するものだ」。カール・マルクスはダーウィンを称賛していたようで、種《しゅ》の進化の概念のうちにみずからの社会進化の考えとの類似性を見出していた。だがトマス・ヘンリー・ハクスリーによるホッブズ的解釈を通したダーウィニズムは衝突や競争を強調しており、ダーウィン自身、進化を稀少な資源をめぐる同一種のメンバー間の闘争として描いていた。自由市場資本主義や個人の利己主義を好む者たちはこうした考えを歪め、それらは自然の摂理に基づいた回避しがたいもので、善良なものですらありうるという確信に至った。

そうしたものを好まない人びとは、上から押しつけられた社会的価値観を拒絶するためにはこの科学理論を拒絶するしかないと考えたようだ。美しい第三の道を提示しているのは、アナキスト哲学者のピョートル・クロポトキンだ。クロポトキンがシベリア滞在の経験から得たのは、生き残ることを可能にするのは豊富に存在する資源を獲得するための個人間の競争ではなく、厳しい状況に対処するための協同体制だ、という結論だった。彼はそのような複数の種《しゅ》のあいだでの協同作業を相互扶助と呼び、動物や人間の生におけるその役割を図式化し、進化と協同は対立するものではなくしばしば相互に関連し合うものだと強調した。だが一九〇二年に彼が出版した『相互扶助論』は当時の議論を揺さぶるものとはならなかった。現代の進化論的科学のほうが、よりクロポトキンの考えに近くなっている。自然界はいまでは競争に基づく個人主義的なものというよりは、より協力的で相互依存的なものだと考えられるようになってきているのだ。

しかしオーウェルの時代には、進化とはダーウィニズムのことであり、ダーウィニズムとはあまりに多くの場合、社会ダーウィニズムを指していた。ソ連は生物学的事実に対しても、それを支持し発展させてきた人びとに対しても暴虐を働いた。西欧の科学者たちにも罪はある。進化論に関するダーウィンの考えが社会的な現状――富裕層が貧困層に、貴族が平民に、白人が非白人に対して持つ優越性――を裏づけていると考えた者の多くは優生学者になり、人間の集団にも優性のものと劣性のものがあると信じ、前者を育成し後者を根絶やしにするためには懲罰的な社会的コントロールか、あるいはジェノサイドそのものが必要だという考えすら支持することもあったのだ。ハーストは優生学者だったし、ソ連の疑似科学にオーウェルの注意を引きつけたベイカーもそうだった。ダーウィンの実の息子ですら、イギリスの優生学教育協会の会長を何年か務めていたことがある。

ナチス政権は優生学的思想を極限まで推し進め、スターリンによる反遺伝科学の正当化を後押しした。トマス・ヘンリー・ハクスリーの孫で、一九三七年から一九四四年まで優生学教育協会の副会長を務めたジュリアン・ハクスリーは、少なくともスターリンとルイセンコが遺伝学を敵視する理由はほかにもあると示した点では正しかった。一九四九年に彼は、オーウェルが最晩年に読んだ本のひとつである『ソ連の遺伝学と世界の科学』のなかで書いている。「メンデルの遺伝の法則はその自己複製遺伝子や方向性を欠いた突然変異において、自然を改変することへの人間の欲望に対する非常に大きな抵抗のようであり、人間のコントロールが思いどおりにきかないものに思える。その一方でラマルキズムは、迅速なコントロールを保証してくれる」

二〇世紀の最初の三分の二において広範に強く信じられていたのは、どんな人間でも事柄でも作り直すことが可能で、古い方法は淘汰され、過去は忘れ去られ、未来はコントロールできるし、人間の本性も作り変えることができる、という考えだった。そしてその考えは、そのような大規模な変容においてはエリート——エリート科学者であれ、エリート政治家であれ——に任せておけば大丈夫、という信念にもつながっていた。ラマルキズム同様、優生学とは、人類を完璧な存在に加工することは可能だという考えを独自の方法で実践していたのであり、疑わしいユートピア的な目標のために怪物的手段を正当化するものだった。当時多くの者は、生物学的にも心理学的にも人間の本性とは可塑的なもので、人の生き方や考え方、愛し方や働き方は徹底的に作り変えることができると信じていたようだ。

ルイセンコは、人間と同様に小麦も改変可能であり、獲得された形質を受け継いだ小麦を育てることができるとスターリンに確信させた。マルクス主義のイデオロギーとソ連の野望にうまくかみ合う似非《えせ》科学を作り上げたのだ。根拠になる事実はひどい誤りだらけだったが、周辺の政治腐敗やイデオロギーの目隠しのおかげで責任を取らずに済んだ。ヴァヴィロフもまた、より耐寒性に富み多作な小麦種の生産に取り組んでいたが、彼の堅実な方法では生産に数年を要した。対してルイセンコは、あり得ないほど短期間で結果を出すと約束していた。

一九二八年に、ソ連は最初の五か年計画による急速な工業化プログラムをスタートさせた。それにより多くの人びとが都市部に流入し、パン不足が高まった。悪天候とスターリンの地方政策により、パン不足は悪化の一途をたどった。暮らし向きがよく非協力的な農家はクラーク〔富農〕と蔑まれ、一九二九年初めには、スターリンは急激で残酷な「クラーク撲滅運動」の暴挙に出て、この流動的カテゴリーに当てはまる者たちを破滅させた。とりわけウクライナではそうだが、夥《おびただ》しい数の農民たちが処刑され、投獄され、シベリアやほかの遠隔地に送られた。

政府は農民たちに残された穀類を力ずくで、拷問したり銃を突きつけたりして押収した。住民が飢餓状態に陥ったあとでも、なんとか持ちこたえるだろうと踏んで、スターリンは圧政をつづけた。食物が枯渇した土地を離れようとしても止められ、食物を盗もうとした者たちは銃で撃たれた。生きのびた小作農たちは強制的に集団農場に組み入れられたが、そこでの状況はしばしば無秩序で虐待的で、そうでなくてもおよそ生産性を助けるものではなかった。農業のことは何ひとつ知らないイデオローグたちが送り込まれて農場を経営した。一九三〇年初頭には、破局の条件は出そろっていた。

結果として起こった、時に〈ホロドモール〉とも呼ばれる「テロル飢饉」により、主としてウクライナでおよそ五〇〇万人が餓死した。飢えた農民たちは町に現れて残飯を乞い求め、逃げ出そうと列車の駅にやって来るか、その途上で息絶えた。骨と皮ばかりの亡骸《なきがら》が道路に点々と転がっていた。極度の飢えから錯乱して食人に走り、自分の子を食らう者すらいた。飢餓に苦しむ五〇〇万人の姿は共産主義の成功のイメージにそぐわないものだったので、ソヴィエト政権は当時ロシアにいた多くの西洋のジャーナリストたちの助けを借りて、飢えた人びとがどうなったかをひた隠しにした。ジャーナリストたちは検閲や真実を語ることによる追放の危険にさらされていたという事情はあったが、多くの場合はあくまで自発的にその企てに加担した。

有名人たち――特に目立つのは政権にいたくおだてられた劇作家ジョージ・バーナード・ショー――は、飢饉の存在自体を否定した。『ニューヨーク・タイムズ』紙のウォルター・デュランティなどは自身の名声を使って、事実を報道しようとしたジャーナリストたちの信頼性を傷つけた。これらの人物たちは別に拷問されたわけではない。嘘をつきつづけるよう仕向けるプロセスは、より巧妙なものだった。当時飢饉とその原因について真実を語っていたのは、オーウェルの友人だったマルコム・マガリッジをふくむわずかな数のジャーナリストだけだった。一九三五年にだれよりも大胆なかたちでそれを報じたギャレス・ジョーンズは、一九三五年に殺害され、その事件はいまだ未解決のままだ。

醜い現実を改善するよりも隠蔽しようとする演出術は、ソ連の「もっとも特徴的な産物だ」とマガリッジは書いている。共産党員たちは彼に、パンはふんだんにあるし農業の未来は明るいと請け合った。実際に自分の目で見ようと現地におもむいて彼が目撃したのは「死んだ畜牛や馬だった。農地は捨て置かれ、気候条件はそこそこよいのに収穫物はわずかだった。生産された穀物はすべて政府に接収されてしまい、いまやパンなどひとつも、どこにもありはしなかったし、パン以外のものもあまりなかった。絶望と混乱だけがそこにあった」。集団農場で出会った疲れきった農民と栄養失調に陥ったその子どもたちについて、彼はこう書いている。「彼の日給は七五コペックである。七五コペックは市場価格で言うとパン半切れ分の値段だ」

アメリカのジャーナリスト、ユージーン・ライアンズは後年、一九三七年に出版された『ユートピアでの任務』という著書のなかで、嘘を黙認したことを悔悟している。この本の書評でオーウェルはこう書いている。「期待に胸をふくらませてロシアに行った多くの者たちとおなじく、彼は次第に幻滅を覚えるようになった。だがほかの者たちとはちがって、ついにその真実を語ることにした。現在のロシア政権について少しでも敵対的な批評は、反社会主義のプロパガンダとみなされる傾向にあるのが不幸な現実だ。社会主義者はみなこれに気づいているし、こんなことをしていても真摯な議論には近づかない」。『一九八四年』でウィンストン・スミスを屈服させ、2足す2は5だと認めさせた有名な拷問の場面に結実するものにオーウェルの注意を引きつけたのは、ライアンズの著書だったのかもしれない。それは実在する数式で、ソ連の五か年計画を四年で達成するための命題だった。ライアンズは書いている。「2＋2＝5という数式に私は即座に注意を奪われた。それは大胆にも荒唐無稽にも思えた。ソヴィエトの状況の壮烈さと逆説性と悲劇的な馬鹿馬鹿しさ、神秘的な単純さと論理性に対する挑戦……それこそが2＋2＝5なのだ。モスクワの家々の正面の電灯に、一文字が高さ一フィート〔約三〇センチ〕もある大きな広告掲示板に、それは刻み込まれていた」。人の知性を蹂躙するという意味で、それはおそらく洗脳だったのかもしれないし、確かに嘘というのは、毎年毎年豊作をもたらす唯一の作物なのだった。

科学や歴史やあらゆるたぐいの不都合な事実に固執する者は沈黙させられるか、流刑の憂き目を見るか、処刑された。一九三六年という決定的な年に、それは山場を迎えた。その年の八月、モスクワで見せしめの公開裁判が始まった。一六人にのぼるかつてのソヴィエトの指導者たちが拷問の末に自白を強いられ、処刑されたのだ。それもまた演出術の一形態であり、恐怖《テロル》のサーカスだった。こうした自白はひとつの演劇ジャンルとして成立した。そこでは、恐ろしくて、しばしば非現実的で、あり得ない罪をみずから告白し、権力者の面前でみずからを卑しめてみせるという劇が演じられた。真実と言語と歴史的記録そのものもまた、卑しめられ無理やりねじ曲げられてこうした結果を生み出したのだった。だれからも批判されることなく支配することができるように、スターリンはトロツキストを始めとした潜在的な政敵を熱心に粛清したが、それだけでなく政敵たちを破滅させて信頼性を失わせ、ほかの者たちもみな沈黙と恭順に陥れることにも余念がなかった。あとにも先にも類を見ないような力強さでオーウェルが伝えたように、暴君が持つ権力のひとつは、真実を破壊し、歪曲し、真実ではないと知っている事柄を人びとに甘受させることにある。

ソ連内部で起きたこれらの裁判で、嘘がかつての指導者たちから絞り出され、粛清が若い連邦の歴史を引き裂いた。エアブラシで修正された写真の時代がやって来た――ときには人物がつぎつぎと殺されるたびに、繰り返しおなじ写真が塗りつぶされた。最初は命を消され、つぎには写真と歴史から存在が抹消されるのだ。NKVD〔ソ連の秘密警察〕の初代部長であり、〔スターリンの毒薬実験と並んで〕強制的集産主義化を指導したゲンリフ・ヤゴーダは、公開裁判に対する大衆の否定的反応を報告したために歓心を失った。降格され、弾劾され、そののちに一九三八年の三度目の見せしめ裁判にかけられ、処刑された。その後任の人物も似たような運命をたどり、一九四〇年初頭に処刑された。

「処刑は、それに先立つ処刑に起因するものをふくむあらゆる問題に対する解決策として、好んで用いられた」と、アダム・ホックシールドは書いている。「人口調査によって、彼の恐怖政治が国家的人口減少につながっていることが判明すると、スターリンは人口調査部のメンバーを射殺するよう命じた。後任の部員たちがもっと高い数値を出したのは驚くにはあたらない。現在大方の歴史家が推定するところでは、スターリンが政敵を追放し権力を一手に集中させていた一九二九年ごろから一九五三年のその死までのあいだに、二〇〇〇万人ほどの人びとが彼の命令で殺されたとされている」

見せしめ公開裁判が始まったのとおなじ年に、遺伝学者たちは公開会議でルイセンコ主義者たちと論議しようとした。それは経験主義と知識の自由な追究を求めた代理戦争だった。ここで異論をとなえたことによって、一二人ほどのヴァヴィロフの同僚たちが逮捕され処刑された。ヴァヴィロフはルイセンコに糾弾されたが、屈しなかった。一九三九年三月、彼はレニングラードの連邦植物栽培研究所の科学者たちの会合で立ち上がって明言した。「たとえ火あぶりにされて燃え尽きても、われわれはみずからの確信から引き下がりはしません」。おなじ年の一一月、スターリンが彼を呼び出し、深夜の面会でこう伝えた。「貴様がヴァヴィロフか。アカデミー会員のルイセンコのように農業の助けとなることもせず、花や葉や接ぎ木や植物学の戯言《たわごと》をこねくりまわしている輩だな」

一九四〇年、ルイセンコとの対面での議論のあと、ヴァヴィロフは栽培種や野生種の植物から種子を採集するためにウクライナにおもむいた。試料を求めて山間を歩いているところへ警官たちが黒塗りの車で載りつけ、彼を連れ去った。それから一一か月にわたって彼は、ほとんどの場合は夜間に、四〇〇回も尋問され、スパイにして裏切り者、破壊活動家であり飢饉を生んだ張本人だと非難された。ある尋問が一〇時間におよんだとき、彼は右翼組織のメンバーであるという虚偽の自白をした。死刑宣告は上告で覆されたが、政治犯収容所に送られた。そこでは生《なま》の小麦粉と凍ったキャベツしか食べ物を与えられず、飢えへの取り組みにおいて多くを成し遂げた男は、一九四三年一月二六日に餓死した。

一九四五年に『ネイチャー』誌で、ソヴィエト政権への非難というかたちでヴァヴィロフへの遅ればせながらの追悼記事を共同執筆したのは、C・D・ダーリントンという科学者だった。ルイセンコ主義についてより深く学ぶべく、オーウェルが一九四七年に手紙を書いたのもおなじダーリントンだった。ダーリントンはソ連の科学に関する批判記事を発表する媒体を見つけるのに苦労していた。ソ連は大戦時のイギリスの同盟国であり、その国の犯した罪を取り沙汰したいと考える者は少なかったからだ。オーウェル自身、最初は『カタロニア讃歌』、つづいて『動物農場』の出版に当たって難儀した。英ソの同盟関係と戦争が終わりを告げても、依然として反ソの立場は不人気だったからだ。『一九八四年』の執筆中、彼は初期の著作を何冊か刊行していた左翼系出版社社長のヴィクター・ゴランツに手紙を書いて、彼に与えていた今後出す本の出版権について契約解除を求めた。将来的に諍いが生じて出版が差し止められることを懸念したのだ。

ルイセンコは出世しつづけ、反遺伝学者でありながら遺伝学研究所所長に就任した。一九四八年に彼が主催した会議では、遺伝科学が糾弾される一方、自身の似非科学は公式学説として認められ、国内でそれを批判することは危険になった。以前に異論を唱えた何千人もの人びとが、教員や研究者としての地位を失った。さらなる迫害を怖れて三人の著名な科学者が自殺した。物理学者だったヴァヴィロフの弟はこの茶番を見て見ぬふりをして生きのびたが、日記には「すべてが悲しく恥ずべきことだ」と書いた。

一九四九年一二月、死の五週間前に、オーウェルは日記にある見出しを貼り付けた。

「小麦はライ麦に変化しうる」――ルイセンコ

記事は「好ましからざる冬季の状況を有する山岳地方では、冬小麦はライ麦に変化する」のであり、これはスターリンの見解と自分自身の理論を裏づけるものだ、というルイセンコの荒唐無稽な発言を引用していた。オーウェルは、左派のなかで権威主義と不誠実さに流されてしまった層を批判しながらも、ほかの形態の暴虐と欺瞞を容認する保守派になり果てたその他大勢の旧左翼に加わることもけっしてなかった。その批判能力において、彼は同時代のほかの面々とは一線を画していた。そうした姿勢を貫くというのは、二〇世紀半ばの政治の平坦ならざる地平を歩んでいくために、自分自身で地図を描き出すことを意味していた。そうすることによって彼は、死後において、さまざまな政治的立場にある人びとの尊敬を一身に集める象徴的存在になったのだ。

3 レモンを強いること

一九四五年にウクライナでおこなわれたヤルタ会談では、スターリンとチャーチルとローズヴェルトが一堂に会して戦後の世界秩序について交渉した。チャーチルもしくは同行していた彼の娘がその場でレモンを所望し――飲み物に入れるためという説と、キャビアにかけるためという説がある――翌朝目覚めると、極寒の二月だというのに果実を鈴なりにつけたレモンの木が一晩かけて運び込まれ、宿泊していた宮殿に魔法のように現れたという。戦後スターリンは、自然の限界を超えてレモンの木を育てることに執心した。どうやら彼は、人間や小麦とおなじように、柑橘系樹木の原理的な性質もまた、力ずくで改変可能だと信じていたようで、ウクライナのクリミア地方やモスクワ郊外のクンツェヴォに有していた別荘《ダーチャ》で屋外での栽培を試みた。政権の有力官僚であらゆる粛清を逃れた数少ないボルシェヴィキのひとり、ヴァチェスラフ・モロトフは、スターリンの死からだいぶ経って、こう回想している。「彼は別荘にレモンの低木を植えさせた。彼が土いじりをしているところなど見たこともなかった。だれもがへいえだのほうだのと感心していたが、私はそうでもなかった。レモンの低木なんか一体何のために必要なのかと思っていたのだ。モスクワにレモンの木とは！」　別の政府高官がスターリンにこの菜園の散歩に連れていかれたときには、つぎからつぎへとレモンの輪切りを出され、その間ずっと彼のことを褒めちぎらないといけなかったという。

　彼は複数の別荘に広大な菜園を持ち、そこで働く庭師たちに積極的に指示を与えた。菜園は独裁者とその家族にあり余る食物を提供した。スターリンの娘スヴェトラーナはこう回想している。「自然をじっと見ているなどということは父にはできなかった。自然に働きかけ、不可逆的に変容させなければ気が済まなかったのだ」。モスクワにはレモンの木が冬を越せる温室があったが、彼は庭師たちに「寒さに慣れさせせろ」と命じた。何世代にもわたる選択的品種改良の結果として、より丈夫なレモンの木ができるのは考えられることだが、彼の場合は練兵係の軍曹が新兵を訓練するみたいに、個々の樹木のサンプルを鍛え上げようとしていたようだ。ウクライナのクリミア地方の大規模レモン農園は凍害でやられた。より気候が穏やかな彼の故郷のグルジア〔ジョージア〕ではレモンの状態がましだったので、いくらか植えることにした――正確には、栽培を法的に決定した。グルジアのアブハジアにある別荘で、彼は日ごとに庭師たちに指示を出した。そこでですら、一九四七年から一九四八年にかけての厳冬を生きのびたのは一本だけだった。でも彼かほかのだれかが再度植えさせたのかもしれない。とある旅行記事には、その別荘はいま現在レモンの木に囲まれていると書かれているからだ。

　『不思議の国のアリス』には、庭に赤い薔薇を植えるよう命じられた召使たちが、パニックに陥って白い薔薇を赤く塗る場面がある。間違いに女王が気づけば「みんなの首がとぶ」からだ。スターリンはレモンの木を寒さに適応させるのに失敗したことをどう受け止めたのだろう。人口調査のときとおなじように、起きていることを否定してだれかを罰したのだろうか。庭師が新しいレモンの木を植えて前からあるのとおなじように見せかけ、栽培が成功しているという幻想を与えたのだろうか。そこから浮かび上がるのは、まわりの人間全員にあらゆる事柄について嘘をつかせるために、彼自身はどれほど自分を欺いたのか、という問いだ。自分の指令に従うように国民に命じているうちに、何が偽りなのかも見えなくなってしまったのだろうか。嘘の強制者であること、幻想を認容し悲惨な現実を覆い隠すこと、データではなく自分の命令と抑圧の結果として生まれた現実の一ヴァージョンをおとなしく受け入れるよう要求することに、どんな意味があったのだろう。

だがこの権力にも、小麦を似非科学に従わせ、レモンの木に厳しい冬を越させることはできなかった。同時代において、ラマルキズムは誤りだった。ソ連の時代には、それは嘘だった。小麦についてのルイセンコの約束は嘘だった。一九三〇年代初頭に大飢饉を否認し、何百万人もの人びとを死なせたものは嘘だった。見せしめ裁判で人びとが拷問の末に認めた罪の大部分も嘘だった。人びとは生きのびるために嘘をつき、真実を語ったがために死んだ。あるいは嘘をついたところで結局は死に至った。何が真実なのかわからなくなってしまった者もいた。ロシア革命の主導者たちが仲間の革命家たちによって処刑されるたびに、頻繁に歴史が書き換えられた。処刑者が処刑され、尋問者たちが強制収容所《グラーグ》に送られて、自分がかつて尋問した者たちに加わった。本は禁書にされ、事実は差し止められ、詩人は追放され、思想は弾圧された。それは嘘の帝国だった。嘘は言語に対する攻撃であり、それはほかの攻撃を可能にするために必要な基盤だったのだ。

一九四四年にオーウェルは書いている。「全体主義の真に恐るべき点は、それが「残虐行為」を犯すことではなく、客観的事実という概念を攻撃することにある。それは未来だけでなく過去もコントロールしようとする」。この枠組みはのちにビッグ・ブラザーのスローガンとなって現れる。「過去をコントロールするものは未来をコントロールし、現在をコントロールするものは過去をコントロールする」。残虐行為を可能にするのは、真実と言語に対する攻撃なのだ。起きたことを消し去り、目撃者を沈黙させ、人びとに嘘をついたほうが得だと確信させることができるなら、人びとを恐怖によって沈黙させ、服従させ、嘘を言わせることができるなら、何が真実なのか決定することが不可能か危険すぎてだれもやってみようとすら思わなくなるように仕向けることができるなら、いくらでも罪を犯しつづけられるだろう。戦争の最初の犠牲者は真実だ、という古い言いまわしがあるが、国内でも地球規模でもあらゆる権威主義を支えるのは、真実に対して仕掛けられる永久戦争だ。結局のところ権威主義とはそれ自体、優生学と同様に、権力は不平等に分配されるという考えに根ざした一種のエリート主義なのだ。

現在のロシアの権威主義的指導者ウラジーミル・プーチンは、スターリンの名誉回復をおこなっている。こうした修正主義や、エピジェネティクス〔DNAの配列変化によらない遺伝子の発現に関わる学術分野。後成学とも〕の重要性についてのいくらかの歪曲に乗っかって、ルイセンコ評価は上々のようだ。だがヴァヴィロフの仕事は、彼が発見し、採集し、栽培し、後継者たちがレニングラード包囲のあいだも種子銀行で守り通した種子のなかに生きつづけている。ナブハンは書いている。「その死から四半世紀ほどが過ぎて、彼が採集した種子から選ばれた四〇〇種ほどの作物の新種が、実際にソヴィエト市民の大部分に食糧を供給していたことで、飢饉の頻度は……大幅に減少した」

スターリンのレモンは失敗した。そしてオリーブであれ、イチイであれ、セコイアであれ、インドボダイジュであれ、一本の木が一〇〇〇年かそれ以上生きることはあるものだが、ウォリントンの小麦畑が思い出させてくれるのは、一年生植物の種子や農業のような営みですらも、政治体制や独裁者や、おびただしい嘘や科学に対する戦争を超えて生きのびうるということだ。嘘は種子よりも自由に突然変異を遂げ、その新しい作物もまた生まれつづけている。

V 隠棲と攻撃

Retreats and Attacks

サー・ジョシュア・レノルズ《オナラブル・ヘンリー・フェイン(1739-1802),
イニゴー・ジョーンズおよびチャールズ・ブレアとともに》(1761-66)

1　囲われた土地

一九三六年のこと、ひとりの英国人の男が薔薇を植えた。それは庭作りの一部であり、庭というのは文化が自然を取り込む方法のひとつだった。つまり、日本の石庭のように様式化されたものであれ、中央に噴水を湛えたイスラム式のパラダイス・ガーデンであれ――あるいは個人宅のふつうの庭の多くがそうであるように、限られた空間や時間、予算と計画によって行き当たりばったりで作られたものであれ――庭は、特定の文化のフィルターを通して見た、自然のひとつの理想形なのだ。庭とはあなたが欲するもの（そして管理することができ、金銭的に実現可能なもの）であり、あなたが欲するものは、あなたという人間が何者なのかを表しており、あなたが何者なのかとは、つねに政治的で文化的な問いである。これはもちろん観賞用の庭にいっそう当てはまることではあるが、菜園についてだっておなじことが言える。キャベツを植えるのか、唐辛子を植えるのかで、その性質は様変わりするのだから。

スコットランドの芸術家で造園家のイアン・ハミルトン・フィンレイはかつてこう書いた。「ある種の庭園は隠棲の地であるかのように描かれるが、実際は攻撃の地なのだ」。オーウェルの庭には思想や理想が蒔かれ、階級やエスニシティ、国籍とそれらに基づく思い込みによって柵が張りめぐらされ、その背景にはたくさんの攻撃がつきまとっていた。庭は非政治的空間として擁護されてきた――有名な例はヴォルテールの哲学的風刺物語小説『カンディード』の結末で、同名の人物が「自分の庭を耕すために」隠遁するくだりだ。この決定はしばしば世界や政治からの撤退として解釈されている。カンディードが論争にもどる備えをするために充電しているだけだとはどこにも示されていないので、この隠遁は最終的なもののようだ。

ヴォルテールの青年時代には、ヨーロッパの貴族の庭園は幾何学的に配置された自然に満ちており、木々は円錐形か別の規則的《フォーマル》なかたちに刈りそろえられ、自然はデカルト的な秩序に従っていた。ヴェルサイユ宮殿はその最たるもので、その庭園は大運河《グランカナル》の君主制権力の中心から放射状に広がり、宮殿側から見ると地平線にも届かんとするようであり、古典彫刻と木々に縁取られた長い直線の大通りが伸びている。自然は征服されきっていた。雑然として規則性を欠いた領域として想像された自然は、王の絶対的な権威によって厳格な秩序と規律を与えられていた。それは不自然な自然であり、またそのことを誇ってもいた。

一八世紀後半の英国貴族の庭園は自然らしさの美学を採り入れた――と言ってもそれはしばしば、注意深く修景・設計され、丹念に作り込まれた自然らしさであり、自然界の美学を讃える一方で、整備し改善することを前提としていた。ヴェルサイユのものと同種の入念な地ならしと給排水工事がおこなわれたのかもしれないが、蛇行する小川やゆるやかな起伏を持つ地形が作られて、その背後にある手仕事の跡は隠されていた。自然は至高のものだったが、ただしそれは英国的な趣味と英国の富に支配されたものだった。そうだとしても、新しい庭園の形式は美学上の革命をなしていた。庭園が手つかずの自然界に近づいて見えれば見えるほど、その自然界は美的な喜びを与える場としてよりいっそうの称賛を受けたのだし、風景式庭園がエリート向けである一方、自然界ははるかに万人に向けて開かれていた。

そうだとしても、そうした自然主義的な庭園は反革命的なものであった。これらの庭園は、英国の貴族制度や社会階層はそれ自体自然なものであり、囲い込み法によって身分の低い住人たちが土地を追われ、都市の産業労働や他地域への移住に駆り立てられたときでも、貴族の力と特権は現実の風景に根ざしていることの論拠になっていたのだ。コモンズ〔共有地〕を囲い込むプロセスは中世の英国で始まったが、それは議会で一連の囲い込み法が制定された一七五〇年から一八五〇年のあいだにピークに達した。これらの法律は、長らく共同で耕作や放牧、管理がおこなわれてきた土地を権力者に移譲し、数々の村とその住民たち、その自己決定権と繁栄を消し去った。コモンズを研究する歴史学者ピーター・ラインボーによれば、イングランドとウェールズでは「一七二五年から一八二五年までに約四〇〇〇もの囲い込み法が六〇〇〇万エーカーの土地に適用され、耕作地のおよそ四分の一が政治的に優勢な土地所有者に割り当てられた。……開放耕地制の村や共有権は駆逐され、それが一八世紀後半の貧困危機につながった」

こうした法的措置は農村部の労働者階級を根っこを奪われ土地を奪われた集団へと変貌させ、これらの人びとは都市に流入して産業革命の労働力となった。囲い込み、奴隷制、そして機械化が、一八世紀から一九世紀にかけて暴力的に社会を変容させた三位一体の原動力だとラインボーは言う。ノーサンプトンシャーでこの変容を経験した農民詩人ジョン・クレアは、それ以前の時代についてつぎのように書いている。

茫洋たる景色を統べるは束縛なき自由
所有の垣根が忍び込む隙とてなく
眼前の光景を遮るものもなし
唯一の縛りは頭上の蒼穹なりき。

そしてこれが破壊されると、「自由は脅されて暇乞いをし」、「無法な法の囲い込み来たりて、なべての者嘆息せり」。この時代にとっての囲い込みは新自由主義時代における民営化〔私有化〕に相当し、少数の利益のために多くの人間の権利を奪うものであり、文字どおりの共有地《コモンズ》と公益《コモン・グッド》というふたつの概念に対する攻撃だった。

囲い込みを支持する論拠と言えば、効率や生産性ということになっていた。アーサー・ヤングという人物が書いたハーフォードシャーの農業に関する一八〇四年の報告書には、ウォリントンから数マイルほどのところに住む農夫が登場する。「ロイストン在住の農業を知悉する紳士フォスター氏は、開放農地の途方もない不便さを嘆き、広く囲い込みを適用するよう強く懇願した。彼は教区内の牧羊主の許可なく開放農地に蕪の種まきをすることができず、一エーカーにつき一シリング六ペニーをその羊飼いに支払って収穫物が羊に食べられないようにしている」。つまり、決断を下したのは共同体だというわけだ。囲い込みは農村部の労働者たちを貧困化させ、土地所有者を富ませるなかで、その共同体の力を蝕んでいった。

囲い込みは法的に、かつ字義どおりにおこなわれた。ヤングの著書にはプラッシングの技術——若木の枝を織りあわせ、囲い込まれた大地を仕切る通り抜けできない生垣へと育つようにする——を描いた図版が数枚ふくまれている。だがウォリントンにほど近い村々では一九世紀に至るまで農業団体が囲い込みに抵抗して開耕地制農業を擁護し、ヤング自身も囲い込みは貧困と破壊を生むと信じるようになった。

古くからある農村の文化を破壊する一方で、貴族は自分たちを自然と田舎に根ざした存在として位置づけた。美術史家のアン・バーミンガムは書いている。「絵画や詩、文学や礼儀作法、服飾や哲学、そして科学におけるさまざまな表象とともに、自然は至上の社会的価値となり、社会変革を明確化し、正当化するために用いられた。人が特定の仕方で何かをする理由は、いまやそれがより「自然」だからということになったのだ」。一七八九年の革命後、フランスが貴族を断頭台に送り貴族制を駆逐していた時期ですら、社会秩序を自然なものとし、貴族制を自然界に根ざしたものとして定義することで英国の貴族制は正当化され、その権力と富は拡大していった。自然はすべての真なるもの、よきものの試金石だという考えは、私たちの時代まで生きのびた。

示唆に富むのは、貴族の英国庭園が、抑制され並外れて不自然な造作に端を発して、より多くの土地を要する自然主義的な風景式庭園へと発展するにつれて現れた、開放性の美学だ。囲い込みによって近隣の田園がどんどん統制され人工的に見えはじめる過程で、これらの庭園は「ますます自然に、あらかじめ囲い込まれた風景のような様相を見せるようになった」と、バーミンガムは指摘する。だが庭園は、そうしたエデンの園のような広がりに実際に出入りできる人間を限定する手段によっても定義されていた。そのひとつが隠れ垣と呼ばれる土地を取り囲む溝で、景観を損なうことなく境界をかたち作ることができたので、地所は無限の広がりを持つように見えた。隠れ垣はふたつのことを同時に可能にした。よそ者の侵入を防ぎ、一方で、内側から臨む風景は果てしないものになったのだ。

それでもオーウェルの時代には、自然界はしばしば社会的、政治的な事柄の外部にあるものとして想像された。これはドイツの劇作家ベルトルト・ブレヒトが一九三九年に書いた詩の有名な一節だ。

ああ、いまはなんという時代
木々についての会話が、ほとんど犯罪に類する
なぜなら、それは無数の不正に対して沈黙しているから

そしてフランスの写真家アンリ・カルティエ＝ブレッソンも、一九三〇年代のもっと早い時期に似たようなことを語っていた。「世界がばらばらに壊れようとしているのに、アダムズやウェストンのような写真家たちは岩を撮っているのだ！」。彼は木々や岩を、人間の影響力に対して脆弱性を持たず、政治的領分の外部にあるものと想像していたようで、カリフォルニアのモダニストたちの写真を非政治的な隠棲とみなしていたのだ。同時代の多くの写真家たちはアメリカ合衆国中部のダスト・ボウルが持つ社会的影響を写真に残していた（大型の砂嵐に表土が吹き飛ばされるとともに、世界は文字どおりばらばらになった）し、連邦政府は防風林として何列もの木々を植えて侵食を防ごうとしていた。あらゆる芸術はプロパガンダだ、とオーウェルは書いた。そして自然は政治的だ。庭だってそうだ。花も木も、水も空気も土壌も天候もそうだ。

私がこの文章を書いているのは、通信社がオーストラリアについて報道した二日後のことだ。「最新のデータによれば、二五〇〇万エーカー以上もの土地――おおよそ韓国の面積に当たる――が、ここ数週間この国を襲っている山火事によって破壊された。南東部の被害がもっとも甚大だった」。焼けてしまったオーストラリアの土地のなかには、世界最古と言われ、一億年ものあいだ、湿潤で安定した場所だった、帯状に伸びるゴンドワナ大陸の森がふくまれていた。アマゾンの熱帯雨林を守るために死んでいく人びとがおり、植樹や森が気候をめぐる混沌とした状況に立ち向かう上で果たす役割について、激しい議論が交わされている。森の定義についても論争がある。理想的には森は、さまざまな世代の多くの生命体からなる複雑なエコシステムであって、単一作物としての樹木のプランテーションではない。木を伐採するか、それとも保存し植樹するかは、政治闘争なのだ。自宅にいて職人たちが家に穴を開けているのを見ながら、私はこの文を書いている。巨大なレッドウッドの梁が見える。一九世紀末にこれを用いて家が建てられたときのままだ。レッドウッドの木々がどれほど昔に切り出されたのか、知るよしもない。おそらくは太古の森から来たのだろう——シダと鳥と植物の生物群落《コミュニティ》がこれらの巨木の作る天蓋の下や林冠のなかで栄え、菌類のネットワーク〔それはリゾームよりもリゾーム的だ〕が根のシステムを接続していた森だ。風力と太陽光からなるクリーンな電力を使い、私は書いている。私が住む場所でそれが可能な選択肢になったのは、人びとが組織を結成して電力会社に立ち向かったから、そして二一世紀の最初の二〇年で工学が太陽光と風を効果的かつ経済的な技術へと変容させたからだ。それは史上もっとも見過ごされがちな革命のひとつだ。一世紀以上前に、ジョン・ミューアとシエラ・クラブはシエラネバダの国立公園内にある渓谷を保護するために戦い、敗北した。その結果作られた雪解け水で満たされた貯水池から一六〇マイル〔二五七キロ〕かけて水が届けられる家で、私は書いている。

庭いじりをし、田舎に滞在し、鄙《ひな》びた生活をしたいという欲望ですら、少なくともその形態は文化的に決定され、階級に根ざしたものだと私は知っている。オーウェルもそのことを認識していて、一九四〇年に発表されたエッセイで自分の世代にふれてこう書いている。「中流階級の少年たちのほとんどは農園を身近に見て育ち、当然のことながら耕作、収穫、脱穀といった農園生活のピクチャレスクな側面に心をとらえられた。自分でそれをしなければならぬという立場に立たないかぎり、少年は、かぶら畑の草を取ったり、乳首のひび割れた牛の乳を朝の四時にしぼったりなどの過酷な労働に気がつきにくいものだ」

このことを私はラティーナの壁画家フアナ・アリシアから学んだ。フアナはサンフランシスコのベイエリアでは伝説的な人物で、私がまだ二〇代だったころに初めて教えた授業の学生だった。それはサンフランシスコ・アート・インスティテュートの、風景と表象についての大学院演習クラスだった。授業の期間が半分ほどに差しかかったところで、私の近所に住んでいてときには一緒に車で帰宅することもあったフアナは、子どものころから青年期までカリフォルニアの農場労働者だったことにふれた。私が授業で使った農業風景の画像を見て、妊娠中にレタスを収穫しているときに空から農薬を散布されたことを思い出した、と彼女は言った。批判としてはこのうえなく寛容だったけれど、このうえなく心に重くのしかかる言葉でもあった。

彼女の言葉に、二〇代のそれよりも前に黒人の隣人たちが語ってくれたことを思い出した。無骨なもの、鄙びていて粗野でみすぼらしいものへの憧れは、しばしば白人やホワイトカラーの専売特許で、汚くて遅れている存在として扱われながら生きのびて、農業労働、おそらくは分益小作《シェアクロッピング》や奴隷制や移動労働から逃げ出してきたばかりの人間なら、むしろ喜んで洗練や優雅さを身にまとおうとするだろう、と。低いところに降りて行きたがるのは高みで安心している者だけだし、田舎らしさを求めるには都会性が、粗野なものを欲するには洗練が前提条件であり、何であれ本物らしさを求めるのは、見かけ倒しであることに不安を感じている人間のすることなのだ。田園を一時的な休息や安楽の場とみなすような人は、おそらく農場労働者ではないだろう。

一九世紀と二〇世紀には、自然観賞はしばしば、洗練のみならず善行のしるしとしてすら提示されてきた。もちろんスターリンは彼のいくつもの別荘《ダーチャ》の庭や温室を愛でたし、ナチスは人種の純粋性をめぐる思想と自然保護、とりわけ森林保護を一緒くたにした。アメリカの黎明期の自然保護団体のうち、少なからぬものが優生学的な思想を推進した。善良な仕方で自然を愛することはできるかもしれないが、自然への愛が善に基づいているという保証はどこにもない。

2　上流階級《ジェンティリティ》

その時代の英国では傑出した存在だった画家のジョシュア・レノルズは、一七六〇年代初めに自身最大となる作品を描いた。縦八フィート〔約二・五メートル〕以上、横一二フィート〔三・七メートル〕ほどもある大作で、メトロポリタン美術館の常設展示から外に出されるときには、大きすぎるので額縁から外さないといけないほどだ。その作品には、三人の男がほぼ等身大で風景のなかに描かれている。ふたりは都会風の装束に身を包んでテーブルにつき、少し離れて立つ残りのひとりはより田舎風の服装をしている。画面は古典調の彫像をふくむ建造物の一部によって二分されているのだが、彫像はひどくねじくれて緑の枝葉に覆われているので、その青白さにもかかわらず見逃しそうになる。自然でもあり古典への言及でもあるこの建造物は、上流階級や強固な基盤を持つことといった特殊な概念を理解する助けになる。背後に見える風景は、この瞬間を彩るのに理想的なものだ。ふわふわとした木立、丘の曲線、穏やかな水域があり、水の向こうにはさらに丘と木々が連なる。柵も農場も家屋も壁も道路も見えず、ほかに人もなく、無人の自然だけが彼方に広がっている。

左側、テーブルの奥に座っている真面目で地味な雰囲気の男は、その身なりからほかのふたりより年嵩に見える。より中央近くには色白の男がくつろいだ様子で座り、絹のストッキングと白い半ズボンを穿いて脚を組んでいる。おなじくのんびりとした姿勢の猟犬が、男の腿に頭をもたせかけている。男のシャツのひだ飾りは、編糸細工の蝶の羽か何かのように、ベストの開いた胸元から立ち上がっている。腰かけている男たちと犬は、絵の右側に離れて立つ男のほうに頭を向けている。画面のそちら側にはより開けた背景が広がり、ほとんど独立した領域を構成しているように見える。この男の赤い上着と緑のベストは、ほかのふたりの服の抑えた色調とコントラストをなしている。ベストのボタンの隙間からはおなじくシャツのひだ飾りがはためいてはいるが、拍車付きの乗馬靴を履いていることから、彼がふたりより活動的な人物らしいとわかる。退屈とも尊大ともつかない気だるい表情を浮かべているために、実年齢よりも老けて見える。だが、一七六三年、男はたったの二〇歳だった。

男の名はチャールズ・ブレア、オーウェルの高祖父だ。中央でくつろぐ男はオナラブル〔伯爵の次男以下の男子の敬称〕・ヘンリー・フェインである。レノルズが絵を描きはじめてから完成させるまでのあいだに、ふたりの地位には変化が生じた。後継ぎのない遠い親戚の死後、一七六二年に父が第八代ウェストモアランド伯を襲名すると、フェインはオナラブル・ヘンリー・フェインとなった。同年にブレアはヘンリー・フェインの妹メアリーと結婚し、伯爵の娘婿となった。美術史家のキャサリン・ベイチャーはこう明言する。「当時の彼の功績でこれといったものは何も見つかっていないことを考えると、この絵は伝統的な家族と友情の絆に対する、とりわけ異例とも言える大きな称賛であると推測するほかない」。さらにほかの箇所についてもベイチャーはこう付け加えている。「血筋の観点から考えれば」、かように巨大で高価な絵画に描かれるほど「次男の存在はさして重要ではなかったはずだ」（レノルズに支払われた報酬は二〇〇ポンドで、これは当時としてはたいへんな額だった。レノルズはこの時代の社交界では選り抜きの肖像画家であり、こうした絵を大量生産することで財をなした）。もしかするとこの絵の制作依頼にブレアは何らかのかたちで関与していて、貴族の身分により近いこの若者と文字どおり同等の立場にある人物として自分を描いてもらえるよう取り計らったのかもしれない。もっとも、この絵はフェイン家の所蔵だった。それが同家の物置部屋でひどく傷んだ状態で見つかって補修され、やがてまた別の成金ジューニアス・モーガンに売却され、モーガンはその絵を一八八七年にメトロポリタン美術館に寄贈した（モーガンの資金は銀行業、具体的にはのちにＪＰモルガン・チェースへと変わる銀行から来ていた）。

ブレアが伯爵の娘と結びつくだけの金を得られたのはジャマイカのおかげ、つまり砂糖のおかげだった。その時代の砂糖は著しく価値のある作物で（イギリス帝国のジャマイカからの輸出品のほとんどは砂糖および砂糖を原料とするラム酒で、〔北米の〕一三植民地からの輸出品の五倍の価値があった）、さらにまた著しく残酷な奴隷労働の結果でもあった。ジャマイカの人口の大部分は奴隷にされたアフリカ系の人びとで、少数の白人が奴隷たちを過酷な残虐さによって従属下に置き、文字どおり息絶えるまで働かせ、死者が出れば新たにアフリカから奴隷を買って補充するのだった。その間ずっとイギリス人たちは奴隷が反乱することを恐れていて、その恐れがさらなる残虐行為の正当化につながった。

読み書きを学ぶことからも共感を持って話を聞いてくれる聴衆からも遠ざけられていたものの、西インド諸島の奴隷のなかには自分たちの物語を語った者もいて、おかげで私たちはその視点からいくらかのことを学んだ。たとえばバミューダではメアリー・プリンスが、一二歳で家族と慣れ親しんだ世界から引き離され、残酷な夫婦に売り飛ばされた。新しい所有者は彼女にさまざまな家事を請け負わせた。「彼女はそれ以上のことも私に教えた（どうして忘れられようか！）。彼女がその残酷な手で私の素肌を打ち据えるとき、ロープと荷馬車用の鞭と牛革鞭では痛みの激しさがちがうことを知ったのだ。……夜には横たわり、朝になると恐怖や悲しみとともに起き上がった。そしてかわいそうなヘッティのように、自分もこの残酷なとらわれの身から逃れ出て墓のなかで休息できますように、と祈るのだった」。ヘッティは親切な奴隷仲間で、妊娠中に「体中血だらけになるまで」打ち据えられて死んだのだった。メアリー・プリンスはその後も何度か売られ、所有者のひとりに英国に連れて行かれた。やがて一八三一年にその地で自由の身になり、自身の体験を出版するに至った。

一九三六年の一一月に書いた手紙のなかで、アイリーン・ブレアは新婚当時に義理の親たちの家を訪ねたときのことを書いている。「家はとても小さくて、壁は先祖の肖像画でほとんど埋め尽くされています。ブレア家はスコットランド低地地方の出身で、商売で成功してきた家系ではないけれど、そのうちのひとりが奴隷で財をなしたようです。その息子……は嘘みたいに羊そっくりで、ウェストモアランド伯（私には初耳の人でした）の娘と結婚して偉くなったばかりに金を使い果たしてしまって、奴隷がいなくなったものだからそれ以上商売もできなくなったのです。それでその息子は軍隊に入り、除隊すると聖職に就き、一五歳の少女と結婚しました。少女は彼のことを忌み嫌っていましたが、一〇人の子どもを産み、そのうち唯一生き残ったのが、いま八〇歳になるエリックの父親です。この人たちは有り体に言って一文無しですが、エリックが新しい本で書いているように、ぎりぎり上流階級《ジェンティリティ》の端っこで持ちこたえているのです。この本は一家には不評を買うでしょうね」。オーウェルは家系についてはほとんど何ひとつ語っていないが、『空気をもとめて』の主人公はこうした血筋の女性と不幸な結婚をする。「過去何代にもわたたって、かみさんの家系は、陸海軍人、聖職者、英領インドの役人など、その手の人間がいた。連中には金があったためしはないんだが、その一方で、労働といえるようなことをしたやつはひとりもいなかった。なんたって、そこに俗物《スノッブ》の気を引くようなところがあるんだ」

〈gentility（上流階級）〉とは、やんごとなき生まれだとか貴族の出だとか言ったことを意味していて、〈genteel（家柄がよい）〉とか、〈gentleman（紳士）〉というときの〈gentle（上品な）〉という言葉とも結びついている。いずれの語も社会階級と洗練の概念の双方を説明している。というか、むしろ混ぜこぜにしている。そのふたつはつねにセットなのだとでも言うように。ふたつの語のいとこに当たるのが〈gentile（異教徒）〉で、ユダヤ人から見たときの非ユダヤ人を指す場合などがそうだ。〈gentry（紳士階級）〉、〈gentility〉、〈gentile〉、〈gentleman〉、それから〈gentleness（上品さ）〉というのもある。この語は一六世紀には、親切さや穏やかさも意味するようになった。すべての語に共通する語根は〈gen-〉で、出産することや子をもうけることを意味する印欧祖語に由来している。この語根から言語的に派生したものには、〈generation（世代）〉、〈generative（発生上の）〉、〈genuine（本物の）〉、〈genealogy（家系）〉、〈generous（寛大な）〉、〈genitals（生殖器）〉、〈genesis（起源）〉、〈degenerate（退化）〉、といった英単語があり、のちには〈gene（遺伝子）〉、〈genetics（遺伝学）〉、〈genocide（人種・民族の大量殺戮）〉といった語も生まれた。

絵に描かれた三人の男たちは自然の風景のなかで、優雅（genteel）でのんびりとくつろいでいるように描かれている。英国の田園——もしくは、レノルズが理想化した田園というもの——にかくも堂々と佇んでいる男は、プランテーションと奴隷の所有者だったが、そうしたものはもちろんこの絵画には登場しない。いや別の言い方をすれば、男たちの優雅さと、彼らが余暇を過ごす温帯の風景は、熱帯の過酷な産業における労働によって保証されているのだ。この商売は、イギリスの商品がアフリカの生身の人間と交換され、その人びとが砂糖とラム酒が作られるアメリカ大陸へ送られる三角貿易として有名になった。アジアの貿易商品もそのシステムの一部だったが、そちらは三角形というよりは循環式で、いずれの段階も醜悪なものだった。残虐さが、凝縮された甘味そのものであるような贅沢品を生み出したのだ。綿花や茶やいまでもチャイナと呼ばれている陶磁器の皿類と同様、砂糖は植民地時代にイギリスに新しく持ち込まれたもので、珍しい贅沢品から必需食料品になり、英国らしさの精髄としての一杯の紅茶を、インドの茶葉で淹れカリブ海諸島の砂糖を加えて中国の磁器に入れて出す、などということが可能になったのだ。

レノルズの絵画は団欒図《だんらんず》と呼ばれるジャンルで、裕福な人びとがしばしば戸外でくつろいでいる——言ってみれば、自然にふるまっている——ところを描いたものだった。団欒図には黒人の召使や奴隷が登場するものもあり、時には南京錠付きの首輪をした黒人の少年が描かれていることもあった。私が見た複数の団欒図では、こうした黒人たちには名前がなく、描かれているのは白人の家族だけであるような題が付いていて、奴隷たちの存在は消し去られている。スターリン時代のソ連の写真のようにエアブラシで拭い消されていたわけではないが、描かれた光景のなかに招き入れられることはけっしてない。

ブレヒトの詩やカルティエ＝ブレッソンのコメントが示唆しているように、オーウェルの時代ですら風景は、政治の外部にある空間、政治からの避難場所であるとみなされていた。——だがここ数十年で壁が突き崩され、政治が雪崩れ込んできたかのように思える。いやむしろ、絵画や小説や庭園や私園《パーク》や邸宅の外側にあってなお内側にあるものに意味を与えていた存在について、研究者たちが語るようになった、と言うべきか。それはローレンス・ウェシュラーの「ボスニアのフェルメール」における、加害者と被害者による残虐行為の証言を何日も何年も聞きつづける戦争犯罪の裁判官がフェルメールの絵画の静謐さに救われたということについての議論を、ほとんど真逆にしたようなものだ。ウェシュラーの挿話では、隠棲することは逃げ場になり、そこから人はまた残酷さと不正義と苦しみに満ちた現実に立ち向かうことができるようになるのだが、私がいま語っているのは、人びとにとって庭や田舎の家が、苦しみや、その苦しみに対して自分が持つ共犯関係を直視せずに済むような逃げ場となるケースなのだ。庭は隠れ、そして攻撃する。

エドワード・サイードの一九九三年の著書『文化と帝国主義』にはジェイン・オースティンの『マンスフィールド・パーク』についての影響力の大きい章がある。一八一四年発表のこの小説は、イングランド南部のどこかにある田園邸宅に住む裕福なバートラム家のような階級と地位に属することへの欲望をめぐるものだ。オースティン作品でもっともユーモアに欠け、取り澄ましたこの小説において、サー・トマス・バートラムの子どもたちのうち何人かは上流階級という壁に囲われた庭園から転落していく。そして貧しい家に生まれたサー・トマスの姪、ファニー・プライスは、たゆまぬ品行を通じてこの庭園へとよじのぼる。サイードの指摘によれば、これらすべての背後には、一家の贅沢と余暇の対価を支払うためのアンティグア島の砂糖貿易と奴隷労働がある。トマスと長男は所有物の管理のためカリブ海におもむくのだが、それによって小説の舞台から退場してしまう。カリブの島とプランテーションと奴隷と生産システムは小説の視野の外にあり、その背後にある経済基盤と、その基盤の背後にいる人間たちもまた小説の外部にいる。あるいはその下に埋められ、見ることも想像することもできない存在でありつづけるのだ。

イギリスの歴史的風景の保護と公開を受け持つ政府機関、イングリッシュ・ヘリテッジは、二〇一三年にアンソロジー『奴隷制とイギリスのカントリー・ハウス』を出版した。その序文にはこう書かれている。「土地所有者の富、イギリスの地所、そしてアフリカ系の労働との結びつきは、ここ二〇年で明るみに出始めたばかりだ」。遠くからイギリスに富が注《そそ》ぎ込み、それが広大な地所に大邸宅を建てるために費やされてきたことについて、この本は語っている。「一七世紀後半からのカントリー・ハウスの急増に関与していた商人たちとイギリスの土地持ちエリート層〔後者はみずからの地位を強化するために、前者はそのエリート層の仲間入りをするためにそうしたのだが〕は、どちらも上品《ジェンティリティ》さや美的感受性《センシビリティ》、文化的洗練の概念を頻繁に用いるようになったが、それはひとつには、大西洋の奴隷経済と自分たちとの現実のつながりから距離を取るためだった」

執筆者のひとりはこう書いている。「イギリス帝国全体の奴隷補償〔奴隷を解放した所有者に金銭的補償を与える制度〕のデータを見ると、一八三〇年代にはイギリスの全カントリー・ハウスのうち五パーセントから一〇パーセントには奴隷所有者が住んでいたと思われ、地方によって、あるいは地域によってさえも、とりわけその割合が突出しているところがあった」。人を強固に縛りつける奴隷制と労働集約型の砂糖プランテーションが、うわべだけ見ればそれとは正反対のような場所に取りついていて、その場所自体がほとんどアリバイのように機能していたのだ。巧妙な操作統制や労働、生産、政治といったものとは一見何の関係もないように思われる、風光明媚な景色だ。その意味では自然の非政治性というものそれ自体が、政治の産物だった。

3　砂糖と芥子《けし》とチーク材

プランテーション所有者チャールズ・ブレアが結婚したレイディ・メアリー・フェインの父親は、伯爵の身分を享受するようになる前は、奴隷貿易に深く関与した都市、ブリストルの商人だった。彼もまた一七六〇年代初頭にレノルズの絵の題材になっていて、恰幅よく自信に満ち、白髪の鬘《かつら》を付けて、艶のない赤いベルベットで全身を覆われてちょっとソファを縦にしたようにも見える姿で、靄《もや》のかかった緑色の風景のなかに佇む様子が描かれている。メアリー・フェインの母エリザベス・スウィマー・フェインもまた、砂糖プランテーションと奴隷貿易で得られた富の相続者だった。

アイリーン・ブレアが記したように、チャールズ・ブレアとメアリー・フェイン・ブレアの子孫たちはジャマイカの財産を失ったが、一八三三年にイギリス帝国で奴隷制が廃止されたこともその理由のひとつだったと見受けられる。ブレア家所有のウエスト・プロスペクト・プランテーションの一八一七年付の登記簿には、奴隷にされた一三三人の人びとの名前の一部が記載されている。ビッグ・ナンシー、アビゲイル、メアリーアン、チャリティ、ダフニ、ハナ、ルイーザ、ラッキー、サム、ロス、フィリップ、ジョニー、ヨークシャー、ドーセット、ダブリン、ゴールウェイといった人びとだ。英国やアイルランドの地名をアフリカの故郷から引き離された者たちの名に用いるのは、とりわけ無神経なやり口だった。苗字を持っていたのはごくわずかで、ハリー・ブレア（二〇歳）やセアラ・ブレア（二三歳）といった名もリストにあったが、この場合苗字は、所有者がこれらの人物たちの父親でもあるのではないかという疑いをいだかせるものだった。

ジョージ・オーウェルという名を選び取ることで、エリック・ブレアはブレア家と距離を置こうとしたのだが、かえって二重に英国らしさ《イングリッシュネス》を身にまとうことになった。聖ジョージ〔聖ゲオルギオス〕はイングランドの守護聖人であり、当時の国王はジョージ五世だった。学生時代にギリシア語とラテン語を頭に詰め込まれていたオーウェルは、〈ジョージ〉の語源が大地と労働であり、その名が農民、つまり大地で働く者を意味すると知っていただろう。農耕をめぐる叙事詩であるウェルギリウスの『農耕詩《ジョージクス》』もそこから来ている。〈オーウェル〉のほうは古英語の言葉で、もちろん「井戸《ウェル》」という語をふくんでおり、時に泉も意味すると考えられている。現代語訳の一例は「小高い丘のそばにある泉」というものだ。別の出典によれば、〈oran〉や〈ora〉には境界線や縁、端、周辺といった意味があり、〈オーウェル〉は「端っこにある井戸」という意味になる。ほかにもアーウェル家や、スコットランドの古い教区のオーウェルというのもあり、その名はゲール語由来で「イチイの森」を意味するという。いずれの意味も風景に関連している。オーウェルはその名を両親の家の近くのサフォークを流れるオーウェル川から採ったとされている。少しばかり「あるいは《オア》」のようにも、諦めやため息、肩をすくめる動作とともに繰り出される「まあいいや《オーウェル》」のようにも聞こえるという、矛盾した魅力もそこにはある。

偏屈だった青年時代にスコットランド人への嫌悪を深めたことも、公に本名の苗字から逃れようと決めた理由のひとつかもしれない。晩年スコットランドに隠棲することにしたのは、そんな思いを克服したしるしだろう。とはいえブレアはスコットランド系の名前だ。ジャマイカの土地と人間を相続したチャールズ・ブレアはメアリー・フェインと結婚し、そのあいだにもうひとりのチャールズ・ブレアが生まれた。こちらのチャールズはみずからの末息子を今度はトマス・リチャード・アーサーと名づけた。レノルズの絵で支配的な位置を占めている男の孫にして、この本の中心的主題たる人物の祖父であるこの男は、聖職に就き、インドに滞在し、どうやらタスマニアにもいたらしかった。インドと英国を行き来していた三〇代のころにトマス・ブレア牧師は、現在の南アフリカにある喜望峰で出会った一五歳のフランシス・キャサリン・ヘアと結婚した。この人びとは英国人というより帝国の市民という感じだった。

この末息子のさらに末息子であるオーウェルの父は、洗礼名リチャード・ウォルムズリー・ブレアとして一八五七年に生まれ、ほぼずっと英国南部のドーセット州で育った。リチャード・ブレアも長く独身で、結婚したのはなかなか出世に至らないインドでのキャリアが中ほどに差しかかったころだった。一九一二年に退職するまで彼はインドの阿片《あへん》生産に携わり、ほとんどの期間において英国政府の副官補佐として阿片管理の職を務めた。オーウェルはインド北部の阿片産業の中心だったビハール州の小さな農業町モティハリで生まれた。オーウェルと母、姉が父と暮らしたこの時期のことはあまり知られていない。不機嫌そうだがふっくらした赤子時代の彼が、白衣に身を包んだ褐色の肌の女性に抱き上げられている写真が物語るのは、大した資産のないイギリス人にとって植民地での官職が魅力的だったのは、ひとつには、母国にいるより贅沢でエリート的な暮らしを送ることができるのはおろか召使も安価で数多く雇うことができたから、ということだ。

リチャード・ブレアは、芥子《けし》栽培と麻薬製造のプロセスを監督した。栽培と精製を受け持つインドの農民たちは困窮し、無理強いされ残虐に罰せられた。そのようにして生産された阿片の多くは、もちろん、イギリスが欲する多くの商品に対する対価物として中国に押しつけられ、国民を中毒者にし、健康を蝕んだ。この物質を中国が拒んだことで、一九世紀半ばには二度の阿片戦争が起こった。「英国の国花は赤いチューダーローズだ。だが棘のある真実は、英国人はその富の多くをもうひとつの血のように赤い花、つまり芥子に負っているということだ」と、ある現代作家は書いている。オーウェルの『ビルマの日々』の主人公である、ビルマ在住のチーク材商人はこう語る。「われわれインド在住の白人連中は、自分たちが泥棒で、つべこべ言わずに泥棒家業をつづけて行くんだと認めさえすれば、なんとか我慢できるものになるのだが」

オーウェルは、他者の土地と労働で贅沢に暮らす植民地主義者と帝国の官吏の子孫である。母のアイダ・メイベル・リムーザン・ブレアは、チーク材商人で造船業者でもあったフランス人の父が商売を営むビルマで育った。チークの森は海岸沿いに、さとうきび畑は島に、阿片芥子は大陸の真ん中に、労働と搾取の風景は世界中に広がっているが、往々にして離れた場所にいる受益者の目にはおそらく見えないのだった。先祖の罪への自責の念というものを私は信じないが、継承されるものは確かに信じている。オーウェルは帝国の経済活動と国内の階層制から利を得た人びと、時には実質的に権力を持つこともあった人びとの後裔だ。私にとってもっとも印象的だったのは、彼の先祖代々の家系をたどることがいかにたやすいか、ということだ。家系を容易にたどれるということ自体が、記録に名を残し、公的な存在として認識されるのはだれなのかを物語っている。そうした人びとは絵画のなかにいるのだ。

貴族もいれば平民も国会議員も王殺しもいる。陸軍大佐エイドリアン・スクロープは、チャールズ一世の死刑執行令状に署名したかどで、絞首刑、市中引きまわしと四つ裂きの刑に処された。作家もいる。マイナーな詩人ニコラス・ロウ、マイナーな劇作家フランシス・フェインのほか、私の知るかぎりでは一五八二年出版のイギリス女性作家の最初のアンソロジー、『婦人の記念碑』に作品が掲載されているフランシス・マナーズがいる。奴隷所有者がおり、祖母フランシス・ヘア・ブレアのほうの遠い親戚には、国会の反奴隷制運動の指導者だったウィリアム・ウィルバーフォースがいる。以上の情報の一部は、アイリーン・ブレアが言及していた銀食器や絵画と一緒にオーウェルが受け継いだ家庭用聖書〔家族の誕生、死亡、婚姻などを記載するページがついた大型聖書〕に書き残されている。家庭用聖書や銀食器などというものは――アイルランドのカトリック教徒と東欧のユダヤ系の、これといって代々継承される財産もなく、多くの面で公的生活から疎外され、数世代ののちには消えてしまうような記録しか残さなかった祖先を持つ私にしてみれば――かつてなら嫉妬の念でも喚起したのかもしれないが、いまとなってはただ遠いという感覚だけを与えるのだった。

4　オールドブラッシュ

その薔薇は完璧で、根もなく、季節もなく、時を超えて、藤色や淡い緑や黄土色に色づいた野に浮かんでいる。いつまでも花を咲かせ、その花弁は整然としていて、一枚の花びらがその下の花びらに影を落とし、棘も土壌もナメクジもアブラムシも、死も腐敗も存在しない領域に屹立している。重力に支配されず、しばしば薔薇星雲や薔薇銀河や薔薇超新星といった天体現象のように寄り集まり、時にはリボンをつけた花輪になったり、枝つきの小花の束からそびえ立っていたりする。

それらはチンツ〔更紗〕・ローズやキャリコ・ローズといって、ラルフ・ローレンほかのデザイナーたちが一九八四年にノスタルジックな花柄のプリントを洋服や家庭用品部門で使い出してから人気が出たものだ。『ワシントン・ポスト』紙のファッション記者は、一九八五年三月にこう書いている。「だれの手柄なのか——あるいは、特大のキャベッジローズが好みでなければ、だれのせいなのか、と言ってもいいが——は簡単には決められない。去年ラルフ　ローレンが生活用品や衣服に小花柄の綿布を使い出してから、現在のチンツの一大キャンペーンが始まった、と考える人もいる」。この薔薇が私の目をとらえ、憧れをかき立てたのもおなじころのことだった。それは薔薇そのものや、それがプリントされているピローケースやジャケットを所有することへの欲望だけでなく、それらが約束してくれるものを味わってみたいという欲望でもあった。ある種の心地よさや自信、堅実さや地に足がついた感覚で、特定の英国びいき《アングロフィリア》と切り離せないものだった。

薔薇の柄が約束するのは、それ自身の存在を超えたものだった。花の美しさはひとつにはその移ろいやすさにあるものだが、プリントされた薔薇は長持ちする。そこには薔薇の生花とはちがった意味で、欲しくてたまらない気持ちを起こさせる何かがあった。私の欲望を喚起した花のイメージは薔薇だけではなかった。若いころ、牡丹の花びらが完璧なサテンの刺繡によって浮き上がって見えるアンティークの中国製のピアノ・ショール〔グランドピアノのカバーのこと。室内装飾や衣装にも使われる〕が欲しくてたまらなかったし、広重の有名な梅の花や、アメリカ産の花の種の古い袋に描かれた絵や、小麦粉の袋だったものをつつましげな柄入りのコットンにしてアメリカの田舎風の衣服やキルトに作り替えたものにも首ったけだった。でも一九八四年に現れた薔薇は、もろもろのくっきりとした連想を引き連れながら、ふんわりと漂ってきた。

これらが単に薔薇や花や生地をめぐる問題ではなく、カントリー・ハウスや遺産や地位をめぐるものだと、あのころ、私たちはどのようにして知ったのだったか。時はアメリカ史におけるひとつの節目で、ある種の平等主義的理想や未来に対する信頼といったものがこぼれ落ちていき、ホワイトハウスにはレーガン家がいて、少数のための上流エリート主義をみずから実践しつつその他大勢のためのセーフティネットを解体していたのだった。ローレンたちデザイナーが提供した織物の美学は、ノスタルジックで懐古的なものだった。この花柄の布に私が覚えた欲望は、製品そのものよりもっと多くのもの、もっと別のものに対する欲望であり、ものそれ自体は飾りでしかないような存在のあり方や領域に到達する瞬間を求める、やんわりとした、だが止むことのない欲望だったのだ。それらは魅力的でもあり、いやったらしくもある、ひとりよがりの自信のようなものを手に入れるためのチケットだった。

薔薇柄の製品を欲するときに私が求めていたのは、製品よりもっと多くのもの、もっと別のものであり、私が欲しかったのは製品がまとう意味だったのだし、のちに製品が約束するものを嫌悪するようにもなった。実際にそのひとつを手に入れてみると、身につけたり所有したりするにはあまりにも凝りすぎていて、感傷的で甘ったるいものに思えた。薔薇がちりばめられたこうした服やクッションやリネンは、やたら食べたくなるのと同時に、口に入れる前からすでに若干気持ち悪く感じるデザートのようなものだった。それらは遠くから手招きし、みずからが属する場所について約束してくれた。それは私が属したこともなければ今後属することもないであろう場所だった。それらが持つ距離感は時間的なものだったのかもしれない。それらは理想化された過去というネバーネバーランド、田園生活《パストラル》と楽園《パラダイス》の過去から手招きしていた。だが楽園とは壁で囲われた庭園のことであり、部分的にはそれが締め出すものによって定義されているのだった。

ノスタルジア(nostalgia)という言葉は家への帰還を意味する〈nostos〉と、苦痛や悲嘆を意味する〈algia〉に由来するが、薔薇の織物が私に与えたのは、自分の家や祖先であったことは一度もない何かに回帰することへのある種の憧れであり、それはユダヤ系移民の子としてブロンクスで育ったラルフ・ローレンにしてもおなじだったろう。ローレンは一九六〇年代にポロの商標名で発表したメンズラインのネクタイからスタートして、服や生活用品を売ることによって、あるいは上流階級の衣装や装飾品を真似ることで招かれずしてその階級の仲間入りをするというヴィジョンを売ることによって、数十億ドルの収益を上げるグローバルな帝国を築き上げた。

そうした製品が真に望む値打ちのあるものだったというよりは、私たちの欲望が剪定され、整枝、中耕された結果、ひまわりが太陽の方を向くようにその製品に差し向けられたのだ。その起源がでっち上げであるにせよ、欲望の強度は真正のものなのだ。ローレンの広告は、ある種の映画のスチール写真のようだった。欠点がひとつとしてない長身で、細身で、裕福で、日に焼けて黄金に輝く肌をした白人たちが、つねに洒落た好ましい場所で永遠の余暇を楽しんでいるような映画だ。ローレンが初期に大成功したもののひとつは映画『華麗なるギャツビー』のロバート・レッドフォードの衣装で、その映画自体、裕福なエリートに囲まれた成金についてのものだった。一九八四年にスタートしたサファリラインは一九八五年公開の『愛と哀しみの果て』の製作に影響されたものだと言われており、この映画はデンマークの貴族アイザック・ディネーセンのケニアのプランテーションでの生活を、屋内外の美しい場所で美しく着飾った美しい帝国主義者たちを描く一連の活人画《タブロー》へと作り変えた(レッドフォードもイギリスの伯爵の息子にして大型の猟獣を狙うハンターという役柄で出演していた)。

その商品とヴィジョンは帝国に関わっていたが、その帝国とはつねに、支配しているはずのものに乗っとられ、変容させられた人びとに関わるものだった。ローレンはこうしたテキスタイルのイメージにおいて、暗にほのめかされていたものをあからさまに表現した。それはある特定の領域とのつながりであり、その領域に彼は何の迷いもなく参入しようとした。あるいはむしろ、みずからをある帝国の中心に据え、サファリやポロや貴族制や世襲財産を持ち出してあくまで表面的なものとして復活させることで、その本質らしきものを損ないつつ、そうした領域を再生させようとした。

イギリス人が採り入れる以前には、ポロはペルシアとインドの競技だった。〈キャリコ〉の語源はインドの沿岸都市カリカットで、ヨーロッパ人たちはそこから香辛料や薄手のコットン生地を輸出した。〈チンツ〉という語が初めて英語で使われたのは一七世紀の東インド会社の記録のなかで、しぶきとかまき散らすという意味を持つヒンディー語に由来するようだ。チンツは綿布に手彩色や木版で模様を付ける込み入った工程を経て作られ、インドの技術は一八世紀初頭に流行してヨーロッパに大きな影響を与えた。ロンドンを拠点としていた小説家ダニエル・デフォーは、その時期に書いている。「チンツや彩色模様のキャリコは、以前はもっぱらカーペットやキルトや、平民の子どもの服に使われていたが、それがいまや淑女のドレスになった」

初期の模様ははっきりとインド風で、波状に曲がりくねった草木に咲く花は理想化・抽象化されていて、花弁のひとつひとつが太い輪郭で縁取られている。それからインドの技術を採り入れた英国の産業が勃興し、チンツは英国のものになった。一八〇一年の英国でリチャード・オーヴィーによって作られたリボン縞のチンツは、一九八四年のラルフ ローレンの花柄スモックの織物とそれほど変わらない。フクシアやほかの花と大輪の薔薇が交じった花輪にピンクと緑の縞のリボンが絡まり、くっきりとした余白とフォーマルな様式を持つインドの花の模様に比べると、より自然主義的な美意識に彩られている。コントラストは弱めで、線は柔らかく、縁はぼやけている。一九世紀半ばまでに、輸出繊維――原料は合衆国の奴隷制プランテーションから輸入された綿だった――はイギリスの国際貿易において大きな比重を占めるようになった。

こうしたあらゆる英国のチンツ・ローズのモデルとなった薔薇さえも、おそらく中国産の薔薇と交配された新種だった。当時のほとんどのヨーロッパ産の薔薇とちがい、中国の薔薇は一度に咲きるのではなく、何か月もかけて咲きつづけることができた。一七世紀の詩人ロバート・ヘリックの有名な詩句「薔薇のつぼみは摘めるうちに摘みなさい／時は束の間に流れてしまうから」は、春に短期間だけ花を咲かせる古い薔薇種について歌ったものだろう。夏や秋まで薔薇が咲きつづけるようになると、「現世の栄華はかく過ぎ去りぬ（sic transit gloria mundi）」や「ヴァニタス〔Vanitas 生は空虚なり〕」といったヨーロッパの薔薇の寓意は失われた。女性たちはなおも若くして結婚するよう急き立てられたが、薔薇は夏じゅう、さらに夏が終わっても咲きつづけたのだった。

薔薇の遺伝学者チャールズ・C・ハーストは一九四一年にこう書いた。「一八世紀末に英国にチャイナローズがもたらされたことで、ヨーロッパ、アメリカと近東の園芸種の薔薇に完全なる革命が起きた。……古《いにしえ》の薔薇の多くは年に一度だけ、初夏に花を咲かせたが、現代の薔薇は初夏から晩秋まで継続的に咲きつづける。リヴィエラのように温暖な気候であれば、一年中咲いているかもしれない。最近の研究によるとこの継続的な開花の習性は、メンデル学説でいう劣性遺伝子の働きが、中国ではすでに一〇〇〇年以上にわたって栽培されていたチャイナローズやティーローズによって我々の現代の薔薇にもたらされたためだという」

一七九二年から一八二四年にかけて、チャイナ・スタッド・ローズとして知られることになる四種の中国産の薔薇が英国に持ち込まれた。それらはまるで競走馬の種馬《スタッド》、たとえば一世紀前にもたらされて英国の雌馬と交配され、サラブレッドを生んだアラブの雄馬のようだった。中国原産であり、少なくともそのひとつはイギリスに入る前にスウェーデンで栽培されたものだったにもかかわらず、薔薇には英国人男性の名前がつけられた。スレイターズ・クリムゾン・チャイナ、オールドブラッシュとしても知られるパーソンズ・ピンク・チャイナ、ヒュームズ・ブラッシュ・ティーセンテッド・チャイナ、そしてパークス・イエロー・ティーセンテッド・チャイナ。ウォリントンのオーウェルの家で私が出合った薔薇は一一月初旬でも花を咲かせていて、現在西洋で育てられている園芸用薔薇のほとんどすべてのものがそうであるように、間違いなく部分的にはこれらの中国産薔薇の形質を受け継いでいた。

ダイアナ妃が死去して、エルトン・ジョンが彼女を「英国の薔薇」になぞらえて歌い、バッキンガム宮殿の門の前に献花が山と積まれたとき、人びとが写真に撮ったり供《そな》えたりした薔薇もおそらく部分的には中国種で、有名な薔薇のブリーダー、デイヴィッド・オースティンが繁殖させたものも同様だ。オースティンは二〇一八年に亡くなるまで六〇年にわたって、初期の薔薇の香りと昔ながらのかたちをした、フロリバンダローズやティーローズの雑種のように繰り返し開花する薔薇を生産しつづけた。彼はそうした薔薇のすべてをイングリッシュ・ローズと呼び、文学や社交界、歴史から取った英国的な名をつけた。たとえばエイシエント・マリナー〔S・T・コールリッジの詩「老水夫行」より〕、ワイフ・オブ・バース〔チョーサーの『カンタベリー物語』より〕、トマス・ア・ベケット〔カンタベリー大司教〕、エミリー・ブロンテなどだ。ほかにもさまざまな貴族や園芸家、フォルスタッフからパーディタまでのシェイクスピア劇の登場人物、薬用オピオイドであくどい商売をしたブルックリン生まれのモーティマー・サックラーの名を冠したものまであった。サックラーの名前は芥子《けし》にでもつけたほうがよかったと言えるが、その一方で阿片製剤を売りつけることはイギリス帝国の中心的事業でもあった（それはオーウェルの父の主要な仕事でもあった）。

この本の取材のために英国に向かう途中、英国航空の軽食メニューのなかにヤッファ〔ジャファ〕・ケーキを見つけた。それはマーマレードの層をダークチョコレートでコーティングした柔らかいクッキーで、そのときは注文しなかったけれど、メニューに載っているのを見ただけで食べたくなって、空港の店で買った。そしてまったくの偶然なのだが、持ってきた『ロンドン・レビュー・オブ・ブックス』誌にもヤッファについての記事が載っていた。「それは年に一度だけ起こる。テルアビブとヤッファに挟まれたビーチがヨルダン川西岸地区から来たパレスチナ人で埋め尽くされる。多くの子どもたちにとって、イスラエル占領地にある自宅からわずか二、三〇キロのところにあるにもかかわらず、海岸に行けるのはこのときだけだ」

その後八月の暑い日に、ロンドンの中心部にあるフォートナム・アンド・メイソンの広大な食品と高級家庭用品売り場にさまよい込むと、そこには外国人らしき人たちがひしめき合い、装飾的なブリキ缶やその他の「英国らしさ《イングリッシュネス》」を醸し出す装置に入った紅茶やビスケットを買い込んでいた。私たちが――少なくとも暖かい晩夏の日に店に詰めかけた私たちが――認識し欲望する「英国らしさ」がそれなのだった。そうしたものを手に入れることが屈服なのか征服なのか、あるいは両者がぼんやりと入り混じったものなのかよくわからなかったが、私もまた紅茶をいくらか買い、同様に混み合っているリバティ百貨店に行って花柄の布地も買った。

イギリス――矛盾する同時代の実在物ではなく、帝国の残光に浸された神話的な場――は、私たちのだれもが、カリフォルニアで育った私ですらもが、あまりに多くのことを受け取っている場所であり、数えきれないほどのほかの土地のかけらでできたコラージュのようにも思えた。それはまるで、部屋のなかにいたら注目しそのすべてを知っているのが当然とされるだれかのようであり、何が大事で物事はどのようになされるべきかを決めるのはその人物であるかのようだった。年とともに階級や帝国主義や、母の祖父母が逃げ出したイギリス支配下のアイルランドについてより多くのことを学んだことで、〈英国びいき《アングロフィリア》〉を克服したとは言えないまでも、それに抗うための、〈英国嫌い《アングロフォビア》〉という薬の一服分ぐらいにはなった。でも私が感じたことなど、ジャメイカ・キンケイドが感じ、あの激烈な雄弁さで書き綴ったことに比べれば、何でもなかったのだ。

5　悪の華

カリブ海に浮かぶ小島アンティグアがまだイギリス領だった時代にそこで育ったキンケイドは、あたかも上品な英国で語られずにおかれたすべてのことが寄り集まって、途方もなく力強い声をなしたかのように語る。彼女はこう書いている。「北米の人たちから、どれほど自分は英国が好きで、どれほど英国は美しく伝統があって、というような話を聞かされるとき、どれほど私が腹立たしい思いをするか、それはとても言い尽くせないほどだ。この人たちが見ているものといったら、地味くさい皺だらけの人物が馬車に乗って群衆に手を振っている、というようなものだけだ。それに対して私が見るのは、私自身がそのなかのほんのひとりであるところの、孤児となった何百万という人たちのことだ――母国も祖国もなく、神々もなく、聖なる古墳もない人たち、人に与える愛というのがあればいろいろできることがあるのかもしれないが、その肝心な愛を与える余裕もなく、そして、何よりもつらいことに、自分自身の言葉がない人たち」

つまり、みずからの母語と引き換えに彼女が手に入れたのが英語だった。それでも彼女はそこから自分だけの散文のスタイルを作り上げ、怒りと正確さでできた文章とともに進み、リズミカルな反復や音節の少ない語を可能なかぎり多用した。文はねじれ、螺旋《らせん》形を描き、地を覆い、花や庭や自然や人種主義や植民地主義や憤怒にまつわる複雑な議論へとのぼりつめる。植物と美学への真の愛と、庭園の壁が締め出さないあらゆる問題について仮借のない視点を持つ、熱意に満ち熟達した庭師としてのその書きぶりは、ほかのだれにも似ていなかった。

彼女は一九六〇年代後半、まだ若かったころにニューヨークに来て子守として働き、機知に富んだ率直なもの言いをするのがある男性の目に留まり、『ニューヨーカー』誌の専属ライターの職を得た。この雑誌独自の文体というのは、E・B・ホワイトやジョン・マクフィーのような白人男性のものを指し、彼らの簡潔できびきびした文章のスタイルが明確さと文学的すばらしさの極みということになっていた。それは、書き手が言うことは何であれあらゆる思慮深い人びとの賛同を得られるはずで、その独自の志向は普遍的なものであり、常識こそが至善にして解決済みの問題だとでも言うような文体だった。

キンケイドもまた明晰で直截な文体を用いたが、多くの人、とりわけ多くの白人の賛同は得られないだろうということに彼女は気づいていた。「まるでみずからが外国人に向ける敵意や嫌悪に恥じ入ってでもいるかのように、英国人たちは見境なく外国産の植物を愛で、受け入れることで埋め合わせをしている」といった文は鋭い宣戦布告であり、より正確に言えば、植物や庭や名前、美しさや正しさの概念をめぐる昔ながらの戦争が、さまざまにかたちを変えて戦われているという認識だった。なかでもそれは、彼女自身に対して挑まれた戦争だった。相手がアメリカ人でも彼女は容赦しなかった。「偉大なるエイブラハム・リンカーンは、私があまりに愛着を覚えた大統領だったので、庭に彼の栄誉を讃えてその名の薔薇を植えたほどだ。彼は人種差別主義者なのに奴隷制を忌み嫌ってもいて、たいへん幸運にも奴隷の子孫である私としては、それで十分だった」

彼女はやがてヴァーモント州に移り住んだが、どれほど雪や寒さや冬が嫌いかについても定期的に声を大にして語った。この地で彼女は大がかりな庭作りをし、よく庭について、また注文した植物や、ガーデニング用カタログを夢中で読んでいることについて書いた。庭や植物が与える純粋な喜びについて彼女は詳細に記述し、それらがかき立てる感情や欲望やムードの性質について、また腰かけて自身がこしらえた花壇に見とれていることについて、どの薔薇が醜悪で、どの薔薇が並外れて美しいかについて書き綴った。

だが、植物や庭をめぐって彼女が繰り返し立ちもどる主題とは強制移住であり、人びとが土地から根こそぎにされ、文化が押しつけられ、植物が移植されて変容し、過去が忘却されてでっち上げられ、古い名前が奪われて新しいものが恣意的に付けられるさまだった。彼女は書いている。「私は自分の出身地の植物の名前を知らない。……このように出身地である（そして自分をかたち作ってい る）場所の植生に無知であることは、そこに住んでいたころは征服された階級に属していて、征服された場所に住んでいたということを単純に反映しているに過ぎない。こうした状態の原則となるのは、自分についての何ひとつとして、征服者がそう認めないかぎり、重要なものはないということだ。たとえば植物園があったのだが……私の記憶ではそこにある植物で、アンティグアに原生するものはひとつもなかった」

　植民地主義とは、植民者とその土地については知りすぎている一方、自分たち自身とその土地についてはあまりにも何も知らないということを意味した。「悪の華」と題された彼女のエッセイは、メキシコの谷――現在のメキシコシティに当たる――にあった空中庭園についてのものであり、コルテスの侵略と、ココクソチトルという植物についてのものでもあった。この植物はヨーロッパに持ち帰られ、スウェーデンのダール氏という人物にちなんで名づけられて、交配を経て無数の見栄えのよいダリア種になり変わり、その起源は忘れられた。別の箇所では、彼女はきわめて苛烈な筆致で水仙について書いている。

　一九九〇年に発表された小説『ルーシー』で、表題の人物は作者とおなじくカリブ海からの若き移民なのだが、ある女性のもとで子守として働いており、ふたりの差異について女性が能天気に忘れ去ることや、雇用者／被雇用者の関係を曖昧にしがちなことに苛立っている。ふたりのうちひとりだけが認識している葛藤は、合衆国の寒々とした北東部の春の初めに生えてきた水仙を雇い主が彼女に観賞させたとき、頂点に達する。ルーシーは植民地の島のクイーン・ヴィクトリア女学校で、水仙についてのウィリアム・ワーズワスの詩を暗記させられたことを思い出し、見たことのないこの花に消し去られてしまうという悪夢について描写し、そしてこう語る。「マライアが水仙のことを口にするまですっかり忘れていたのだけれど、いま、私たちふたりともがびっくりするような激しい怒りをこめて、私はマライアにそれを話していた」。それから彼女たちは公園で水仙を見つけたのだった。「この花々が何なのか知らなかったのだから、どうして殺してやりたくなったのか、私には謎だ」。あるいは謎ではなかったのかもしれない。それ以前に花のほうが彼女を消し去ろうとしたのだから。

数年後にふたたびキンケイドはこう明言した。「私は水仙が好きではないが、それは英国風の教育方針がもたらした遺産なのだ。子どものころ、ウィリアム・ワーズワスの詩を暗記させられた」。その後ふたたび水仙の主題に立ちもどり、彼女はこう書いた。「子ども心に、詩とその内容（作者についても別だったが）と、それらを生んだ人びとに嫌悪感をいだいた。……だから私にとっては、「雲のようにあてもなくひとりさまよい歩いた」という詩の一節は、沈着さをもって心の眼に驚きを与える個人のヴィジョンではなく、ある人びとの圧制的秩序を象徴するものになった。私の子ども時代においては、その人びとというのは英国人のことだった」

最後の一節を彼女が書いたのは、すでに植わっていた三五〇〇個のものに加えて、二〇〇〇個の水仙の球根を植えたときのことだった。もしかするとそのときには、押しつけられた意味に対しては、自分で意味づけをし直すことで立ち向かうことができる、という境地に彼女は達していたのかもしれない。植物は多くの点で順応性を持っている。それらは成長し、進化し、適応し、朽ち果てる。クリスマスツリーから月桂冠、聖なる蓮からエロティックな蘭まで、植物は人間が与える意味をまといもする。水仙も英語という言語も、そのもとに生まれついた者にとってはまたちがった意味合いを持っている。一九四〇年三月の日記で、オーウェルは書いた。「霜のせいで、いくつかの芽キャベツ以外のあらゆるキャベツが、すっかり駄目になった。春キャベツは枯れただけではなく、まったく姿を消してもいた。鳥に啄《ついば》まれたのにちがいない。ネギ《リーク》は生き残った。惨めな姿になってしまったが。……薔薇の挿し木は、一本を除き、すべて生き残った。スノードロップは花を咲かせていて、いくつかのクロッカスと数本のプリムラポリアンサは花を開こうとしている。チューリップと水仙の芽が出始めている。ルバーブもちょうど芽を出したところだ。牡丹もおなじ。ブラック・カラント〔クロフサスグリ〕の芽は出ているが、レッド・カラント〔アカフサスグリ〕はそうではない。グズベリーは芽を出した」

ウォリントンの庭をこしらえ、その庭に薔薇を植えることで、オーウェルは特定の土壌に根を下ろし、さらには毛嫌いしていたか否かにかかわらず自分のものであり、自分を取り巻くものであった思想や伝統や血筋に根を下ろしていたのだ。あるいは、社会的な下降志向に基づいた選択であるとか、額に汗して食物のかなりの部分をみずから作り出し、村の共有地で山羊を放牧することによって、彼はそうしたものから抜け出ようとしたのかもしれない。完全に逃げ切れるものではなかったし、逃走の形態ですらもが、鄙《ひな》びた田園風景や牧歌的理想についての深く根づいた考えに満ちていた。それらの影響について、彼が忘れ去っていたわけでもない。

薔薇を植えた年に、彼はこう書いた。「英国が比較的恵まれた状態で暮らしていくためには、数億のインド人が飢餓すれすれの状態で生きていかねばならない。まさしくこれは、憂慮すべき事態である。だが人びとは、タクシーに乗るたびに、あるいはイチゴのクリームがけを食べるたびに、このことに目をつぶる」。ただし砂糖を入れた紅茶とはちがって、イチゴのクリームがけは実のところ国産の進物だったのだが。とはいえその一〇年後、彼はその主題に立ちもどり、同胞のイギリス人たちに問いかけた。「インドを解放するか、砂糖を余分に手に入れるか、ふたつにひとつだ。きみたちはどちらを選ぶ?」

Ⅵ 薔薇の値段

The Price of Roses

薔薇製造，コロンビア，ボゴタ近郊（2019）

1　美の問題

一九三六年に薔薇を植えた男は、花についてよく書いた。英国を舞台にした小説には、牧草地や池や小路やその他の鄙《ひな》びた背景のなかに花の描写をちりばめた（『ビルマの日々』には熱帯の花や、温帯の花が巨大化したものの描写がちりばめられていた）。日記には購入する花のリストや、国産の花の栽培に関する記事や、自分が見つけた野生の花について記されていた。一九四四年に『トリビューン』に掲載されたエッセイのひとつでは、「花の英語名の急速な消滅」を嘆いている。「“forget-me-nots”〔忘れな草〕は“myosotis”と呼ばれることが多くなっている。“red-hot poker”〔トリトマ〕、“mind-your-own-business”〔ソレイロリア〕、“love-lies-bleeding”〔アマランサス〕、“London pride”〔ヒカゲユキノシタ〕といったその他の多くの名前も、植物学の教科書から取られた精彩のないギリシア名に変えられて消え去りつつある」。これらの花の名前についてはひとかたならぬ思いが彼にはあったようで、二年後にも、もっとも有名なエッセイのひとつである「政治と英語」のなかでおなじような苦言を呈している。

ウォリントンに薔薇を植えてから五年後に、彼は戦時のエッセイ「ライオンと一角獣――社会主義とイギリス精神」でこう書いている。「万人周知のことながらあまり取り上げられない、ちょっとしたイギリス的特性……それは花に対する愛好心である。それは外国、特に南欧からイギリスに着いたときに真っ先に気づくことのひとつだ。それはイギリス人の芸術に対する無関心と矛盾することではないのか？　けっしてそうではない。その証拠に、何ら美的感覚を持たないような人びとのあいだにも、花に対する愛好心は見出されるのだから」。つづけて彼は花を趣味として位置づけ、趣味を自由と私的生活に重きを置く人びとの特徴として位置づけるのだが、すでにして彼は、足を踏み入れたことのない部屋へと通じる扉を開けてしまっていたのだった。あるいはその扉は、部屋よりもっと大きな何かに通じるものだったのかもしれない。美学とオーウェルのしるしのついたこの扉を通り抜けることは、彼が生涯追い求めたものへの核心へとさまよい出てゆくことなのだ。

扉はほんの少しだけ開く。何ら美的感覚を持たないのに花に対する愛好心はあるという人びとについてはどうか。オーウェルはこの文章のなかで、花への愛好心は必ずしも美的なものでないと主張する――もし「美的」というのが純粋に視覚的な喜びを意味するとするならば。だが果たしてそういう意味なのか。彼は花の栽培を趣味として位置づけ、英国の趣味人の例として「切手収集家、鳩飼育家、素人大工、クーポン収集家、ダーツプレイヤー、クロスワードパズル・ファン」など、実益性においても古めかしさにおいてもてんでばらばらな諸活動を挙げている。だが花への愛好心は庭仕事をするかどうかを超えて広がっており、育て、世話をする対象として花をとらえる人もいれば、何もしないで牧草地や庭や花瓶のなかの花を愛でるだけの人もいる。花が好きだという人たちが愛しているものは、何なのだろう。

花はもちろん、エロティックでロマンティック、儀礼的で神聖な意味合いをもって配置される。祭壇や勝ち馬の首やその他いろいろなものに掛けられる花輪のように。だが人間の祭礼に敬意を表して使われる以前に、花はそれ自体として注意を引くものなのだ。花は美しい、と私たちは言うけれど、花の美とは見かけ以上の何かであり、だからこそ生花は造花よりずっと美しいのだ（だがもしかすると、花のイメージが現実やそこから反響するすべてのものを指し示す一方、造花はそうではないのかもしれない）。そうした美は、部分的にはそれが参照し、関連づけるもののなかに存在している。生や成長が具現化されたものとして、そしてそれにつづく果実の到来を告知するものとして。花は、相互連結と再生からなる植物システムのネットワークにおける結節点だ。目に見える花はこれらの複雑なシステムのしるしであり、花は自律的な存在であるがゆえに美しいとされるのだが、実のところその美のいくらかは、花がより大きなものの一部であることに起因するのかもしれない。

私がしばしば考えたのは、人の心を動かす自然界のなかの美の多くは、写真でとらえられるような静的で視覚的な壮麗さではなく、規則性や再帰性、日や季節や年のリズミカルな経過、月の満ち欠けや潮の満ち引き、誕生と死といったものに表れた時間そのものなのではないかということだ。調和や組織性、一貫性というパターンそのものが、ある種の美なのであり、気候変動や環境破壊が与える精神的苦痛のいくらかは、この規則性が損なわれることによるものだろう。もっとも重要な秩序は空間的ではなく、時間的なものだ。写真がそれを伝える場合もあるが、写真をとおして見るという行為が習慣化してしまえば、時間が織りなすダンスは見えなくなる。先住民たちは英国的田園の伝統のなかの自然のよさが理解できないと非難されることもあったが、しばしば静的で絵画的な悦びよりも、時間の規則的なパターンにおいて自然を評価した。つまり、たとえばまれに見る美しい夕日よりも、年間を通しての太陽の経時的な進行における重要な瞬間のほうを讃える人たちだったのだ。

ぶ厚いエブリマン叢書版『オーウェル・エッセイ集』の序文で、ジョン・ケアリーはこう書いている。「彼が美を讃えたことはほとんどなく、あったとしてもどこかみすぼらしく見過ごされたようなものに美を認めるのだった。……ヒキガエルの目だとか、ウルワースで六ペンスで売られている薔薇の苗木だとか、そういったものだ」。いや、そうではなく、彼が美を讃えることはよくあったと私は思うし、見過ごされがちなものは彼にとって、美の定義を押し拡げ、エリート的なものだとかお墨付きのものでもない別種の美を見つけ出し、ありふれたもの、卑俗なものや見過ごされたもののなかに美しさを見出すための手段だった。その探究は美そのものを因習に従属しないものにする。暗澹とした『一九八四年』にすら、オーウェルの孤独な反逆者が称賛し、渇望し、味わうものの、とりわけ何気ない風景や、赤い珊瑚のかけらが埋め込まれたガラス製の文鎮などが与えるいくつもの恢復の瞬間がちりばめられている。

ウィンストン・スミスはジャンク・ショップ〔古道具屋〕で見つけた文鎮を美しいものと呼び、それは物語上重要な小道具となる。作中にこんな記述がある。「党員が私有物として持つには奇妙なものであり、身に危険をおよぼすものでさえあった。古い事物はどんなものでも、そう言えば美しいものならどんなものでも、つねに漠然と疑惑を持たれたのだった」。疑惑は党が根絶しようとしている意識や快楽のしるしであり、「ライオンと一角獣」において、趣味とは全体主義が衰退させようとしている個人的活動だと書くことでオーウェルが称賛する経験でもある。このエッセイは有名な一節で幕を開ける。「私がこれを書いているいま、高度の文明人たちが私を殺そうとして頭上を飛んでいる」。サーチライトのように、文脈が彼の関心事を劇的な光と影のもとに映し出す。そうした文脈は彼の作品にはつきものだ。文鎮は〈思考警察《ソートポリス》〉の文脈において存在し、趣味や美の問題はロンドン大空襲《ブリッツ》の文脈において存在している。

「美」は過度にざっくりとした言葉のひとつで、使い古され、あまりにありふれているので気にかけられることもなく、しばしば純粋に視覚的な美しさだけを指して使われる。だが『オクスフォード英語辞典』に列挙されている美の種類のなかには、視覚的でないものも数多くふくまれていて、たとえば「精神にとって非常に好ましく満足がいくと感じられる人やものの性質。道徳的、知的に優れていること」だとか、立派な人物や印象的で例外的に良質なものも定義に入っている。

研究者のエレイン・スキャリーはその著作『美と正しくあることについて』のなかで、美に関して寄せられる不満のひとつには、美について考えるのは受動的な行為だというものがあると述べる。つまりは、「自分が見聞きしたものを何ひとつ変えたいとは思わずに、ただ見たり聞いたりすること」だ。これはその単純さゆえに驚かされる定義だ。人が変えたくないものとは、すでに実現した望ましい状況のことかもしれず、そこにおいて美的基準と倫理的基準が交差する。これと対置されるのは、「(不正が目前にある場合のように)自分が見聞きしたことに介入し、変えるために見たり聞いたりすること」だ。生産性や不正に執着する者は往々にして何もしないことを蔑むが、「何もしないこと」にはたいていの場合、数々の微細な行動や観察、関係の構築がふくまれていて、それらは多くのことを成し遂げているのだ。それは「何かをする」ことなのだけど、その価値や結果がそれほどたやすく計量化されたり商品化されたりはしないたぐいの行動であって、何であれ計量化や商品化を避ける行為はもれなく、流れ作業や権威や過度な単純化に対する勝利であると論じることだってできる。ジェニー・オデルの著書『何もしない――注意経済《アテンション・エコノミー》に抗って』がカリフォルニア州オークランドの公共ローズ・ガーデンから始まっているのも、おそらく偶然ではないだろう。

「自分が見聞きしたものを何ひとつ変えたいとは思わずに、ただ見たり聞いたりすること」。オーウェルの家事日記もおそらくこうした行為の記録なのかもしれない。仕事や庭いじりや些細な出来事についての簡潔な物語には、物事をそれ以外の何かに変えたいという欲望などはあまりふくまれていない。物語――フィクション、神話、おとぎ話、ジャーナリズム――は得てして、物事が悪化したときに何が起こるかについて語りがちだ。政治家が腐敗しているとか、河川が汚染されているとか、労働者が搾取されているとか、愛する者が失われたとかいったことだ。もっとも単調なたぐいの児童書ですら、喪失や誤解や連絡ミスによる軽度の危機を探求している。「何ひとつ変えたいとは思わずに」存在するものには動きがない。それは物語が始まる前、地位や名声からの失墜が起ころ以前のことか、再会とか修正とか何らかの回復がなされて決着が着いたあとのことなのだ。だが悪化した物事をめぐる記録はどれも、少なくとも内在的な価値や目標として、物事があるべき方向に進むというのはどういうことなのかを語っている。そしてそういう物語はしばしば、正しいもの、公平なもの、善良なものを擁護することへの欲望に突き動かされている。

こうした緊張関係は非物語的な芸術にすら存在している。芸術家ゾーイ・レナードはエイズ危機のただなかで美しいイメージを制作することに恥を感じ、仲間の芸術家で活動家のデイヴィッド・ヴォイナロヴィッチにそう語ったところ、ヴォイナロヴィッチはこう切り返した。「ゾーイ、この作品たちはとても美しいし、そのためにこそ僕らは戦っているんだよ。怒ったり不満を言い立てたりするのは、そうせざるを得ないからだ。でも帰っていきたいと願う場所は美のなかにある。それを手放してしまったら、どこにも行けなくなってしまう」。つまり、美とは変えたくない何かであると同時に、行きたいと願うどこかでもあり、羅針盤のようなもの、あるいはむしろ変革のための北極星〔奴隷制時代、米国南部の逃亡奴隷たちが北極星を目印に北上したことから自由のシンボルになった〕のようなものなのだ。レナードはこのやり取りについてつぎのように回想している。「私たちはみんな忙しすぎて美にかまっている余裕がなかったのでしょう。あまりに怒りに駆られていて、失意の底にあって、美のことなんて考えられなかった。この雲の写真を撮ったことで自分が最低の人間のように思えたけど、デイヴィッドは正しかった。戦いたくて戦っているんじゃない、みんなで一緒にある場所に到達したいからこそそうするんだと。座って雲について考えていられるような世界を創り出す手助けをしたい。それが、私たちが人間として持つべき権利だと思うから」。座って雲について考えるといったことを長らくせずにいると、どうやって、もしくはなぜそうするのか忘れてしまうのかもしれないし、それが目標だとしても、途中で疲れきってたどり着くことができなくなってしまうのかもしれない。

薔薇について語ったオーウェルを非難する文章を書いた女性は、変える必要がないものに注意を傾けるのは怠惰や気散じ、重要な事柄から目を逸らすことでしかないと考えていたのだろう。不正であるとか、考えれば考えるほど現状を変えたくなるような事柄に気持ちを集中させる人たちは、変化してほしくない事柄について考えることは、責任逃れや本当に変えたいものに対して目を閉ざすことだとみなしがちだ。私はむしろそれは、破壊に向き合うためのエネルギーを再生する行為だと語ってきたのだが、スキャリーによればそれはまた、望ましいもの、よきものの定型について考えるうえでも重要だという。社会変革や政治参加の目的とは、一体何だろう。すでに存在しているか、存在してきた善について考えることは、その仕事の一部になりえるのだろうか。すべてが汚染され腐敗している以上、われわれはつねに一からやり直すほかないのだという厳格な(かつ広く受け入れられている)立場と、善は種子のようなものとして存在しているのだから、われわれはもっと精力的にそれを育み、広く普及させなければならないという立場には、当然ながら意味深い違いがある。

2　薔薇工場にて

飛行機が下降するにつれ、夜の真っ暗闇のなかで巨大なランプのようにコロンビアの大平原《サヴァンナ》に浮かび上がる温室がすでに見えていた。私はその温室を見にやって来たのだ。もちろん、立ち入ることができる保証はどこにもなかったけれど。多くの人びとが潜入を試みて失敗し、温室は秘密に包まれていた。温室から来て合衆国に流れ込むものはだれでも見たことがあった。それがどのように生み出されているかが秘密だったのだ。私たちはボゴタの空港に降り立ち、取材同行者のネイト・ミラーがタクシーを拾った。巨大なスプロール状に広がる都市の外郭を通り、コンクリートの建物が立ち並ぶ大通りを何マイルも私たちは進んだ。

私が訪れたことのあるほかのラテンアメリカの都市とおなじく、ボゴタは巨大だが脆《もろ》くもあり、壮麗でありながら不安定に思えた。この都市の建築物は即興で建てられたようだった。様式も頑丈さもさまざまな建物が通りにひしめき合い、重装備の警官たちが街角に立ち、商業施設やレストランの入り口にはこれまた自動火器を携えた警備員たちがしかめ面で並んでいた。壁には有刺鉄線が張り巡らされ、窓には鉄格子が嵌められ、扉にはそれぞれにたくさんの錠前がぶら下がっていた。

玉石が敷き詰められた通りで運転手は私たちを降ろした。通りは上り坂になっていて、朝になるとその先に、切り立つ緑の山々が市の東端を縁取っているのが見えた。着いたのはあまりに夜遅くのことだったので、ネイトの友人の叔父から一週間借り出したフラットの鍵をどうやって手に入れたのだったか、思い出せない。壁が漆喰で白く塗られ天井の高さが一二フィート〔約三・七メートル〕を超える寝室で眠りについたが、巨大な木製のベッドにはくたびれて穢いシーツと使い古しの毛布が幾枚か敷いてあった。そのそばの窓は二重の木製鎧戸とともに巨大な鉄製の閂《かんぬき》が内側に嵌め込まれ、通りに面した外側にはそれに加えて鉄格子もついていた。

朝が来てコーヒーを飲みに出ると、滞在していた端麗な歴史地区カンデラリアが日の光のもとでよく見えたが、通りで小さな軽食スタンドを営み、時にはてんで利益にならないだろうわずかばかりの焼き菓子や甘味だけを並べているだけの人びとの根深い貧困も目の当たりにした。あとで私たちは、男たちが手のひらを広げてコロンビアの大地から採掘されたエメラルドの原石を見せ、エメラルド取引所でほかの男たちと値引き交渉をしているのを見た。女性の職人たちが地べたに座り、伝統工芸のビーズのネックレスを毛布の上に広げていた。ひとりの老女が小さな音楽プレイヤーをかけて踊り、陰鬱な世界に自分ひとりだけが存在しているかのように、恐ろしく荘厳な調子でダンスのステップを踏んでいたが、見物人が金を入れる帽子も忘れずに置いてあった。

ネイトはサンフランシスコで育ち、大学を卒業するとコロンビアの国際労働者権利団体で職を得た。この地では組合を組織したり参加したりするのは危険だったが、アメリカ人は比較的殺される可能性が低い目撃証人で、ほかの人びとが殺されるのを防ぐこともできる可能性があった。現地での活動の締めくくりとして、彼は花卉《かき》産業における労働条件の調査をおこない、その結果をぶ厚い報告書にまとめて合衆国で公開した。彼はこの国と人びとが好きになり厚い友情を育んでいたので、代父として自分の名をつけた子どもに会うのに沿岸部に向かう前に、一週間付き合ってボゴタ郊外の草花栽培地帯を案内してほしいという私の頼みもすんなり聞いてくれた。

彼はニューヨークでの組合オルグの職を離れて飛行機に乗り込み、テキサスの空港でサンフランシスコ発のフライトでやって来た私と落ち合って、一緒にコロンビアに向かった。一〇代後半のころからネイトを知っているが、理想化肌で、情熱的で、社交的で、背が高く、痩せていて、サイドを刈り込んだカーリーヘアにちょっとフクロウみたいに見える眼鏡をかけ、肌の色が暗めだったので白人以外の人種だと思われることもよくあり、そういう容姿でコロンビア訛りのスペイン語を流暢に話すので、どこに一緒に行ってもその地によく溶け込んだ。私はといえば、生白い肌の色でスペイン語はごく基本的なことしかわからなかったので、悪目立ちするのだった。

最初の朝に彼が見つけてくれたバスは小さな無認可のもので、貧困層の人びとがボゴタとその周辺で利用していた。私たちは市の周縁部にある花卉産業地帯に向かった。人びとは混み合ったバスになだれ込んでは降りて行った。運転手は数々のチェックポイントでバスを停め、そこにいる男たちに金を渡した。明るい青色の制服にネオングリーンの安全ベストを着た建設作業員たちが大通りの新緑に包まれた中央分離帯で居眠りしているのや、毒々しく色づいた薔薇を売る商人たちが呼売りをしているのや、フロントガラスを拭いて金を稼ぐ人たちが交通が止まるたびに車の間を縫って行き交う脇を、私たちのバスは通りすぎた。野良犬たちもこの賑わいに紛れ込んできたが、だれも気に留めなかった。

田舎への遠出は、温室に行くのが目的だった。前の晩に飛行機が着陸するとき、光を発していた温室だ。それらは巨大で、ひとつひとつが運動場ほどのサイズで、経年により埃っぽくくすんだ無色のプラスチックの壁と屋根がついていて、単体ではなく一〇棟から二〇棟ほどがかたまって建っていた。その多くは生垣や塀の後ろに隠れて部分的にしか見えず、門には守衛が立っていた。ビニールの透明感が残っている部分があちこちにあって、そこからは花が見えた。海抜数千フィート〔正確には二六〇〇メートルほど〕に位置し、赤道から三〇〇マイル〔約四八〇キロ〕と離れていないボゴタの大平原周辺の天気は温暖で安定しており、赤道地域の日照時間が一二時間あるということは、年間を通して栽培が可能ということだ。

数十年前にコロンビアでは、コカインの原料になるコカの葉に代わる輸出農作物として、花卉産業が育成された。代替計画は失敗に終わった――コカ栽培は辺境の土地に場所を移してつづけられた――が、ほかのさまざまな輸出向け花種とともに、合衆国で販売される薔薇の八〇パーセントを製造する大規模の花卉産業が、さまざまな問題を抱えつつコロンビアで発展していった。合衆国への花の航空輸送は一九六五年に始まった。ネイトが報告書を書くころにはコロンビアは世界第二位の花の輸出国となり、一三万人のコロンビア人が働く花卉産業は国内の女性雇用を創出する主要な産業だった。ケニアやエチオピアの類似産業もヨーロッパの園芸市場に製品を供給している。

　小さな町を歩いてもう一本のバスに乗り、数マイルにわたってプラスチックの温室に縁取られた幹線道路で下車するまでのあいだに、ひと世代前まではほとんどの労働者は自作農だったのだ、とネイトは語った。一八世紀から一九世紀にかけての英国の囲い込みと似たような経緯をたどり、農民たちの多くは産業化された農業において土地を持たない労働者になった。田園地帯のあちこちに牛やさまざまな作物が育つ畑のある小さな農園はあったが、花卉産業と温室はプラスチックの輪のようにボゴタ周辺を取り囲み、ほとんどの収穫物は空港から出荷されていった。

　花が環境や労働の厳しい基準に沿って生産されていることを認証することになっているレインフォレスト・アライアンス宛に私は前もってメールを書いていた。なぜか出発する直前になって、この団体は私たちが農園のひとつを訪問する段取りをつけてくれていたのだが、あまりに驚くべき展開だったので、すんなり実現するとは思えなかった。何年もの調査の間、ネイトは一度も内部に入れたことはなかったし、のちに私が会ったボゴタの映像作家にしても、入ろうとは試みたもののうまくいかなかったと言う。メールのなかで私は、薔薇に関する本を書いていること、旅には同行者がいることにふれていた。団体がもし私が何者か調べていたら多少なりとも警戒したのだろうが、どうやら調べもしなかったらしく、同行者の名前を聞いていたらもっと警戒を強めたはずだが、それもしなかったようだ。ともあれ訪問の話は当てにせず、旅の初日には私たちは温室で縁取られた幹線道路をうろつき、何棟かに少しなかを見せてもらえないかと頼んだがうまくいかず、タクシーに乗って別の農園にいくつか行きおなじことをしたが、やはり駄目だった。

つぎの日、私たちは乱暴な運転の小さなタクシーに乗って、レインフォレスト・アライアンスの職員の家に行った。彼は市の東端の高台にある美しい建物に住んでいて、彼が用意した運転手つきの高級車に乗った私たち三人は、亭々とそびえる木々と豪邸が立ち並ぶ高台の外縁部を通り、合衆国系企業のサンシャイン・ブーケ社に向かった。厳重に警備され垣根で覆われたサンシャイン・ブーケ薔薇園、もしくは薔薇工場の入り口に車を停めもしないうちに、この職員よりネイトのほうがずっとこの業界に詳しいことは歴然となっていたが、私たちはあえてそれを彼に伝えようとはしなかった。立派な服を着たこの男は流暢な英語で儀礼的な挨拶や社交辞令を繰り出したが、私の理解が正しければ、彼自身も薔薇農園を訪れたことは一度もないようだった。

私たちは顧客接待室のようなところに通され、そこからは従業員たちがすでに入りはじめている社員食堂が見えた——ほとんどの従業員は朝とても早い時間に働きはじめる。そこで私たちは、この経営陣がこの企業に誇りを持っていて、なぜか私たちも感心するだろうと思っているのを裏づけるような話をぽつぽつ聞かされた。つぎに私たちは責任者と、カロリーナとホセというふたりの幹部級の職員のところへ送られた。ふたりはほかの労働者たちとおなじような、社のスローガンが印字されたつなぎの作業服を着ていた。

彼女の作業服にはこう書いてあった。

Cuando se trabaja en equipo,
el éxito y los triunfos de se celebran equipo
［チーム一丸働けば／チーム一丸祝勝・成功］

彼のものにはこうあった。

El esfuerzo y la pasión satisface nuestra labor
［努力と情熱ある人が、仕事に満足できる人］

ほかの従業員たちの制服の背にもこうしたスローガンが印字されていて、こういうものもあった。

Sunshine bouquet, el mejor lugar para ser feliz
［サンシャイン・ブーケは最高の、幸せつかめるよいところ］

Queremos crecer junto contigo
［君たちとともにわれらは成長したい］

La actitud depende de ti.
Lo demás queremos que lo aprendas aquí.
［就業態度は君次第／あとはここで学んでほしい］

こうしたスローガンはしばしばオーウェル的と言われるたぐいのもので、不吉なまでに不誠実であり、その矛盾や、全身全霊で社の方針に賛成したり自発的に制服を着ようとしたりはしないような従業員に無理強いを迫るさまは、胸をざわつかせるものがあった。だが私が見に来たのは作業服ではなかった。私が見たいのは薔薇であり、薔薇を生み出す労働だった。じきに私たちは一二ほどある温室のひとつに入った。個々の温室は金属の骨組みとそこに付けられた巨大なプラスチックのシートで構成され、天気が暖かいときにはシートを開けて換気し、寒いときにはぴったりと閉じられるようになっていた。

真ん中にある扉から温室に入ると、反対側の扉に至る広い通路があった。通路の両脇には私の背丈を超える高さの薔薇の茂みが列をなして奥の壁に向かって伸びていて、株同士がぴったりとくっついて、容易には個々の株を見分けがたいほど密集した生垣をかたち作っていた。一列一列の距離もあまりに近いので、あいだを通り抜けようとすると横歩きするしかなかった。棘も近くにあった。木製の柱から伸びた撚糸が、薔薇の茎が倒れないよう支えていて、そこにはどうにも混み合っていて、圧縮され、反復的で、ほとんど混乱しているような感じがあった。あまりにもたくさんの薔薇があまりにもたくさんの列をなして遠くに伸びているので、視線の先で消失してしまいそうなほどで、薔薇も柱も支持梁も、プラスチックの温室のなかにはあることはあるが、遠くに行くにつれてどんどん小さくなっていくのだった。

案内人たちによれば、一平方メートルにつき年間で一〇四本の薔薇が採れるということだった。中央通路に沿って、切られた薔薇が整然と積み上げられた幅の細いカートが立ち並んでいた。列ごとに、開花の度合いはまちまちだが色はおなじ薔薇が植わっていて、列の先頭に品種名が書いてあった。アイアン・ピンク、コンスタレーション〔空の星座〕、ビラボンガ〔三日月湖〕、プリヴィレッジ〔特権〕、ピンク・フロイド、ポップスター、アイコン、ビリオネア〔億万長者〕、ハロウィーン。基準を満たさなかった薔薇や切りくずがごみ箱に山と積まれていた。

あらゆる雑種のティーローズがほぼ網羅的に揃っていて、昔ながらの薔薇と比べると輪郭がはっきりして直線的だった。閉じた花の先端は鋭く、蕾《つぼみ》から数枚の花弁がぱりっと剝がれていたが、折り返して直線とより鋭い先端をつくり出していた。古風な薔薇は、丸くゆるやかな輪郭をした花弁が内側に湾曲していて、花が開いたときにその特徴を充分に発揮する。それらがつつましやかに見える一方、現代の薔薇にはしばしばどぎつい派手さがあり、内向きの花が外向きに転じたかのようだ。大量販売される薔薇の多くは完全に開花する前に、蕾の状態で市場に出される。長い茎の先端にぎゅっと詰まった花弁が鋭い弾丸のようについていて、それが一ダースもあれば、派手な飾りのついた矢を収めた矢筒のようにも見える。

労働者たちにはスローガンがある。「恋人たちは薔薇を手に入れ、われわれ労働者には棘が残される」。薔薇は美しいが、何千もの薔薇が折り重なる温室、年間何百万もの花を生み出し、茎や葉や花弁が床に散らばり副産物としてごみ箱に積め込まれた場所は、美しくはなかった。薔薇が美しいと言っても、その美しさは大陸を隔てたどこかほかの場所、ほかのだれかにとって美しくなるように図られていた。一部の薔薇は花弁を光から守るために紙袋のなかで栽培されていて、ある一列分の薔薇の茂みなどは、楽屋でヘアカーラーをつけたままの歌姫のように、茶色い袋のなかで茎をめいっぱい伸ばしていた。

歩を進め、立ち止まっては花を観察し、話を聞くなかで、ヴァレンタインデーに向けて六〇〇〇万本もの薔薇がこの建物から合衆国に送られ、母の日に向けてはまた六〇〇〇万本が送られるということがわかった。コロンビアの花卉産業全体で、このふたつの祝日は、労働者への多大な負荷と、長い労働時間と疲労を意味していた。だが出荷は年中、ほとんど毎日おこなわれる。冷蔵トラックが一台ごとに四〇〇箱もの薔薇を詰め込んでサンシャイン・ブーケ社から空港へ我先にと出発し、七四七型航空機に搭載された薔薇がマイアミに飛んで、そこからさらにトラックに載せられて米国全土に配送される。ひとつの箱には三三〇本の薔薇が入っていて、七四七型機一台には五〇〇〇箱、つまりは一六五万本の薔薇を積むことができる。積み荷が薔薇だけの巨大な飛行機が炭素を燃焼しつつカリブ海上空を高速で飛び、スーパーで手に取る薔薇の背後にあるものを何ひとつ知るよしもない人びとに届けられる、そのこと自体が、疎外の完璧な象徴そのものなのかもしれない。薔薇がこれ以上に根こそぎにされることがありえるだろうか。「私がこの石炭をはるか遠くの炭鉱の労働と結びつけるのはごくたまになのであり、しかもしっかりと思い描く努力をしなければならない」。オーウェルは自宅で火にくべる物質についてこう書いていたのだし、だれかが薔薇をこの温室におけるきびしい労働と結びつけるのは、それよりさらにまれなことだろう。それらは視覚的快楽を生み出すための、見えない工場だったのだ。

3　水晶の精神

ずっと前に、よい本の条件とは何かをめぐって、ほかの作家たちと議論になったことがあった。ひとりは優美な文体と巧みに構成された語りからなるある本に魅了されたと言い、ほかの人たちもそういう特徴があれば十分によい本だという考えに賛成した。確かに形式的な優美さというのはあったが、私にしてみればその本は、周縁化されたある集団の差別的で歪んだ表象や全体的な残酷さゆえに、美しいのとおなじくらい醜くもあった。ジョナサン・スウィフトについてのエッセイのなかで、オーウェルはこう書いた。「確かにある本の文学としての質を、多少はその内容から切り離すこともできる。ちょうど勝負ごとに生来「目きき」の人がいるのと同様、言葉づかいに生まれつきの才能を持つ人びとがいるわけだ。それは主として、タイミングの問題、そして強勢法の使用限度を本能的に知るという問題である」

ほかの作家たちが褒め讃えたその本は、その題材を好き勝手に操り、ジャーナリストや歴史家の基準を侵害するようなかたちで読者を翻弄した。こうした元になる題材の悪用においては、素材が記述している人びとにも、世界をもっとよく知りたいという望みを持って本を読む人びとにも、歴史的記録にも何の義務も果たすことなく、ただ作者の技巧だけが優先されているようだった。まるで他者の生などは、作家がいかようにでも扱うことのできる素材に過ぎないとでも言うように。私にはいつもひとつの責務として、またひとつの挑戦としてつねに受けとめてきたことがある。それは、事実の枠内で仕事をすること、そして、ノンフィクションの作家は事実を捻じ曲げたり歪めたりしなくても必要な自由を見出せると信じることだ。

それは美的な成功と切り離された一連の倫理的問題などではなく、芸術作品の美学の一部なのだという私の感覚を、ほかの作家はだれひとりとして共有できなかったようだ。美とは単に形式的なだけでもないし、耳や目に麗しい表面的な性質のうちにだけ存在するわけでもない。それは意味のパターンのなかに、価値を称揚することのなかに、そして読者が生きる人生や見たいと願う世界との関係性のなかに存在するものだ。ダンサーの身ぶりが美しいのは、高いスキルを持つ芸術家／アスリートが正確に繰り出す動きだからだろう。だが優美な動きであっても、子どもを蹴り飛ばすのだとしたら、それは醜い。意味は形式を凌駕するのだし、形式の優美さもまたつねにそれが伝える意味によって汚されうるものだ。「私たちが壁に第一に求めるのは、立っている、ということである」と、オーウェルは画家サルバドール・ダリ批評のなかで書いている。「立っていてくれれば、それはよい壁であり、それがなんの役に立つかという問題は、これとは切り離すことができる。とはいえ、世界一よい壁であろうと、それが強制収容所の壁だったなら、取り壊して構わないのだ」。形式を機能から切り離すことはできない。そして美──あるいは醜さ──は、見かけよりも意味や影響力やそれが示唆するもののなかに存在するのだ。

一九八九年六月五日、北京の天安門広場付近で、長い列をなす戦車が学生の蜂起をおしつぶすのを止めようとして、たったひとりで立ちはだかった反体制派の人物は、白いシャツに黒いズボンを穿き、両手にしなびたビニールの買い物袋を提げ、ひょろりとして特に目立つところもない姿をしていた。戦車の群れを前にして、男は片腕を不格好にまっすぐ突き出して振りまわしてはそそくさと退却しつつ、最前列の戦車の前にとどまった。こんなかたちであっても、はるかに強大な力との危険な対峙は、美しい身ぶりと私たちが呼ぶものを具現化している。彼は明らかに、ある理想と理想家たちの集団のためにあらゆるものを投げうつ覚悟ができているように見えた。「インテグリティ(integrity)」という言葉は倫理的な一貫性やコミットメントを意味するが、そこにはまた全体性を保ち、損なわれたり傷ついたりしていない状態という意味もあり、それは多くの美しいものが持つ特質だ。私が嫌いだった本は、連帯意識《フェローシップ》を破壊し、親交を損なうものだった。

オーウェルは身ぶりや意図の美しさ、理想や理想主義に出くわした際には、熱烈に反応した。それらを擁護したいという思いがあったからこそ、その正反対のものに対峙することに人生の多くを費やしたのだ。『カタロニア讃歌』の一節は、そうしたこととの出合いを彼がもっとも鮮烈に描き出した文章のひとつだ。「バルセロナのレーニン兵舎でのことだった。民兵部隊に参加する前日、私はひとりのイタリア人民兵が将校用のテーブルの前に立っているのに出会った。年のころは二五か六、不屈の面構《つらがま》えをした青年だった。……その顔には、なにかしら、ひどく私を感動させるものがあった。……よれよれの制服、いかめしいが悲し気な面構え、私にとってこの男は、当時の独特な情景の見本だった」

つづけて彼は、都市全体がそうした精神を宿しているさまを記述する。「給仕人や店員も、客の顔から視線をそらすことはせず、対等の人間として接していた。卑屈で儀礼的ですらある言いまわしも、当面は聞かれなくなった。……人の往来のたえることのない広い目抜き通り、ランブラスでは、一日中、そして夜おそくまでラウド・スピーカーが革命歌をやかましく流していた。だが何よりも奇妙だったのは行きかう群衆の様子だった。……そこには私に理解できないこと、何となく好きになれないことさえあったが、たちまち私は、この状況全体が戦うに値するものだとさとった」

何年も経ってからも彼はその兵士のことを覚えていて、彼についての詩を書いた。そこでは若い兵士が死んでしまい、忘れられて嘘また嘘の下に埋もれてしまったと仮定されていた。だがその詩を彼はこんな風に締めくくる。

だが私が君の顔に見たものは
いかなる権力も奪い去ることはできない。
いかなる爆弾も打ち砕くことはできない
その水晶の精神を。

こうした特質——英雄的だとか高貴だとか理想主義だとか呼ぶことができるだろう——こそが、彼がスペインで、腐敗した戦争の醜さや悪臭や窮乏や塹壕の混乱のさなかで、銃弾によって瀕死の状態に追いやられるほどの傷を負い、そしてまたウサギのように追われながら見出した美だったのだ。この詩においては、嘘はそれ自体人を死に追いやり、窒息させてしまうものだが、死を超えて生きのびるものもある。預言者とハリネズミ、ライラックとナチス、ヒキガエルと原爆、美しい古書と記憶穴《メモリーホール》のように、オーウェル作品ではしばしば正反対のものの共存や衝突が起き、その緊張関係について思索がめぐらされている。

それらは彼が巻き込まれた紛争の当事者であり、時にそのうちの一方は、もう一方の途方もない醜さに対して釣り合いをとる。一九四一年、大空襲《ブリッツ》のさなかにロンドンを離れたオーウェルは、地下鉄の駅や教会の聖堂地下室にもうけられたシェルターを訪れたつぎの日にこう書いた。「ウォリントンにて。クロッカスが至るところで咲いている。いくつかのニオイアラセイトウが蕾《つぼみ》をつけている。いまやスノードロップが盛りだ。番《つがい》の野ウサギたちが秋蒔き小麦のなかのあちこちに座って、互いに見つめ合っている。この戦争で、数か月間ごとに、いわば鼻を水面からしばしば突き出すと、地球がいまだに太陽のまわりをまわっているのに気づく」

「インテグリティ(integrity)」とおなじ語根から生まれた語に「ディスインテグレーション(disintegration)」があって、文字どおりいろんなものをひとつにまとめる統合性が失われることを指している。右で引いた詩のなかで示唆されていたように、スペイン内戦も、多種多様なインテグリティに対する長きにわたる攻撃として考えることができるだろう。庭いじりをする人にはお馴染みの平和なディスインテグレーションというのもあって、もはや生きていないものが食物へと変容して新しい命のもとになることを指していたりするが、強いられた暴力的なディスインテグレーションというのもまた存在する。たとえば巨大な花が開いていくのをコマ落とし撮影でとらえたように見える核爆発の映像や、山火事の崇高な瞬間。暴力や破壊にはしばしばある種の美がある。ロバート・オッペンハイマーは、一九四五年に日本に投下されたものをふくむ史上初の原爆を開発したマンハッタン計画を指導した九年後、共産主義を支持するかどうかを問いただす尋問の一環として、原爆よりはるかに強力な水爆を開発することに倫理的な見地から反対するかと尋ねられた。彼の答えはオーウェルの壁についてのコメントを思わせるものだった。「技術的な観点からいってそれが楽しくすばらしく美しい仕事だったにしろ、恐ろしい武器だったと思うことには変わりありません」

現代の世界は、美しく見えても忌むべき手段で作り出されたものにあふれている。この鉱山が儲かるからとか、この靴は可能なかぎり安価に製造できるからとか、製油所で石油が製造される過程で有毒ガスが発生するかもしれないからといった理由で、人が死ぬ。現代生活は、インテグリティの欠如のあらわれであるところの、見かけと実際の乖離《かいり》で満たされていると、よく私は考える。

材木のもとになる木々や、穀物が育つ畑や、飲み水のもとになる泉や川や井戸、雨水は、かつては見慣れたものだった。どんなものもどこからかやって来たのであり、使い手が知っているだれかや何かによって届けられていたし、生産者と消費者はおなじ人間だったり、互いに知り合いだったりした。産業化と都市化と国境を越えた市場が、蛇口をひねれば水が出て、食べ物や衣服が店で売られ、燃料は(石炭シュートと煤《すす》けた空気に彩られたオーウェルの時代はともかく、私たちの時代には)大方は目に見えず、それらすべてをまとめ上げる仕事の担い手となる人びとの姿もまた見えないような世界を作り出した。そこには否定しがたい利点があった。物質面でも精神面でも、より刺激的で多様な生活が得られたのだ。だがそこで犠牲になったものもあった。

場や植物や動物や物質、かつては友人や家族のようによく知っていたものが見知らぬ存在になり果て、その過程でそうした物質を扱っていた人びとも赤の他人のようになった。ものは地平線の彼方、人知の彼岸から現れ、知ることは日々の生活の一部ではなく意志が必要な行為になった。オーウェルが英国北部に出かけ、国の原動力になっていた石炭産業と地域の貧困を目の当たりにしたこと、あるいは英国の生活水準を生み出すことを目的としたインドの搾取について語ったこと、それらは意思の作用による行為だった。エドワード・サイードの『マンスフィールド・パーク』批評が明るみに出したのは、ジェイン・オースティンの社会においても、彼女の小説とその登場人物たちにおいても、あらゆることが奴隷の労働によって支えられていただけでなく、そう認識すること自体が回避されていたということだ。だれも自分たちが何者であるかを知らず、その無知は醜さを覆い隠そうとする醜い試みだった。

私が大人になった一九八〇年代には、生産者と消費者の双方をより責任ある存在にする手段の一環として、かつては目に見えなかったものを可視化するという明確な意図をもって構想された数々の進歩的キャンペーンが展開された。活動家たちは、遠くの搾取的工場や熱帯雨林、南アフリカのアパルトヘイトや、ネバダやカザフスタンの砂漠での核実験、ドイツに配備された核兵器、北米の太平洋岸地域の原生林やアマゾンの熱帯雨林の伐採、合衆国政府が支援した中米の汚い戦争〔秘密警察や軍事政権による一般市民の誘拐、拷問、殺害をふくむ内戦〕と暗殺隊といったものとみずからの関係を聴衆に想像させ、理解させようと試みた。どのようにしてものが作られるのかに関して言えば、距離が離れていることは不可視性を生み出す一形態だったが、搾取は地元の農業でもレストランの厨房でも起こりえるものだ。こうした活動は私たちにこのような生産状況についての知識を、物事の結果のなかに自分たちが見たものへと統合することを促した。ある意味ではそれは、失われたものを取りもどし、かつては日々の暮らしのなかに組み込まれていた知をなんとか再建しようとする試みだったのだ。

薔薇については、とりわけ矛盾が際立っている。薔薇は愛やロマンスの象徴とされており、愛情や敬意を伝える贈り物であり、しばしば明るさや歓喜、至福、花園が持つような余暇と豊かさの感覚を伝えるものとされている。「思いを花で伝えましょう」とは花屋の広告で広く用いられたスローガンであり、花はただ優しく愛情深い気持ちだけを伝えることになっていたのだ。ヴァージニア・ウルフの小説『ダロウェイ夫人』では、妻に「愛している」と口に出しては言いづらく感じたダロウェイ氏が、気持ちを伝える手段としてたくさんの紅白の薔薇を買う。

互いに薔薇を贈り合うとき、私たちが相手に手渡すのは花だけでなく、それにともなう関係性でもある。歴史的な意味と現在の現実が明らかに対立し合うとき、私たちが互いに手渡すものは何だろうか。ある薔薇工場の労働者はネイトにこう語った。「いま、薔薇は甘い香りだけでなく涙でできています。私たちの製品は世界中で美しい感情を表現するために使われているけど、私たちはとても酷い扱いを受けています」。スーパーや花屋で売られている薔薇が生産される状況がゆゆしきものであることをどんなふうにして知ったのか、あまりに昔のことで思い出せないけれど、私にしてみれば、そうした状況があったからこそそれらの薔薇は、ものの見かけと、それが労働や産業の産物として意味することとのあいだにある緊張関係がとりわけ強くあらわれた製品になったのだった。

4　薔薇の醜さ

あるものがその呼び名に値するものでなくなるには、どれほど多くの特質を剝ぎ取ればいいのだろう。ものはいつ、それ自身であることを止めて別のものになるのだろう。意味がばらばらになり、定義が散りぢりになるほど間延びしてしまうのは、いつなのだろう。薔薇農園の見学の後半で私が連れて行かれた細長い部屋には、あらゆる色の何百もの薔薇の花束がガラスの円柱に活けられ、長い鋼鉄製のテーブルの上に並んでいた。薔薇の長持ち度がテストされ、個々の花束の前に名前の書かれたラベルが、形式ばった晩餐会の座席表のように置かれていた。ソフィー、マンダラ、タイタニック、チベット〔白薔薇である〕、エスキモー〔これも白薔薇〕、ビキニ、フリーダム、ポルベニール〔スペイン語で「未来」〕、プライスレス、レイディ・ナイト、ディプロマット〔外交官〕、ライト・オーランド、マリブ、クラシック・セザンヌ、コンフィデンシャル〔秘密〕、マザー・オブ・パール〔真珠層〕。その多くに英語名がついていること自体が、遠くに運ばれる運命にあることをさらに物語っていた。

驚くべきは、そこに存在しないものだった。低い天井の部屋に置かれた数千の薔薇からは、ほとんど匂いがしなかったのだ。香りは一種の声であり、花が語るひとつの方途である――「あたりの空気に染み入る、耳にやわらかな響き」。詩人ライナー・マリア・リルケはその香りをそう呼んだ。思いを花で伝えましょう、とはいうけれど、この花たちは口をきかなかった。温室のなかに一列、芳香のする黄色い薔薇はあったが、この花たちは見栄えと耐久性を目指して品種改良されており、そのふたつこそが薔薇の利益を高めるものだった（そしてしばしばかよわい花だと思われがちな薔薇だが、この薔薇は大量生産されて海外発送することができないような繊細で短命な多くの品種に比べれば、ずっと強靱だった）。香りは改良によって意図的に除去されたのではないが、特に重視されたわけでもなかった。

古い時代の薔薇への賛辞では、目を楽しませる要素だけでなく香りについてもふれられていた。シェイクスピアは高らかに語った。「薔薇の花は美しい／だが、ひときわ美しく思えるのは／そこにかぐわしい香りがひそめばこそ」。香りにまつわる日常表現というのもある――「立ち止まって薔薇の匂いを嗅ぐ（焦らずに身近にある美を慈しむ、の意）」や、「薔薇のような香りをさせて出てくる（困難な状況を無傷で乗り切る、の意）」などだ。これらすべての前提になっているのは、薔薇には香りがあるということだ。薔薇の芳香を抽出するのは、ペルシア人やバビロニア人やギリシア人が香油を生み出した紀元前一三世紀の昔から高度な技術とみなされていた。最初に香りの蒸留に乗り出したのはペルシア人だと言われており、その古代の製法は現代イランの家庭蒸留所でいまでも使われている。こうした調香師たちには、大して香りのしない薔薇が七四七型機いっぱいに一六五万本あったところで、何の役にも立たないだろう。

ただし香りの欠如は、今回の見学が胸をざわつかせるものになった理由としてはさして大きくはなかった。温室につづいて入った作業室は冷えびえとした大きな部屋で、温室から運ばれた薔薇がそこを出るときには花束となって箱詰めされ、そのいくつかにはすでに値札や運搬先の遠くのスーパーマーケットの名前のラベルがつけられていた。それは工場であって、たまたまその製品が薔薇というだけ、つまりは薔薇工場だったのだ。床は濡れていて、葉や棘の生えた茎や花びらが散らばっていた。労働者の大半は若者で、素早く動いており、ゴム長靴を履き、スローガンがあしらわれたグレイの作業服かワークシャツを着ていた。ゴム手袋をしている者もいた。

凍えるような空気のなかで、ざっと見て一五〇人ほどが作業していた。私は自分が、労働者たちの日々の苦難に突如現れた侵入者のように思え、上司と一緒にいるということは、このシステムを容認し、管理者側の立場に身を置いているのとおなじことであり、お偉方とともに威嚇的で抑圧的な感じで労働者たちを監視しているように映ってしまうのが恥ずかしかった。割って入って何か聞くのもはばかられるような過酷な仕事で、仮にネイトや私が質問したとしても、それは危険を覚悟しなければ正直に答えられないようなことだっただろうから、挨拶や感謝以上のことを労働者たちに語りかける意味はないように思われた。

薔薇は育てられたものだが、花束はほかの大量生産の製品とおなじく、生産ライン上で組み立てられていた。男たちが薔薇のいっぱい載った大きなカートを運んで部屋を横切っていき、男女混合のほかの働き手たちは、長方形の網目状の包みに入った薔薇が積んであるのを降ろして、色や茎の長さやほかの性質によってそれらを選別し、部屋全体に伸びる巨大な櫛のような枠型の上に積み上げていた。薔薇は櫛の歯と歯のあいだに並べられ、櫛の反対側では別の労働者たちが薔薇を一度に二、三本取り出しては集めて花束にしたり、品質と均一性によって選別したり、丸めてすべての蕾《つぼみ》――開いている薔薇はなくて、つねに蕾の状態だった――を均一に揃えたり、長さがおなじになるように茎を切り揃えたりしていた。ほかの者たちは忙しく葉をむしり取り、また別の者たちはバケツに水を溜め、でき上がった花束を凍らないぎりぎりの室温に保たれた部屋に運んだ。そこでまた薔薇は出荷に向けて選別されるのだった。花束のいくつかはフォード方式の工場の象徴的な構造であるベルトコンベアーに実際に載せられていった。

見学の終わりに私たちは、これまで見たなかでもとりわけ毒々しく人工的な薔薇の花束のなかからどれかひとつ選ぶようにと促された。そこかしこがホットピンクに染まった白薔薇で、カスミソウと少しばかりの明るいベリーとともに束ねられていた。断るのもかえって面倒だったので、ネイトと私はなるだけけばけばしくないものを一束ずつ選んだ。私はその花束を、恥の印のように抱えた。それによって私は、いかなる醜さのなかから薔薇が作り出されているかをほとんどだれもが知っている、そんな世界の片隅にいながら、安物の薔薇の魅力と、それらは美しいのだという考えを信じる人間になり下がったのだった。

つぎの日に出かけると、醜さの由来が自分でもずっとよくわかるようになった。私たちは初日に滞在した小さな町にもどって閑静な通りを進み、ベアトリス・フエンテスが運営する花卉《かき》産業労働者の権利組織カサ・デ・ラス・イ・ロス・トラバハドーレス・デ・ラス・フローレス〔花の男女労働者たちの家〕の薄暗いオフィスを訪れた。頑丈な体つきで、茶色のセーターを着て長い髪を後ろで三つ編みに結った女性が温かくネイトを迎え、私たちは腰を下ろした。彼女は自分自身の話を私に聞かせてくれた（スペイン語で話したのを、ネイトが翻訳してくれた）。一九九七年、花卉産業そのものが変わりつつあったころ、一七歳で彼女はこの業界で働きはじめた。経営者が従業員にギフトや生活用品——昼食や、敷地内にいる乳牛から採れた牛乳や、年に一度の宴会だったという——を贈る家族主義的な経営システムがあったが、突如として事態が変わった。伝統的な贈り物や報酬はなくなった。「あいつらがやって来て効率性だの生産性だの言い出してね。私たちが慣れ親しんだ働き方をひっくり返してしまったんです」

働き手たちは正規の従業員から下請けや臨時採用に格下げされ、何十年もひとつの会社で働きつづけた場合でも、長期雇用者の権利を得られた者はひとりもいなかった。このシステムのもとでは、病気や怪我をしたり、自分たちの権利について声を上げたり組合を組織したりすると解雇された。昇給もなかった。多くの者たちは月二五六ドルで働き、もっと稼ぎたければ残業するしかなかった。ネイトは報告書にこう書いていた。「母の日とかヴァレンタインデーまでの数週間や数か月ほどの繁忙期だと、労働時間が一〇〇時間を超えることもあったと被雇用者の報告にはある。ひとりで家計を担うことも多い女性たちは、先天的欠損症とも結びつけられるたくさんの有害化学物質にさらされている」

ベアトリスが語った主要な変化のひとつは、エンジニアたちが来て労働者たちを監視し、一度のシフトのなかで何回トイレに行ったとか、あるいは列のなかから花を取り上げるのにどれくらいかかったとかを、細かく記録するようになったことだった。こうした情報に基づいて、労働者が生産性を最大化し、動きの自由を最小限にとどめることを義務化する新しい就業規則ができた。サンシャイン・ブーケ社で私たちが見たように、職場は近代化され、労働者たちは一日中おなじタスクだけを与えられるようになった。労働者たちは巨大で非情な機械の交換可能な部品であり、機械の高速化にともなって三〇年前の何倍もの仕事量をこなさなくてはいけなくなった。

ベアトリスによれば温室の「片側には二、三人の裁断係が送り込まれて、一日じゅう鋏で切る作業をしていました。その後ろには「スケーター」〔フィギュア選手の演技後に観客から投げ込まれる花を拾い上げる動作から〕と私たちが呼んでいた女性がいて、花を取り上げ、数えてタグをつけて持ち去るのが役目でした。だけどそれだとこっちは一日じゅう切って、切って、切りまくるだけ。そこに会社が介入してくるとまた別の問題が起きました。反復的作業による職業病です。私たちが収穫期に鋏を使わないといけなかったのとおなじように、部屋にいる女性たちは選別作業をしなければならず、滑液嚢炎《かつえきのうえん》や腱炎《けんえん》を発症したり、回旋腱板《かいせんけんばん》に問題が起きたりしました」

ベアトリス自身も一二年ほど鋏で花を刈り取りつづけて腕に痛みが出たという。「かかりつけ医を受診し、いくつか質問に答えて検査を受けた結果、花栽培の仕事で手根管《しゅこんかん》症候群と腱炎を発症したと最終的に診断されました」。その診断書とともに彼女は雇用先の医療プログラムに送られた。

「三一歳のときでしたが、私が腱炎と手根管症候群にかかったのは、じゃがいもの皮剝きとか、子どもの服のアイロンがけとか、皿洗いに絡む動作をやりすぎたせいだと言われたんです」

私たちの会話に三人の女性が加わったが、いずれも主要な花卉生産者のもとで四半世紀かそれ以上働いてきた経験を持ち、仕事の結果、痛みをともない健康を損なうような慢性的な負傷を強いられたにもかかわらず、いまだにおなじ会社で働いていた。おそるおそる体を動かしていたことから、負傷の度合いがうかがい知れた。彼女たちはセクシュアル・ハラスメントについて語り、病気の赤ん坊の世話をするために家にいて解雇された女性に言及し、いかにして労働組合を組織し、権利と保護を勝ち取るための戦いをつづけてきたかを語った。

二〇〇四年にベアトリスは働いていた会社で組合を組織する手助けをしたが、こうも語った。「花卉関連の会社はつねに反組合の方針を採っていました。この業界に入ってから一五社ほどの会社が営業停止するのを見ましたが、理由はどれもおなじでした。労働者が組合を組織し権利のために戦おうとすると、会社側は私たちに団結権を与えるよりは、営業停止して倒産申請をしたほうがましだと考えるんです」

問題だったのは人間だけではなかった。水を必要とする産業は地下水を消費していると、四人の女性は説明した。「水が足りなくなってきていました。花の六〇パーセントは水でできている、ということを思い出さなくてはいけません。人の手に渡る花の六〇パーセントは水で、四〇パーセントが固形物です。私たちは大量の水を輸出しているわけです。それに、ボゴタの大平原の空気はきれいだと思われていますが、それも嘘です。この平原と周辺のすべての自治体の空気はひどく汚染されているのです。六〇年分の化学物質や殺菌剤などが蓄積しています。殺菌剤は蝶やほかの昆虫、地虫など、ここに住んでいる多くの虫を殺してしまいました。つまり、草花栽培の問題は社会や労働の問題であるだけでなく、環境問題でもあります。だから、草花栽培における社会問題、労働問題は重要ですし、私たちはそれに取り組んでいますが、環境面でもひどいことになっています。産業は水も動物も植生も空気も、すべて破壊してしまったんです！」

薔薇の醜さは、こんな方法で生産されていることにあったのだろうか。それとも、私たちがそれを見落としていることにあったのだろうか。薔薇は、ひとつの存在でありながら実のところ別のものであるという、要は嘘のようなものになり果ててしまったのだろうか。自身の生産状態より様式美を物語る偽《にせ》の薔薇のようなものに、偽りの象徴になってしまったのだろうか。オーウェルの仕事の多くはさまざまな醜さをめぐるものだったが、彼が醜いと感じたものは、美しいと感じたものの陰画として機能するのだ。

5　雪と墨

オーウェルにとって、醜さと美のかくも多くが言語のなかに存在していた。彼は熱意をもって、私たちが交わす契約のなかでも最重要の契約としての言語にコミットした。事物であれ出来事であれ、あるいはコミットメントであれ、言葉はそれが記述するものとのあいだに信頼関係をもって存在するはずだ（そして矛盾や曖昧さ、混乱や葛藤、信頼すべき情報の欠如について正直であることによって、たとえ主題がはっきりしなくても明晰であることはできる。ちょうど『カタロニア讃歌』で、いくつかの状況については実際のところどうだったのかわからないから、ほかの場面で見たことを報告するしかないと書いたときのオーウェルがそうであったように）。契約違反の別名は、嘘である。

物事を知り、関連づける能力を、嘘は次第に蝕む。知識を抑え込んだり歪曲したり、虚偽の内容を伝えたりすることで、嘘つきは人びとが公的な、また政治的な生活に加わるために必要とする情報を奪ってしまう。そうした情報は、危険を回避し、自分のまわりの世界を理解し、原則に則って行動し、自己と他者と状況について知り、よい選択をし、究極的には自由であるために欠かせないものだ。嘘つきは自分が知っていることと、嘘をつかれた人間が知っていることを分離させようとするのだが、嘘をつかれた個人や集団の側は完全に信じきっている場合もあれば、混乱していたり疑いをいだいていたりする場合もある。あるいは騙されていることに気づいているかもしれず、その場合は欺瞞の性質がどんなもので、何を隠そうとしているのか知っているかもしれないし、知らないかもしれない。権威主義者たちはしばしば人びとに嘘だとわかっている事柄を受け入れるように強要し、不本意ながらもさらに別の人びとを陥れるうえでの共謀者にしてしまう。知は力であり、知識を公平に分配することはほかの平等の形態と切り離せない。事実を知るための機会が平等でなければ、平等な意思決定能力を持つことは不可能だ。

嘘をつくことで特定の情報が表に出ることを防ごうとするのとおなじく、ほかの種類の権力の濫用もまた、事実や情報や観点が入り込むのを妨げようとする。人びとの階級を固定してその声や証言を法の埒外に置くことや、そうした人びとの発言の正当性を奪い、脅迫したり、従属状態を永続させたりすることがその手段だ。近年の私自身の仕事の多くは、声の不平等性に注意を差し向けることに焦点をしぼってきた――人種主義とおなじく、いかに性暴力やジェンダーに基づく暴力が、ひとつには人びとの声を封じ込めることによっておこなわれてきたのか。しばしばそれは脅迫や暴力をとおしておこなわれるが、同時に制度的な価値の切り下げによってもなされる。たとえば、そうした人びとの声が信頼に値しないもの、語る資格がないもの、話を聞いてもらう価値もないものとして描き出すことがそうだ。さらに、私たちの生がどのような世界で、どのように生きられるべきなのかを複数の声が決定する場に足を踏み入れることが許されない、そういう存在として特定の声を描写するというやり口もある。

声の価値を減じることによって、社会はそれ自身が実質的には許容し奨励する事柄に、あたかもそれが存在しないかのように嘯《うそぶ》くことによって、表立って反対してしまう。オーウェルのもっとも重要な死角のひとつはジェンダーをめぐるものだ。結婚や家族というものが、真実の抑圧や強者を守るために嘘をまき散らすことに至るまで、権威主義体制の縮小版になりうるということ、これも彼には見えていなかった。おなじことは職場でも、学校でも（これは彼もよくわかっていた）、公的生活においても、また私的生活のほかの場面でも、法や慣習や文化によって強化されつつ繰り返される。彼は（いくらかの特筆すべき例外もあるが）戦略的にさまざまな不平等を忘却するような時代の一部だったのであり、その後私たちは努力を重ねてそのことを認識しようと努めてきた。あるいはそう努めてきた人びともいた、というべきか。ほかの人びとは旧秩序と、それが抑圧し排除するものを守ることに必死だった。

人びとを沈黙に追いやることに加担してきたとしてオーウェルを非難することもできるだろう。たとえば書評や文学的エッセイにおいて彼が女性作家を採り上げることはほとんどなかった。当時多くの女性が活動していたにもかかわらず、文学運動や同時代文学の傾向についてのエッセイの大半は、もっぱら男性についてのものだった。ヘンリー・ミラーについての一九四〇年のエッセイで彼はこう書いた。「ミラーは街にいるふつうの男について書いている。ついでながら、その街が売春宿のいっぱいあるところだったというのは、いささか憐れだ」。憐みの対象は、ぼやけた背景にとどまることを運命づけられているような、売春宿で働く女性たちではなく、みずからが批判している物語と、おそらくはその不可避的な主題であるところの男性に向けられている。たとえばインドやビルマ、帝国主義と植民地主義、合衆国での反黒人差別をめぐる作品のように、人種主義を認識することのほうがオーウェルは得意だった。

他人のものの見方を打ち消す試みを指す「ガスライティング」という語は、男性が女性を虐待して自身の認識について自信を失わせる行為をもっぱら指していたが、近年では私生活のレベルを超えて、煽動政治家《デマゴーグ》が社会全体におよぼす影響を指して使われるようになってきている。嘘をめぐる重要な著書においてシセラ・ボクはこう書いている。「欺瞞と暴力――これらは人間に対する悪意に満ちた攻撃の二形態だ。どちらも意思に反して行動することを人びとに強要する。暴力の被害者が受ける不利益は、欺瞞によって生じるものとおなじである。だが欺瞞のほうがより微細なかたちで人をコントロールする。行為だけでなく信条にも働きかけるものだからだ」。情報を抑圧することにおいては、嘘は嘘をつく者にとって一種の盾であり、虚偽であることにおいて、嘘は刃である。嘘を人びとが信じるかどうかも問題だが、信じようのない嘘を権力者が利用する場合も被害が大きい。強者の嘘とともに生きることを強いられるのは、虚偽の物語に対しての自分の無力さ、ひいてはあらゆることに対しての無力さとともに生きることを強いられるのとおなじなのだ。権威主義者は真実と事実と歴史を、打倒すべき競合システムとみなしている。

オーウェルはその作家人生を、偽善や責任逃れに対するよくある嫌悪感とともにスタートさせた。

スペイン内戦を通じてこれは鋭さを増して政治生活における嘘の力に焦点をしぼることにつながり、一九四〇年代のエッセイや『動物農場』、そして制度化された嘘をめぐるものとしてはおそらく二〇世紀でもっとも重要な著作である『一九八四年』において、その傾向はさらに強まった。スペイン戦争のさなかにプロパガンダの洗礼を受けたことで、敵とみなされる存在だけではなく、すぐ近くにいる人たちや、自分の陣営であるはずの集団の内部にある腐敗に対するまなざしが養われた。

その陣営とは、自由世界とされている世界における左翼と知識層《インテリゲンチア》のことであり、スターリンのソ連と世界中にいるその前哨地と支持者の、嘘に満ちた異常な独裁体制を黙認する人びとだった。共産主義が権力を広く分配することを意図したとして、ソ連の指導者たちは、それがウクライナの飢饉であれ科学的な事実であれ、情報を抑圧することによって権力を蓄えたのであり、見せしめ裁判や自白の強要や抹殺や直近の歴史の書き換えによって、その力を武器として行使したのだ。ソ連はふつうの人びとに嘘つきになることを強い、みずからが信じていないことを繰り返させ、事実ではないと知っている事柄に従わせた（薔薇工場の労働者たちがまとっていたスローガンにも、こうした威圧感があった）。

どんなものであれ、嘘でできた体制にもうひとつ重要な側面があるとすれば、それは私たちの思想や行動を保護するプライバシーの不平等な分配にあった。権力者の行動は隠蔽され不正確に伝えられるからこそ説明責任が課されない一方で、ふつうの人びとは監視によってプライバシーを奪われ、互いを密告するよう当局に促された。こうした裏切りが侵害したのは文字どおりのプライバシーだけでなく、国家よりも個人的な関係に忠実であろうとする姿勢でもあった。一九三二年、パヴリク・モロゾフという少年が自分の父親をウラル山脈地方の当局に密告し、結果として父親は処刑された。少年は英雄として祭り上げられ、〈若きパイオニア〔ピオネール〕〉と呼ばれるソ連の少年団の数えきれないほどの支部が彼にちなんで名づけられた。その反響が『一九八四年』に登場するトム・パーソンズにも見て取れる。パーソンズはウィンストン・スミスの隣人で、〈思考犯罪《ソートクライム》〉を娘に密告され、あまりに完璧に洗脳されているために独房から悲し気に娘を褒め讃えるのだ。

ソ連とその衛星国では、虚偽の申し立ては手軽な復讐の一手段だった。嘘の体制は嘘つきを奨励し褒美を与えた。このことと常時的な監視により、人びとは自分の本心や希望や経験を人に語るのを恐れるようになった。資本主義国家にも、市民のプライバシー権を侵害し、政府による非倫理的な違法行為を隠蔽するという恥ずべき歴史がある。この抑圧的な雰囲気と私的生活や信条の侵害にもっとも近づいたのは反共時代の合衆国で、みずからが反対するはずのものを鏡のように再現していた（ただし、ポスト9・11時代の政府による市民の監視の高まりは、これに迫るものがある）。

全体主義のもとでは、やがて嘘の体制がその手中にある多くの人びととの精神を破壊し、自分や他人の考えや言葉のうちに真実や正確さを求めることを放棄するよう確信させる。時にこれは知性の降伏や、恐怖に怯えるがゆえにみずから進んで信じたほうが都合のよいものはすべて信じるという態度においてあらわれることもあれば、冷笑的な態度や、信じること自体の拒絶や、あらゆることはひとしなみに腐敗しているという主張のかたちをとることもある。ハンナ・アーレントは有名な文章のなかでこう語っている。「全体主義的統治の理想的な臣民は筋金入りのナチでも筋金入りの共産主義者でもなく、事実と虚構の区別（つまり経験の現実性《リアリティ》）も真と偽の区別（つまり思考の基準）もつかなくなってしまった人びとなのだ」。こうした区別をわかりやすく示すことはオーウェルの中心的な仕事のひとつであり、アーレントの思考を反転させてこうも言えるだろう。すなわち、全体主義の強力な敵は、事実と虚構の区別、真と偽の区別を情熱と明晰さをもっておこない、自分自身の経験とそれを証言する能力に基づく現実性に依って立つ者であると。

アーレントとオーウェルは、『全体主義の起原』と『一九八四年』の分析においてパラレルをなしている。一九五一年の著作においてアーレントは、この状況が生む孤独についてこう語っている。「独りぼっち《ロンリー》の状況においては、人間は自分の思考の相手である自分自身への信頼と、世界へのあの根本的な信頼というものを失う。人間が経験をするために必要なのはこの信頼なのだ。自己と世界が、思考と経験をおこなう経験が、ここでは一挙に失われてしまうのである」。一九四六年発表のエッセイ「文学の禁圧」のなかでオーウェルは、嘘は「全体主義に不可欠のものであり、強制収容所や秘密警察の必要がなくなってもまだつづけられるだろう」と書いている。全体的《トータル》な権力を持つということは、真実や事実や歴史に対して権力を持つことであり、夢や思考や感情の掌握をとおして権力を得ることなのだ。彼はこうつづける。「全体主義の観点からすれば、歴史は学ばれるものというよりは創られるものである。全体主義国家は事実上神政国家であって、その支配階層が地位を保つためには無謬であると思われる必要がある。しかし実際は無謬の人間などありえないのだから、あれこれのあやまちは犯されなかった、あれこれの架空の勝利は事実だ、ということを示すために過去の出来事をたびたび整理し直す必要が出てくる。……全体主義は事実、過去の絶えざる改変を要求し、結局のところ、おそらく客観的真実というものの存在自体を否定することを要求するだろう」

全体主義は嘘なくしては成立しえないものだ。ゆえにそれはかなりの部分において言語やストーリーテリングの問題なのであり、ある程度までは言語によって戦うことができる——たとえば体制が操ることができない歴史の言語や、現況を明るみに出す独立系ジャーナリズムや、発言の根拠を求める論理的で科学的な手法や、自分自身の概念や原則を見つけ出し、批判的に世界を眺めるよう人びとに促す思想の言語や、言葉がかたち作る契約を遵守することへのコミットメントによって関係を建て直し、孤独を追い払う愛と連帯意識《フェローシップ》の言語によって。経験の陰影や予期せぬ一致をとらえる詩によって。これらはすべて、無事に成し遂げる自由、あるいは危険を顧みず実行する勇気のいずれかを必要とする。

オーウェルはこうつづける。「しかし全体主義国家に住まなければ全体主義によって腐敗させられないというものではない。いくつかの観念が蔓延するだけで害毒が広がり、そのために文学的目的には使えない主題がつぎつぎと出てくる恐れがある。強制的な正統が——あるいは、実際はそのほうが多いのだが、正統がふたつ——あるところはどこでも、すぐれた文章はとだえてしまう」。ここでいうすぐれた文章は、自由のうちから湧き上がってくるものだ。より正確に言えば、それは真実を語る自由だ。最良の場合には、言葉は物事を明るみに出し、はっきりと見せてくれる。最悪の場合には反対のことが起きるのであり、彼は一九四六年発表のもうひとつのエッセイ「政治と英語」でもこの問題を取り上げ、こう書いていた。「大げさな文体はそれ自体が一種の婉曲法である。大量のラテン語の語彙が、柔らかい雪のように事実の上へ降り積もり、輪郭をぼかし、細部を覆い隠す」。このエッセイはあからさまな嘘だけでなく、まわりくどい言い方や言い逃れ、曖昧で誤解を招く言い方によって罪や腐敗を隠したり容赦したりするような言葉の力にもふれている。彼は政治家だけでなく、文学やジャーナリズムの徒によって嘘が黙認され流布されることや、言語が欺瞞や隠蔽の道具として用いられることを危惧していた。

ぞんざいな言語に対する彼の嫌悪は部分的には美的なものでもあったが、いかにたやすくそれが残虐行為を正当化し隠蔽する手段になりえるかについては明確だった。「私たちの時代では、政治的言論は、主として擁護できないものの擁護である。イギリスのインド統治の継続、ロシアでの粛清と追放、日本に対する原子爆弾の投下といった事柄は、たとえ弁護しうるとしても、それを弁護するためには顔をそむけたくなるような論法で、また各政党が公に表明している目標とも相容れない論拠にたよるしかない。したがって政治の言葉は、主に婉曲法と論点回避と、曖昧模糊とした表現で成り立たざるをえない」

使い古された隠喩を批判する一方で、このエッセイのなかでは彼自身も新鮮な隠喩を用いていて、隠喩とは往々にしてそうしたものだが、それらは自然界に由来している。まず降り積もる雪が下にあるものを覆い隠していくイメージ、白さのイメージがあり、つづいて闇のイメージが現れる。「本当の狙いと公表した目的とのあいだに隔たりがあるとき、イカが墨を吐き出すように、いわば本能的に長たらしい単語や使い古された成句にすがる」。雪と墨、それは怒りに満ちたエッセイにおける優雅な転回だ。そしてこうつづく。「しかし思考が言語を腐敗させるとすれば、言語もまた思考を腐敗させる」。「腐敗(corruption)」とは、何かを倫理的に堕落させることと、腐食し朽ち果てる状態に入ることの双方を指しており、ラテン語で「壊れること」を意味する“rumpere”という語に由来している。腐敗とは破壊とディスインテグレーション〔分裂〕なのだ。ゆえにそれは契約を破ることの醜さであり、物事——科学や歴史、知識、関係、意味や、おそらくは精神や、身体や、場所や、エコシステム——の全インテグリティの喪失でもある。

彼は個々の語のなかに、結びつけ知覚するためのこのような力を見出したのであり、だからこそ『一九八四年』において、英語は当局によってニュースピークへと縮小されたのだ。真理省で言語の縮減を担当するスミスの同僚はこのように言い切る。「ニュースピークの目的はひとえに思考の幅を狭《せば》めることなのはわかるだろう？　最終的には〈思考犯罪《ソートクライム》〉が文字どおり不可能になるはずだ。それを表現する言葉がなくなるのだからね」。直接的なものであれ間接的なものであれ、個々の語は一組の関係性を表しており、エコシステムにおけるひとつの種《しゅ》のような存在だ。ある語の死は言語や思考の可能性を弱体化させる。やがて思考が不可能になるにつれて、システムそのものも荒廃し残骸になり果てる。主要な種が絶滅するとエコシステムが荒廃するのとおなじように。

小説に付いているニュースピークについての附録のなかで、オーウェルは「自由(free)」という語が、「この犬はシラミを免れている(This dog is free from lice)」というときの「免れている(free from)」の意味だけに縮小されていった過程を記述している。「「政治的に自由な」あるいは「知的に自由な」という古い意味で使うことはできなかった。なぜなら、政治的および知的自由は、概念としてすらもはや存在せず、それゆえ、必然的に名称がなくなったのだ」。失われたのは特定の語だけではなく、語の複雑さやニュアンス、陰影や喚起される感情でもあった。ほかの箇所でも自然界から取った直喩を用いて彼が書いているように、「想像力は、ある種の野生動物と同様に、捕われた状態では繁殖しない」のであり、ニュースピークは思考を閉じ込める檻なのだった。

「政治と英語」が扱っているのは、あまりに散漫で、ぼやけていて、はぐらかし、まわりくどく、言い逃れるような言語だ。『一九八四年』が記述しているのは、あまりに窮屈で、語彙や暗示的意味が限定された言語や、ある言葉が抹殺される一方で、ほかの言葉が数多くの関係を断ち切られるさまである。そのふたつのあいだのどこかに、明晰でありながら喚起力があり、話者や書き手の探求が聞き手や読者の探求を呼び込み、どこか野性的なところがあり、野性的であることと自由であることとが重なり合うような言語の可能性があるのだ。そのようなインテグリティ、遵守された契約や、結びつけ、力を与え、解放し、光を当てるような言葉の使用を通じてはたらきかけ、有機的な統一を生み出そうとする試みこそが、他者の作品や彼自身の作家としての努力において彼がもっとも献身的に取り組み、言祝《ことほ》いだ美しさなのだ。

そのような美は、美という語が一般的に指すような視覚的壮麗さとは必ずしも似ていない。一九四六年のエッセイ「なぜ書くか」で、彼はこの問題を一挙に引き受けた。書くための動機のひとつはつぎのようなものだと、彼は書いている。「自分の外の世界の美しさ、または言葉とその適切な組合せの美しさを感じること。ひとつの音がもうひとつの音に与える衝撃、よい散文の確かさとか、おもしろい物語のリズムの楽しみ。これは重大なものだ、ほかの人たちもこういうものを逃してはいけないと感じるような経験を他人と共有したいという欲望」。若かったころはどういうものを書きたかったのかについて、彼は語っている。「不幸な結末を迎える大長篇自然主義小説であり、詳細な描写と魅力的な直喩に満ち、また言葉が部分的にはその響きだけのために使われているような、紫《パープル》の文〔美文調〕を、私は書きたかった」。その後彼は紫《カラー・パープル》色を好まなくなった。「そして私の仕事を振り返ってみて、自分が政治的目的を持っていないときにかぎって、生命のない本を書いたこと、そういうときにかぎって、名調子のところ、意味のない文、飾りになるだけの形容詞、それからまやかし一般に迷い込んだということがわかる」

倫理的な目的が美的な手段を研ぎ澄ますのだということを彼は明確にし、政治によってつまらないことに拘泥する作家から脱した、そう彼は明確に述べている。「平和な時代だったならば、装飾的文体の本か、事実描写本位の本とかを書いたかもしれないし、そういう場合には私の政治的立場についてほとんど自覚を持たずに過ごしたかもしれない。ところがいまのところでは、私はある種の時事評論家になることを余儀なくされている」。だが時事評論家は悪い仕事ではないし、美的な要請や喜びをともなわないわけでもない。「この一〇年間を通じて私がいちばんしたかったことは、政治的著作をひとつの芸術にすることだった。……私が本を書くのは、あばきたいと思う何かの嘘があるからであり、注意をひきたい何かの事実があるからであり、真っ先に思うのは人に聞いてもらうことである」

そうしてここに、私が長らく信条としてきたひとかたまりの文章がつづく。「だがもしその仕事が美的経験でもあるというのでなかったら、私には一冊の本を書き上げることはできなかったろうし、長い雑誌記事ひとつさえ仕上げることはできなかったろう。私の仕事を調べる気になってくれる人ならば、だれでも気がつくと思うのだが、はっきりしたプロパガンダである場合にさえも、私の文章には本職の政治家ならば不要と思うことがたくさんはいっている。子どものころに身につけたあの世界観を、私は完全に捨て去ることができないし、そうしようとも思わない。私が生きて丈夫でいるかぎり、私は散文の文体について強い思い入れを持ち、大地の表面を愛し、手ごたえのある事物や無用な知識のきれはしなどに出合うことに喜びを感じつづけるだろう」。「パンと薔薇」の薔薇にも似て、一見して無関係と思われるものが、一連の喜びや個人的なコミットメントなのだ(子ども時代に身につけた見方とは、とりわけ次文での大地の表面に対する愛に見られるように、多彩な事柄に対する広範で縛られない関心なのかもしれない)。

明晰さ、精密さ、正確さ、正直さや実直さは、彼にとっては美的な価値であり、喜びだ。スペインで彼が理想のために戦っていた一九三七年に、アイリーン・ブレアは『ウィガン波止場への道』

の出版者に手紙を書いた。「夫が特に修正を望んでいるのは第一章の最後から二番目の段落にある語です。原稿では文章はこうなっています。「私は生まれて初めて、線路わきのむき出しの地面で、ミヤマガラスが交尾するのを目撃した」。夫が言うには、ゴランツと夫は「交尾する(copulating)」を「求愛する(courting)」に直したそうですが、求愛行為自体はいくらでも見たことがあったので、やはり「……ミヤマガラスが番《つが》う(treading)のを見た」というように修正したいそうなのです。もし何かの拍子にゴランツの気が変わって「交尾する」のままにしていてくれたらそのほうがよっぽどいいのですが、そんな希望は持てそうにありません」。それは細かな事柄にも配慮を行き届かせることをめぐるものなのだ。

明晰さや正直さ、正確さや実直さが美しいのは、そこでは対象がありのままに表象され、知識が民主化され、人びとが力を与えられ、扉が開かれ、情報が自由に移動し、契約が遵守されるからだ。つまり、そのような書き物はそれ自体美しいものであり、そこから流れ出てくるものも美しい。オーウェルの作品にはより伝統的なたぐいの美もふくまれている――ビルマの森からイギリスの牧草地に至る自然の風景や、ありとあらゆる花たちや、ヒキガエルの金色の目。だが倫理と美学が切り離せないようなこの美、言語とそれが記述するものとのあいだ、ある人と別のだれかのあいだ、共同体や社会の構成員たちのあいだにある全体性やつながりのようなものとしてあらわれる、真実とインテグリティに満ちたこの言語的な美こそが、彼がみずからの創作において志した決定的な美だったのだ。

Ⅶ オーウェル川

The River Orwell

ヴァーノン・リチャーズ《オーウェルと息子》(1945)

1　喜ばしきことどもの明細目録

一九三六年のこと、ひとりの若い作家が薔薇を植えた。その一〇年後に、くたびれはててはいたものの思慮深さを増したひとりの男は、もうひとつのもっと大がかりな庭を作る作業に取りかかった。そして英国南部のウォリントンの小さな庭と、スコットランド西海岸沖のジュラ島の小農場に成長した庭とのあいだの一〇年間に、彼の人生は何度も変化をとげ、作家としてはかりしれず成長していた。

戦争中、彼は憔悴していた。アイリーンは政府関係の仕事を見つけてロンドンに移り住んでいた。最初は情報省の出版検閲局で、つぎに食糧省だった。遅れて彼は彼女に合流した。一九四一年から一九四三年までBBCに勤務した。そこで放送台本を書き、スタッフと協働し、作家その他の人びとと交渉してトーク番組に出演してもらった。すべてがインド向けの放送のためだった。この新しい仕事に就いたため、庭の世話は放棄せざるをえず、また作家としての執筆時間も大幅に削られた。新たな給与のおかげで彼は結婚してから初めてそれほど金に困らない境遇になった。夫妻は戦争中のほとんどをロンドンで暮らし、時たま週末にウォリントンにもどった。空襲で焼け出された友人、あるいは休暇を過ごしたい友人にコテッジを貸し出した。

BBCでの彼の同僚だったジョン・モリスは彼について、「シャルトル大聖堂正面の人物像のひとつを思い起こさせた」と述懐している。「背が高く、痩せ細った彼の姿には苦しみでやつれたゴシック風の様子が感じられた。彼はよく笑ったが、黙っているときにはそのしわの多い顔には、風雪にさらされた中世の聖人の石像のような、灰色の禁欲生活を暗示するようなものがあった。……彼の姿でもっとも目立ったところは、ふさふさとした、だがばさばさの髪と、やさしさと狂信《ファナティシズム》とがまじり合った目の奇妙な表情だった。その目はまるで、彼が(実際にそうだったのだが)ふつうの人よりも物事をはるかに多く見ており、他人をものごとがまるでわかっていないといって哀れんでいる、というような感じのものだった」。ちょっと体を動かしただけで息を切らせてぐったりしてしまったという証言も複数ある。彼は衰えていた。というか、彼の体が衰えていた。

執筆量は増大していた。一九四五年八月刊行の寓話『動物農場――おとぎばなし』は彼の著作のなかで商業的に成功した最初の本だった。彼はアイリーンに激励され、また助言を受けながら戦時中にそれを書いた。一九四四年六月二八日にロンドンのフラットがドイツ軍の爆弾によって破壊されたとき、ふたりは家にいなくて無事だったけれど、所持品が散乱し土埃をかぶった。そのなかに『動物農場』の原稿があった。「この原稿は爆撃に見舞われました。それでお届けするのが遅れてしまったのです。少し皺がよっていますが、無傷です」と、彼は出版社フェイバー・アンド・フェイバーのT・S・エリオットに宛てて書いた。エリオットはこの本を没にした何人もの編集者のひとりだった。

被災の数週間前のこと、夫妻は赤ん坊を養子にした。子どもを持ちたいという彼の長年の希いをかなえるためだった。アイリーンのほうは積極的にほしいというのではなかったが、それは彼女自身の体調がすぐれなかったためかもしれない。リチャード・ホレイショー・ブレアという洗礼名を授けられたその子どもは、かわいらしく、また元気な子で、ふたりはすぐにその子に首ったけになり、喜びを得た。ただし子育てのために仕事を一切辞めたのは彼女のほうだった（彼は在宅時であれば子どもの世話を献身的にしたが、留守がちだった）。それから一年も経たないうちに、彼が戦争の終結を報道するためにドイツに行っているあいだに、アイリーンは死んだ。しばらく前から病気がちだった。戦時中の配給制度と粗食がひどく障ったのかもしれない。オーウェルはまた、彼女が数年にわたって長時間の事務仕事をしていたのがいけなかったと述べている。この夫婦はどちらもものすごいヘビースモーカーだった（ふたりして煙草を控えたらもっとよいフラットを借りられるのに、とあるとき彼女は語った）。

彼女の主要な疾患は子宮筋腫、あるいはその種の病気で、慢性的な不正失血と貧血、時には急性疼痛を引き起こすものだったと思われる。（彼女は子宮出血で彼は肺出血——ふたりして出血症に苦しむ不健康な夫婦だった。彼女はなかなか医者にかかろうとしなかった。赤ん坊の養子縁組が適格であるか問われた場合に診断書の提出を求められるので、躊躇したのである。）彼女は手術のために入院し、自分の体よりも医療費のことを心配しながら、夫に宛てて控えめで情愛に満ちた、胸を打つ手紙を書いた。一九四五年三月二九日に手術のさなかに彼女は手術台の上で息を引きとった。麻酔が災いしたようである。三九歳だった。

一九四六年のオーウェルの仕事量は驚異的である。アイリーンの亡くなる前には、夫に先立たれていたオーウェルの母が一九四三年三月に没し、一九四六年五月には姉が亡くなった。彼自身の体も衰えつつあり、悲しみと疲労で立ち直れなかったとしてもおかしくない。ところがそんな状態でありながら、むしろ彼は多作で、いろいろな計画を立てていた。そのなかには野心的な小説(この時点では『ヨーロッパで最後の人間』と題されていた)の構想があったし、またイギリス諸島の僻地のひとつ、ヘブリディーズ諸島のジュラ島で新生活を始める計画もあった。その島には一九四四年の夏に数日訪れていた。生計を立てるために「ジャーナリズムの下で息もつまらんばかり」と言いながら、その冬から春にかけて、ものすごい早さでエッセイや書評を執筆した。週に四篇の寄稿も珍しくなかった。

そのなかには、身辺の楽しみや喜びを言祝《ことほ》ぐエッセイ群がある。それらは一九四五年暮れから一九四六年五月までのあいだに書かれた。そして四六年五月を汐《しお》に、彼はジャーナリズムを脇に置き、最終的に『一九八四年』と題される小説を書き出すためにジュラ島に移住した。これらのエッセイは現実的な事情があって書かれたと説明することもできる。日常生活を扱った一連の牧歌的な主題は、過労の作家にとって、読書やその他の下調べがほとんど要らない、あるいはまったくなしで済むもので、つれづれに筆を進めるだけでよい。だからそうしたエッセイは軽量級の書き物として退けられてしまう可能性がある。とはいえ、彼が取り組んでいた重量級の小説には、これらの痕跡がある。「大地の表面」と「手ごたえのある事物や無用な知識のきれはし」への喜びが彼のきわめて激烈な政治的論争文にあらわれるのと同様に、政治はこれらのエッセイの多くに顔を出す。だれにでも手が届き、金がかからない自由な楽しみや、戦後イギリスでの日常生活の味わいを素材に選ぶこと自体が政治的なのだ――意味と価値の主要な源泉としての自然界に注目するのが政治的なのと同様である。（同時期に彼は本と煙草にかかる金を比較して、本は一般庶民に手の届かぬ贅沢ではないと論じるエッセイを書いた。）それらは政治的でありかつ倫理的でもあるエッセイ群なのだ。彼は、自分が楽しみとしている日常生活の瑣事に向かうことによって、ほかの人びとを――めぐりめぐって自分自身を――元気づけようと努めていたのかもしれない。

これら一連のエッセイの手始めに、彼は一二月半ばに「イギリス料理の弁護」を書き、『イヴニング・スタンダード』に発表した。彼は数々の思い出と名前を数え上げることに愉悦を覚えている。「まず最初は、キッパー、ヨークシャー・プディング、デボンシャー・クリーム、マフィン、クランペット。つぎは、いろいろなプディングで、これは全部ならべればきりがないけれども、クリスマス・プディングと、トゥリークル・タルト、それにアップル・ダンプリングを、代表としてあげておこう。そのつぎは、これも種類の多さではひけをとらないケーキ類。たとえば（戦前にバザード〔ロンドンのケーキ店〕で売っていたような）ダーク・プラム・ケーキ、ショート・ブレッド、それにサフラン・バンズである」。彼がさらに讃えるのは、マーマレード、ハギス、スエット・プディング、それから「ブレッド・ソース、ホースラディッシュ・ソース、ミント・ソース、アップル・ソース、レッド・カラント・ジェリーはいわずもがな。これはウサギ肉だけでなくマトンにもじつによく合う」

ロースト肉、さまざまなプディング、ソース各種を取り上げたこのエッセイを発表した数日前に、彼は支払い帳に「政治と英語」のタイトルを記入している。一九四六年の新年を『ポレミック』誌への論争的な「文学の禁圧」で始めた一方で、一月五日には、ジャンク・ショップ〔古道具屋〕の楽しさを綴ったエッセイを発表している。ジャンク・ショップはアンティーク・ショップとは大ちがいだと彼は言う。ジャンク・ショップのほうは店内がうっすらと埃をかぶっていて、捨ててもいいような壊れた品物が並べてある。店の主人もおおむね得体が知れず、客に品を売りつける気もまるでない。「それに、いちばんの宝を一目で発見できることはぜったいになく、たいていはごたごたならんでいるなかから拾い出さなければならない。竹製のケーキ・スタンド、料理が冷めるのを防ぐために被せるブリタニアウェアの皿覆い、大型の懐中時計、あちこちページが折れている汚い本、ダチョウの卵、いまでは存在しないメーカーのタイプライター、レンズの入っていない眼鏡、栓のないデカンター、鳥の剝製、針金でできた炉格子、鍵の束、ボルトとナットが入っている箱、インド洋産のほら貝、靴型、中国製の糖菓壺、ハイランド牛の絵といったものがごちゃごちゃしている」

リストというのは収集の一形態であり、少なくとも想像力に役立てられるものについての明細目録《インヴェントリー》である。時としてそれは、当面の窮乏状態を越えたところにあふれんばかりの豊かさがあるはずだという確証を求めて手を伸ばすことだ。彼の一九三九年の小説『空気をもとめて』のなかで、主人公はつぎのように思いをめぐらす。「イギリスの雑魚《コース・フィッシュ》の名前にだって一種の安らぎがある。ローチ、ラッド、デイス、ブリーク、バーベル、ブリーム、ガジョン、パイク、チャブ、カープ、テンチ。みんなちゃんと中身がある名前だ。そうした名前をつけた人びとは機関銃のことなど聞いたこともなかった。クビになりやしないかとびくつくこともなく、アスピリンも飲まず、映画なんぞにも行かず、どうしたら強制収容所に入らずに済むか、などとくよくよ悩まずに暮らしていられたんだ」

戦地にいたり、遠征中だったり、あるいは監獄その他の施設に入れられて過酷な状況下で過ごしている人びとは、時として、ありつきたいご馳走だとか、興じてみたいあれこれのありふれた楽しみについて夢想にふけったり、語り合ったりするものだ。そうした境遇の人びとは未来をコントロールしているという感覚を得る手立てとしてリストを作るのだ。戦争が終わってまもなく、配給制度がまだつづき、食料がいまだ不足し、しかも味気ない、そんな時期に明細目録のかたちで書かれたオーウェルのエッセイ群は、そうした諸条件から生じた可能性がある。ジャンク・ショップの掘り出し物のリストのなかで、彼はガラスの文鎮を挙げた。文鎮のなかでも「ガラスのなかに珊瑚を封じ込めたものもあるが、これは例外なくべらぼうに高い」と彼は言う。『一九八四年』のなかでウィンストン・スミスはまさにこれとそっくりな文鎮を購入し、それが小説の中心的なシンボルのひとつになる（そしてジャンク・ショップの店主は小説中の重要人物となっている）。彼はこうしたジャンク・ショップの魅力を「だれの心にもひそんでいるコクマルガラス」のようなものだと見る。「銅の釘とか、時計のゼンマイ、レモネードの瓶に入っているビー玉のようなものを、子どもが集めたがるのとおなじなのである。ジャンク・ショップを楽しむには、何かを買うどころか、買いたいと思う必要さえない」

一九四六年一月一二日には、正しい紅茶の淹れ方をめぐるエッセイを発表した。これについては彼は一家言ある。煮えたぎっている薬缶《やかん》から直《じか》にお湯を注ぐべし。茶葉は封じ込めずにたっぷり使うべし。できれば中国産でなくインド産の葉を使うのがよい。そしていちばん意見の分かれるところだが、カップには紅茶を最初に注ぎ、ミルクはあとにする。砂糖は禁物。こうした見解を彼は断固として譲らない。一月一九日には「懐かしい流行歌」という一篇を発表した。彼の執筆生活のこの方面では、彼はノンセンス詩、おとぎ話、流行歌、童謡、滑稽な漫画絵葉書、「すぐれた通俗本《グッド・バッド・ブック》」ほか、民衆文化の諸相に真剣に注意を払った。（彼は「赤ずきん」をラジオ番組用に脚色、四六年の夏にBBCで放送された。）この年の初めのころ、フレドリック・ウォーバーグ（『動物農場』がいくつかの出版社によって拒絶されたあとに、この寓話の出版を引き受けた人物）は、オーウェルが童謡集を編んで刊行する企画を持っていることを記し、さらに「五月初めから一一月までジャーナリズムから離れて、ヘブリディーズ諸島に半年引きこもって小説を書く計画」を立てていると書いている。

リチャードの育児の手伝いに雇われたスーザン・ワトソンの回想によると、オーウェルのもとに伯母のネリーが訪ねてきたとき、彼がたくさん集めていたドナルド・マッギルの卑猥な漫画絵葉書を伯母と甥のふたりして眺めて楽しんでいたのだという。彼は一九四一年にマッギルの漫画絵葉書とその低俗なユーモアのさまざまな表現について長尺のエッセイを書いている。その絵葉書は、「サンチョ・パンサ的な人生観を表現する」、すなわちしぶとく生き残ることの喜劇を表現するものだと述べ、それから彼自身のキホーテ的な調子に切り換える。「困難に際すれば人間は英雄的になる。女は敢然として産褥《さんじょく》にもつけば、たわしも握る、革命家は拷問室でも口を閉じつづける。戦艦は沈みかけて甲板が波に洗われていてもなお大砲を撃ちつづける。ただ、人間のなかにあるもうひとつの要素、われわれだれしもの内部に巣食っているあの怠惰で、臆病で、借金を踏み倒し、間男をする男をすっかり押さえつけてしまうことはけっしてできないし、時にはその声も聞いてやる必要がある」

「ここは凍てつくような寒さで、燃料不足は最悪です」と彼はその冬に手紙に書いた。これはエッセイに書いた彼のさまざまな楽しみがすべて想像上のものであったことを示唆している。そんな厳寒のなかで暮らしていたにもかかわらず、彼のつぎのエッセイは、イギリスの気候を讃えるもの、というか弁護するものだった。「庭でデッキチェアに座っていられる季節もあれば、しもやけにかかって鼻水をたらしている季節もある」。これは都会と田舎の、しばしばささやかでとらえがたい、月ごとの楽しみを数え上げたリストだった。四月は「驟雨《しゅうう》のあとの土の匂い」。五月は「ワイシャツの下に肌着を着なくてもよくなる嬉しさ」。六月は「雲があらわれる。干し草の匂い。夕食のあとの散歩。ジャガイモ掘りの骨折り仕事をする楽しみ」。七月は「ワイシャツ姿で会社へ行く。ロンドンの通りを歩いていると、足元でたえずピシピシとサクランボの種がはじける」。こんな調子で進み、一一月は「突風」が吹いて「ごみを燃やしている臭い」がただよう。二月は、そう、確かに「特別嫌な月で、日にちが短いこと以外、いいところはひとつもない」と彼は認める。「だが、雨が多くて寒いこういう時期がなければ、それ以外の月もかなり変わってくるはずだということも思い出してやらなければ、私たちの気候に対して公平性を欠くことになる」。何かが具体的にあらわされている状態、手でふれ、香りをかぎ、味わい、目で見て、耳で聞く――そうしたことについての同種の鮮やかなディテールが彼の小説群を活気づけていた。そしておなじ公平性の感覚が彼の仕事すべてを貫いてもいる。

そんな嫌な二月に、彼は〈水月亭〉という名前の想像上の完璧なパブを記述するために、紅茶の正しい淹れ方に適用したのとおなじ厳格さで論を進めた。彼は別のリストを介してそのパブを称賛した。「木工部分には木目があり、カウンターの後ろには装飾を凝らした鏡がならんでいて、暖炉は鋳物だし、これも装飾を凝らした天井はパイプの煙で黄色っぽく煤《すす》け、マントルピースの上のほうの壁には牛の頭の剥製がかかっている――何から何までどっしりしていて気持ちの落ち着く、醜悪な一九世紀なのだ」。落ち着いて話ができ、騒々しさがまったくなくて、ドラフト・スタウト〔樽出しの黒ビール〕を出し、酒器はガラスと白目のマグ。夏の晩には家族連れで庭でくつろげる。バーメイド〔女性のバーテンダー〕は客全員の名前を知っている。このような家庭的な情景がこの時期の彼のエッセイに繰り返し出てくる。そして彼の他の著作のように差し迫った政治問題が入り込まなかったら、彼は古きよき時代を悼む気むずかし屋になりえたということが、このエッセイに容易に見て取れる。

この時期の彼の著作は、すべてが夢見がちの牧歌的なものというのではなかった。その年の初めに政治状況を分析した四部構成のエッセイを書き、ヨーロッパ大陸全体の飢餓についてのエッセイも書いた。エフゲニー・ザミャーチンのディストピア小説『われら』とアメリカの小説家リチャード・ライトの『ブラック・ボーイ』の書評を書いた。ビルマに関する本の著者と手紙で議論し、難民作家ヴィクトル・セルジュが本を出せるように援助した。ジョージ・ウドコックのたっての願いで、アナキスト系の自由擁護委員会の副委員長になり、『マンチェスター・ガーディアン』への公開書簡で、旅客船で不当な扱いを受けたインド人乗客たちのために立ち上がった。要するに、彼が一連の牧歌的なエッセイを書いているあいだも、彼の通常の政治生活はつづいたのである。

時には過去が現在を非難するために駆り出された。これは彼の保守的な側面で、さまざまな事柄が衰退し、消え去ることを悼むのだった。当世風の「娯楽場」を痛罵したエッセイは、自然を擁護し、自然力に直面して人間を卑小にさせるすべてのものをよしとし、最初の核爆発とともに一九四五年の夏に始められた不自然な力について指摘している。「だが自然に対する人間の支配力は着々と増大しつつある。原爆の力を借りれば、文字どおり山をも動かすことができるだろう。極地の氷山を溶かし、サハラ砂漠を灌漑《かんがい》すれば、地球の気候さえ変えられるのだという」。原爆はヒキガエルについての四月一二日のエッセイにまで登場することになる。

気候をめぐるエッセイが出たのは二月二日、理想のパブの話は二月九日、平和主義についての論考が二月一四日、犯罪小説を扱った名高いエッセイ「イギリス風殺人の衰退」（昔の殺人の物語を讃える一方で、残酷さの度合いを増した最近の小説を痛罵している）が二月一五日、そして『マンチェスター・イヴニング・ニュース』の二月二一日号において、オーウェルの連載エッセイは著者の病気のため休載との告知が載った。ふたたび肺出血が見られた。そして三月に、もうひとつのコラムの休載を知らせるおなじような告知文が同紙に出た。

二月、友人に宛てた手紙で彼はウォリントンに行く必要があると書いている。コテッジを片付けて彼の生涯のその時期に終止符を打つつもりだというのだ。「ですが、そこに行くのを先延ばしにしてきました。なにしろ最後に行ったときはアイリーンと一緒でしたので、そこに行くと気持ちが乱れてしまうからです」。三月一四日にジョージ・ウドコックへの手紙でまだ病気で伏せっていることを伝えているが、その翌日に、あまり親しくない若い女性に長文の手紙を書き、結婚を申し込んでいる。「私の人生にはじつはほとんど何も残っていなくて、あるのは仕事と、リチャードがうまく人生のスタートを切るのを見届けることぐらいです。ただ、時々ものすごく孤独感を覚えるのです。私には数百人の友人がいますが、私に関心を持ち、元気づけることができる女性はひとりもいません」。この時期に彼は何人かの女性にやみくもに、ぎこちなく言い寄ってはねつけられている。この女性はそのひとりだった。

四月一二日に発表した「ヒキガエル頌」のヒキガエルは、一貫して男性単数代名詞で書かれており、疲弊していながらも意欲に満ちた両生類としての芸術家の肖像の役割を果たす。「この季節のヒキガエルは、断食のあとだけに、四旬節も終わりに近いころの謹厳なアングロカトリック教徒のような、じつに敬虔《けいけん》な顔をしている。彼の身のこなしはかったるそうでも迷いはなく、彼の身体はしなびているのに、目は逆に異様なほど大きい。おかげで、こちらも、いつもなら気がつきそうもないことに気がつく。ヒキガエルの目は、あらゆる生物の目のうちでも、いちばん美しいと言ってもいいのだ」。彼は小さな虫を食べることで力をつけていき、「しばらくは激しい性欲に悶《もだ》えることになる」。オーウェルは、この生き物が相手構わず夢中になって交尾にふける様子を描いたあとで、「ヒキガエルの産卵の話など持ち出したのは、それがしみじみ春の到来を思わせるから」だと付け加える。だが「多くの人は爬虫類や両生類を好まない」と彼は言う。このエッセイが最終コーナーを曲がって結論に達するころには、彼は、自分のことや自分が喜びとする事柄を嫌う人びとについて想いをめぐらせている。「私はヒキガエルが番《つが》っている姿、二匹の野ウサギがまだ丈の低い麦畑でボクシングをしている姿を眺めながら、できることなら私のそういう楽しみを禁じたがっているお偉方のことをよく思いうかべたものだ。だがさいわい、それは連中にもできないのである」

その春に別の女性の友人に宛てた手紙のなかで彼はこう書いた。「明日、家具と本の整理をしにウォリントンに行きます。ピックフォード〔引っ越し業者〕の担当者が来て、荷物を運ぶ日時を教えてくれるものと思います。また、たくさんものを買わねばなりません。こうしたたぐいのことは私にはまったくの悪夢ですが、代わりにまかせられる人もいないのです」。一九四六年の一連のエッセイのあちこちに綴られた文学上のリストだけでなく、実生活上のリストと明細目録も作らなければならなかったわけだ。ウォリントンに引っ越してからほぼ一〇年後、怖れを克服して彼はそこにもどった。その過去に飛び込んだのがきっかけとなって、エッセイ「ブレイの牧師のための弁明」のための素材が手に入った。それはヒキガエルを讃えるエッセイから二週間後に『トリビューン』に発表された。

それはわくわくするような生気に富むエッセイで、ずっと昔、私はとても感銘を受けたのだった。ウォリントンのコテッジまで行ってそこに咲いている薔薇を見たのも、本書を書くことになったのも、これが発端だったのだ。そんなエッセイは、妻に先立たれた男が結婚生活の思い出の場面を再訪し、その時代に区切りをつけようとして出かけた旅の結果としてもたらされたものだったのである。そのなかで彼はこう書いている。「最近、私は以前住んでいたコテッジで一日を過ごし、一〇年ほど前に私が植えたものの生育ぶりに接して嬉しい驚きを味わった――正確に言うと、知らずによいことをしていたという気持ちを経験した」。別の手紙で彼は、古い手紙を見つけたときをのぞけば、コテッジの再訪は思ったほど心が痛むものではなかったと書いている。ウォリントンではそぞろ歩きをして、「昔私たちがよくイモリを捕まえた、使われていない小さな貯水池まで行ってみました。いつものように、オタマジャクシができかかっていました」。しかしつぎの段落で、彼はジュラ島を行くのを楽しみにしていると書き、貯水池やイモリとは比べ物にならない広大な水域と巨獣についてふれている。「二〇フィートぐらい下まで見えるほど澄んだ緑の海水の湾があり、そこにはアザラシが泳ぎまわっているのです」

彼が再開した家事日記は、姉のマージョリーの葬儀に参列するためにノッティンガムシャーに行き、エディンバラ近郊でスペイン内戦の戦友の家に滞在し、その後ジュラに入ったことを伝える。行く先々で、その土地にどんな花が咲いていたかを彼は書き留めている。五月二二日、ジュラ島に向かう途中、彼はニューカッスル近郊にあるアイリーンの墓の手入れをするために立ち寄った。「E〔アイリーン〕の墓のポリアンサローズはみんなしっかり根づいている。オーブリエチア、ミニチュアフロックス、ユキノシタ、一種のヒメエニシダ、ハウスリークのたぐい、それにヒメナデシコを植えた。植物はあまりよい状態ではないが、雨が多い天候なので根づくはず」。これはオーウェルのもっとも痛々しい姿の部類に入るのではないか。ほとんど地縁のない土地で、早世した妻の墓前で、残された夫が身をかがめ、どんよりとじめじめした日に、土を掘り、苗を植えている。

エッセイ「なぜ書くか」が出たのは六月だが、執筆はもっと前だったにちがいない。ジュラに着くと、彼の日々は、長らく空き家だった農場住宅をちゃんと住めるようにすること、庭を始めること、ウサギを撃ち、魚を釣ること、その他、執筆以外のあらゆることをするので忙殺された。ただし家事日記だけはつけていた。この日記にしても、さまざまなリストの集積だった。釣った魚、やり遂げた作業、植え付けた植物、天候の記録、目撃した野生動物、入手した器具、直近の過去に起こったこと、直近の未来に何をするかということが書き留められているのだ。この僻地の農場住宅はバーンヒルという名だった。ここを彼が知ったのは、裕福な友人のデイヴィッド・アスターに紹介されてのことだった。大きな家で、寝室が四部屋もあり、離れ屋も複数ある。ゆるやかに起伏する壮大な風景のなか、なだらかな窪地に位置する。ジュラ島の東海岸まで目と鼻の先で、海峡の向こうにはスコットランド本島の沿岸が臨める。

この遠隔地に彼が移住したのを自殺行為だとか、マゾヒスティックだとか形容する向きがある。そして彼について書いた人の多くが、ロンドンに住むことがきわめて理にかなっていて、スコットランドの島で暮らすことは理不尽だとみなしているように見える。そうした人たちは、理にかなうということが、できるかぎり十全に生きることでなくて、できるかぎり長く生きながらえることだと想定しているようだ。オーウェルは生涯ずっと、ただ生きながらえるよりも人生を全《まっと》うするほうを選ぶ傾向があった。そしてまた、石炭の煤煙で汚れたロンドンの空気そのものが、彼が生きていたあいだにはほとんど認識されていないような仕方で致命的なものだった。とりわけ彼のように潜在的に肺疾患をかかえた者にとっては命取りだった。一九五二年に何千人ものロンドン市民の命を奪った〈大《グレイト》スモッグ〉はいまではよく知られているが、それ以前に、周期的に大気汚染の危機が起こっていた。スモッグの密度があまりにも濃いものだから、戸外での日常生活が、時として室内でも、止まってしまうほどのものだった。そのひとつが一九四六年一月で、この時には彼はリチャードとロンドンに住んでいた。また一九四八年のときは数百人が死亡している。それに戦後の都市ロンドンは廃墟と瓦礫に満ちていた。ドイツの爆撃によって七万棟以上が全壊し、他にあわせて一七〇万棟が損壊したとされる。

一九四〇年の夏までさかのぼると、彼は日記に「ヘブリディーズ諸島の私の島のことをずっと考えているが、それを手に入れることも、この目で見ることとさえも無理だろうと思う」と書いていた。その島に移り住めて夢がかなったわけだが、それはディストピアの寓話が売れたおかげで実現したのだった。ジュラの空気は新鮮で、夏の天候も快適で穏やかであることが多かった。もっとも、オーウェルはしけた煙草を吸いつづけ、泥炭を燃やし、書斎の暖房に石油ストーブを使った。これらのすべてが弱りつつある彼の肺に障った。しかしひとたびそこに行けば長時間屋外で過ごした。一一月にロンドンにもどったとき、都会のほうがジュラよりも寒くて、燃料もずっと不足していると伝えている。

島に移住することで、オーウェルは息子が自由に走りまわれる場所を見つけたいと願ったし、ロンドンでの文筆生活から抜け出して腰を据えて本を書く暮らしにもどりたいと切望していた。彼は子煩悩でやさしい父親だった。スーザン・ワトソンはつぎのように回想している。「空襲中に彼はひとりでリチャードの世話をしていたのですが、ミルクを飲ませそこなったのは防空壕へ退避しなければ危なかったときのただ一回だけだと自慢していました。アイリーンの死後彼がリチャードを手放すだろうとまわりの人たちは思っていましたが、ぜんぜんそんなことは考えてもみなかったようです」。ジュラへの移住を決めたのには、核戦争が起こってロンドンのような都市が標的になる未来を思い描いていたこともあったのかもしれない。なにしろ彼は数年にわたって空襲下のロンドンを生き延びてきたばかりだったのである。彼はまた、管理統制が厳しくなった戦後のイギリス国家と距離を置きたいとも思っていた。友人宛の手紙で、ウサギを撃つのに使っている銃の使用許可証を自分は持っていないと告げている。なにしろ「この島には警官がひとりもいないので！」

ジュラ島での暮らしが軌道に乗ると、彼と、彼のまわりに集った人びと――リチャード、リチャードの乳母であったワトソン、彼女を追い出してしまう、とげとげしいけれど働き者の妹アヴリル・ブレア、さまざまな滞在客、その後農場の作業を手伝いに来るほかの何人か――は食事が十分に摂れていたように見える。野菜は菜園で採れ、新鮮なミルクとバターは初めのうちは一マイル離れた農家から、そのあとは自分たちの雌牛から採れた。卵も家の鶏から採れた。ウサギは彼が撃ち、また入手した小型のモーターボートでほぼ毎日魚を釣った。蟹やロブスターは罠を仕掛けて捕った。そして祝い事があるときには、自分たちが育てた家畜のなかの鵞鳥《がちょう》を食べたのである。湿地から自家用に泥炭を確保できるので、オーウェルは手ずからそれを切り取った。戦争中に始まっていた食糧の配給制のため（配給制は一九五〇年代までつづいた）、小麦粉とパンが慢性的に欠乏していたので、つねに訪問客たちにそれを持ってくるように促した。リチャード・ブレアが父親とジュラ島で暮らしていた時期について語っている最近の談話によると、ある時点で彼らは一六エーカーを耕作中だったのだという。

友人たちに島に来るようにと彼は何通もの手紙を書いているのだが、そこで繰り返している指示書きは読む者の笑いを誘う。「行程を教えてさし上げます。実際にはそれほど恐ろしい道のりではありません——最後の八マイル〔約一三キロ〕を歩かなければならないというのをのぞけば」。鉄道、バス、フェリーを乗り継いで、その最後の八マイルの道は悪路で、乾いているときでもほとんどの車が通行困難で、ぬかるんでいたらまず通れない。オーウェルはその道をよく歩いた。時としてスーツケースや家具をかかえてである。オートバイで通るときもあったのだが、それがよく故障したものだから、バイク修理がたびたびしなければならない仕事のひとつになった。電気は通っていなくて、いちばん近いところの電話は一二マイル〔約一九キロ〕以上離れたところだった。彼自身は楽しんでいたように見える。その七月に、彼は大がかりな菜園に種を蒔いた。その年のもっとあとに花を植えた。ルピナス、パンジー、プリムローズ、チューリップなどだ。もっとあとで、ふたたび薔薇を植えている。七月には林檎の木を六本、さらに二本のモレロチェリーをふくむ他の果樹を六本注文した。彼はふたたび未来を植えていた。あるいは、少なくとも、未来への希望を植えていたのだ。

私自身、その場所を訪れたいと願っていたのだが、二〇二〇年のパンデミックのためにその計画は実現できなかった。バーンヒルの持ち主に手紙を書くだけで我慢しなければならなかった。彼が苦労して植えたもので何か残っているものがあるでしょうか、そう問い合わせると、持ち主のダマリス・フレッチャーから回答をもらった。オーウェルの時代にそこを所有していた一族の方である。「バーンヒルの「庭」は柵で仕切られていないものだから、長年にわたって鹿と野生の山羊が窓際まで食い荒らしてしまうのです。……この家でオーウェルの時代から奇跡的に生き残った唯一の植物は、キッチンの窓の正面にあるツツジです」。彼女はまたこう記した。「じつはあの偉人は、ぬかるんだ泥炭混じりの土壌で、しかも植物の育つ季節がとても短いというのに、植物を育てることにちょっとロマンティックな考えを持っていたのです。ジュラで庭を作ろうと思えばできますが、私がよく思い起こすのは、アードルッサ〔島内の村〕で姑がこしらえた庭です。一〇フィート〔約三メートル〕の煉瓦の塀でまわりを囲んで食い荒らす動物が入らないようにし、またそれで冷たい風から守ったのでした。それに土は全部本土から運んだものでした。船が採石場のスレート石を載せて運ぶときに、帰りの便で園芸用の最良の土を船倉にいっぱい詰めて運んできてもらったのです」。オーウェルがあの庭を、そして庭師たる自分自身を長つづきさせられると思っていたその自信は、見当ちがいだったのかもしれない。あるいはそれは果敢な抵抗の身ぶりだったのか。あるいは賭けに出たのだったか。

豊饒なエッセイ群を産出したあの一九四六年の春、彼は家庭生活、くつろぎの空間、またプライバシーについて多くのことを考えていた。二月に書いた「イギリス風殺人の衰退」の冒頭では、日曜日の午後に読書に興じる架空の人物を生き生きと描いている。彼は暖炉のかたわらでソファに腰掛け、ロースト肉とプディングを食べ終わっている。「マホガニー色の紅茶でいわば締めくくられて、まさに上々の気分で、さあ、これからすることと言えば」――それは殺人ものを読むことだという。ウルトラモダンの住宅計画を非難した一月のエッセイでは、彼は人びとが「保育園や診療所が欲しいのであっても、プライバシーも欲しがる。仕事の手間を省きたくても、自分で食事をつくりたがる。……心の底の本能が、現代の世界で国家から逃れられる唯一の逃避所となっている家庭を壊すなと警告するのだ」と指摘している。自己の拠点としてのプライバシーと個人的な関係は、『一九八四年』の中心的なテーマになる。

友人のサー・リチャード・リースは後年つぎのように書いた。「絶えず苦しみを自分に課してきたこの男に関して、私の心に残る主な記憶のひとつに、彼がいつも心地よい雰囲気をまわりに広げようとしていたことがある。ジュラ島ではよく遠出をしては散々な目に遭ったものだが、たとえば絶対に必要なランプ用の油が入ったドラム缶を積んだトラックを山のどこかのぬかるみのなかに置いたまま、霧の立ち込めた小雨のなかを歩いて真夜中にもどってきたことがあった。そんな時、彼は具合が悪かったにもかかわらず、自分の部屋から下りてきて、台所の火を起こし夕食の準備をしてくれたものだ。てきぱきとやってくれたばかりか、楽しくなるような、心温まるような、ディケンズの小説に出てくる人物のような輝きにあふれていたものである」。そして、気が散ることは多々あったものの、その秋にジュラ島を去るまでには新しい小説の最初の五〇ページを書き上げていた。というか、むしろそれだけしか書けなかったとぼやいていたのだった。そうは言っても、五〇ページを書くために、彼は一冊の本全体の土台を築き終えていなければならなかったのである。

2 「ローズヒップと薔薇の花」

作家であるのと同時に鱗翅類《りんしるい》の熱烈な愛好家であったウラジーミル・ナボコフは、回顧録『記憶よ、語れ』のなかで、「驚いたことに、一般人はほとんど蝶に気づかない」と述べ、行き会った山歩きをしている人に、道を下りてくる途中で蝶を見かけませんでしたかと尋ねたエピソードを語っている。「その男は「いいえ、まったく」と平然として答えたが、つい先ほど、その道でおまえ〔同行者〕と私は蝶の群れに囲まれて嬉々としていたのだった」。人は自分の探しているものを見るものだ。そしてオーウェルの住んだコテッジであの薔薇と対面し、彼のほかの多くの著作にどっぷりと浸ったあとで、私はこれまでに何度も読んだことのあるあの小説にもどった。

重要な本を読み直すことは、古い友人を再訪するようなものだ。そうした本に再会するときに、あなたは自分がどのように変化したかを知ることになる。ちがうふうに読めるとしたら、それはあなたがちがってきているからだ。久しぶりに会ってみると成長している本もあれば、しなびてしまっている本もある。あるいは、あなたがちがう問いを発するので、ちがう答えが見つかる。今回私が印象的だったのは、『一九八四年』のなかにみずみずしさと美しさと喜びが何と多く見られるかということだった。そうした要素は危機に瀕していて、人目を忍び、損なわれてしまっているが、それでも作品中に存在している。『一九八四年』は主に、ビッグ・ブラザー、〈思考警察《ソートポリス》〉、記憶穴《メモリーホール》、〈ニュースピーク〉、拷問、等々、極めつきの全体主義の世界像の諸相を鮮やかに描き出した小説として記憶されている。そうした要素は、その小説が世に出たときには斬新で驚くべき部分であったし、オーウェルと彼の主人公が大切に思っているものへの脅威として意義があった。

オーウェルと主人公が大切に思っているものは、必然的にこの本のなかに存在する。ウィンストン・スミスは模範的人物や英雄的人物とは程遠いが、それでも彼は抵抗をおこなう。その抵抗は、体制を打倒する活動ではなく――彼は体制転覆を切望し、結局それを志願することにはなるのだが――体制の戒律に違反する思考と行為からなっている。それらの戒律は、単に行動とインフラストラクチャーだけでなく、意識と文化を支配することに根ざしている。だからスミスは、記憶、思考、感情、理性、独立心、真の孤独と真のつながりをともなう内面生活を持とうと努める。そして、客観的事実の証拠を打ち立てることをめざす。その客観的事実に彼は一種の忠誠心を誓うことを願う。というのも、彼は過去の信頼できる感覚をつなぎ合わせようと絶えず努めているからだ。たとえ真理省での彼の仕事がそれを改変することであってもである。彼は精神と五感を働かせる生を欲する。美を、歴史を、自然を、喜びを、セックスを、そしてそれらすべてが花開くためのプライバシーと自由を欲する。ひとりの女性との彼のロマンス（それは何らかのかたちでこれらの特質とのロマンスでもある）がこの本のプロットを駆動させる。

プロットがあればということだが。本の初めのほうで、スミスは日記をつけはじめる。日記帳は美しく古い本で、クリーム色の紙で、マーブルペーパーの表紙につつまれている。その日記帳を彼は旧ロンドンのプロレタリア地区にあるジャンク・ショップで買い求めた。それは贅沢な素材の点で、またプライベートな思考とプライベートな記録を残すようにいざなう点の両方で、過去の遺物である。なぜなら、希望、内省、そして記憶もまたこの体制のなかで危機に瀕しているからである。インク壺と旧式のペンを使って書きはじめると、彼は「自分はもう死んでいる」と内省する。そしてこう書く。「自分自身を死人であると認めてしまうと、できるかぎり生きながらえることが大事になった」

だが彼はそれをしない。そうせずに彼はできるだけ十全に生きようと心に決め、一連の危険な行動を小説の進展につれておこなってゆく。反体制的な思考を日記に記す、義務をさぼる、ひとりきりの街歩きをし、情事にふける、また政治的抵抗を敢行する、といった行動である。だが彼は初めから破滅を運命づけられた男だ。彼の唯一の自由は、破滅に至るまでの発言と行動にある。虎に追われて崖から落ちかかってイチゴの草につかまったものの、草がまもなく抜けそうで転落死が避けられない、あの仏教の喩え話では、その人にイチゴの実を味わいなさいと勧める。オーウェルはジュラ島での新生活でそれをしているように見えた。ウィンストン・スミスはさまざまな楽しみと自由なふるまいを追求することでそれをおこなった。

再読して印象的だったもうひとつは、ずいぶんと夢が出てくる本だということ。蓋然性と信憑性の規則によって果たされる型どおりのリアリズム小説とそれがいかにかけ離れているかということだった。第一部第三章でスミスは、現体制が確立する前の混乱期に姿を消した母と妹の夢を見る――彼は彼女たちの夢をしばしば見る――、そしてそれからある場所の夢を見る。「ふと気づくと、彼は短い湿った芝生の上に立っていた。夏の夕暮れ時で、斜めに差し込む陽光が地面を黄金色に染めていた。いま見ている風景は何度も繰り返し夢のなかに出てきたので、これが現実世界で見た光景なのかどうか確信が持てなかった。目覚めているときに思い出して彼はそれを〈黄金郷〉と呼んだ。ウサギに食い荒らされた古い牧草地で、一本の小路がうねうねと横切り、モグラ塚があちこちにあった」。これは申し分のない美しさに満ちた、とびきりのオーウェル的風景である。

その夢に黒髪の若い女性があらわれ、「ひとつの所作と思えるようなすばやさでぱっと服を脱ぎ、それを蔑むように脇に投げ捨てた」。彼はその所作に感嘆の気持ちをいだく。「その優美で無頓着なしぐさは文化全体を、思考の体系の総体を無化するかのように思われた。まるで腕をあざやかに一振りしただけでビッグ・ブラザーも〈党〉も〈思考警察〉も一掃して無に帰してしまえるかのようだった」。そして一〇〇ページあと、彼は黒髪のジュリアに会う。彼女はロンドン郊外の逢い引きの場所までの複雑な行程を彼に指示する。その場所はモグラ塚に至るまで彼の夢の〈黄金郷〉とぴったり合致する。その場所で彼女は服を脱ぎ捨てる。「そのしぐさは文明全体を無化するような堂々としたもの」だった。

物語をとおしてずっと夢と悪夢が繰り返される。国家のエージェントたちが彼の思考と行為と恐怖を、その監視テクノロジーではなしえないほどにまで熟知している。あるいはむしろ、夢と、悪夢と、そして『一九八四年』の世界の働きについて解き明かした長い逸脱部分と、その三つからなっているとも言えようか。本文中に挿入されたものとして、悪魔化されたゴールドスタイン著の禁書から長々と抜粋される。また本の末尾には〈ニュースピーク〉についての解説文がある。そしてウィンストンとジュリアが住んでいる時空の政治と慣行についてのより短い論説もいくつかはさまれている。今回読み返してみて、それら三つの要素はおよそ相容れないのではないかと思ったが、実際は見事に混ぜ合わされている。それがうまくいっているのは、この小説が、ウィンストンの経験から彼の世界のある断片の提示へといつのまにか滑り込み、それからまた幻想と夢に立ち返ってくることがよくあるからである。

女性たちの身ぶりというのが繰り返し出てくるモチーフのひとつである。身をゆだね、身体を開く、恋人のエロティックな身ぶり、そして引き寄せてかばう母親の身ぶりがそうだ。これは力強い女たちの本である。不吉なまでに強力な男たちのアンチテーゼになる力を彼女たちは備えている。飲んだくれたスミスという名の六〇がらみのやさしい女性に至るまでそうだ。ウィンストンが愛情省の監獄で会うその女性は、彼に腕をまわして、あたしはあんたの母親かもしれないねと言う。物語の初めのほうで、ウィンストンは映画館に行き、難民の子どもをいっぱい乗せた救命ボートが機銃掃射を受ける映画を見る。その船のなかで女性は小さな息子を両腕に抱いて守ろうとするが、もちろん腕で弾丸を止めることなどできない。彼がふたたび母親の夢を見るとき、その身ぶりが回帰する。「その夢はまだ彼の心のなかで鮮やかだった。とりわけ包み込む、保護するようなあの腕の身ぶりがそうで、そのなかに夢の意味のすべてが包含されているように思われた」

彼は母親のことを思う。「やってみても効果がないからといって、自分の行動が無意味になると思ったことなど彼女にはなかっただろう。だれか人を愛するのなら、ひたすら愛するのであり、与えるものがほかに何もないときでも、愛を与えるのだ」。それ自体で大事なこと、そしてもっと大きな目的や実際的な計画《アジェンダ》に役立つわけではないものが、この本で理想として繰り返しあらわれる。〈黄金郷〉のツグミが歌うのはそれとわかるいかなる目的のためでもない。そしてそれに耳を傾けながら、彼は恐怖から脱し、思考からも脱し、純粋な存在のなかに入る。

そして、ウィンストンとジュリアが最初に愛を交わす〈黄金郷〉は強力な場所だが、この本の中心となる場所は、プロール地区のジャンク・ショップの二階の寝室である。その店でウィンストンはまず日記帳を買い、それからつぎに珊瑚のかけらが埋め込まれたガラスの文鎮を買ったのだった。ツグミと同様に、この文鎮を彼はかけがえのないものだと思う。その文鎮もそれ自体のために存在していて、何かの役に立つという大きな計画の埒外にあるからだ。無用であること自体が一種の抵抗にほかならない。あるいはむしろ、無用であると思われるものがより精妙な目的を果たすのだ。寝室のテーブルの上に彼が置きもどした文鎮は、もうひとつの世界へのレンズとしてそれ自身の力を持っている。「これは連中が改変するのを忘れた、歴史のひとかけなんだ。百年前の昔からのひとつのメッセージなんだよ。その読み方さえわかったらね」。そして、それはふたりが作った世界である。「文鎮は彼がいた部屋であり、珊瑚はジュリアと彼自身の命であり、それがクリスタルの中心のところで一種の永遠のなかに固定されているのだった」

その寝室の窓の外にまたもうひとつ、彼を魅了するものがある。三度にわたって彼は窓の外からひとりの女性を眺める。「ノルマン建築の柱のようにがっしりした女が、筋骨たくましい赤い前腕をむき出しにし、荒麻布の前がけを腰にした姿で」そこにいる。「六月の夕暮れ時がいつまでもつづき、洗濯物が尽きることなくあったならば、彼女はすっかり満足して、そこに千年もとどまって、おしめを干し、くだらない歌を歌っているだろうという気がした」。ふたりがこの女性を見るたびに、彼女はおしめを干しながらロンドン訛《コックニー》りの見事なコントラルトでおなじ歌を歌っている。それはくだらない歌だと説明される。けれども、愛と憧れと喪失感を歌ったその歌は、個人的な愛情と記憶を讃えているがゆえに体制を揺るがしうるものであるように思われ、声と感情の強度は歌の内容を超越している。

もっと前のほうで、彼はつくづく思う——自分の母親がこうむったような悲劇は「昔の時代に属している。プライバシーや愛情や友情がまだあって、家族のみんなが理由を知る必要なしに互いに支え合っていた時代のものだ」。あの歌と、それを歌う女性は、ともかく陳腐なかたちではあっても、そうした愛を言祝《ことほ》いでいる。その歌で彼女は思い出し、慈しみ、悼む、あるいは少なくともそうしたことを歌っている。干しているおしめにしても、彼女は新しい生命の世話をしていることを示しているわけで、それは未来へのある種の希望となり、現在におけるケアの身ぶりともなっている。この体制は希望と記憶と歴史と人間関係を根絶やしにして、不変の現在を生み出そうとしている。その現在のなかで外的な出来事のみならず内面生活についても絶対的な支配をふるうのだ。愛はこの体制を転覆しうる。記憶だってそう。希望だってそうだ。知覚でさえ党を揺るがしうる。「党は自分の目と耳から得た証拠を拒否せよと命じた。それが党の最終的な、もっとも本質的な命令であった」。そして物語のあとのほうでは、科学も進化の歴史も、化石の記録も地球の古さも、「われわれが自然の法則を作っているのだ」と言い放つ拷問者によってすべて否定されるのである。

彼女は千年ものあいだそこにいたのかもしれないし、これから先千年、そこにいるのかもしれない。この洗濯女は啓示であり、根源的な生命力、ある種の神性、豊饒の女神なのだ。彼の牧歌がその残虐な結末に収斂する間際に彼は彼女を最後に見る。それはふたりのマホガニーのベッドでジュリアにゴールドスタインの本を読み聞かせたあとのことだ。ジュリアは、彼がその体制の中心的な秘密を明かすと約束した段に至ったときに眠ってしまっていた。ここまでのところ自分がすでに知っていたことを確証しただけの本によって不満をいだくのと同時にほっとさせられて、彼は読むのを止め、自身も眠りに落ちる。そして目が覚めると、彼女がふたたび歌っているのが聞こえる。

今度は彼は窓辺に行き、雨上がりの新鮮な世界で働いている彼女をもっとじっくりと眺めることになる。「彼女が美しいということに彼は初めて思い至った。五〇歳の女性の体が――出産のためにものすごい大きさにふくれ上がり、それから仕事のために堅く粗くなり、やがて熟れすぎた蕪《かぶ》のように肌理《きめ》ががさがさになってしまった、そんな女性の体が美しくありうるとは、前には思いもよらなかった。だがそうなのだ。そして結局のところ、美しくないはずがあろうか、と彼は考えた。花崗岩《かこうがん》の塊のような堅い、輪郭がくずれた体と、がさがさの赤い肌を、若い娘の体と比べるなら、それは薔薇の実《ローズヒップ》と薔薇の花を比べるようなものだ。果実が花よりも劣るなどとどうして言えるだろう」

　それは、主人公にとってだけでなく作者にとっても、別種の美を認めた瞬間であるように思える。生命であるところの頑強さ、生命を永続させる頑強さ、それ自体で美しい生存と持続を認識した瞬間であるように思われる。そして、これは隠喩が断絶を修復する瞬間、植物の世界で彼が花や果実や時の経過について学んだことが、人間性を理解する手立てとなる瞬間である。ウィンストンはこう思いをめぐらせる。「彼女はつかのまの開花、野薔薇の美しさのおそらくは一年をへて、そのあと花が受粉して果実となるように突然ふくれ上がり、堅く赤くがさがさになり、それから彼女の暮らしは、洗濯、床拭き、繕いもの、料理、拭き掃除、床磨き、修繕、床拭き、洗濯といった仕事の日々で、それをまず子どもたちのために、つぎに孫たちのために、三〇年以上にわたって途切れなくつづける。その最後に彼女はまだ歌っているのだ」。彼は〈黄金郷〉で何かを讃えるように歌っていたツグミのことを、それ自体のために存在しているものたちのことを考え、歌を歌うこの女性について「神秘的な畏敬の念」を感じる。それから〈思考警察《ソートポリス》〉が踏み込んできて、牧歌は終わる。それが美と畏怖の念についてのこのようなヴィジョンで終わるということは、今回読み返して見て意義深いものであるように思えた。

本の残りの部分は、ウィンストンの破滅と彼の哀れな余生を語る。しかし、彼は自分が求めたものを見つけたのだ。いろいろな箇所でウィンストンは「希望があるとするなら……それはプロールたちのなかにある」と思う。ウィンストンが洗脳と拷問をへて敗北して従順な廃人におとしめられてしまうという結末は、破滅の予言なのではない。この本は彼の末路をもって言いたいことを終えているのではない。この本は洗濯物を干すあの女性と、彼女があらわすもの――生命力と広やかな心構えと豊饒さ――に賭けているのだ。少なくとも私にはそう思える。

マーガレット・アトウッドは、『一九八四年』がしばしば受け取られているようなディストピアではないとする理由についてまたちがった主張をしている。「オーウェルは辛辣で悲観主義的だと批判されてきた。個人には可能性がなく、すべてを支配する党が野蛮な全体主義のブーツで人間の顔を永遠に踏みつけるような未来像しか私たちに見せなかったというのだ」とアトウッドは二〇〇三年に『ガーディアン』紙に書いた。彼女は本の最後に出てくるニュースピークについての附録に依拠して論証している。その附録を彼女は歴史文書ととらえる。「ニュースピークに関する論文は標準英語の三人称過去形で書かれている。これは政権が倒れ、言語と個人主義が生き残ったことを意味する。ニュースピークに関する論文を書いたのがだれであれ、『一九八四年』の世界は終わったのだ。そのため、オーウェルは通常考えられているよりも人間精神の強さを信じているのだと私は考える」。アトウッドは小説『侍女の物語』の学術論文に擬した後記で、その中心をなす政権も同様に滅びることを示唆するためにこの趣向を借用した。

恐怖が永久につづかないからといって、重要でなくなるわけではない。ソ連は一九九一年に崩壊した。だが数千万人の死者とそれよりはるかに多くの苦難と破壊を引き起こした。そしてその残虐さの一部は現在のロシア政府に生き残っている(ロシア政府はスターリンの名誉回復を精力的におこない、歴史を書き換え、反体制派の人びとを殺害している)。喜びにしても永久的である必要はないし、永久的ではいられない。ウィンストン・スミスは喜びと楽しみを追求し、それらを見つけ、それから拷問され、洗脳され、喜びも楽しみも受けつけない人間にされてしまう。彼が真実と意味も追求したこと、真実も意味も彼にとって大切であること、それらもまた体制によって押しつぶされてしまうということは意味深長である。

彼は打ち砕かれた。彼はまず生きることをしおおせて、それらの勝利は消え去りつつあるのだけれど、勝利であるのは変わりない。つかのまのものでない勝利なんてあるだろうか。この本にはもうひとつの物語が含意されている。ウィンストン・スミスがいかなる規則も破らず、いかなるチャンスもとらえず、いかなる喜びも見出さず、愛を交わすこともない、そんな物語だ。その物語のなかでは拷問も監獄もない。というか、拷問や監獄があっても、党は彼をもっと効果的に支配する。彼が反逆したあとで単刀直入に彼を監禁して責め苛むのでなく、彼がそれを避けるために体制に従順に従うようにさせる、そういう物語である。

〈黄金郷〉のなかで、ジュリアとウィンストンが初めて愛を交わしたあと、彼はこう思う。「昔は男が若い娘の体を見て欲望を感じれば、話はそれで終わりだった」、だがこの時代には、ふたりの抱擁はひとつの政治的行為であり、体制に加えられる一撃であり、ひとつの勝利なのだ、と。それはつかのまの勝利であり、高価な代償をともなう勝利なのである。『一九八四年』は、現存する危険と同様に潜在的な危険に対する警告でもある。それはオーウェルが大切だと思った事柄のすべてを擁護したものだ。そして今回本を読み直してみて、私はそこに注意を向けることになった。警告は予言ではない。警告というのは、私たちに選択肢があると想定し、いかなる帰結をもたらすかについて私たちに注意を与えるものだ。予言のほうは、固定された未来に基づいて作用する（そしてもちろんこの小説は現在の残虐行為や危機についてのものだし、同時に、それが論理的帰結としてどうなりうるかについてのものでもある）。さまざまなユートピアとディストピアについて思索している小説家オクテイヴィア・バトラーが述べたように、「さまざまな可能性を見極めるために先を見据えて、警告を示そうと努める行為そのものが、それ自体で希望の行為なのである」

オーウェルは、結核でゆっくりと命を削られていくなかで小説を完成させた。それでウィンストン・スミスが監獄で身体がひどく損なわれていく様子が、病気と過酷な治療による彼自身の悪化を反映しているものだとよく指摘されてきた。いわば結核菌が彼の肺を庭にして、繁茂していた。彼の肺の軟部組織があたかも肥沃な表土であるかのように菌を養ったわけである。この病気は一九世紀から二〇世紀にかけて猛威をふるった。ジョン・キーツ、エミリー・ブロンテ、ヘンリー・デイヴィッド・ソロー、ポール・ローレンス・ダンバー、アントン・チェーホフ、フランツ・カフカなどがこれで命を落としている。オーウェルが死に向かっていたとき、医学は抗生物質による結核治療の開発を始めてまもなかった。そうした治療薬がどんどん改良されて、富裕国では結核による死者数の減少に資してきたけれど、いまでも年に一〇〇万人以上がこれで死亡しており、世界の主要な感染症のひとつとなっている。健康な人であれば、多くの場合、免疫の働きでこの病気の進行を遅らせるか、あるいは細菌を完全に退治できる。オーウェルの場合はそうでなかった。

ロンドンで冬を越したあと、彼はバーンヒルにもどり、一九四七年四月から一二月までそこで過ごした。彼が来てからも妹のアヴリルは島に居残り、動物と庭の世話をした。庭と言っても、規模が大きくなっていたのでむしろ農場と呼んだほうがよいくらいだった。その秋に、体調が悪化していくなかで小説の草稿を書き終えて、クリスマス・イヴにグラスゴー近郊の病院に入院した。入院期間は七か月におよぶ。結核菌は酸素に飢えているため、治療の一環として医師は左肺に入る空気を減らそうとした。呼吸をコントロールする左の横隔膜の神経を砕き、膨張した肺に圧力をかけつづけるために、数日ごとに腹部に空気をいっぱい送り込む治療を始めた。

食餌療法の一環としてできるだけたくさん食べるようにしたが、彼はますます痩せ細っていった。体力が衰え、健全な臓器機能が失われ、細胞壁、静脈、動脈が変調を来し、毛細血管が破れて出血した。崩壊が迫っていた。息子のリチャードに病気をうつすのを恐れた。一九四八年の元日に彼はアイリーンの義姉〔グウェン・オショーネシー〕宛の手紙で「体のどこが悪いのかはっきりわかってからは、あの子を部屋に入らせないようにしましたが、もちろんそれは完全には無理でした」と書いている。

友人のデイヴィッド・アスターの援助で輸出許可を得て、また新たに得た富のおかげで、彼はストレプトマイシンを手に入れた。合衆国で結核の治療に使用されはじめていたものの、イギリスの患者にはまだ使えなかった新薬である。医師はその薬を使った経験がなかったためか、毎日多めの量を服用、そのため皮膚が赤くなって皮がむけ、髪が抜け爪がはがれた。口に潰瘍が生じ、夜間に出血するので彼の口は毎朝乾いた血でのりのようにくっついてしまった。五〇日間の服用のあと、投薬を止め、もろもろの症状は消えた。その輸入薬の残りは人に譲った。それでふたりの女性が結核から救われたという。

一九四八年の夏の終わりにジュラにもどり、その年の残りは島で過ごした。さっそく彼は家事日記を再開している。まずオーツ麦と干し草について記し、さらにこうつづく。「薔薇、ポピー、ビジョナデシコ、マリゴールドが満開。ルピナスにはまだ花がいくらか残っている。……一九四六年に植えた何本かの林檎の木には実がたくさん生っているが、木はそれほど育っていない。イチゴはすばらしくよい」。鶏十数羽、豚一匹、雌牛二頭は順調で、さらにボブという名の馬を入手した。だがこの日記は以前のものとは異なり、彼自身の体調を記録している。具合が悪くて日記をつけることさえままならぬときもあったが、クリスマス・イヴのあとまで滞在した。そのイヴの日に彼は最後の家事日記を書き、こう結んでいる。「スノードロップが至るところに咲いている。チューリップが何株か出てきた。ニオイアラセイトウが何本か、まだ花を咲かせようとしている」。それから一週間ちょっとして、彼はコッツウォルズ〔英国南西部の丘陵地帯〕の療養所に送られた。一九四九年の九月初めまで、彼はそこで過ごすことになる。

その九月、病状のさらなる悪化にともない、ロンドンのユニヴァーシティ・コレッジ附属病院に転院。彼の最後のノートには、彼が死の夢と呼んだものが語られている。「時には海や海岸の――より頻繁には巨大で壮麗な建物や街路や船、そのなかで私はしばしば道に迷うのだが、いつも幸福感と日なたを歩いているという独特な感情をともなう。疑問の余地なく、これらの建物ほかのすべては死を意味する」。一九四九年六月二五日は彼の四六歳の、そして最後の誕生日だった。その数週間前に、イギリスとアメリカで『一九八四年』が刊行された。広く書評され、それは批評家や読者たちに強い印象を与えた。その売れ行きとインパクトはこれまで止んだことがない。それはソ連をいまだに支持していた共産主義者たちや、当時イギリスで政権の座にあった労働党への攻撃とみなす社会主義者たちから激しい攻撃を受けた。そして当時もそれ以後もずっと、保守層によって、自分たちの見解と一致する本であると誤解されてきたのである。

誤解を解くべく、彼は全米自動車労働組合の幹部に宛てて声明を出した。それは『ライフ』誌に掲載された。「私の小説『一九八四年』は社会主義やイギリス労働党への攻撃を図ったものではない、中央集権的経済が陥りやすい誤謬、すでに共産主義とファシズムにおいて部分的に実現している誤謬を暴露しようとしたものです。私が描いたたぐいの社会が必ず現れるだろうとは思いませんが、(もちろんあの本が風刺であるという事実を考慮してのことですが)あれに似たようなものが出現しうると私は確信しています。私はまた、全体主義的な思想がすでにどこでも知識人の頭のなかに根を張っていると確信しています」。小説の舞台をイギリスに置いたのは、全体主義がどこでも勝利を収めることがあるという点を強調したかったからなのだと彼は述べた。数日後、彼は友人のリチャード・リース宛の手紙のなかで、ジュラ島で豚を飼う計画について書いている。

ロンドンの病院のその個室で、彼は一九五〇年一月二一日の未明に肺から大量に出血して死亡した。つまり自分自身の血で溺れ死んだというわけだ。病室に釣り竿を残して彼は死んだ。それに先立つ数か月前に、彼は特別あつらえのベルベットのスモーキングジャケットを着て、若い雑誌編者ソニア・ブラウネルと結婚式を挙げていた。本の売り上げで新たに得た富を用いて、スイスの療養所に専用機で行く計画をふたりは立てていた。そこで少しばかり釣りを楽しみたいと彼は思っていたのだ。その釣り竿は、彼が植えた樹木や薔薇のように、彼が養子に迎え入れた息子のように、そしてもしかしたら、病院のベッドからの結婚の船出のように、希望の身ぶりであるように見える。未来が確かなものだというのでなく、未来が手を伸ばすのに値するものだという、それは希望の身ぶりなのだ。

彼が最後の数年に書いたいくつかのエッセイのなかには、マハトマ・ガンディーについての思慮に富む長尺の論考があった。ガンディーは一九四八年一月に暗殺された。彼の尽力でインドからイギリス人を追い出してから数か月後のことだ。これは一九四九年一月に発表された。ともするとエッセイというのは、小説が暗にほのめかすことをはっきり述べるところがある。そして「ガンディーを想う」は、『一九八四年』の信条を部分的に語り直している。オーウェルは、ガンディーの硬直した絶対主義と禁欲主義、また彼の超越的精神性と思われるものを、自分には縁遠いもの、いささか油断のならぬものと見た。そうした特質のなかに、一種の抽象と、目的が手段を正当化するという見方があるととらえた。オーウェルにしてみれば、そうした見方は、自身が反対することに生涯を費やしてきたイデオロギー上の狂信主義《ファナティシズム》にあまりにも近いものだった。このエッセイはガンディーの正確な読みではないかもしれないが、彼自身の見解と信条を明確に量るものなのである。

超越的なるもののアンチテーゼは、根っこがあるもの、地に足がついているものなのかもしれない。オーウェルが惹かれていたのは、現世の通常の喜びや楽しみ、この世のことどもへの愛であって、来世のそれではなかった。彼はそのエッセイのなかで彼のもうひとつの信条について書いている。「人間であることの本質とは、完全さを求めないことであり、時には信義のために実際に進んで罪を犯そうとすることであり、親しい交遊を不可能にしてしまうほど禁欲主義を推し進めたりしないことであり、個々の他人に対して愛情を注いだ当然の代償として、ついには人生に敗れて破滅する覚悟を持っていることなのだ。確かに酒や煙草等々は聖者が避けねばならない品々であるが、しかし聖者であることもやはり人間が避けねばならないものなのである。……多くの人びとは本心から聖者になりたくないのであるし、おそらく、聖者となるか聖者に憧れる少数の人びとは、人間らしくありたいという気持ちをあまり感じたことがないのだろう」

つまり彼は、みずから進んで苦難に向かうこと、苦難や自他の欠点を進んで受け入れようとする意志を、人間らしさのひとつとして、喜びの代価もふくみ込むものとしてとらえた。この世のさまざまな事柄に積極的に関わることもまた、精神的修養や犠牲となる意志の向かう対象になりうる。

また彼がガンディーに欠けていると見た温かさを向ける焦点にもなりうる。ある意味では、彼の反聖者的な殉教者であるウィンストン・スミスは、不運な成り行きをとおして十全に人間的になったのかもしれない。そして洗濯女の美しさへの彼の認識は、その一部だったのかもしれない。それは不完全で非理想的な美を見る新しい能力なのだ。オーウェルはガンディー論で「私たちにはこの地上しかないのだから、人生をこの地上で生きるに値するものにするのが私たちの務めである」と断言した。

彼は自分の墓に薔薇を植えてもらうように言い遺した。何年か前、私が確かめに行ってみたところ、まとまりのない赤い薔薇が一本、そこに花を咲かせていた。

3　オーウェル川

サフォークの海岸線からはるか離れて、イースト・アングリアの平坦な田園地帯を流れる細いギッピング川は、何本かの支流からの水を集めて水量を増し、海に向かって流れる。イプスウィッチの町に入り、ストーク橋で名前が変わり、全長一一マイル〔約一七・七キロ〕（資料によっては一二マイル、あるいは九マイル）のオーウェル川となる。その橋と名前の変更は、淡水川が終わり、淡水と塩水が混ざった感潮河川《かんちょうかせん》が始まるところを大まかに画する——そもそもその長く広がる水域のほとんどを長い河口とせずに川と呼ばねばならないとすればの話だが。一九三〇年代初頭に野心的な若い作家がこれにちなんで自分の筆名にしたとされるのだが、そのときとまったくおなじ水路というわけではない。気候変動による海面上昇のせいで、海水が入り込む地点が上流に移動して川が長くなっているのかもしれない。あるいは、上昇する北海もサフォークの海岸をがつがつと浸食しているので、変わりないのかもしれない。さらにこうした海面上昇のために洪水の頻度が増して到達範囲も広がったので、二二世紀初頭までイプスウィッチを保護しようということで、七〇〇〇万ポンドを費やして建設した二〇〇トンの洪水防止壁がオーウェル川の水中に潜んでいる。

　ある日の午後、ギッピング川がオーウェル川となる橋の近くを私が散策していたとき、イプスウィッチは、多くの建物がもはや当初の建設目的を果たさない疲弊した町のように見えた。かつては重要な海港であったのに、いまは余生を送っているかのようだった。〔博物館には〕何隻かの帆船の模型がショーウィンドーに飾ってあった。一九三〇年代にオーストラリアから小麦を運んで港に入ってきた最後の船だ。廃屋となった工業ビルの壁には巨大な水色のタコが腕代わりの鎖を伸ばして描かれていた。橋のギッピング側のスケートボード場にはさらに多くの落書き《グラフィティ》があった。そして川辺のもうひとつの古い建物の壁には木の亡霊のようなかたちが見えた。蔦が壁から剥がれてその跡だけが残っているのだった。

　オーウェル川は、イプスウィッチを過ぎると川幅を広げ、北海に流れ込むあたりでストゥール川と合流する。ふたつの川が作り出した深水港は、一〇〇〇年以上にわたって、貿易でも沿岸防衛でも要衝《ようしょう》だった。侵略を受けもしたし、侵略に乗り出す拠点でもあった。八八五年にアルフレッド王はそこでデーン人の侵略に立ち向かったが、デーン人はさらなる艦隊でオーウェル川を遡上し、イプスウィッチを破壊し、デーン人の王国を樹立してみせた。その港は、軍事侵攻が始められ、巡礼者たちが船出し、貿易船が出航し上陸して、羊毛、塩、布を運び、大陸から本とワインをもたらすところだった。

　現代の長いオーウェル橋は、オーウェル・カントリー・パークのすぐ上流に架かっている。その公園は森が広がり、なだらかに傾斜して小石の川岸につながっている。私が公園を訪れたとき、オークの木には薄緑色のどんぐりが実っていた。暗緑色の海藻が一列に並んでいるのが満潮時の水位を示していた。そして嵐にもまれた男性用下着が砂利を詰め込まれて、なめらかな小石の岸に打ち上げられているのが、また別の出来事を証言していた。サムはちょっとのあいだ私の調査に加わってくれた。私たちが川べりにいたとき、彼は、「オーウェル的(Orwellian)」という語は、もしかしてちがうことを意味しているのじゃないかな、と言った。不吉な、腐敗した、忌まわしい、欺瞞的な、あるいは偽善や不正直といった、あまりにも破壊的なので、真実と思想と権利への攻撃であるもの、そんな意味合いとはちがうことを意味しているんじゃないだろうか。

形容詞になる作家はそう多くはいない。「ジョイス的(Joycean)」や「シェイクスピア的(Shakespearean)」でさえ、「オーウェル的」のようには一般に流通していない。『ワシントン・ポスト』のサイトでこの語をさっと検索してみたところ、七五四件がヒットした。「検閲官たちのオーウェル的企業内官僚制」、「オーウェル的な情報抑制の策略」、「オーウェル的移民用テスト」、「客観的事実へのオーウェル的攻撃」、「悪事を隠蔽するオーウェル的言語」などがあった。「オーウェル的ダブルスピーク」というのまであった。ここでの「ダブルスピーク(doublespeak)」は『一九八四年』の新語である「二重思考《ダブルシンク》(doublethink)」に由来するようだ。「オーウェル的」という語は、中国政府の現在のもくろみ——その市民全員への完全な社会的管理と監視を生み出し、他方で、中国西部のウイグル族のイスラム教徒を投獄し、断種し、そのモスクを完全破壊する、あるいはジェノサイドを犯している——を記述し、嘆くのにとりわけ有用な語ではあった。

オーウェルが記述し、嘆いた現象を現代の犯罪や茶番劇と結びつける、俗受けする芸当を私は演じたことはない――何よりもそれは、そんなやり方があまりにも安易で、関連する話題があまりにもたくさんあり、またあからさまであるためだ(たとえそうでも、私たちが抱える問題と、『一九八四年』の絶対主義的で陰鬱な専制とのあいだのさまざまな相違点もまた意味深い)。トランプと気候変動否定論の時代はもちろん極めつきのオーウェル的なものだ。というのも、一九八四年よりも前から、論説委員たちはその小説に手を伸ばして政治腐敗の解説に用いてきた。そうした解説のなかには階級・人種戦争についてのロナルド・レーガンの愚にもつかない婉曲語法があった。またトニー・ブレアとジョージ・W・ブッシュが仕掛けた戦争に向けての欺瞞のキャンペーンがあった――あの抽象的な「テロ」との戦いのせいで、おそらく一〇〇万人の非抽象的な人間が殺された。あの時代にはウェブサイト〈記憶穴《メモリーホール》〉のような反応も生まれた。そのサイト名はウィンストン・スミスの仕事机の上に空いた穴にちなんでいる。新聞記事に書かれた歴史の説明をより好都合なものに書き換えると、不要になった前の記事はその穴に投げ捨ててしまうのだった。

さらにそれ以上に、私はシリコン・ヴァレーの影のなかに住んでいるのだけれど、シリコン・ヴァレーはグローバルな超大国《スーパーパワー》と化している。優位性を達成した少数の企業の前例のない富は、水門や堰《せき》や防潮門がオーウェル川を管理するように、情報の流れを管理することからもたらされている。さらにそれは、私たちの各人から、ビッグ・ブラザーやKGB、シュタージ、あるいはFBIが夢にも思わなかったほどの膨大な情報を蓄積することから得られているのだ。しばしばそれは、私たちが進んで協力することで成り立っている。というのも、私たちの電話は私たちの行動を追跡し、ソーシャルメディアのプラットフォームと小売りのウェブサイトは私たちの個人記録をまとめ、それがさらにほかの企業に売られる。それらが与えた強い影響のなかには、二〇一六年の複数の選挙で公衆の想像力を左右したことがふくまれる。それはまずブレグジットをもたらし、つぎにトランプ政権をもたらしたのだ。同様に、ブラジルでのデマゴーグの台頭をもたらし、ビルマ〔ミャンマー〕でのジェノサイドを悪化させもした。顔認証やDNA追跡をめぐる新たなテクノロジーはさらに制度的権力を拡大し、プライバシーを侵食してきた。オーウェルの批評が今後数十年間、現代の問題と関連を持たなくなることはないだろうと私は思うので、「オーウェル的」はとても手頃で捨てるのが惜しい語だというのは確かではある。けれどサムの言い分はもっともなのだ。

オーウェルが成し遂げたたぐいまれな仕事は、ほかのだれもしなかったような仕方で、全体主義が自由と人権にとってのみならず、言語と意識にとって脅威であることを名指し、記述したことだ。それを彼はかくも説得力のある仕方で果たしたので、彼の最後の本は現在に影を――あるいは進路を指し示す灯台の光を――投げかけている。しかし、その達成は、その動力源となったコミットメントと理想主義によって豊かにされ深められたものだ。彼が価値あるものと考え、欲したもろもろ、欲望そのものに、また喜びと楽しみに彼が価値を見出したこと、そしてそうしたことども〔欲望、喜び、楽しみ〕が、権威主義的国家とそれが私たちの魂を破壊するべく介入してくることに対して抵抗する力になりえるのだという彼の認識、それが彼の仕事に活力を与えたのだった。

彼が果たした仕事は、いま、すべての人の仕事だ。これまでもつねにそうなのだった。

謝辞

気候や環境、自然、人権や民主主義、メディア、テクノロジー、ジェンダー、人種、そして、語ることを許されるのはだれで、嘘つきを見破るのはだれなのかについての問いをめぐる、きびしい危機の時代に、私はこの本を書いた。オーウェルの時代に片足を突っ込んだ状態で数年を過ごしたことで、私たち自身の時代においてオーウェルのしたような仕事を成し遂げているのはだれだろうかと、しばしば考えさせられた。この本が具体化する年月をとおして、政治エッセイの書き手や歴史家、ジャーナリストやメディアとテクノロジーの批評家、反体制派や告発者、人権や気候問題の活動家、周縁化され価値をおとしめられた者の擁護者といった人びとに、私は惹きつけられてきた。著作を読んだり話を聞いたりした著名人もいれば、会話したり模範となることで励ましてくれた友人知人もいて、両方に当てはまる人もいる。本当にたくさんの称賛すべき人たちがいた。

個人的に知っている人たちの名をいくつか挙げる。タージ・ジェイムズ、エリカ・チェノウェス、ダリア・リスウィック、アストラ・テイラー、マリーナ・シトリン、L・A・カウフマン、ボブ・ファルカーソン、アナ・ゴールドスタイン、ジョー・ラム、アントニア・ユハス、ロシ・ジョーン・ハリファクス、ナンシー・マイスター、フィリップ・ハイング、ジェシカ・タリー、パドマ・ヴィスワナサン、クリーヴ・ジョーンズ、ガーネット・キャドガン、ジョシュア・ジェリー＝シャピロ、イーヤル・プレス、クリスティーナ・ゲルハート、シヴァ・ヴァディヤナサン、スーザン・シュー、ブライアン・コルカー、コンチータ・ロザーノ、ガリシア・ロザーノ・スタック、モライア・ユーリンスカス、モナ・エルタホウィ、アイエレット・ウォルドマン、ナターシャ・ディオン、ジェイミー・コーテズ、『リットハブ』のジョニー・ダイアモンドとジョン・フリーマン、そして『ガーディアン』の編集者のみなさん、ジャーヴィス・マスターズ、ブレイク・スポールディング、ジェン・キャッスル、テリー・テンペスト・ウィリアムズ、ブルック・ウィリアムズ、キャロライン・ナシフ、メイ・ボーヴ、ビル・マッキベン、スティーヴ・クレッツマン、ステファニー・シジユーコ、エリック・メバスト、セルマ・ヤング＝ルトゥナタブア、オイル・チェンジ・インターナショナルのみなさん、そしてもちろんアンティー・ソーイング・スクワッドと、その唯一無二の指導者クリスティーナ・ウォン。なぜ言語の明晰さと正確さや事実と科学と歴史が大切なのか、ひとりの人間が声を上げることや数多くの市井の人びとが声を合わせることがどんな力を持ちうるか、名づけ、認知し、理解し、称賛することをとおしてもっとも大切なことをいかに守りえるのか、また守らなくてはならないか、といったことを、この人たちは繰り返し実践してみせてくれた。でもこの本とその思想にとっては、快楽や喜び、美、その結果においてはたいてい生産的でも数量化可能でもない人生の道のり、私たちを養いかたち作る私的で沈思とそぞろ歩きに満ちた瞬間を、守り生み出す人びとも大事だと思う。つまりは芸術家や、音楽家や、庭師や、詩人だ。

本を書くというのは孤独な作業だ。というかまあ、実際の執筆の部分はそういうものだ。この本のほとんどはCOVID－19のパンデミック下の例外的な孤立のなかで書かれた。だがたくさんの人びととの会話や親切さ、友情のなかから立ち上がってきたものでもある。最初に感謝を伝えたいのはもちろん、親友のサム・グリーンだ。いまでもつづいている彼との対話やその尽きることない好奇心や樹木にかける情熱のおかげで、私は最初の冒険に乗り出し、オーウェルの薔薇に対面することになった。私を歓迎してくれたドーン・スパニョルとグレイアム・ラムには、赤の他人を迎え入れてくれた温かさと、庭や作家、そして過去が持つ意味や可能性や証拠に分け入っていくプロセスに対する強い関心に、深い謝意を表したい（読者にはふたりのプライバシーを尊重し、家に押しかけたりしないよう望む）。ロブ・マクファーレンには、長年にわたって言葉のうえで、また実際にそぞろ歩きにつき合ってくれたことに。

ネイト・ミラー、コロンビアで薔薇栽培業界を潜入取材した素晴らしい一週間と、ほぼ二〇年にわたる友情をありがとう。ベアトリス・フエンテスとカサ・デ・ラス・イ・ロス・トラバハドーレス・デ・ラス・フローレス、ならびにそこで私と話してくれた同僚たち、そしてそのインタビューを翻訳してくれたナンシー・ビビアーナ・ピニエイロに感謝する。

ロシア語の文献や情報について手伝ってくれたオルガ・トムチンとザリーナ・ザブリスキーに。マウリシオ・モンティエル・フィゲラスには、メキシコシティのグアダルーペ聖堂での楽しい午後に、そしてメキシコシティ在住の友人アドリアーナ・カメレーナには、何年にもわたってグアダルーペ関連の人脈を築いてくれたことに。それには、二〇一〇年一二月一二日の夜明け前にサンフランシスコの大聖堂に私を連れて行ってくれたこともふくまれている。そこで私たちは、ファン・ディエゴを演じるラティーノの移民の前に大司教がひざまずくのを、そしてさまざまな色の薔薇の花弁が大聖堂の丸天井から舞い落ちるのを見たのだった。ニコラ・ボーマンには、ケンブリッジの自宅を貸してくれたことに。その寛大さと、魅力的な裏庭と、そこにあった蔵書コレクションに感謝する。

「スターリンについて楽しくおしゃべりする時間はある？」と題した二〇一九年一二月のEメールにとても有用な返事をくれたアダム・ホックシールドには、長年の友情と、ソ連やスペイン内戦、二〇世紀の左翼政治についての理解およびそれらの主題をめぐる彼の著作に、そしてこの本のドラフトを読んでとてもためになる意見をくれたことに感謝する。カーラ・バーグマンには初期のドラフトに対する応答と、友情と、好戦的な喜び〔バーグマンとニック・モンゴメリーの共著『喜ばしい好戦性《ジョイフル・ミリタンシー》』から〕に。ジョー・ラムと惑星学者デイヴィッド・グリンスプーンには、この本の科学に関する部分を一読してくれたことに。

オーウェルの著作、手紙、友人による回想、彼についての伝記的な詳細を収集し、編集した研究者たちに、そしてその視点や解釈に多大な謝意を表したい。特に二一巻からなるオーウェル全集を編纂したピーター・デイヴィソンに。二巻本のオーウェルの伝記において、共感と洞察が互いを増幅し合うさまを実践したピーター・スタンスキーにも感謝する。このプロジェクトの初期に、スタンフォード大学近くにあるご自宅でお目にかかることができた。さらにお礼を言いたいのは、ピーターが私の近所に住んでいることを教えてくれて、私たちを引き合わせてくれたエイミー・エリザベス・ロビンソンだ。メトロポリタン美術館の絵画キュレーター、アダム・イーカーには、ジョシュア・レノルズがオーウェルの先祖を描いた絵画について文面や会話でやり取りしてくれ、その情報が収録されている美術館のアーカイヴへのアクセス権をくれたことに。ラグー・カルナドには、インド北部にあるオーウェルの生地に連れて行ってくれるという申し出に。この冒険が実現しなかったのは残念なことだ（いつかこの先行けることを願っている）。ダマリス・フレッチャーには、バーンヒルについての楽しいやり取りに。マイケル・マティスとジュリー・ホックバーグには、ティナ・モドッティの写真《薔薇、メキシコ》を再録する許可をくれたことに。競売会社フィリップスのキャロライン・デックには、新しい写真の所有者たちに私を引き合わせてくれたことに感謝する。

バークリーとサンフランシスコのローズ・ガーデンとその庭師たち、および公共のための薔薇に資金を提供する方針に感謝する。そしてサンフランシスコの国連プラザのシモン・ボリバル像の脇に立つ農園にも。そこは質素で棘が多いけれど香りのよい地元産の薔薇を、三〇年以上も提供しつづけてくれている。

私のエージェントであるアラギ社のフランシス・コーディに。そしてこの本の編集者であるポール・スロヴァクとベラ・レイシーに。さらにヴァイキングの編集、デザイン、広報、マーケティングのスタッフ、とりわけマヤ・バラン、セアラ・レナード、アリー・メローラに。そして『オーウエルの薔薇』のために労を取ってくれたグランタ・ブックスと社員のプルー・ローランドソンに。また素晴らしい表紙を作ってくれたデザイナーのジョン・グレイに。

そして最後になったが、チャールズに。オーウェルの病について肺外科医の立場から与えてくれた専門知識に、冒険や読解や執筆を、懐疑や決心や驚きをともにしてくれたことに、感謝をささげる。

訳者解説 1

『オーウェルの薔薇』と自然の主題

ハーン小路恭子

二〇二二年九月八日のこと、英国王エリザベス二世が死去した。そのニュースが報じられると同時にメディアを席巻したのは、バッキンガム宮殿の上空にかかる二重の虹の写真だった。SNSを中心に、人びとは虹の意味をさまざまに読み込んだ。虹は哀悼や弔いのしるしだという基本的な読みがあり、この世を去ってもなお女王が国民とともにあることを示していると言う者もいれば、二重の虹は女王から息子のチャールズ三世への王位継承の象徴だという解釈まであった。自然現象としての虹は、空気中を漂う水滴に太陽光が反射したり屈折したりすることで形成される独特の模様を指しているが、この日の虹は、女王を讃え、その死を惜しみ、なおかつ王制のもとでの英国のさらなる繁栄すら表すような、政治的な虹だった。それは王室廃止論や植民地主義の延長線上にある英連邦の構成といった、女王の死が不可避的に喚起するはずの数々の事柄を、一時的にしろ覆い隠していた。

自然の政治性、それはレベッカ・ソルニットによる本書『オーウェルの薔薇』の主題でもある。多作なソルニットの作品のなかでも、本書はどちらかといえば、『ウォークス　歩くことの精神史』(左右社、二〇一七年)の系統に属しているといえる。すなわち、特定の主題(たとえば「歩行」)を持ちながら、時には大胆に脱線しつつ縦横無尽に古今東西の事象について深い思索をめぐらせるタイプの著作である。『オーウェルの薔薇』もまた、ソルニットが敬愛する作家のひとり、ジョージ・オーウェルの伝記の体裁をなかばとってはいるが、オーウェルとは関係のない事柄に話がおよぶこともしばしばだ。そのような思考のそぞろ歩きを経て小宇宙のような多彩な広がりを見せながらも、一冊の本としての統一感は保たれているという、ソルニットの書きぶりの真骨頂がそこにはある。さらにいえば、自然とは、ソルニットが繰り返し著作のなかで採り上げてきた主題でもある。ともに未訳であるが、初期作品『野蛮な夢』(*Savage Dreams: A Journey into the Landscape Wars of the American West* 一九九四年)や、高い評価を得たエドワード・マイブリッジ伝『影の河』(*River of Shadows: Eadweard Muybridge and the Technological Wild West* 二〇〇四年)では、古くからの作者の関心であるランドスケープ論に挑み、いかにテクノロジーや自然の政治的利用、先住民の迫害の歴史がアメリカの原初的ランドスケープである西部の風景を変容させてきたのか、そしてまた、ソルニット自身も深くコミットしてきたネバダ核実験反対運動のように、いかに人びとがその変容に抵抗してきたかについて書いてきた。ほかの著作でも、自然を観察しそのなかに没入することで、人知を超えた多様な種《しゅ》の生態やその時間性に思考をめぐらせることは、この作家にとって書く行為の基盤にあるものだ。思想的厚みのもとに独自のアクティヴィズムを展開するソルニットに、自然と人間の関わりの歴史が与えてきた影響はつとに大きく、近年は特に、気候変動をはじめとした喫緊の環境問題をめぐって積極的な発言を続けている。管啓次郎が述べるように、ソルニットは「エコクリティック、つまり生態学的意識をつねにもちつつ森羅万象を考える」作家の系譜に属しており(「エレメンタル　レベッカ・ソルニットの文章について」『群像』二〇二二年三月号、二一二)、そうした側面は本邦の読者にも、もっと知られて然るべきだろう。

そんなソルニットがこの最新作で注目したのは花、それも薔薇だ。花のなかでも薔薇にはどこか特別なところがあるという思いは、広く共有されているものではないだろうか。薔薇は古くから人びとを魅了し、多岐にわたる品種改良の歴史を経て、世界中で身近な存在でありつづけている。それは文学や絵画などの芸術において繰り返し採り上げられ、時に美そのものの象徴のようにも考えられてきた。美しいもの、自然であるもの、それらは人間の所業であるところの政治に対して超越的な価値を持つと考えられがちだ。だが本書を通じてソルニットが明らかにしているのは、薔薇は、そして自然は、政治的でもあるということだ。『オーウェルの薔薇』の起点となるのは、オーウェルが一九三六年に自宅の庭に植えた薔薇だ。オーウェルといえば、『一九八四年』で描いた全体主義的管理体制下でのディストピア的近未来や、ファシズムとの戦い、労働問題、植民地主義批判など、国内外の政治社会的な主題を好んで取り上げた硬派な作家という印象を持つ読者も多いはずだが、本書が描き出す、庭いじりをし、薔薇を植え、野菜を育て、家畜の面倒を見るオーウェル像は訳者自身馴染みのなかったもので、既存の作家のイメージを鮮やかに裏切っている。オーウェル研究における本書の特殊性については共訳者の川端康雄の解説を参照いただくとして、ここでは本書が採り上げるオーウェルと薔薇や自然の関係と、その政治性について考えてみたい。

オーウェルは一九〇三年に植民地時代のインドに生まれ、多くのエリートを輩出したイートン校に奨学生として入学しながらも大学には進学せずに警察官としてビルマで勤務し、作家活動を始めたのちはイングランド北部工業地帯で炭鉱労働を取材し、スペイン内戦に参戦して瀕死の重傷を負い、帰国後のロンドンでは空爆を経験し、養子を迎えるも病を得た妻アイリーンに先立たれ、断続的に持病の呼吸疾患に苦しめられながらも、最終的に一九五〇年に結核で命を落とすまで、小説やノンフィクションを精力的に執筆しつづけた。こう短くまとめるだけでも、ソ連の成立からスターリンの独裁体制、ファシズムの台頭、ふたつの大戦を経て起きた世界勢力図の変化と脱植民地化まで、近現代史の激烈な変化を背景にこの作家が波乱に満ちた人生を歩んだことはよくわかる。であってみれば、自宅の庭で薔薇やそのほかの植物を育て、その生長記録や庭いじりのために買い揃えるべきものの備忘録などを淡々と記すことは、政治的、社会的な激動の時代とそれに応答するための絶え間ない活動――執筆することも、戦地に赴くこともふくめ――からのつかのまの休息であった、と考えたくはなる。が、本書の「V　隠棲と攻撃」を中心とした、オーウェルと庭と英国の歴史をめぐるソルニットの記述が明らかにしているのは、庭が非政治的な空間であったためしはないということだ。イングリッシュ・ガーデンという言葉から人が思い浮かべるのは、緻密な景観管理とシンメトリカルな構造に特徴づけられるフランス等の庭園とは異なる、蛇行的で起伏や曲線を持ち、小山や池や小川などもとからそこにあった自然を生かした、無造作で野趣にあふれる庭だろう。だがそうした庭の自然は、ひとつには綿密な設計のうえに配置され管理されたものであり、なおかつそうした植生管理の跡が巧妙に隠された、いわば不自然な自然だったのだし、さらにいえば、それを愛でる人びとの特権――それは共有地の囲い込みの歴史や、植民地支配で得られた富に支えられていた――を、要は英国の貴族制や階級そのものを、自然なものとして正当化するような効果を持っていた。

このような庭に立ち、その姿を絵画にとどめたのがオーウェルの高祖父チャールズ・ブレアだ。奴隷労働からなるジャマイカの砂糖プランテーション所有で財をなした人物だったが、もちろんそうしたことは、彼を描いたレノルズの絵画の表面には現れない。だからこそソルニットは、オーウェル自身が無縁ではなかった英国の庭と風景をめぐる因果な歴史を、絵画のなかで不可視にされてきた人びとやその子孫たちの視点から再度描いてみせるのだ。英国の植民地だったカリブ海の小国アンティグア出身の作家、ジャメイカ・キンケイドのエッセイ『小さな場所』(*A Small Place* 一九八八年)からの引用はその好例だ。「北米の人たちから、どれほど自分は英国が好きで、どれほど英国は美しく伝統があって、というような話を聞かされるとき、どれほど私が腹立たしい思いをするか、それはとても言い尽くせないほどだ。この人たちが見ているものといったら、地味くさい皺だらけの人物が馬車に乗って群衆に手を振っている、というようなものだけだ。それに対して私が見るのは、私自身がそのなかのほんのひとりであるところの、孤児となった何百万という人たちのことだ——母国も祖国もなく、神々もなく、聖なる古墳もない人たち、(中略)そして、何よりもつらいことに、自分自身の言葉がない人たち」(二一五)。群衆に手を振る女王の姿を中心に、美しさや伝統、好ましい英国らしさが醸成され再生産される。大地に根ざした自然な庭というものもまた、そのような伝統に属しているものだろう。対して、植民地の人びとはそんな自然は所有していない。奴隷化を通じて伝統は、植物が引き抜かれるようにして根こそぎにされ、もといた土地も、信仰と結びついていた大地も失われてしまったからだ。エリザベス女王の死から二日後のこと、ソルニットはこの引用をSNSに再掲した。人びとが虹について語りつづけるなか、虹が不可視にしてきた歴史的収奪について語ったこの引用は、異彩を放っていた。この投稿の翌日、キンケイドの出身国であるアンティグア・バーブーダのブラウン首相は、共和制導入を問う国民投票を検討する方針を明らかにした。

こうした複雑な歴史のもつれ合いのなかで、一九三六年にオーウェルが薔薇を植えたことの意味、そしてその薔薇が生きのびて二〇一七年にソルニットの眼前に現れたことの意味は、さまざまに問われなければならないだろう。オーウェルは自分の一族が英国の負の歴史に積極的に加担してきたことをよく知っていただろうし、その年には『ウィガン波止場への道』のための取材で、過酷で搾取的な労働の現場である炭鉱の地下世界を訪れたところでもあった。それでも彼は、地上にもどって薔薇を植え、大地を耕し、それによって小さくてもよいことをひとつなし、自然や他者との関わりを見直そうとした。「炭素を隔離し、酸素を生み出す有機体をもう二つ三つ、根づかせて世話をすること。一箇所に身を落ち着けて、土を耕して暮らしたいという願い。薔薇と樹木が何年にもわたって花を咲かせ、樹木はこれから先何十年も、あるいは彼が書いたように、これから一世紀ものあいだ実をつける、そんな未来に賭けたいという思い」(九〇)。ウォリントンの庭の薔薇に感じ取ったオーウェルの未来への意思、そして植物が生きる深く連続的な時間《サエクルム》をそこに見出したのちに、ソルニットは、咲き誇り朽ちていく多彩な薔薇のイメージを写し取りみずからそれを生きもした女性写真家の人生から、ラルフ ローレンの微細なチンツ・ローズ柄が喚起する美や力への欲望、コロンビアの工場で生産され大量輸出されていく薔薇の醜さとその背後にある過酷な労働、そして最後には、『一九八四年』の洗濯女の、薔薇から生まれたローズヒップのごとく素朴だが美しい生命の躍動と至る、壮大な薔薇物語を紡ぎ出した。自然をめぐる彼女の思索の旅の集大成と言える本作を、堪能していただきたい。

訳者解説　2

そぞろ歩きの「オーウェル風」

川端康雄

『オーウェルの薔薇』と、タイトルに作家ジョージ・オーウェル(一九〇三―五〇)の名前が冠せられているのだが、著者の断り書きによれば、本書はこれがすでに多く出されているオーウェルの「伝記」の書棚に付け加えられるものではなくて、彼が一九三六年に薔薇の苗木を自宅に植えたエピソードを「取っかかり」とした「一連の介入(a series of forays)」だという(一九)。「介入」と意訳した原文の foray は、字義どおりに言えば「(不慣れなことへの)手出し、ちょっかい、進出」(『ランダムハウス英和大辞典』第二版の定義より)ということで、もっと古くからある「略奪的侵略」の語義から派生して、本来の専門領域から逸脱して、不案内な問題に突入・介入するというニュアンスがある。いまでは少なくないオーウェルの伝記作者、研究者を念頭に置いて、「専門外」の著者によるオーウェル論を本書で展開しているとする謙遜をこの語で示唆していると見てもよいだろう。

写真家ティナ・モドッティの活動を焦点とする章(Ⅲ―1、5)、スターリンによるソ連における「新ラマルキズム」推進の悲惨な顚末を扱った章(Ⅳ―2、3)、コロンビアの薔薇工場の潜入ルポルタージュ(Ⅵ―2、4)などがそうだが、本書はオーウェルと直接には関わらないトピックを多くふくみ、一般的な見方からすればひとりの人物の伝記とは呼べない著作であるのは確かで、その点でソルニットの前述の断り書きはそのとおりだと言える。

とはいえ、本書はオーウェルの生涯と仕事についてソルニットならではの独自の視点を提示しており、オーウェル研究という枠のなかで見てもきわめて貴重な貢献を果たしている。自分の住処《すみか》の庭に薔薇の苗木を植えたひとりの作家、というタブローを著者は本書の出発点にしている。没後七〇年以上を経ているが、冷戦初期に作られて以来いまも根強くあるステレオタイプ的な「オーウェル」像に、ソルニットはこの「薔薇を植えるオーウェル」というイメージを対置してみせて、そうした紋切り型のイメージに馴染んでいる人から見ればおそらく意外と思われる作家像を描き出している。

ステレオタイプ的な「オーウェル」像とは、彼が批判した全体主義、権威主義体制と彼自身を同一視して、そこから抜け落ちる側面を考慮しない見方だとひとまず言えようか。辞書の見出し語に定着している形容詞「オーウェル的(Orwellian)」の語義はそれを典型的に示している(『リーダーズ英和辞典』ではこの語は「オーウェル(風)の、『特に』*Nineteen Eighty-Four* の世界風の『組織化され人間性を失った』」と定義されている)。このような形容詞ができてしまうほど、冷徹な目で権威主義体制の実態を暴いた政治作家としての重要性は疑いないとしても、それを彼のすべてとみなしてしまうのはどうだろう。そこで抜け落ちてしまうのは、日常生活の(彼が好んだ言い方をすれば「大地の表面」の)細々《こまごま》とした事象に喜びを覚え、それを表明するオーウェルの姿である。紋切り型の「オーウェル」とは、青白い顔で不自由な政治体制に「否」と首を振りつづけている、喜びも笑いもない、陰鬱な作家像だ。

だがソルニットは、オーウェルが一九三六年に植えた薔薇を(おそらく二〇一七年の一一月上旬に)自分の目で確かめたあと、彼の著作の再読にかかって、「もうひとりのオーウェル」を見つけることになる。再読によって「いかにたくさん彼が楽しみを語っているか」を印象づけられ、そうした喜びが『一九八四年』にさえも多く見出されることを確認する(三〇―三一)。併行して関連書を読んだ彼女は、それらが概してオーウェルについての「荒涼として陰鬱なポートレイトをグレイの色合いで描いていた」(三〇)と評する。その代表例としてあえてタイトルを挙げている『オーウェル――ある世代の冬の良心』は、前述した一連のオーウェル評伝のひとつで、著者は米国のオーウェル研究の代表格のジェフリー・マイヤーズ、長年の調査をへての労作なのだが、そのサブタイトル「ある世代の冬の良心(Wintry Conscience of a Generation)」(これは英国の批評家V・S・プリチェットがオーウェルの死に際して寄せた記事の評言にちなむ)を「荒涼として陰鬱」なオーウェル像の典型として批判的に特筆している。このあたりはソルニットの遠慮容赦のない、小気味よい「介入《フォレイ》」の身ぶりと言えよう。

確かにオーウェルは喜びを(また美的なものへの積極的な反応を)多く語っていたのに、全体主義・権威主義体制の批判者としての政治作家オーウェル像の肥大によってその側面は影が薄くなっていた。そこに光をあて、「喜ばしきことどもの明細目録」(Ⅶ―1の章題)を細かく検討し、それを政治作家オーウェルの仕事と併せ見ることによって、より十全な作家像を示し、オーウェルの生涯と仕事がいかに私たちにとっての世界への対し方にかかわりを持つかを示唆している。それらの喜びのなかでオーウェルが最上位に置いていたのが「ガーデニング」すなわち庭作り、庭いじりであった。オーウェルは一九四〇年に「〔作家としての〕仕事以外での私の最大の関心事は庭いじり《ガーデニング》、特に野菜の栽培である」と書いた(本書五六頁に引用)。この言明を前面に据えてオーウェルを考えてみるというのは、先ほどふれた彼についての根深い先入観から自由にならなければできない。私の知るかぎりでは、それを試みて一書をなしたのは、本書が初めてなのである。

オーウェルの著作の使い方もソルニット独特のものがある。もっとも顕著なのはオーウェルの日記、とくに「家事日記」の使用だ。一九三一年の「ホップ摘み日記」、一九三六年の『ウィガン波止場への道』日記」、第二次大戦中に戦況と社会情勢を記録した「戦時日記」などがあるが、もっとも多く書いているのが「家事日記」であった。その日記の中心的話題は庭(畑)仕事の細部であり、(市民菜園であれ、自宅の庭であれ)どの種を蒔いたか、どの花が咲いたか、あるいは枯れたか、収穫した作物、採れた鶏卵の数、山羊の乳搾りなど家畜の様子、また天候、目撃した鳥や野生動物——こうしたものに終始している。研究者からすれば、「本業」の執筆活動について(たとえば『一九八四年』の進捗状況など)日記に書いてくれていたらよかったのにと思えるのだが、それはほぼ皆無で、そちらを見るには出版関係者や友人宛の手紙での言及や断片的に残る創作ノートを参照するしかない。こうした性格の「家事日記」をこれまでの大方の論者は自身の論述には使いにくく、持て余していたのではないだろうか。オーウェルの「シリアス」とされる著作を分析する批評家はおおむね等閑に付す記録なのである。ソルニットはこれを肝要なテクストとして本書で駆使している。

一九三六年四月に英国南東部ハーフォードシャーのウォリントン村のコテッジにオーウェルは転居し、六月にアイリーン・オショーネシーと結婚、庭作りに精を出し、その時期に敷地内に雑貨店チェーンのウルワースで安価で買い求めた薔薇の苗木を植えた。その転居の直前に英国北部の困窮地域への調査旅行があり、またその年の暮れから半年間スペインに行き内戦に参加する。そのふたつの旅の中間点で居を定めたウォリントン村での生活の意義をソルニットは強調しており、これまたオーウェル関連本で従来軽く扱われていた面に注意を促している。彼女の言うように、確かに、ビルマ、ウィガン、スペインといった土地のほうが「政治的」に重要だったし、いずれも彼の本で扱われている。しかしウォリントンという場所がこれだけ肝要だったという彼女の主張は説得力を持つ。ちなみにウォリントン村は鉄道駅のボールドックから優に五キロは離れている。ソルニットは本書を書くためにこの村(とオーウェル旧宅)を二度訪問している。一度目は鉄道駅からタクシーで村に入ったのだが、二度目は駅から徒歩で向かった。その徒歩旅行の模様が「燧石《すいせき》の小路」(Ⅳ—1)で記述されている。このかなりの距離をわざわざ歩くという発想は通常の研究者にはないと思うのだが(私もそのひとり)、そこはさすが『ウォークス』の著者で、持ち前のさすらいへの渇望《ワンダーラスト》を発揮して、その田舎道を歩くことで「幸福な内省的トランス状態」(一四七)となった彼女は、隆起する麦畑の風景や大小さまざまな燧石(フリント)との貴重な出合いを経験し、それを文章に綴って本書に組み込んでいる。

二〇一七年晩秋にウォリントン村のオーウェル旧宅を訪ねてオーウェルの植えた薔薇を確認して、樹木が持つ時間《サエクルム》に思いを馳せ、それが本書の構想につながったのであるが、そもそも発端はソルニットが大昔に読んだオーウェルのエッセイ「ブレイの牧師のための弁明」が記憶に刻まれていて、友人のサム・グリーンと木の話題で語っていたときにそれを彼女が持ち出したことがきっかけだったという。このエッセイを彼女は二〇歳のころに古書店で買った『オーウェル読本《リーダー》』という「見栄えのしない体裁の本」で最初に読んだと告げている(一一)。補足すると、『オーウェル読本』は八点の小説、ルポルタージュの抜粋と評論一七点からなる四五〇頁を超えるオーウェル選集である(ニューヨークのハーコート・

ブレイス社から一九五六年に刊行）。そのなかで「私は気の向くままに書く」のタイトルで束ねられた三本の軽めのエッセイのひとつとしてこれが収録されている。重量級の評論ではない、この軽量級の「ゆるい」エッセイに二〇代の彼女が惹かれたというのは注目に値する。これを彼女は「とりとめもない語り口が功を奏した見事な一文である」（八）と讃えて、「このエッセイに初めて出合ったときから、忘れがたい、心を動かす一文だと思っていた」（一〇）と述べている。若き日のソルニットがこれに目を付けた点はさすがだと思う。

　いま引いた「とりとめもない語り口」は原文では meandering となっている。この単語 meander(ing) にソルニットは独特の感情価値を込めている。この英単語はマイアンドロス (Maiandros) 川という、ギリシア神話にも出てくる屈曲の激しい小アジアの川の古名に由来し、名詞では「（川の）湾曲、蛇行、曲がりくねった道」、動詞としては「〈川・道路が〉曲りくねる」、「〈人が〉とりとめのない話をする」、また「〈人が〉とりとめのない話をする、〈話題が〉ころころ変る」といった派生的な語義を持つ（『ジーニアス英和大辞典』）。右のオーウェルの文章についてのソルニットの評言は、これらの定義のうちの動詞の最後の派生的な語義が当てはまるのだろうが、「とりとめ」、すなわち「きちんとしたまとまり」を書く「ゆるい」文章スタイルを彼女はネガティヴにとらえるのでなく、「功を奏した見事な一文」（原文は triumph）と積極的に評価している。話題がつぎつぎと移り変わり、（一見）散漫に見える、曲がりくねる川の流れのようなオーウェルの文章スタイルを「蛇行の勝利」として言祝《ことほ》いでいるのだ。「ブレイの牧師のための弁明」は一九四六年の発表で、本書でソルニットは一九三六年と並んで一九四六年を肝要な年として特筆している。これをはじめ、「イギリス料理の弁護」、「ヒキガエル頌」など、おなじような

「蛇行」のスタイルでさまざまな「喜び」を取り上げた（多くが民衆文化に関わる）エッセイ群を続々と書いていたからで、それらについての論評が「喜ばしきことどもの明細目録」での肝となる。そしてその読解をふまえて、『一九八四年』を再検討する章「「ローズヒップと薔薇の花」」(Ⅶ—2)に入り、従来オーウェルの著作を論じる際に分断されがちであった軽量級の「ゆるい」(蛇行する)エッセイ群と重量級の「シリアス」なオーウェル最後の小説が接続され、思いがけない読みが提示される。この両者の架橋による鮮やかな読解が本書の読みどころのひとつと言ってよいだろう。

さらに言うならば、オーウェルのエッセイについてソルニットが指摘した「蛇行《ミアンダリング》するスタイル」は、本書で彼女が自家薬籠中のものとして駆使しているスタイルだと見ることができるだろう。その「蛇行」具合の案配をどのようにするか、単なる逸脱と受け取られないようにするにはどうするか——かねてからそれが苦心のしどころであったようだ。この点に関連して、本書の原書が発売された直後の発行記念イベントのひとつで、ソルニットとマーガレット・アトウッドとの対談が催された際に(二〇二一年一一月四日、ニューヨークのストランド・ブック・ストア主催、リモートにて開催)興味深いやりとりがあったのでそれを紹介しておきたい。ソルニットが「私は話がひどく逸れる作家だと酷評されてきたのですけれど……」と少し口ごもると、アトウッドがすかさず、「あなたの話の逸れるところ、そこが大好きなのよ(That you're digressive, we love that!)」とソルニットの文章をまるごと肯定したのだった。話の流れから見て、ここでの「逸脱」は先ほどから見てきた「蛇行するスタイル」と同義で、私はアトウッドのこの応答を聞いて我が意を得たような気持ちになったのだった。

「薔薇工場にて」(Ⅵ—2)とオーウェルが登場しない章の「薔薇の醜さ」(Ⅵ—4)は、米国向けの薔薇の花束を大量生産するコロンビアの花卉《かき》製造工場の現場を訪ねてのルポルタージュで、II—1で扱ったオーウェルの『ウィガン波止場への道』に倣って、「見えない(というか、見えなくされた)労働」を読者の目に可視化する狙いを持っている。その意味でその章もオーウェルと深いところでつながる話であり、それぞれの話題の「曲折」「蛇行」をへて、エピローグである「オーウェル川」(VII—3)へと流れ込む。訳者たちにとっても、そうした特徴を持つソルニット独特の英文のニュアンスをどう訳出するかがひとつのチャレンジであった。

本書の翻訳は、第I部〜第III部および第VII部を川端が、第IV部〜第VI部と謝辞をハーンが分担し、相互チェックをおこなったうえで訳稿を仕上げた。底本としたテクストは初版の Rebecca Solnit, *Orwell's Roses* (Granta Books, 2021)。翻訳作業中に同社から出たペーパーバック版(二〇二二年)で注の誤記など若干の修正がほどこされており、それも参照した。また著者ソルニット自身が本文を朗読しているオーディオブックも出ており(Audible Audio Edition, Granta Books, 2022)これも翻訳作業にはたいへん有益だった。手ごわくも濃密な魅力に満ちた本書を共訳する機会を得られたことはとても幸運だった。並々ならぬ熱意をもって編集を担当してくださった岩波書店の渡部朝香さんに、心から感謝したい。

二〇二二年九月一九日

川端康雄、ハーン小路恭子

写真クレジット

Ⅰ　預言者とハリネズミ

D. コリングズ《山羊のミュリエル》(1939).
(ウォリントンでのオーウェルのポートレイト.)ロンドン大学 UCL 図書館蔵.
Courtesy of the Orwell Archive, University College London Library Services, Special Collections.

Ⅱ　地下にもぐる

サーシャ，炭鉱夫と炭車を写した無題の写真，
英国ケント州ティルマンストーン炭鉱(1930).
D and S Photography Archives / Alamy Stock Photo.

Ⅲ　パンと薔薇

ティナ・モドッティ《薔薇，メキシコ》(1924).
Courtesy Michael Mattis and Judy Hochberg Collection.

ティナ・モドッティ《薔薇，メキシコ》(1924)の裏面.
ヴィットーリオ・ヴィダーリのスタンプ.
Courtesy Michael Mattis and Judy Hochberg Collection.

Ⅳ　スターリンのレモン

ヤコフ・グミナー《2 + 2 プラス労働者の熱意 = 5》(1931).
Via Wikimedia Commons.

Ⅴ　隠棲と攻撃

サー・ジョシュア・レノルズ《オナラブル・ヘンリー・フェイン(1739-1802)，
イニゴー・ジョーンズおよびチャールズ・ブレアとともに》(1761-66).
メトロポリタン美術館蔵.

Ⅵ　薔薇の値段

薔薇製造，コロンビア，ボゴタ近郊(2019). 著者撮影.

Ⅳ　オーウェル川

ヴァーノン・リチャーズ《オーウェルと息子》(1945).
ロンドン大学 UCL 図書館蔵.
Courtesy of the Orwell Archive, University College London Library Services, Special Collections.

索 引

ア 行

サ　行

タ 行

ラ　行

ワ　行

注

原注に日本語文献データ等の訳注を適宜加えた．
訳注は〔　〕で示した．

ix 「さまざまな可能性を見極めるために先を見据えて」：Octavia Butler, “A Few Rules for Predicting the Future,” *Essence*, May 2000, 165-66.

I 預言者とハリネズミ

1 死者の日

6 「その沈黙は，激流やナイアガラの瀑布よりも」：Man Ray, *Self Portrait* (Boston: Little, Brown, 1963), pp. 281-82.〔『マン・レイ自伝 ── セルフ・ポートレイト』千葉成夫訳，文遊社，2007 年，356-57 頁〕

8 「しかしこれだけ時が経てば」：ここと以下数か所の引用はつぎの文献による．“A Good Word for the Vicar of Bray,” in *Smothered Under Journalism*, vol. 18 of *The Complete Works of George Orwell*, ed. Peter Davison (London: Secker and Warburg, 1998), p. 259.〔「ブレイの教区牧師のために弁明を一言」工藤昭雄訳，川端康雄編『ライオンと一角獣 ── オーウェル評論集 4』平凡社ライブラリー，1995 年，291-92, 295-96 頁．「ブレイの牧師のための弁明」からの引用はこの訳文を一部修正して用いた．以下同様〕

10 一九四五年には「冷戦《コールド・ウォー》」という語を編み出し：“You and the Atom Bomb,” *Tribune*, October 19, 1945, and in Paul Anderson, ed., *Orwell in Tribune: “As I Please” and Other Writing 1943-47* (London: Politicos, 2006), p. 249.〔『あなたと原爆 ── オーウェル評論集』秋元孝文訳，光文社古典新訳文庫，2019 年，17 頁〕

12 「林檎の木さえ一〇〇年ぐらいは生きつづける」：“A Good Word for the Vicar of Bray,” in *Smothered Under Journalism*, p. 261.〔「ブレイの教区牧師のために弁明を一言」『ライオンと一角獣 ── オーウェル評論集 4』298 頁〕

17 「庭の誉れ」：エスター・M・ブルックスによる自費出版の 8 頁の小冊子．Esther M. Brookes, *Monks’ Fitchett— The Road to George Orwell* (1983)．グレイアムは彼女について，「だがこの家に住んでいた真のセレブを知りたくないですか？」と，彼女がこの界隈におよぼした大きな印象について半ば冗談交じりに私に語ったのだった．

17 **「残りのフロックスを切り落とし」**：Peter Davison, ed., *George Orwell Diaries* (New York: Liveright, 2009), pp. 252-53. 〔ピーター・デイヴィソン編『ジョージ・オーウェル日記』高儀進訳，白水社，2010 年，273 頁．オーウェルの日記からの引用はこの訳文を一部修正して用いた．以下同様〕

2 フラワー・パワー

19 **身体はほかのすべてを象徴する**：Mary Douglas, *Purity and Danger: An Analysis of Concepts of Pollution and Taboo* (London: Routledge, 1991), p. 123. 〔メアリ・ダグラス『汚穢と禁忌』塚本利明訳，ちくま学芸文庫，2009 年，231 頁〕

21 **「あなたの棘があなたのいちばんよいところ」**：Marianne Moore, *Becoming Marianne Moore: The Early Poems 1907-1924* (Berkeley: University of California Press, 2002), p. 83.

22 **「温血動物である鳥類と哺乳類の機敏な脳は」**：Loren Eiseley, *The Immense Journey* (New York: Time Inc., 1962), p. 47.

24 **一九四二年までに二〇〇トン，一億三四〇〇万個の実に相当する量**：“Rose Hip Syrup Supplies on Sale Next Month,” *Times* (London), January 15, 1942.

25 **「ほとんどが五弁だが」**：以下に引用されたテオプラストス(Theophrastus)の言葉．Jennifer Potter, *The Rose* (London: Atlantic Books, 2010), p. 10; プリニウス(大)の引用は同書の p. 15.

3 ライラックとナチス

28 **「辞めたのは，ひとつには〔ビルマの〕気候で」**：『二〇世紀の作家』(*Twentieth Century Authors*)のために 1940 年に書いた「自伝的覚書」(“Autobiographical Note”)より．以下に再録．Sonia Orwell and Ian Angus, eds., *Orwell: My Country Right or Left: 1940-1943* (Boston: David R. Godine, 2000), p. 23. 〔「〔私の略歴〕」上田和夫訳，『オーウェル著作集 II』平凡社，1970 年，23-24 頁〕

29 **「イーストエンド〔労働者が多く住むロンドン東部〕の住人(ほとんどが行商人)」**：これと以下の引用は 1931 年に発表したエッセイ「ホップ摘み」(“Hop-Picking”)とは別の，彼のホップ摘みの日記(“Hop-Picking Diary”)に依る．Sonia Orwell and Ian Angus, eds., *Orwell: An Age Like This 1920-1940* (Boston: David R. Godine, 2000), p. 63. 〔「ホップを摘む」小野修訳，『オーウェル著作集 I』平凡社，1970 年，56 頁．『ジョージ・オーウェル日記』24 頁〕

31 **「彼の英雄的活動とおなじように私が心を動かされたのは」**：Noelle

Oxenhandler, "Fall from Grace," *New Yorker*, June 16, 1997, p. 65.

31 **「スイングはまさにわれわれの悪魔を追い払うためのダンスであった」**: Jacques Lusseyran, *And There Was Light* (New York: Parabola Books, 1987), p. 161.

32 **生涯の多くの期間，彼は呼吸器系の疾患による発作に苦しんだ**：彼の病歴についてのすぐれた説明としては以下を参照．John J. Ross, "Tuberculosis, Bronchiectasis, and Infertility: What Ailed George Orwell?" *Clinical Infectious Diseases* 41, no. 11 (December 1, 2005): pp. 1599-603.

33 **「彼は自分自身の生物学的条件に対する反逆者であり」**：アーサー・ケストラー(Arthur Koestler)の回想．Audrey Coppard and Bernard Crick, *Orwell Remembered* (London: BBC, 1984), p. 169.〔アーサー・ケストラー「親友を語る」吉岡栄一訳，オードリィ・コパード，バーナード・クリック編『思い出のオーウェル』オーウェル会訳，晶文社，1986年，218頁．引用はこの訳文を一部修正して用いた〕

35 **「あまり長すぎない田舎の散歩」**：これらの引用は以下に依る．Jacintha Buddicom, *Eric & Us*, postscript by Dione Venables (Chichester, UK: Finlay Publisher, 2006), pp. 26 and 38.

35 **「おれたちはよく長い，だらだらとあとを引くようなたぐいの散歩をしたものだ」**：*Coming Up for Air* (San Diego: Harcourt, 1950), p. 43.〔オーウェル『空気をもとめて』大石健太郎訳，彩流社，1995年，54頁〕

36 **「未来を思い描きたいのなら」**：*Nineteen Eighty-Four* (London: Penguin, 2003), p. 307.〔オーウェル『一九八四年[新訳版]』高橋和久訳，ハヤカワepi文庫，2009年，415頁．『一九八四年』からの引用は部分的にこの高橋訳を適宜修正して用いた．以下同様〕

36 **「政治の言語が狙っているのは」**：“Politics and the English Language,” *Horizon*, April 1946, and in Sonia Orwell and Ian Angus, eds., *George Orwell: In Front of Your Nose: 1945-50* (Boston: David R. Godine, 2000), p. 139.〔「政治と英語」工藤昭雄訳，川端康雄編『水晶の精神 ── オーウェル評論集2』平凡社ライブラリー，1995年，33頁．「政治と英語」からの引用はこの訳文を一部修正して用いた．以下同様〕

36 **「ジャーナリストにジャックブーツとは何のことかと聞いてみれば」**：As I Please, *Tribune*, March 17, 1944, and in Sonia Orwell and Ian Angus, eds., *George Orwell: As I Please, 1943-1945* (Boston: David R. Godine, 2000), p. 110.〔*Orwell in Tribune*, p. 113. オーウェル『気の向くままに ── 同時代批評1943-1947』小野協一監訳，オーウェル会訳，彩流社，1997年，141頁.〕彼はジャックブーツ問題を『トリビューン』

紙の 1944 年 8 月 18 日号で再度取り上げている.「ジャックブーツという決まり文句を追放するキャンペーンを私が進めているにもかかわらず……見たところジャックブーツはあいかわらず頻繁に使われている.……だがジャックブーツが何であるかについてはいまだに私は明確な情報を得ていない.専制的に振る舞いたくなったときに履く長靴といったもののようで,みながわかっているのはせいぜいこの程度である」(209)〔*Orwell in Tribune*, p. 177.〔『気の向くままに』277 頁〕

36 **「ウルワース〔廉価販売の雑貨店チェーン〕で六ペンスを超えるものが何もなかったよき時代に」**: As I Please, *Tribune*, January 21, 1944, and in *Orwell in Tribune*, pp. 87–88.〔『気の向くままに』87 頁〕

36 **「庭はいまだに荒れ放題ですが」**: ジャック・コモン(Jack Common)宛の 1936 年 4 月 16 日ごろの手紙. Peter Davison, ed., *George Orwell: A Life in Letters*(New York: Liveright, 2010), p. 60.〔ピーター・デイヴィソン編『ジョージ・オーウェル書簡集』高儀進訳,白水社,2011 年,75 頁.この書簡集に収録されている手紙の引用は高儀訳を適宜修正して用いた.以下同様〕

37 **「ドイツ兵の死体がひとつ」**: "Revenge is Sour," *Tribune*, November 9, 1945, and in *Orwell in Tribune*, p. 258.〔「復讐の味は苦い」工藤昭雄訳.『水晶の精神 ── オーウェル評論集 2』267 頁〕

38 **「私の仕事を調べる気になってくれる人ならば」**: "Why I Write," in *Smothered Under Journalism*, p. 319.〔「なぜ私は書くか」鶴見俊輔訳,川端康雄編『象を撃つ ── オーウェル評論集 1』平凡社ライブラリー,1995 年,117–18 頁.「なぜ書くか」からの引用はこの訳文を一部修正して用いた.以下同様〕

39 **「空爆を受けた廃墟にはびこっているピンクの花をつけた植物」**: As I Please, *Tribune*, August 25, 1944, and in *Orwell in Tribune*, p. 181.〔『気の向くままに』285 頁〕

39 **「お土産に,そのころロンドンではもう手に入らなくなっていたものを」**: Coppard and Crick, *Orwell Remembered*, p. 75.〔ルース・ピッター「マスケット銃をかついだ牛」高橋麻利子訳,コパード,クリック編『思い出のオーウェル』96 頁.引用はこの訳文を一部修正して用いた.以下同様〕

40 **「政治家の行状を論評するときの彼の言い方は」**: Coppard and Crick, *Orwell Remembered*, p. 91.〔リチャード・ピーターズ「教え子の目から」神鳥博之訳,コパード,クリック編『思い出のオーウェル』118–19 頁.引用はこの訳文を一部修正して用いた〕

40 **「彼は田園地帯についてものすごくたくさん知っていました」**: ケイ・エイクヴァル(Kay Ekevall)の回想. Stephen Wadhams, *Remembering*

Orwell (Harmondsworth: Penguin, 1984), p. 57.

41 「オーウェルと一緒に田舎の散策に出かけると」：Coppard and Crick, *Orwell Remembered*, pp. 239–40.〔アントニィ・ポウエル「回想」三澤佳子訳，コパード，クリック編『思い出のオーウェル』306 頁．引用はこの訳文を一部修正して用いた〕

41 「鳥の習性について際限なく説明をするので」：デイヴィッド・ホルブルック(David Holbrook)の回想．Wadhams, *Remembering Orwell*, p. 181.

41 「二百年前であったなら」：“A Happy Vicar I Might Have Been.” オーウェル財団(Orwell Foundation)のウェブサイトより．https://www.orwellfoundation.com/the-orwell-foundation/orwell/poetry/a-happy-vicar-i-might-have-been/〔「なぜ私は書くか」『象を撃つ —— オーウェル評論集 1』113 頁〕

42 その伯母のネリーことヘリーン〔エレーヌ〕・リムーザンは：ネリー・リムーザン (Helene “Nellie” Limouzin) についてある程度詳しく書かれたものとしては以下を参照．Darcy Moore, “Orwell’s Aunt Nellie,” *George Orwell Studies* 4, no. 2 (2020): pp. 30–45.

42 「アイヴィー・リムーザンおばさんとネリーおばさんがいた」：Buddicom, *Eric & Us*, p. 14.

44 「あなたの市民農園《アロットメント》の地代が」：ネリー・リムーザンの手紙．*A Kind of Compulsion*, vol. 10 of *The Complete Works of George Orwell*, ed. Peter Davison (London: Secker and Warburg, 1998), p. 314.

44 「ご無沙汰お許しください」：ブレンダ・ソルケルド(Brenda Salkeld)宛の手紙．*A Kind of Compulsion*, p. 307.

45 「ペポカボチャ《マロウ》とカボチャは目に見えてふくらんできています」：エレナー・ジェイクス(Eleanor Jaques)宛の手紙．*George Orwell: A Life in Letters*, p. 26.〔『ジョージ・オーウェル書簡集』42 頁〕

45 「この時代に私はあまりにもむかつきを覚えるので」：ブレンダ・ソルケルド宛の手紙．*Orwell: An Age Like This*, p. 140.〔*George Orwell: A Life in Letters*, p. 36.『ジョージ・オーウェル書簡集』56 頁〕

46 「そう，私たちが一度ネリーおばさんのところに」：ルース・ピター(Ruth Pitter)の回想．Coppard and Crick, *Orwell Remembered*, p. 70.〔ルース・ピッター「マスケット銃をかついだ牛」高橋麻利子訳，コパード，クリック編『思い出のオーウェル』89 頁〕

47 「私はスノッブであるのと同時に革命派だった」：*The Road to Wigan Pier* (London: Penguin Classics, 2001), p. 130.〔オーウェル『ウィガン波止場への道』土屋宏之，上野勇訳，ちくま学芸文庫，1996 年，188 頁〕

48 「赤い雌牛の群れが，光る海のような草に膝を埋めて草を食《は》んでいた」：*A Clergyman's Daughter*（Oxford：Oxford University Press, 2021），p. 44.〔オーウェル『牧師の娘』三澤佳子訳，晶文社，1984 年，75–76 頁．引用はこの訳文を一部修正して用いた〕

50 「庭はよいものになりうるのですが」：*Orwell: An Age Like This*, p. 214.〔「ジャック・コモンへの手紙」小野修訳，『オーウェル著作集 I』195 頁〕

52 「彼には伝統的なところがありました」：スティーヴン・スペンダー（Stephen Spender）の回想．Coppard and Crick, *Orwell Remembered*, p. 262.〔スティーヴン・スペンダー「創造的要素」高橋麻利子訳，コパード，クリック編『思い出のオーウェル』334 頁．引用はこの訳文を一部修正して用いた〕

53 「私は結婚してからの最初の数週間」：アイリーン・オショーネシー・ブレア（Eileen O'Shaughnessy Blair）の手紙．Peter Davison, ed., *The Lost Orwell: Being a Supplement to* The Complete Works of George Orwell（London：Timewell Press, 2006），p. 64.〔*George Orwell: A Life in Letters*, pp. 66–67.『ジョージ・オーウェル書簡集』79–80 頁〕

54 「うちにはいま，雌鶏が二六羽いる」：*George Orwell Diaries*, p. 154.〔『ジョージ・オーウェル日記』166 頁〕

56 「仕事以外での私の最大の関心事は庭いじり《ガーデニング》」：“Autobiographical Note,” in *Orwell: My Country Right or Left*, p. 24.〔「〔私の略歴〕」『オーウェル著作集 II』24 頁〕

57 「党によって「経験の信憑性のみならず……」」：Kunio Shin, “The Uncanny Golden Country: Late-Modernist Utopia in *Nineteen Eighty-Four*,” June 20, 2017, https://modernismmodernity.org/articles/uncanny-golden-country

58 「党は自分の目と耳から得た証拠を」：*Nineteen Eighty-Four*, p. 92.〔『一九八四年［新訳版］』125 頁〕

58 「ガーデニングが持つような仕方で」：“Ross Gay interview at *Jacket Copy*: He Has His Own Orchard!” Harriet（blog），Poetry Foundation, https://www.poetryfoundation.org/harriet-books/2016/02/ross-gay-interview-at-jacket-copy-he-has-his-own-orchard

60 「一〇歳ぐらいの小さな男の子が」：March 1947 Preface to the Ukrainian edition of *Animal Farm*, in *It Is What I Think*, vol. 19 of *The Complete Works of George Orwell*, ed. Peter Davison（London：Secker & Warburg, 1998），p. 88.〔オーウェル「ウクライナ語版のための序文」『動物農場 ── おとぎばなし』川端康雄訳，岩波文庫，2009 年，216 頁．引用はこの訳文を一部修正して用いた〕

60 「ダリアがたちまち黒ずんだ」：*George Orwell Diaries*, p. 249.〔『ジョージ・オーウェル日記』268 頁〕

61 「世界のもろもろのことが」：Wendy Johnson, *Gardening at the Dragon's Gate* (New York: Bantam Dell, 2008), p. 121.

61 「彼のこの自己再生力の源泉は」：George Woodcock, *The Crystal Spirit: A Study of George Orwell* (Boston: Little, Brown and Co., 1966), p. 61.〔ジョージ・ウドコック『オーウェルの全体像 ── 水晶の精神』奥山康治訳，晶文社，1972 年，77 頁．引用はこの訳文を一部修正して用いた〕

62 「喜びは服従［つまり隷属化］の諸勢力との戦闘をとおして」：carla bergman and Nick Montgomery, *Joyful Militancy: Building Thriving Resistance in Toxic Times* (Oakland, Calif.: AK Press, 2017), pp. 59–60.

II 地下にもぐる

1 煙，頁岩《けつがん》，氷，泥，灰

65 私たちはこうした植物を人間用に：マイケル・ポーランは『欲望の植物誌』のなかでこう述べている．「家畜化／栽培品種化《ドメスティケイション》といえば人間が他の種《しゅ》に対しておこなうものだと私たちは自動的に考えるが，ある種の植物や動物が私たちに対しておこなったことだと考えてみてもおなじように理にかなう．それは彼ら植物や動物たち自身の利益を増進させるための賢明な進化の戦略なのである．」Michael Pollan, *The Botany of Desire: A Plant's-Eye View of the World* (New York: Random House, 2001), p. xvi.〔マイケル・ポーラン『欲望の植物誌 ── 人をあやつる 4 つの植物《新装版》』西田佐知子訳，八坂書房，2012 年，16 頁〕

66 「現代の英国文壇は」：*The Road to Wigan Pier*, p. 152.〔『ウィガン波止場への道』217 頁〕

67 「ぼた山，煙突，積み上げられた鉄くず」：*The Road to Wigan Pier*, pp. 14–15.〔『ウィガン波止場への道』26 頁〕

68 「草木が追放された世界」：ここと つぎの引用は以下に拠る．*The Road to Wigan Pier*, p. 98.〔『ウィガン波止場への道』144–45 頁〕

68 「闇のなかで，長い蛇のような炎が」：*George Orwell Diaries* (Wigan Pier section), p. 77.〔『ジョージ・オーウェル日記』83 頁〕

68 「年配の男のなかには，額に炭塵の筋が」：*George Orwell Diaries*, p. 37.〔『ジョージ・オーウェル日記』47 頁〕

69 「われわれの文明は……石炭に基礎を置いている」：〔*The Road to Wigan Pier*, p. 18.『ウィガン波止場への道』30 頁〕

69 「私がこの石炭をはるか遠くの炭鉱の労働と結びつけるのは」：〔*The Road to Wigan Pier*, pp. 29-30.『ウィガン波止場への道』46 頁〕

2 石炭紀《カーボニフェラス》

71 「ローラシアがアヴァロニアおよびバルティカと合わさり」：“Variscan Orogeny,” Geological Society of London, https://www.geolsoc.org.uk/Plate-Tectonics/Chap4-Plate-Tectonics-of-the-UK/Variscan-Orogeny

74 二〇〇九年に北米のある炭鉱について科学者たちが記した報告：Howard J. Falcon-Lang, William A. DiMichele, Scott Elrick, and W. John Nelson, “Going underground: In search of Carboniferous coal forests,” *Geology Today* 25, no. 5 (September-October 2009): 181-84.

74 二〇一七年にポツダム研究所の気候科学者であるゲオルク・フォイルナーが打ち出した説：“Formation of most of our coal brought Earth close to global glaciation,” *Proceedings of the National Academy of Sciences of the United States of America*, 114, no. 43 (October 24, 2017): 11333-11337. https://doi.org/10.1073/pnas.1712062114

75 「すべての固いものは溶けて空気中に入る」Karl Marx and Frederick Engels, *The Communist Manifesto: A Modern Edition* (London: Verso, 1998), p. 39.〔マルクス，エンゲルス『共産党宣言』大内兵衛，向坂逸郎訳，岩波文庫，1951 年，46 頁〕

76 「湿原の草，シダ，トクサといった残余物」：M. Ilin, *New Russia's Primer: The Story of the Five-Year Plan*, trans. George S. Counts and Nucia P. Lodge (New York: Houghton Mifflin, 1931). これはオンラインでアクセス可能．https://marxists.org/subject/art/literature/children/texts/ilin/new/ch06.html

3 闇のなか

78 「高齢の女性が，何人か健在である」：*The Road to Wigan Pier*, p. 30.〔『ウィガン波止場への道』47 頁〕

78 「明かりがないところで」：*The Condition and Treatment of the Children Employed in the Mines and Collieries of the United Kingdom* (London: William Strange, 1842), p. 48.

81 一八〇〇年にイギリスは一〇〇〇万トンの石炭を採掘し使用した：1800 年から現在までのイギリスの石炭産出量．Hannah Ritchie, “The death of UK coal in five charts,” Our World in Data, January 28, 2019, https://ourworldindata.org/death-uk-coal

81 二〇一五年に最後の坑内掘り炭鉱が：Ritchie, “The death of UK

coal."

82 そして二〇一九年には，イギリスは一八八二年以来初めて：Jasper Jolly, "Great Britain records two weeks of coal-free electricity generation," *Guardian*, May 31, 2019, https://www.theguardian.com/business/2019/may/31/great-britain-records-two-weeks-of-coal-free-electricity-generation

82 「数百ヤード体を折り曲げて歩いたあと」：*George Orwell Diaries*, p. 47.〔『ジョージ・オーウェル日記』57 頁〕

83 「こうした男たちと」：*George Orwell Diaries*, p. 71.〔『ジョージ・オーウェル日記』77 頁〕

83 「私は自分の庭で深い溝を掘るとき」：*The Road to Wigan Pier*, pp. 28–29.〔『ウィガン波止場への道』44–45 頁〕

84 友人のリチャード・リースが沈んだ調子で述懐しているように：リチャード・リース(Richard Rees)の回想として以下に引用されている．Peter Stansky and William Abrahams, *Orwell: The Transformation* (New York: Alfred A. Knopf, 1979), p. 145.

84 「一九三六年から三七年にかけてのスペイン内戦と」："Why I Write," in *Smothered Under Journalism*, p. 319.〔「なぜ私は書くか」『象を撃つ ── オーウェル評論集 1』116 頁〕

85 「一〇〇〇トンの煙の粒子」："Case Study—The Great Smog," Royal Meteorological Society, http://www.metlink.org/resource/case-study-the-great-smog/

85 その三倍ものロンドン市民がこの時これで命を落とし：死者数 12,000 人という数値が一般的になっているが，それは以下に由来するように思われる．Michelle L. Bell, Devra L. Davis, and Tony Fletcher, "A Retrospective Assessment of Mortality from the London Smog Episode of 1952: The Role of Influenza and Pollution," *Environmental Health Perspectives*, January 2004, pp. 6–8.

85 大気汚染が原因で毎年八〇万人のヨーロッパ人と：以下を参照．Damian Carrington, "Air pollution deaths are double previous estimates, finds research," *Guardian*, March 12, 2019, https://www.theguardian.com/environment/2019/mar/12/air-pollution-deaths-are-double-previous-estimates-finds-research 2021 年の調査については以下を参照．Oliver Milman, "'Invisible killer': fossil fuels caused 8.7m deaths globally in 2018, research finds," *Guardian*, February 9, 2021, https://www.theguardian.com/environment/2021/feb/09/fossil-fuels-pollution-deaths-research

88 長きにわたって約二八〇 PPM だったのが：PA Media, "Carbon diox-

ide levels in atmosphere reach record high," *Guardian*, April 7, 2021, https://www.theguardian.com/environment/2021/apr/07/carbon-dioxide-levels-in-atmosphere-reach-record-high

Ⅲ パンと薔薇

1 薔薇と革命

93 **彼女の購入が一大ニュースになったのは**：以下の記事で落札価格が伝えられている．Rita Reif, Auctions, *New York Times*, April 19, 1991.

94 **モドッティはこの画像を作るために**：Patricia Albers, *Shadows, Fire, Snow: The Life of Tina Modotti* (Berkeley: University of California Press, 2002), p. 126.

95 **造花を嘆く人などいない**：2019年にカリフォルニア州コート・マデラのブック・パッセージ書店にておこなわれたピーター・カヨーティ(Peter Coyote)，マイケル・ポーラン(Michael Pollan)，そして筆者による公開鼎談でカヨーティが語った言葉．

96 **「腐った百合は雑草よりもひどい匂いがする」**：シェイクスピアのソネット94番より．*William Shakespeare's Sonnets*, edited by Thomas Tyler (London: David Nutt, 1890), p. 253.〔シェイクスピア『ソネット集』高松雄一訳，岩波文庫，1986年，132頁〕

97 **「御身の胎内にいまひとたび灯りがともりました」**：Dante, *Paradiso*, XXXIII, lines 6–9, translated by James Finn Cotter (Amity, NY: Amity House, 1987), p. 610.

100 **「マリアがフアン・ディエゴに花を摘むように命じたとき」**：D. A. Brading, *Mexican Phoenix: Our Lady of Guadalupe: Image and Tradition Across Five Centuries* (Cambridge: Cambridge University Press, 2001), p. 357.

2 私たちは薔薇を求めてもたたかう

103 **「あの集会であたしがいちばん気に入ったことを教えようかね」**：イリノイ州南部でトッドが出会った人びとと「パンと薔薇」というフレーズの誕生についての引用は以下に拠る．Helen Todd, "Getting Out the Vote: An Account of a Week's Automobile Campaign by Women Suffragists," *The American Magazine*, September 1911, pp. 611–19.

104 **「美しい日に，私たちが行進し，行進し，やってくるとき」**：James Oppenheim, *The American Magazine*, December 1911, p. 214.

106 **「万事けりをつけてしまいたい」**：1878年発表の歌曲「8時間(Eight Hours)」より．作詞I. G. ブランチャード(I. G. Blanchard)，作曲ジェ

ス・H. ジョーンズ師(Rev. Jesse H. Jones). 以下に収録されている. *The Fireside Book of Favorite American Songs*, edited by Margaret Bradford Boni (New York: Simon and Shuster, 1952), according to https://www.marxists.org/subject/mayday/music/eighthour.html

107　**「働く女性が欲するのは生きる権利です」**：シュナイダーマンの演説は「女性に参政権を(Votes for Women)」という見出しで以下に掲載された. *Life and Labor*, September 1912, p. 288.

3 讃えるもの

110　**「読者から投書があり，私が「否定的」で「いつも非難してばかりいる」というお叱りを受けた」**：As I Please, *Orwell in Tribune*, p. 87.〔『気の向くままに』87 頁〕

110　**「先日このコラムで花を話題にしたら」**：As I Please, *Orwell in Tribune*, pp. 129-30.〔『気の向くままに』175 頁〕

111　**「春を初めとして」**："Some Thoughts on the Common Toad," *Tribune*, April 12, 1946, and in *Orwell in Tribune*, pp. 307-8 and *Smothered Under Journalism*, p. 239.〔「ヒキガエル頌」『一杯のおいしい紅茶 ── ジョージ・オーウェルのエッセイ』小野寺健編訳，中公文庫，2020 年，110-11 頁.「ヒキガエル頌」からの引用はこの訳文を一部修正して用いた．以下同様〕

112　**一九三九年に，ナチスは前年の「退廃芸術」展に**：Daniela Späth/lbh, "Conspiracies swirl in 1939 Nazi art burning," *Duetsche Welle* (*DW*), March 20, 2014, https://www.dw.com/en/conspiracies-swirl-in-1939-nazi-art-burning/a-17510022

112　**「新しい芸術が勃興しはじめている」**：これと以下のブラントの引用は以下に拠る．Miranda Carter, *Anthony Blunt: His Lives* (New York: Farrar Straus & Giroux, 2003), pp. 149 and 203.〔ミランダ・カーター『アントニー・ブラント伝』桑子利男訳，中央公論新社，2016 年，176, 232 頁〕

113　**「できるだけ頻繁に私は」**：Lawrence Weschler, *Vermeer in Bosnia* (New York: Pantheon Books, 2004), p. 14.

113　**「あの(記憶され，想像され，予見された)あらゆる暴力に」**：Weschler, *Vermeer in Bosnia*, p. 16.

115　**「すべての芸術はある程度までプロパガンダである」**：*Orwell: My Country Right or Left*, pp. 239-40.〔「書評 ──T・S・エリオット著「バーント・ノートン」ほか」鈴木建三訳，『オーウェル著作集 II』227 頁〕

115　**「純粋に非政治的な文学などというものはない」**："The Prevention of

Literature," in *George Orwell: In Front of Your Nose*, p. 65.〔「文学の禁圧」工藤昭雄訳,『水晶の精神 —— オーウェル評論集 2』86 頁.「文学の禁圧」からの引用はこの訳文を一部修正して用いた. 以下同様〕

116 **「私が本を書くのは」**: "Why I Write," in *Smothered Under Journalism*, p. 319.〔「なぜ私は書くか」『象を撃つ —— オーウェル評論集 1』117 頁〕

116 **「現代は機械の時代であり」**: "Some Thoughts on the Common Toad," in *Smothered Under Journalism*, p. 240.〔「ヒキガエル頌」『一杯のおいしい紅茶』111 頁〕

118 **「社会主義とユートピア主義とを分離すること」**:『トリビューン』1943 年 12 月 24 日号に寄稿したコラムより. *Orwell in Tribune*, p. 74.〔『気の向くままに』53 頁. 引用はこの小野協一訳を一部修正して用いた〕

119 **「でも, この楽園の夢が現実のものになったとたん」**: Milan Kundera, interview with Philip Roth, *New York Times*, November 30, 1980.〔ミラン・クンデラ, フィリップ・ロス「世界の消滅について」青山南編・訳『世界は何回も消滅する —— 同時代のアメリカ小説傑作集』筑摩書房, 1990 年, 92 頁. 引用はこの訳文を一部修正して用いた〕

119 **「すべての「好ましい」ユートピアは」**: ジョーン・フリーマン(John Freeman)名義で発表されたオーウェルの以下のエッセイより. "Can Socialists Be Happy?" *Tribune*, December 24, 1943, and in *Orwell in Tribune*, pp. 67 and 68.

120 **「性行為は, うまくやりおおせたら」**: *Nineteen Eighty-Four*, p. 78.〔『一九八四年[新訳版]』106 頁〕

121 **「せいぜい私たちにわかっているのは」**: "The Prevention of Literature," in *George Orwell: In Front of Your Nose*, pp. 71-72.〔オーウェル「文学の禁圧」『水晶の精神 —— オーウェル評論集 2』98 頁〕

121 **「社会主義の真の目的は幸福ではない」**: "Can Socialists Be Happy?" *Tribune*, December 24, 1943, and in *Orwell in Tribune*, p. 70.

121 **「彼らが欲したのは, 一時的だからこそ貴重であったものを」**: *Orwell in Tribune*, p. 71.

4 バタートースト

123 **「とりわけ一九三六年は, 多くの人びとが」**: Woodcock, *The Crystal Spirit*, p. 167.〔ウドコック『オーウェルの全体像』201-02 頁〕

124 **ブレア家の銀食器を質《しち》に入れた**: Anthony Powell, *Infants of the Spring* (Berkeley: University of California Press, 1977), p. 98.

124 **「幻滅した中流階級の小僧」**: ポリットの書評は以下に採録されている. "Harry Pollitt's Review of Orwell's 'The Road to Wigan Pier,'" Scot-

tish Communists, October 5, 2017, https://scottish-communists.org.uk/communist-party/britain-s-socialist-heritage/110-harry-pollitt-s-review-of-orwell-s-the-road-to-wigan-pier

125 「冬蒔きの大麦は一フィート〔約三〇センチ〕の高さに育ち」：*Homage to Catalonia* (San Diego, CA: Harcourt Brace Jovanovich, 1980), p. 72.〔オーウェル『カタロニア讃歌』都築忠七訳，岩波文庫，1992 年，75 頁．以下，『カタロニア讃歌』からの引用の該当頁はこの岩波文庫版で注記する〕

126 「胸壁の前の弾痕を残した木に」：*Homage to Catalonia*, p. 101.〔『カタロニア讃歌』118 頁〕

126 「不思議で貴重なものに接していた」：*Homage to Catalonia*, p. 104.〔『カタロニア讃歌』123 頁〕

127 「革命的感情に満ちたもので」：*Homage to Catalonia*, p. 42.〔『カタロニア讃歌』68 頁〕

128 「その仕事の芸術家」：*Homage to Catalonia*, pp. 42–43.〔『カタロニア讃歌』69 頁〕

129 「私が共産党の知識人たちといつもぶつかったのは」：Stephen Spender in Richard Crossman, ed., *The God That Failed* (New York: Harper and Row, 1949), p. 255.〔リチャード・クロスマン編『神は躓ずく ―― 西欧知識人の政治体験』村上芳雄訳，ぺりかん社，1969 年，335 頁〕

129 「奇妙なことだが，その瞬間まで私は」：“A Hanging,” in *Orwell: An Age Like This*, p. 45.〔「絞首刑」川端康雄訳，『象を撃つ ―― オーウェル評論集 1』12 頁．引用はこの訳文に拠る〕

130 「その兵士は服を着終えておらず」：“Looking Back on the Spanish War,” in *Orwell: My Country Right or Left*, p. 254.〔「スペイン戦争回顧」小野協一訳，『象を撃つ ―― オーウェル評論集 1』66–67 頁．エッセイ「スペイン戦争回顧」からのエッセイはこの訳文を一部修正して用いた．以下同様.〕彼はまたスティーヴン・スペンダーに宛てた 1838 年 4 月 15 日付の手紙で，面識がなかったときにスペンダーを「パーラー・ボルシー〔客間のボルシェヴィキ〕」の典型だとして攻撃していたのに，会ってから態度を変えたことをこう説明している．「お会いしたときに万が一貴兄のことが気に入らなかったとしても，私は自分の態度を変えざるをえなかったでしょう．というのも，だれか生身の人間に会えば，相手は人間であって，ある理念を体現した戯画的存在ではないことにすぐに気づくからです」(*George Orwell: A Life in Letters*, p. 105.〔『ジョージ・オーウェル書簡集』116 頁〕)

130 「私たちがマルクスを読んだことがないのを忘れないように」：アイリーン・ブレアのノラ・マイルズ (Norah Myles) 宛の手紙より．*George*

Orwell: A Life in Letters, p. 95.〔『ジョージ・オーウェル書簡集』107頁〕

5 昨日の最後の花薔薇《はなうばら》

131 「裸足同然で薄汚れた身なりで」：兄ローレンス・オショーネシー(Laurence O'Shaughnessy) 宛のアイリーン・ブレアの手紙. *George Orwell: A Life in Letters*, p. 76.〔『ジョージ・オーウェル書簡集』89 頁〕

131 「ソ連の独裁者がカタルーニャおよび共和国のほかの地域で」：Adam Hochschild, *Spain in Our Hearts: Americans in the Spanish Civil War, 1936–1939* (New York: Houghton Mifflin Harcourt, 2016), p. 47.

133 「最初に考えたのは，ありきたりだが」：*Homage to Catalonia*, p. 186.〔『カタロニア讃歌』195 頁〕

134 モドッティの伝記作者によると：Albers, *Shadows, Fire, Snow*, pp. 301–4.

134 「模範的な共産主義者たることは」：Albers, *Shadows, Fire, Snow*, p. 178. オーウェルのもうひとりの同時代人ルイ・マクニース(Louis MacNeice)は「共産党のもっとも強力な魅力は犠牲を要求してくることだった．自我を滅却すべし，というのである」と述べた(Carter, *Anthony Blunt*, p. 111.〔カーター『アントニー・ブラント』139 頁〕)

136 彼女がメキシコを追われて乗っていたのとおなじ船にいた：ヴィットーリオ・ヴィダーリ(Vittorio Vidali)については以下も参照．Dorothy Gallagher, *All the Right Enemies: The Life and Murder of Carlo Tresca*; Burnett Bolloten, *The Spanish Civil War: Revolution and Counterrevolution*〔バーネット・ボロテン『スペイン内戦――革命と反革命』上下巻，渡利三郎訳，晶文社，2008 年〕; Paul Preston, *The Spanish Holocaust: Inquisition and Extermination in Twentieth-Century Spain* (New York: W. W. Norton, 2012); and Dominic Moran, *Pablo Neruda* (London: Reaktion Books, 2009).「彼〔ヴィダーリ〕はまたスペインでアンドレウ・ニンの拉致と残虐な殺害に加担した．ソヴィエトからの認可を受けて，その地で彼は何百人もの「反主流派」の共産主義者を処刑した」(Moran, *Neruda*, p. 89)

137 「マリアと同様に，ティナは献身と優しさ」：Albers, *Shadows, Fire, Snow*, p. 287.

137 「政治活動家がダンスをするのは相応しくない」：Emma Goldman, *Living My Life* (New York: Cosimo Classics, 2011), p. 56.〔エマ・ゴールドマン『エマ・ゴールドマン自伝』上下巻，小田光雄，小田透訳，ぱる出版，2005 年，上巻，85 頁〕

138 「トロツキスト分子やアナキスト分子」：オクタビオ・パスの言葉として

以下に引用されている．Albers, *Shadows, Fire, Snow*, p. 299.

138 「ほどんど怪物だ」：Hugh Thomas, *The Spanish Civil War*, rev. ed. (New York: Modern Library, 2001), p. 310.

139 「このあたりは，私の子どものころと変わりない英国」：*Homage to Catalonia*, pp. 231-32.〔『カタロニア讃歌』261 頁〕

140 「雲雀が高らかに歌っている」：〔*George Orwell Diaries*, p. 138.『ジョージ・オーウェル日記』166 頁〕

140 「炎が死ぬことはない」：Pablo Neruda, "Tina Modotti Ha Muerto," translated as "Tina Modotti Is Dead," in Pablo Neruda, *Residence on Earth*, translated by Donald D. Walsh (New York: New Directions, 1973), pp. 325-36.

141 「彼女は長年勤めていたGPU［ソ連の秘密警察・諜報機関］と意見の衝突が生じた」：Victor Serge, *Notebooks* (New York: NYRB Classics, 2019), p. 135. セルジュは同書で「ティナ・モドッティが「消された」」ことを彼の仲間が確信していたと記している(p. 144)．パトリシア・アルバースはモドッティ伝のなかで，彼女が毒殺されたとみなす人びとにふれ，彼女が「スペイン共和国でのカルロス将校の粛清の活動に嫌悪していた」とするメキシコの新聞記事を引いている(Albers p. 331)．さらにアルバースは，モドッティの死をヴィダーリの犯行だとするアナキストのカルロ・トレスカの見解も引用している．このトレスカものちに暗殺されているが，彼を殺害したのもヴィダーリではないかと見られる．ポール・プレストンはつぎのように述べている．「短期間第五連隊でヴィダーリの補佐役であったヨシフ・グリグレヴィッチ(コードネームは「マクス」)，そしてヴィダーリ自身(コードネームは「マリオ」)は，ヤコフ・イサーコヴィッチ・セレブリャンスキーの指揮下で秘密警察NKVD〔人民内部委員会〕の特殊作業部(暗殺，テロル，破壊活動，拉致に従事)に所属した．ヴィダーリとグリグレヴィッチのどちらも，のちにトロツキー暗殺の最初の試みに深く関与することになる」(Paul Preston, *The Spanish Holocaust: Inquisition and Extermination in Twentieth-Century Spain*, p. 353)

Ⅳ スターリンのレモン

1 燧石《すいせき》の小路

145 一九四八年にコテッジを購入した学校教師エスター・ブルックスは：エスター・ブルックスが自費出版したパンフレットにおける，「モンクス・フィチェット(Monks Fitchett)」と呼んでいたウォリントン村のコテッジについての記述からの引用．

146　一〇〇〇年にもわたってその土地は耕されてきた：John W. M. Wallace, *An Agricultural History of the Parish of Wallington: Farming from Domesday Onwards* (Wallington, UK: Wallington Parochial Church Council, 2010).

150　「リゾームのどんな一点も」：Gilles Deleuze and Félix Guattari, *A Thousand Plateaus: Capitalism and Schizophrenia*, trans. Brian Massumi (Minneapolis: University of Minnesota, 1987), pp. 7 (first two) and 11.〔ジル・ドゥルーズ，フェリックス・ガタリ『千のプラトー――資本主義と分裂症』上中下巻，宇野邦一ほか訳，河出文庫，2010年，上巻，23頁(最初のふたつの引用)，31頁．引用はこの訳文を一部修正して用いた〕

151　「人間の思想の一部を」：Henry David Thoreau, *Walden and Other Writings of Henry David Thoreau* (New York: The Modern Library, 1937), p. 203.〔H. D. ソロー『森の生活』上下巻，飯田実訳，岩波文庫，1995年，下巻，101頁〕

154　「〔第一次〕大戦以来，私は」：Charles C. Hurst, "Genetics of the Rose," *The Gardeners' Chronicle* 84, nos. 35-36 (July 14, 1928).

154　「もっとも香りのよい五〇種の薔薇」：このカタログはケンブリッジ大学図書館所蔵のハースト文書にふくまれている．

2 嘘の帝国

157　「科学者にとって主な自由とは」：John R. Baker, "Science, Culture and Freedom," in *Freedom of Expression: A Symposium* (London: Hutchinson International Authors Ltd., 1945), pp. 118-19.

158　「世界でただひとり」：Gary Paul Nabhan, *Where Our Food Comes From: Retracing Nikolay Vavilov's Quest to End Famine* (Washington, DC: Island Press, 2011), p. 11.

160　「新ダーウィニズムに代わる新ラマルキズム」：J. V. Stalin, "Anarchism or Socialism?" written 1906-7, published in *Works*, vol. 1, *November 1901-April 1907* (Moscow: Foreign Languages Publishing House, 1954), https://www.marxists.org/reference/archive/stalin/works/1906/12/x01.htm〔スターリン「無政府主義か社会主義か？」『弁証法的唯物論と史的唯物論／無政府主義か社会主義か』マルクス＝レーニン主義研究所訳，大月書店，1953年，60頁〕

160　「社会主義は万人が生まれつき平等であることを前提として」：Anton Pannekoek, *Marxism and Darwinism* (Chicago: Charles H. Kerr and Company Cooperative, 1913), p. 28.

162　「メンデルの遺伝の法則は」：Julian Huxley, *Soviet Genetics and*

World Science (London: Chatto and Windus, 1949), p. 183.

164 **特に目立つのは政権にいたくおだてられた劇作家ジョージ・バーナード・ショー**：『マンチェスター・ガーディアン』紙に宛てた1933年3月2日付の手紙で，ショーはこう主張している．「とりわけ腹立たしくばかばかしいのは，ロシアの労働者の状況を奴隷制や飢餓状態にたとえ，五か年計画を失敗とし，新たな国家経営は破産状態で共産主義体制は虫の息だとする昔ながらのやり口が息を吹き返していることだ．避けがたいものとして当然視され，わが国の報道機関からは「ニュースにする価値なし」として無視されているような，経済的奴隷制度や窮乏状態，失業，状況が好転するはずもないという冷笑的な絶望，といったものの証拠はどこにも見られなかったことを記録しておきたい」

164 **当時飢饉とその原因について真実を語っていたのは**：マルコム・マガリッジ(Malcolm Muggeridge)は1933年に『マンチェスター・ガーディアン』紙に寄稿した記事でそれを実行しており，ギャレス・ジョーンズ(Gareth Jones)は1933年に『ニューヨーク・イヴニング・ポスト』ほか各紙に一連の記事を発表していた．

164 **「もっとも特徴的な産物だ」**：この部分ならびにほかの引用は『マンチェスター・ガーディアン』1933年3月27日号にマガリッジが匿名で寄稿した記事から．

165 **「期待に胸をふくらませてロシアに行った多くの者たち」**：Review of Eugene Lyons's *Assignment in Utopia*, in *Orwell: An Age Like This*, p. 333; originally in *The New English Weekly*, June 9, 1938. 〔「書評 ── ユージーン・ライオンズ著『ユートピアの課題』」塩沢由典訳，『オーウェル著作集 I』307頁〕

165 **「2+2=5という数式に私は」**：Eugene Lyons, *Assignment in Utopia* (New York: Harcourt, Brace & Co., 1937), p. 240.

167 **「処刑は，それに先立つ処刑に起因する」**：Adam Hochschild, *The Unquiet Ghost: Russians Remember Stalin* (Boston: Mariner Books, 2003), p. xv.

168 **「たとえ火あぶりにされ」**：以下に引用されたヴァヴィロフの言葉．Peter Pringle, *The Murder of Nikolai Vavilov: The Story of Stalin's Persecution of One of the Twentieth Century's Greatest Scientists* (London: JR Books, 2009), p. 231.

168 **「貴様がヴァヴィロフか」**：Simon Ings, *Stalin and the Scientists* (New York: Grove Atlantic, 2017), p. 292.

169 **「小麦はライ麦に変化しうる」**：*Our Job Is to Make Life Worth Living*, vol. 20 of *The Complete Works of George Orwell*, ed. Peter Davison (London: Secker & Warburg, 1998), p. 214.

3　レモンを強いること

171　「チャーチルもしくは同行していた彼の娘が」：ある随行員による記録が以下のウェブサイトに出ている．https://www.ww2today.com/5th-february-1945-churchill-roosevelt-and-stalin-meet-at-yalta もうひとつはCIA の刊行するジャーナル『スタディーズ・イン・インテリジェンス』で閲覧可能．*Studies in Intelligence* 46, no. 1 (Pittsburgh: Government Printing Office, 2002), pp. 29 and 102.

171　「彼は別荘にレモンの低木を植えさせた」：以下の書籍に引用されたモロトフの言葉．Zhores A. Medvedev and Roy Aleksandrovich Medvedev, *The Unknown Stalin* (New York: The Abrams Press, 2004), p. 194. 同頁には「特に 1946 年には，彼はレモンに夢中だった」という記述もある．

172　別の政府高官がスターリンに：V. M. Molotov and Feliz Chuev, *Molotov Remembers: Inside Kremlin Politics* (Chicago: Ivan R. Dee, 2007), p. 175. この高官はグルジア中央委員会筆頭書記官のアカキ・イヴァノヴィッチ・ムゲラゼ(Akaki Ivanovich Mgeladze)を指す．

172　「自然をじっと見ているなどということは」：Svetlana Alliluyeva, *Twenty Letters to a Friend*, trans. Priscilla Johnson McMillan (New York: Harper & Row, 1967), p. 28.

172　「寒さに慣れさせろ」：ロシア語書籍『スターリンの近くの別荘』〔『スターリン．彼についての大きな本』〕から．“Сталин. Большая книга о нем” Коллектив авторов под редакцией И. А. Анискина. Глава 16. Эвкалипты и лимоны. *Stalin: A Big Book about Him*,” ed. I. A. Aniskin (Moscow: ACT, 2014), p. 324.

172　「みんなの首がとぶ」：Lewis Carroll, *The Annotated Alice: Alices Adventures in Wonderland & Through the Looking-Glass*, with an introduction by Martin Gardner (New York: Bramhall House, 1960), p. 106. 〔ルイス・キャロル『不思議の国のアリス』河合祥一郎訳，角川文庫，2010 年，106 頁．引用はこの訳文に拠る〕

174　「全体主義の真に恐るべき点は」：*Tribune*, February 4, 1944, and in *George Orwell: As I Please*, p. 88.『気の向くままに』101 頁．引用はこの小野協一訳を一部修正して用いた〕

174　「過去をコントロールするものは」：*Nineteen Eighty-Four*, p. 284. 〔『一九八四年[新訳版]』383 頁〕

175　「その死から四半世紀ほどが過ぎて」：Nabhan, *Where Our Food Comes From*, p. 176.

V 隠棲と攻撃

1 囲われた土地

179 「ある種の庭園は隠棲の地であるかのように描かれるが」：Robin Gillanders, *Little Sparta* (Edinburgh: Scottish National Portrait Gallery, 1998) ほか多くの場所で引用されているイアン・ハミルトン・フィンレイ (Ian Hamilton Finlay) の言葉.

181 「一七二五年から一八二五年までに約四〇〇〇もの」：Peter Linebaugh, *Stop, Thief!* (Oakland, CA: PM Press, 2014), p. 144.

182 「茫洋たる風景を統べるは束縛なき自由」：John Clare, *Selected Poems* (London: Penguin Classics, 2004), p. 169.

182 「ロイストン在住の農業を知悉する紳士フォスター氏は」：Arthur Young, *A General View of the Agriculture of Hertfordshire Drawn Up for the Consideration of the Board of Agriculture and Internal Improvement* (London: Printed by B. McMillan, 1804), p. 48.

183 「絵画や詩，文学や礼儀作法」：Ann Bermingham, *Landscape and Ideology: The English Rustic Tradition, 1740–1860* (Berkeley: University of California Press, 1986), p. 1.

184 「ますます自然に，あらかじめ囲い込まれた風景のような様相を」：Bermingham, *Landscape and Ideology*, pp. 13–14.

184 「ああ，いまはなんという時代」：From Brecht's poem "An die Nachgeborenen," translated for the author by Professor Christina Gerhardt.〔ベルトルト・ブレヒト「あとから生まれるひとびとに」『ブレヒトの詩（ベルトルト・ブレヒトの仕事）［新装版］』野村修，長谷川四郎訳，河出書房新社，2007 年，337 頁．引用はこの訳文を一部修正して用いた〕

185 「世界がばらばらに壊れようとしているのに」：Cartier-Bresson, quoted in Estelle Jussim and Elizabeth Lindquist-Cock, *Landscape as Photograph* (New Haven, CT: Yale University Press, 1985), p. 140.

185 「最新のデータによれば」：Rachel Elbaum, "Australian crews race to contain blazes ahead of heat wave later this week," *NBC News*, January 7, 2020, https://www.nbcnews.com/news/world/australian-crews-race-contain-blazes-ahead-heatwave-later-week-n1111656

186 「中流階級の少年たちのほとんどは」："Inside the Whale," in *Orwell: An Age Like This*, p. 503.〔「鯨の腹のなかで」鶴見俊輔訳，川端康雄編『鯨の腹のなかで ―― オーウェル評論集 3』平凡社ライブラリー，1995 年，32 頁．「鯨の腹のなかで」からの引用はこの訳文を一部修正

して用いた．以下同様〕

187 ラティーナの壁画家フアナ・アリシア：フアナ・アリシア（Juana Alicia）の作品は彼女のウェブサイトで閲覧可能である．https://juanaalicia.com

2 上流階級《ジェンティリティ》

190 「当時の彼の功績で」：Katharine Baetjer, *British Paintings in the Metropolitan Museum of Art, 1575–1875* (New Haven, CT: Yale University Press, 2009), p. 64.

191 「血筋の観点から考えれば」：Katharine Baetjer, *British Portraits in the Metropolitan Museum of Art* (New York: The Metropolitan Museum of Art, 1999), p. 27.

191 レノルズに支払われた報酬は二〇〇ポンド：Baetjer, *British Paintings in the Metropolitan Museum of Art*, p. 65.

192 「彼女はそれ以上のことも私に教えた」：Mary Prince, *The History of Mary Prince, a West Indian Slave, Related by Herself* (London: F. Westley and A. H. Davis, 1831), p. 6.

192 「家はとても小さくて，壁は先祖の肖像画で」：Eileen O'Shaughnessy Blair in *The Lost Orwell*, pp. 64–65.〔*George Orwell: A Life in Letters*, p. 67.『ジョージ・オーウェル書簡集』81 頁〕

193 「過去何代にもわたって，かみさんの家系は」：*Coming Up for Air*, p. 108.〔『空気をもとめて』大石健太郎訳，185 頁〕

196 「土地所有者の富」：*Slavery and the British Country House*, ed. Madge Dresser and Andrew Hann (Swindon, UK: English Heritage, 2013), p. 13, http://historicengland.org.uk/images-books/publications/slavery-and-british-country-house/

197 「イギリス帝国全体の奴隷補償」：*Slavery and the British Country House*, p. 20.

3 砂糖と芥子《けし》とチーク材

199 ブレア家所有のウェスト・プロスペクト・プランテーションの一八一七年付の登記簿：https://www.ucl.ac.uk/lbs/estate/view/1789

200 「小高い丘のそばにある泉」：David Mills, *A Dictionary of English Place Names* (Oxford: Oxford University Press, 2011), p. 356.

200 〈oran〉や〈ora〉には：Walter W. Skeat, *The Place Names of Suffolk* (Cambridge: Cambridge Antiquarian Society, 1913), p. 114.

200 「イチイの森」：W. J. N. Liddall, *The Place-Names of Fife and Kinross* (Edinburgh: William Green & Sons, 1896), p. 45.

201　**この人びとは英国人というより帝国の市民**：オーウェルの祖先についてはすでに多くの先行研究があるが，なかでもピーター・スタンスキー(Peter Stansky)とウィリアム・エイブラハム(William Abraham)の *The Unknown Orwell* (New York: Alfred A. Knopf, 1972)の 4-9 頁が詳しい〔P・スタンスキィ，W・エイブラハム『作家以前のオーウェル』浅川淳訳，中央大学出版部，1977 年，3-9 頁〕．ゴードン・バウカー(Gordon Bowker)による伝記 *George Orwell* (London: Abacus, 2003)もおなじ内容をカバーしている(3-10 頁)．

202　**「英国の国花は赤いチューダーローズだ」**：Garry Littman, "A Splendid Income: The World's Greatest Drug Cartel," *Bilan*, November 24, 2015, https://www.bilan.ch/opinions/garry-littman/_a_splendid_income_the_world_s_greatest_drug_cartel

202　**「われわれインド在住の白人連中は」**：*Burmese Days* (New York: Houghton Mifflin Harcourt Company, 1962), p. 39.〔オーウェル『ビルマの日々』新装版，大石健太郎訳，彩流社，1997 年，50 頁〕

203　**貴族もいれば平民も国会議員も王殺しもいる**：ここの記述のいくらかは，刊行された記録より少し詳しく調べられる家系図ウェブサイトからまとめた．

4 オールドブラッシュ

205　**「だれの手柄なのか」**："The Drumbeats of Fashion," *Washington Post Magazine*, March 10, 1985.

209　**しぶきとかまき散らすという意味を持つ**：チンツの語源については以下を参照．Rosemary Crill, *Chintz: Indian Textiles for the West* (London: Victoria and Albert Publishing in association with Mapin Publishing, 2008), p. 9.

209　**「チンツや彩色模様のキャリコは」**：Crill, *Chintz*, p. 16.

210　**リチャード・オーヴィーによって作られたリボン縞のチンツ**：以下に複製版が掲載されている．Linda Eaton, *Printed Textiles: British and American Cottons and Linens, 1700-1850* (New York: The Monacelli Press, 2014), p. 108.

210　**「一八世紀末に英国にチャイナローズがもたらされたことで」**：Charles C. Hurst, "Notes on the Origin and Evolution of Our Garden Roses," *Journal of the Royal Horticultural Society* 66 (1941): 73-82.

212　**薬用オピオイドであくどい商売をしたブルックリン生まれのモーティマー・サックラー**：David Austin, *The English Roses: Classic Favorites & New Selections* (Richmond Hill, ON: Firefly Books, 2008). 190 頁に「「モーティマー・サックラー」は大きなシュラブを形成するため，広い

空間を必要とする」とある.

212 「それは年に二度だけ起こる」: Yonatan Mendel, “A Palestinian Day Out,” *London Review of Books*, August 15, 2019, https://www.lrb.co.uk/the-paper/v41/n16/yonatan-mendel/diary

5 悪の華

215 「北米の人たちから」: Jamaica Kincaid, *A Small Place* (New York: Farrar, Straus & Giroux, 2000), p. 31.〔ジャメイカ・キンケイド『小さな場所』旦敬介訳, 平凡社, 1997年, 47-48頁. 引用はこの訳文を一部修正して用いた〕

216 「まるでみずからが外国人に向ける敵意や嫌悪に恥じ入ってでもいるかのように」: Jamaica Kincaid, *My Garden (Book)* (New York: Farrar, Straus & Giroux, 1999), p. 120.

217 「偉大なるエイブラハム・リンカーンは」: Jamaica Kincaid, “Inside the American Snow Dome,” *Paris Review*, Nov. 11, 2020. https://www.theparisreview.org/blog/2020/11/11/inside-the-american-snow-dome/

217 「私は自分の出身地の植物の名前を知らない」: Jamaica Kincaid, “Flowers of Evil,” *New Yorker*, October 5, 1992, p. 156.

218 「マライアが水仙のことを口にするまで」および「この花々が何なのか知らなかったのだから」: Kincaid, “Mariah,” *New Yorker*, June 26, 1989, pp. 32 and 35.〔ジャメイカ・キンケイド『ルーシー』風呂本惇子訳, 學藝書林, 1993年, 24, 35頁. 引用はこの訳文を一部修正して用いた〕

219 「私は水仙が好きではないが」: Jamaica Kincaid, “Alien Soil,” *New Yorker*, June 21, 1993, p. 51.

219 「子ども心に」: Jamaica Kincaid, “Garden Inspired by William Wordsworth's Dances with Daffodils,” *Architectural Digest*, May 2007, https://www.architecturaldigest.com/story/gardens-article

219 「霜のせいで」: *George Orwell Diaries*, p. 261.〔『ジョージ・オーウェル日記』282頁〕

220 「英国が比較的恵まれた状態で」: *The Road to Wigan Pier*, p. 148.〔『ウィガン波止場への道』212頁〕

221 「インドを解放するか」: “Do Our Colonies Pay?” in *Orwell in Tribune*, p. 301.

Ⅵ 薔薇の値段

1 美の問題

225 「花の英語名の急速な消滅」：As I Please, April 21, 1944, in *Orwell in Tribune*, p. 129.〔『気の向くままに』175 頁〕

226 「万人周知のことながら」：“The Lion and the Unicorn: Socialism and the English Genius,” published in 1941 as a small book, and in *Orwell: My Country Right or Left*, pp. 58–59.〔「ライオンと一角獣 —— 社会主義とイギリス精神」小野協一訳，『ライオンと一角獣 —— オーウェル評論集 4』14–15 頁．「ライオンと一角獣」からの引用はこの訳文を一部修正して用いた．以下同様〕

226 「切手収集家，鳩飼育家」：“The Lion and the Unicorn,” in *Orwell: My Country Right or Left*, p. 59.〔『ライオンと一角獣』15 頁〕

228 「彼が美を讃えたことはほとんどなく」：John Carey, introduction to *George Orwell: Essays* (New York: Alfred A. Knopf, 2002), p. xv.

228 「党員が私有物として持つには奇妙なもの」：*Nineteen Eighty-Four*, pp. 109–10.〔『一九八四年［新訳版］』147 頁〕

229 「自分が見聞きしたものを何ひとつ変えたいとは思わずに」：Elaine Scarry, *On Beauty and Being Just* (Princeton, NJ: Princeton University Press, 1999), p. 61.

230 「(不正が目前にある場合のように)自分が見聞きしたことに介入し」：Scarry, *On Beauty and Being Just*, p. 61.

231 「私たちはみんな忙しすぎて」：アンソニー・マイヤー・ファイン・アーツ(Anthony Meier Fine Arts)でのアナ・ブリューム(Anna Blume)によるゾーイ・レナード(Zoe Leonard)のインタビューより．https://www.anthonymeierfinearts.com/attachment/en/555f2a8acfaf3429568b4568/Press/555f2b29cfaf3429568b5c35

2 薔薇工場にて

235 その結果をぶ厚い報告書にまとめて合衆国で公開した：ネイトが 2017 年にまとめた報告書は以下のとおり．*Mother's Day in the Flower Fields: Labor Conditions and Social Challenges for Colombia's Flower Sector Employees*, published by the Project for International Accompaniment and Solidarity and by Global Exchange, available at http://pasointernational.org/wp-content/uploads/2017/05/Colombias-Cut-Flower-Industry_-May-2017-PASO-Compressed.pdf

243 「私がこの石炭をはるか遠くの炭鉱の労働と結びつけるのは」：*The*

Road to Wigan Pier, pp. 29-30.〔『ウィガン波止場への道』46 頁〕

3 水晶の精神

245 「確かにある本の文学としての質を」：“Politics vs. Literature: An Examination of *Gulliver's Travels*,” *Polemic*, September-October 1946, and in *Smothered Under Journalism*, p. 429.〔「政治対文学 ── 『ガリヴァー旅行記』論考」河野徹訳，『鯨の腹のなかで ── オーウェル評論集 3』283-84 頁．引用はこの訳文を一部修正して用いた〕

246 「私たちが壁に第一に求めるのは」：“Benefit of Clergy: Some Notes on Salvador Dali,” in *George Orwell: As I Please*, p. 161. このエッセイは 1944 年 6 月に出版されたが，猥褻であるという理由で書籍から物理的に削除されてしまった．〔「聖職者の特権 ── サルバドル・ダリ覚え書き」小野寺健訳，『水晶の精神 ── オーウェル評論集 2』155-56 頁．引用はこの訳文を一部修正して用いた〕

247 「バルセロナのレーニン兵舎でのことだった」：*Homage to Catalonia*, pp. 3-4.〔『カタロニア讃歌』13-15 頁〕

248 「給仕人や店員も」：*Homage to Catalonia*, p. 5.〔『カタロニア讃歌』16-17 頁〕

248 「だが私が君の顔に見たものは」：“Looking Back on the Spanish War,” published 1943, in *Orwell: My Country Right or Left*, p. 267.〔「スペイン戦争回顧」小野協一訳，『象を撃つ ── オーウェル評論集 1』94 頁〕

249 「ウォリントンにて．クロッカスが至るところで」：*George Orwell Diaries*, p. 330. 1941 年 3 月 4 日の日記．〔『ジョージ・オーウェル日記』337-38 頁〕

250 「技術的な観点からいって」：Transcript of *The Trials of J. Robert Oppenheimer*, dir. David Grubin, aired January 26, 2009, on PBS, https://www-tc.pbs.org/wgbh/americanexperience/media/pdf/transcript/Oppenheimer_transcript.pdf

4 薔薇の醜さ

255 「あたりの空気に染み入る，耳にやわらかな響き」：Rilke, “Les Roses,” in *The Complete French Poems of Rainer Maria Rilke*, trans. A. Poulin (Minneapolis: Graywolf Press, 2002), p. 8.〔『リルケ詩集』高安国世訳，岩波文庫，2010 年，279 頁〕

256 「薔薇の花は美しい」：シェイクスピアのソネット 54 番より．*William Shakespeare's Sonnets*, edited by Thomas Tyler (London: David Nutt, 1890), p. 212.〔シェイクスピア『ソネット集』高松雄一訳，77-78

頁．引用はこの訳文を一部修正して使用した〕

5 雪と墨

265 「ミラーは街にいるふつうの男について書いている」：“Inside the Whale,” in *Orwell: An Age Like This*, p. 496.〔「鯨の腹のなかで」『鯨の腹のなかで —— オーウェル評論集 3』15 頁〕

266 「欺瞞と暴力」：Sissela Bok, *Lying* (New York: Vintage, 1999), p. 18.

269 「全体主義的統治の理想的な臣民は」：Hannah Arendt, *The Origins of Totalitarianism* (New York: Harcourt, Brace & World, 1951), p. 474.〔ハンナ・アーレント『全体主義の起原 3　全体主義[新版]』大久保和郎，大島かおり訳，みすず書房，2017 年，345 頁．引用はこの訳文を一部修正して用いた〕

269 「全体主義に不可欠のものであり」：“The Prevention of Literature,” published 1946, in *George Orwell: In Front of Your Nose*, p. 63.〔「文学の禁圧」『水晶の精神 —— オーウェル評論集 2』82–83 頁〕

270 「しかし全体主義国家に住まなければ」：*George Orwell: In Front of Your Nose*, p. 67.〔「文学の禁圧」『水晶の精神 —— オーウェル評論集 2』89 頁〕

271 「大げさな文体はそれ自体が」：“Politics and the English Language,” in *George Orwell: In Front of Your Nose*, p. 136.〔「政治と英語」工藤昭雄訳，『水晶の精神 —— オーウェル評論集 2』28 頁．「政治と英語」からの引用はこの訳文を一部修正して用いた．以下同様〕

271 「私たちの時代では，政治的言論は」：*George Orwell: In Front of Your Nose*, p. 136.〔「政治と英語」『水晶の精神 —— オーウェル評論集 2』26 頁〕

272 「本当の狙いと公表した目的とのあいだに」：〔*George Orwell: In Front of Your Nose*, p. 137.「政治と英語」『水晶の精神 —— オーウェル評論集 2』28 頁〕

272 「ニュースピークの目的は」：*Nineteen Eighty-Four*, p. 60.〔『一九八四年[新訳版]』82 頁〕

273 「「政治的に自由な」あるいは「知的に自由な」」：*Nineteen Eighty-Four*, p. 344.〔『一九八四年[新訳版]』480 頁〕

273 「想像力は，ある種の野生動物と同様に」：“The Prevention of Literature,” in *George Orwell: In Front of Your Nose*, pp. 71–72.〔「文学の禁圧」『水晶の精神 —— オーウェル評論集 2』98 頁〕

274 「自分の外の世界の美しさ」：“Why I Write,” in *Smothered Under Journalism*, p. 318.〔「なぜ私は書くか」『象を撃つ —— オーウェル評論集 1』111 頁〕

274　「そして私の仕事を振り返ってみて」：*Smothered Under Journalism*, p. 320.〔「なぜ私は書くか」『象を撃つ ── オーウェル評論集 1』120 頁〕
274　「平和な時代だったならば」：*Smothered Under Journalism*, p. 319.〔「なぜ私は書くか」『象を撃つ ── オーウェル評論集 1』112 頁〕
275　「この一〇年間を通じて私がいちばんしたかったことは」：*Smothered Under Journalism*, p. 319.〔「なぜ私は書くか」『象を撃つ ── オーウェル評論集 1』117 頁〕
275　「だがもしその仕事が美的経験でもあるというのでなかったら」：*Smothered Under Journalism*, p. 319.〔「なぜ私は書くか」『象を撃つ ── オーウェル評論集 1』117 頁〕
276　「夫が特に修正を望んでいるのは」：*Facing Unpleasant Facts, 1937–1939*, vol. 11 of *The Complete Works of George Orwell*, ed. Peter Davison (London: Secker & Warburg, 1998), p. 6.〔本文中で「『ウィガン波止場への道』の出版者」宛とあるが，正確にはオーウェルの著作権代理人であるレナード・ムーア(Leonard Moore)の秘書のミス・ペリアム(Miss Periam)宛である〕

Ⅶ　オーウェル川

1　喜ばしきことどもの明細目録

280　「シャルトル大聖堂正面の人物像のひとつ」：Coppard and Crick, *Orwell Remembered*, p. 171.〔ジョン・モリス「受難者の顔」本多英明訳，コパード，クリック編『思い出のオーウェル』220 頁．引用はこの訳文を一部修正して用いた〕
280　「この原稿は爆撃に見舞われました」：*George Orwell: A Life in Letters*, p. 236.〔『ジョージ・オーウェル書簡集』273 頁〕
281　ふたりして煙草を控えたら：Bernard Crick, *George Orwell: A Life* (Boston: Little, Brown and Co., 1981), p. 296.〔B・クリック『ジョージ・オーウェル ── ひとつの生き方』上下巻，河合秀和訳，岩波書店，1983 年，下巻，159 頁〕
283　「まず最初は，キッパー」：“In Defence of English Cooking,” in John Carey, ed., *George Orwell: Essays* (New York: Everyman’s Library, 2002), pp. 971 and 972.〔「イギリス料理の弁護」『一杯のおいしい紅茶』19-20 頁．引用はこの訳文を一部修正して用いた〕
284　「それに，いちばんの宝を一目で発見できることは」：“Just Junk—But Who Could Resist It?” *Evening Standard*, January 5, 1946, and in *Smothered Under Journalism*, p. 18.〔「ガラクタ屋」『一杯のおいしい紅茶』93 頁．引用はこの訳文を一部修正して用いた〕

285 「イギリスの雑魚《コース・フィッシュ》の名前にだって一種の安らぎがある」：*Coming Up for Air* (Boston: Houghton Mifflin, 1969), p. 87.〔『空気をもとめて』大石健太郎訳，103 頁〕
285 「ガラスのなかに珊瑚を封じ込めたものもあるが」："Just Junk—But Who Could Resist It?" *Evening Standard*, January 5, 1946, and in *Smothered Under Journalism*, p. 18.〔「ガラクタ屋」『一杯のおいしい紅茶』94 頁〕
286 「だれの心にもひそんでいるコクマルガラス」："Just Junk—But Who Could Resist It?" *Evening Standard*, January 5, 1946, and in *Smothered Under Journalism*, p. 19.〔「ガラクタ屋」『一杯のおいしい紅茶』96 頁〕
286 「五月初めから一一月までジャーナリズムから離れて」：フレドリック・ウォーバーグ(Fredric Warburg)からロジャー・センハウス(Roger Senhouse)宛の手紙．*Smothered Under Journalism*, p. 38.
287 「サンチョ・パンサ的な人生観を表現する」："The Art of Donald McGill," in *Orwell: My Country Right or Left*, pp. 162–64.〔「ドナルド・マッギルの芸術」佐野晃訳，『ライオンと一角獣 ―― オーウェル評論集 4』137–40 頁．引用はこの訳文を一部修正して用いた〕
287 「ここは凍てつくような寒さで」：ジェフリー・ゴーラー(Geoffrey Gorer)宛の 1946 年 1 月 22 日付の手紙．*George Orwell: A Life in Letters*, p. 287.〔『ジョージ・オーウェル書簡集』330 頁〕
287 「庭でデッキチェアに座っていられる季節もあれば」：ここと後続の引用は以下に拠る．"Bad Climates Are Best," *Evening Standard*, February 2, 1946, and in *Smothered Under Journalism*, pp. 90–92.〔「イギリスの気候」『一杯のおいしい紅茶』98–103 頁．引用はこの訳文を一部修正して用いた〕
288 「木工部分には木目があり」："The Moon Under Water," *Evening Standard*, February 9, 1946, and in *Smothered Under Journalism*, p. 99.〔「パブ「水月」」『一杯のおいしい紅茶』23–26 頁．引用はこの訳文を一部修正して用いた〕
289 「だが自然に対する人間の支配力は」："Pleasure Spots," *Tribune*, January 11, 1946, and in *Smothered Under Journalism*, p. 32.〔「娯楽場」『一杯のおいしい紅茶』79 頁．引用はこの訳文を一部修正して用いた〕
290 「ですが，そこに行くのを先延ばしにしてきました」：ドロシー・プラウマン(Dorothy Plowman)宛の 1946 年 2 月 19 日付の手紙．*Smothered Under Journalism*, pp. 115–16.〔*George Orwell: A Life in Letters*, p. 290.『ジョージ・オーウェル書簡集』333 頁〕
290 「私の人生にはじつはほとんど何も残っていなくて」：アン・ポパム

(Anne Popham) 宛の 1946 年 3 月 15 日付の手紙. *Smothered Under Journalism*, pp. 153-54.〔*George Orwell: A Life in Letters*, p. 294.『ジョージ・オーウェル書簡集』335 頁〕

291 **「この季節のヒキガエルは，断食のあとだけに」**：ここと後続の引用は以下に拠る．“Some Thoughts on the Common Toad,” *Tribune*, April 12, 1946, and in *Smothered Under Journalism*, pp. 238-40.〔「ヒキガエル頌」『一杯のおいしい紅茶』107-13 頁〕

291 **「明日，家具と本の整理をしにウォリントンに行きます」**：イーネズ・ホールデン(Inez Holden)宛の 1946 年 4 月 9 日付の手紙. *Smothered Under Journalism*, p. 230.〔*George Orwell: A Life in Letters*, p. 299.『ジョージ・オーウェル書簡集』340 頁〕

292 **「最近，私は以前住んでいたコテッジで一日を過ごし」**：“A Good Word for the Vicar of Bray,” in *Smothered Under Journalism*, p. 260.〔「ブレイの教区牧師のために弁明を一言」工藤昭雄訳，『ライオンと一角獣 ── オーウェル評論集 4』295-96 頁〕

292 **「昔私たちがよくイモリを捕まえた」**：アン・ポパム宛の 1946 年 4 月 18 日付の手紙. *Smothered Under Journalism*, p. 249.〔*George Orwell: A Life in Letters*, p. 309.『ジョージ・オーウェル書簡集』347 頁〕

293 **「E〔アイリーン〕の墓のポリアンサローズは」**：*George Orwell Diaries*, p. 418.〔『ジョージ・オーウェル日記』455 頁〕

294 **それに戦後の都市ロンドンは廃墟と瓦礫に満ちていた**：Betsy Mason, “Bomb-Damage Maps Reveal London's World War II Devastation,” *National Geographic*, May 18, 2016, https://www.nationalgeographic.com/science/article/bomb-damage-maps-reveal-londons-world-war-ii-devastation

295 **「ヘブリディーズ諸島の私の島のことをずっと考えている」**：*George Orwell Diaries*, p. 288.〔『ジョージ・オーウェル日記』307 頁〕

295 **「空襲中に彼はひとりでリチャードの世話をしていたのですが」**：スーザン・ワトソン(Susan Watson)の回想. Coppard and Crick, *Orwell Remembered*, p. 220.〔スーザン・ワトソン「孤独な有名作家」高井貴一訳，コパード，クリック編『思い出のオーウェル』280 頁. 引用はこの訳文を一部修正して用いた〕

296 **「この島には警官がひとりもいない」**：マイケル・マイヤー(Michael Meyer)宛の 1946 年 5 月 23 日付の手紙. *George Orwell: A Life in Letters*, p. 312.〔『ジョージ・オーウェル書簡集』350 頁〕

296 **リチャード・ブレアが父親とジュラ島で暮らしていた時期**：リチャード・ブレア(Richard Blair)の 2021 年 2 月 21 日のオーウェル協会主催のトークイベントにおける回想. “The Orwell Society George Talk

Barnhill A Most Ungetatable Place," The Orwell Society, February 22, 2021, YouTube video, 1: 20: 44, https://www.youtube.com/watch?v=BBRe0KNoB7M

296 「行程を教えてさし上げます」：リチャード・リース(Richard Rees)宛の 1946 年 7 月 5 日付の手紙. *George Orwell: A Life in Letters*, p. 318.〔『ジョージ・オーウェル書簡集』354 頁〕

297 「バーンヒルの「庭」は」：ダマリス・フレッチャー(Damaris Fletcher)から著者宛の 2020 年 9 月 25 日付の E メールより. それでも, ジュラ島より少し北にあるスカイ島の城には, かなり大きなフラワー・ガーデンが存在する. そしてバーナード・クリックは彼のオーウェル伝でこう書いている.「そこ〔ジュラ島〕の気候は温和だった. オーウェルの性格と晩年の著作をめぐり, 批評家たちによって等温線の妄想に基づいた手の込んだ謬説がいろいろと繰り出されてきた. ……たとえば〔ジュラ島とスコットランド本土のあいだの〕海峡の 20 マイル〔約 32 キロ〕南のギア島にはアチャモア・ハウス・ガーデンズがあり, そこにはイギリス諸島のなかでも最良の部類に入るシャクナゲ, ツバキ, アザレアのコレクションと樹木園がある.」Bernard Crick, *George Orwell: A Life*, p. 354.〔クリック『ジョージ・オーウェル —— ひとつの生き方』下巻, 265 頁〕

298 「マホガニー色の紅茶でいわば締めくくられて」："Decline of the English Murder," *Tribune*, February 15, 1946, and in *Smothered Under Journalism*, p. 108.〔「イギリス風殺人の衰退」工藤昭雄訳,『ライオンと一角獣 —— オーウェル評論集 4』244 頁〕彼がここで男性の読者を想像していて, その妻は「すでに安楽椅子で眠り込んでいる」としているのは, 注目に値する点かもしれない.

298 「保育園や診療所が欲しいのであっても」："On Housing," *Tribune*, January 25, 1946, and in *Smothered Under Journalism*, p. 78.〔「住宅問題 —— ローレンス・ウルフ著『ライリー・プラン』書評」『一杯のおいしい紅茶』57 頁. 引用はこの訳文を一部修正して用いた〕

299 「絶えず苦しみを自分に課してきたこの男に関して」：Richard Rees, *George Orwell: Fugitive from the Camp of Victory* (London: Secker & Warburg, 1961), pp. 151–52.〔リチャード・リース『ジョージ・オーウェル —— 勝利の陣営からの亡命者』戸田仁訳, 旺史社, 217 頁. 引用はこの訳文を一部修正して用いた〕

2「ローズヒップと薔薇の花」

301 「驚いたことに, 一般人はほとんど蝶に気づかない」：Vladimir Nabokov, *Speak, Memory* (New York: Vintage, 1989), p. 115.〔ウラジーミ

ル・ナボコフ『記憶よ，語れ ── 自伝再訪』若島正訳，作品社，2015年，152 頁．引用はこの訳文に拠る〕
303 「自分はもう死んでいる」: *Nineteen Eighty-Four*, p. 33.〔『一九八四年[新訳版]』46 頁〕
304 「ふと気づくと，彼は短い湿った芝生の上に立っていた」: *Nineteen Eighty-Four*, pp. 35-36.〔『一九八四年[新訳版]』50 頁〕
304 「ひとつの所作と思えるようなすばやさでぱっと服を脱ぎ」: *Nineteen Eighty-Four*, p. 36.〔『一九八四年[新訳版]』50-51 頁〕
304 「そのしぐさは文明全体を無化するような」: *Nineteen Eighty-Four*, p. 143.〔『一九八四年[新訳版]』192 頁〕
306 「その夢はまだ彼の心のなかで鮮やかだった」: *Nineteen Eighty-Four*, p. 189.〔『一九八四年[新訳版]』252-53 頁〕
306 「やってみても効果がないからといって」: *Nineteen Eighty-Four*, p. 190.〔『一九八四年[新訳版]』253 頁〕
306 「これは連中が改変するのを忘れた」: *Nineteen Eighty-Four*, p. 168.〔『一九八四年[新訳版]』224 頁〕
307 「文鎮は彼がいた部屋であり」: *Nineteen Eighty-Four*, p. 169.〔『一九八四年[新訳版]』226-27 頁〕
307 「ノルマン建築の柱のようにがっしりした女が」: *Nineteen Eighty-Four*, pp. 159 and 163.〔『一九八四年[新訳版]』212-13，219 頁〕
307 「昔の時代に属している」: *Nineteen Eighty-Four*, p. 35.〔『一九八四年[新訳版]』49-50 頁〕
308 「党は自分の目と耳から得た証拠を拒否せよと命じた」: *Nineteen Eighty-Four*, p. 92.〔『一九八四年[新訳版]』125 頁〕
308 「われわれが自然の法則を作っている」: *Nineteen Eighty-Four*, p. 304.『一九八四年[新訳版]』410 頁〕
308 「彼女が美しいということに」: *Nineteen Eighty-Four*, p. 250.〔『一九八四年[新訳版]』337 頁〕
309 「彼女はつかのまの開花」: *Nineteen Eighty-Four*, p. 251.〔『一九八四年[新訳版]』338 頁〕
310 「オーウェルは辛辣で悲観主義的だと批判されてきた」: Margaret Atwood, “Orwell and Me,” *Guardian*, June 16, 2003, https://www.theguardian.com/books/2003/jun/16/georgeorwell.artsfeatures〔マーガレット・アトウッド「ジョージ・オーウェル ── いくつかの個人的なつながり」西あゆみ訳，秦邦生編『ジョージ・オーウェル ── 『一九八四年』を読む ── ディストピアからポスト・トゥルースまで』水声社，2021年，38 頁．引用はこの訳文を一部修正して用いた．以下同様〕
310 「ニュースピークに関する論文は」: Atwood, “Orwell and Me,” in

Guardian.〔アトウッド「ジョージ・オーウェル」38 頁〕

311 「昔は男が若い娘の体を見て欲望を感じれば」：*Nineteen Eighty-Four,* p. 145.〔『一九八四年［新訳版］』195 頁〕

312 「さまざまな可能性を見極めるために先を見据えて」：Octavia Butler, “A Few Rules for Predicting the Future.”

313 「体のどこが悪いのかはっきりわかってからは」：*A Life in Letters,* p. 377.〔『ジョージ・オーウェル書簡集』427 頁〕

314 「薔薇，ポピー，ビジョナデシコ，マリゴールドが満開」：*George Orwell Diaries,* p. 541.〔『ジョージ・オーウェル日記』581 頁〕

314 「スノードロップが至るところに咲いている」：*George Orwell Diaries,* p. 562.〔『ジョージ・オーウェル日記』601 頁〕

315 「時には海や海岸の」：*Our Job Is to Make Life Worth Living,* p. 203.

315 「私の小説『一九八四年』は」：*Life,* July 25, 1949, and in *Our Job Is to Make Life Worth Living,* p. 135.

317 「人間であることの本質とは」：“Reflections on Gandhi,” *Partisan Review,* January 1949, and in *Our Job Is to Make Life Worth Living,* p. 8.〔「ガンジーについての感想」鈴木寧訳，『水晶の精神 ── オーウェル評論集 2』211-12 頁．引用はこの訳文を一部修正して用いた．以下同様〕

318 「私たちにはこの地上しかないのだから」：“Reflections on Gandhi,” in *Our Job Is to Make Life Worth Living,* p. 7.〔「ガンジーについての感想」『水晶の精神 ── オーウェル評論集 2』209 頁〕

3 オーウェル川

320 八八五年にアルフレッド王は：オーウェル川の歴史についての情報はすべて以下に依る．W. G. Arnott, *Orwell Estuary: The Story of Ipswich River*（*with Harwich and the Stour*）(Ipswich, UK: Norman Adlard & Co., 1954).

レベッカ・ソルニット（Rebecca Solnit）

1961年生まれ．作家，歴史家，アクティヴィスト．カリフォルニアに育ち，環境問題や人権，反戦などの運動に参加，1988年より文筆活動を始める．『定本 災害ユートピア』（高月園子訳，亜紀書房），『ウォークス』『迷うことについて』『私のいない部屋』（東辻賢治郎訳，左右社），『説教したがる男たち』『わたしたちが沈黙させられるいくつかの問い』（ハーン小路恭子訳，左右社），『それを，真の名で呼ぶならば』（渡辺由佳里訳，岩波書店）ほか著書多数．

川端康雄

日本女子大学文学部教授．専門はイギリス文学，イギリス文化研究．著書に『『動物農場』ことば・政治・歌』『葉蘭をめぐる冒険』（みすず書房），『ジョージ・オーウェル』（岩波新書），『増補 オーウェルのマザー・グース』（岩波現代文庫），『オーウェル『一九八四年』』（慶應義塾大学出版会）ほか．訳書にオーウェル『動物農場――おとぎばなし』（岩波文庫），『オーウェル評論集』全4巻（編・共訳，平凡社ライブラリー）ほか．

ハーン小路恭子

専修大学准教授．専門は20世紀以降のアメリカ文学，アメリカ文化研究．訳書にソルニット『説教したがる男たち』『わたしたちが沈黙させられるいくつかの問い』（左右社）ほか．

オーウェルの薔薇　　レベッカ・ソルニット

2022年11月11日　第1刷発行

訳 者　川端康雄《かわばたやすお》　ハーン小路恭子《しょうじきょうこ》

発行者　坂本政謙

発行所　株式会社 岩波書店
〒101-8002 東京都千代田区一ツ橋 2-5-5
電話案内 03-5210-4000
https://www.iwanami.co.jp/

印刷・精興社　製本・牧製本

ISBN 978-4-00-061566-2　Printed in Japan